Konrad Alberti

Maschinen - Das Elend der Spinnereiarbeiter

e-artnow 2018

Elisabeth Bürstenbinder
Vineta

Julius Stinde
Die Familie Buchholz - Aus dem Leben der Hauptstadt

Ludwig Ganghofer
Der Klosterjäger (Historischer Roman aus dem 14. Jahrhundert)

Agnes Sapper
Die Familie Pfäffling + Werden und Wachsen: Erlebnisse der großen Pfäfflingskinder: Zwei Klassiker der Kinder- und Jugendliteratur

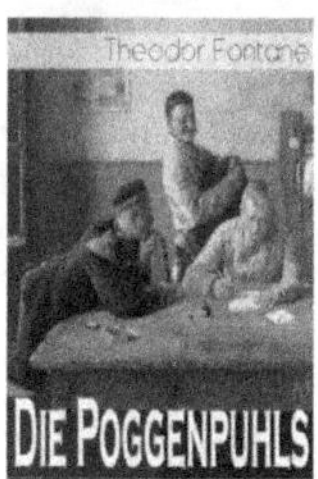

Theodor Fontane
Die Poggenpuhls

Konrad Alberti

Maschinen - Das Elend der Spinnereiarbeiter

Von der Romanreihe "Der Kampf ums Dasein"

e-artnow, 2018
Kontakt: info@e-artnow.org
ISBN 978-80-273-1767-7

Inhaltsverzeichnis

I.	11
II.	17
III.	24
IV.	33
V.	39
VI.	44
VII.	56
VIII.	63
IX.	68
X.	73
XI.	79
XII.	86
XIII.	89
XIV.	92
XV.	98
XVI.	104
XVII.	111
XVIII.	117
XIX.	124
XX.	131
Schluß.	138

„Es muß gelitten sein; denn gleichwie der Flachs, daraus man Leinwand macht,
muß viel leiden, ehe er zum rechten Brauch kommt und das Ende erreicht, darum er gesäet wird; also müssen die Christen viel leiden, müssen gesäet, geraffelt,
gedroschen, gebrochen werden.“

M. Luthers Tischgespräche.

I.

Mit kurzen, schnellen, energischen Schritten schob sich „der Alte" durch das große Contor, ohne sich aufzuhalten, ohne die ehrfurchtsvollen Grüße der Schreiber und Buchhalter zu beachten. Der Oberkörper mit dem vollen, strengen Gesicht schien den Beinen vorauszustreben, bis die ganze Erscheinung hinter der Polsterthür verschwand, durch die man ins Allerheiligste trat. Kaum war er durch, als Scherbeck sich zu Thiebold hinüberbeugte und wichtigthuerisch flüsterte: „Heut hat er was!"

Segonda betrachtete drinnen mit Mißbehagen die Säule von Briefen, Postkarten und Drucksachen, die auf seinem Schreibtisch errichtet stand. „Wenn es noch wenigstens Alles Bestellungen wären!" murmelte er und begann, sich in den krachenden Sessel werfend, Lage um Lage von der Säule abzutragen, um sie unter verächtlichem Zucken der Mundwinkel zur Seite zu werfen.

Der alte Petrick erschien, mit gekrümmtem Rücken, die große schwarze Mappe unterm Arm; auf ein Haar glich er jenen eisgrauen Buchhaltern, wie man sie in deutschen Lustspielen aus der vormärzlichen Zeit noch heut über die Bühne humpeln sieht. Statt ihn heranzurufen, als er drei Schritte nach der Thür in Kommahaltung wartete, winkte Segonda ab. „Auf Morgen! Nur das dringendste Nachmittags!"

Der Alte blickte wie entsetzt auf. „Der Herr Prinzipal fühlen sich nicht wohl?"

„Doch! Fischgesund! Aber zur Bahn muß ich; denn mit Gottes gnädigem Willen wird meine Tochter heut ins Vaterhaus zurückkehren."

Der Purpur persönlicher und pflichtschuldiger Freude legte sich über des Alten Wangen. „Das gnädige Fräulein sind also völlig wieder hergestellt?"

„Sie schreibt es. Ja, sehen Sie, die Riviera! So etwas haben wir in Deutschland doch nicht. Gott hat seine Wunder über die ganze Welt verstreut. Denn unser gutes Görbersdorf..." Die harten, hellblauen Augen nahmen einen höhnischen Ausdruck an. „Geld hat es freilich gekostet! Zehn Jahre könnten Sie davon leben, Petrick! ... Na, nun keine Zeit verlieren ... die Minuten kommen nicht wieder! Adjeu."

Draußen harrten schon einige Kollegen, jüngere Leute, mit großen Mappen der Rückkunft Petricks — zwei vorgestreckte Finger der Rechten hin und herschüttelnd wehrte dieser ihnen den Eintritt. Im Nu hatte sich der Grund des außergewöhnlichen Vorfalls durch das ganze Contor verbreitet. „Denken Sie, die Wachsmaske kommt heut zurück!" flüsterte Scherbeck seinem Gegenüber zu. Thiebold zupfte an seinem Knebelbart und hauchte ganz leise: „Da kann ich mir die Neugier von dem Alten vorstellen, ob er die Unmasse Geld nicht zum Fenster 'nausgeworfen hat."

„Was meinen Sie", fragte Scherbeck, die Lippen nur ganz wenig bewegend, „ob das nicht der Augenblick wäre, ihm wegen Zulage zu kommen?"

„Warten Sie, bis die Maske da ist!" hauchte Thiebold zurück.

Segonda hatte gerade wieder ein halb Dutzend Briefe geöffnet, durchflogen, fortgelegt, als ein lauter Streit draußen im Hofe ihn in der Schnellarbeit störte. Er vernahm die heiser krähende, hohe Stimme seines Sohnes: „Mehr Rosen! — Lange nich genug! ... Ganze Wagen muß von starren! Ein großes Rosenbett sein ... Is ja gar nischt! ..." Dazwischen das breite, gemächliche Platt des Gärtners: „Sei'n Se ock ni biese, Herr Leitnant ...'s sein halt do ni' meh' ...'s halt no a wing ze friehe ... hie 'ei de Berge ...'s do ni wie ei de Stoadt..."

„Sollen doch die Pauern hergeben!" raunzte Aribert. „Die Bande hat die ganzen Vorgärten voll."

„Namen Ses ock ni iebel, Herr Leitnant, aber de Pauern soagt me suwoas ni gerne ... suste oder se schrein glei: ‚ni moal de poar Rosla gennt er ei'm oba eim Schlussa ... nu schneidt' er eim do glei de Haare vum Kuppa' ... Und was de ruppigsten sein, die bitten eim de Brännnesseln oan..."

„Was?" wüthete der junge Segonda, „auch schon angesteckt? Sozialdemokraten — was? In Fichtenbrück? Theilen? Wie?"

Segonda öffnete das Fenster und rief hinaus, man möge warten, bis er käme. Dann trat er in den Hof und ordnete so geschickt die Vertheilung der vorhandenen Rosengewinde an, daß

Räder, Sitz, Bock, Zügel — kurz der ganze Wagen fast lückenlos von ihnen bedeckt schienen. Vater und Sohn machten sich eben bereit abzufahren, denn es war höchste Zeit, wollte man noch rechtzeitig zu dem fast eine Stunde weit, am unteren Ende des langgestreckten Dorfes gelegenen Bahnhofe gelangen, als der Kutscher den Postboten bemerkte, der schwitzend herankeuchte. „Wenn er so rennt, kommt er zu uns," meinte der Diener.

Segonda legte die Hand auf die Schulter des Sohnes: „Tiele wird doch nichts passiert sein!?"

Inzwischen war der Stephansjünger heran. „Eine dringliche Depesche!" ächzte er devot, dann empfahl er sich mit vielen Bücklingen: „Scheensten Gruss ooch, Herr von Segonda — scheensten Gruss, Herr Leutnant!"

Der Fabrikherr hatte die Depesche aufgerissen. „Verflucht!" rief er. „Gerade den Tag muß er sich aussuchen! Gerade heute!" Er reichte die Depesche seinem Sohn. Sie enthielt die Nachricht, daß der Fabrikinspektor mit dem bevorstehenden Zuge eintreffen werde. „Paul heute! Argus." „Paul" bedeutete den Inspektor, „Argus" bezeichnete seinen Schreiber, der, ein armer Teufel, gegen eine geringe, regelmäßige Vergütung den Fabrikanten benachrichtigte, wenn er einen Besuch seines Vorgesetzten bevorstehend erfuhr. Das war strafbar — aber wie sollte er bei fünfzig Mark monatlichen Gehalts Frau und Kinder ernähren?

„Frecher Dachs!" krähte der junge Segonda. „Frecher Dachs! Gerade zu Tielens Ankunft!"

„Das konnte er schließlich nicht wissen", fiel der Alte ein. „Aber gerade am Sonnabend, wo man Lohnauszahlung und Maschinenreinigung hat! Der Vorige war doch noch ein Mensch, der auf sowas Rücksicht nahm!"

„Streber!" schrie der Sohn. „Alle Streber, die jungen Assessoren!"

„Und dieser Schubert!" raunzte der Alte. „Immer erst im letzten Augenblick! Er soll sich doch darum kümmern! Soll nichts übernehmen, was er nicht leisten kann!"

„Wenn nach Breslau komme, schneide ihm die Ohren ab."

„Ich kürze ihm einfach seinen Bezug."

„Was machen wir nu?" Der junge Segonda lief erregt hin und her, sein Blick fiel auf eine Gruppe halbwüchsiger Burschen, die — es war gerade Arbeitspause — in scheuer Ferne standen und den geschmückten Wagen, die feurigen Füchse bestaunten. Er stürmte auf sie zu, die Jungens legten, wie er es vorgeschrieben, militärisch grüßend die Rechte an die Schläfe. „Was hier zu gaffen? Ohren abschneiden! Wie?" Die Jungens standen vorschriftsmäßig starr wie aus Erz gegossen. Die Glocke schrillte. „Marsch, an die Maschinen! Kehrt!" Als er sich umwandte, nahm die Schaar Reißaus, mit verhaltenem Kichern. Segonda hatte die Uhr gezogen. „Drei Minuten zu früh!" murmelte er sichtlich unangenehm berührt. Der Sohn lief noch immer unschlüssig umher: die grelle Ton der raschen Glocke, das Wiehern der Hengste, das Peitschenklatschen des Kutschers, das Schnauben der Maschine deren dumpfe Stöße durch die dichte, grüne Kastanienwand bis hierher in den Hof des Wohnhauses brummten, hinderten die Kristallisation seiner Gedanken.

Der Diener näherte sich, um seinen Platz neben dem Kutscher einzunehmen. Segonda gab ihm den Auftrag, Fräulein Ottilie entschuldigend mitzuteilen, warum Vater und Bruder sie nicht selbst vom Bahnhof abholen könnten. In demselben Augenblick sah er den Spinnereidirektor über den Hof schreiten, um sich nach der Fabrik zu begeben, und ging auf ihn zu ohne sich weiter um den abfahrenden Wagen zu kümmern. Segonda Sohn lief schnell voraus. „Der Tippelgucker kommt, Herr Henning!" schrie er, „der Tippelgucker kommt! Halten Sie die Pfanne blank!"

Der Spinnereidirektor kam besonnenen Schrittes heran, ohne seinen Gang zu beschleunigen. „Was ich zu vertreten habe, ist Alles in Ordnung," sagte er ruhig und langsam. „Wenn wir gefaßt werden, so ists nicht in meinem Ressort, das wissen Sie, Herr von Segonda." Er nannte ihn bei seinem Namen, denn es widerstrebte ihm, „Herr Leutnant" zusagen, obwohl er Ariberts Vorliebe für diese Anrede kannte — was hatten die Militärpapiere mit der Fabrik zu thun? Für ihn, den Sohn eines Ländchens, in dem man das Militär nur als Spielzeug kannte, hatte der Titel etwas unsagbar Lächerliches.

„Die Kinder müssen aus dem Hechelsaal — nicht? Wie?"

„Vielleicht haben Sie die Liebenswürdigkeit, das selbst anzuordnen? Ich habe sie nicht eingestellt —“

Der Alte war indessen herangekommen. Draußen am Fabrikthor rollte der Wagen des Inspektors vor. „Du hast ganz Recht, Aribert. Ich bin immer gegen die Kinder beim Hecheln gewesen. Es bleibt stets Werg unter dem Flachs. Wir wollen sie auch abschaffen ... Nicht wahr, Herr Henning, Sie gehen schnell hinauf und lassen die Burschen abtreten? ... Aribert, geh’ in die Küche und sorge für ein anständiges Frühstück...“ Und mit behender Wendung eilte er in seinem kurzen, derben Tritt dem eben aussteigenden Beamten entgegen.

Henning strich sich den vollen, röthlich blonden Bart, ließ Aribert stehen und ging mit gewohnter Ruhe unter den Kastanien hindurch über den breiten Hof nach dem langgestreckten, eintönig grauen Spinnereigebäude. Ueber die gemauerte Treppe stieg er bis zum zweiten Stock empor und durchschritt die Karderie und die weiten Spinnsäle, die engen Gänge zwischen den fließenden Riemen, den Gestängen der Transmissionen, den klappernden, stampfenden, knirschenden, kratzenden Maschinen hindurch unbeirrt durch den pochenden Lärm und die Staubwolken in der Luft, die sich in seine Kleider, in seine Athmungskanäle wühlten. Die Männer und die Frauen nickten kaum leise mit dem Kopfe, denn er liebte es nicht, wenn sie von der Arbeit aufsahen. Jenseits eines Querganges öffnete er die große eiserne Thür und dicht an eines der kreisenden, schleifenden Eisenungethüme herantretend, schrie er — denn ein Sprechen hätte das Gepolter der Maschinen übertönt — den gerade mit doppeltem Eifer Flachs in die Zähne der Maschine steckenden Knaben zu: „Aufhören! Feierabend für heute!“ Die Jungen sahen sich erst erstaunt an, dann warfen sie die gelbgrauen Bündel, die sie noch eben zur Hand genommen, zurück in die halbgefüllten Säcke und sprangen von den erhöhten Plätzen zur Erde. Auch denen, die ein paar Schritte weiter mit der Hand durch Stahlkratzen Flachspäckchen zogen, winkte er ab, und sie sprangen so hurtig auf, daß die wirbelnden Staubwolken noch höher flogen, bis gegen die Decke. Kopfschüttelnd betrachtete der breitschultrige Riese diese bleichen, blutarmen, mageren Knaben, deren jeden sein körperlicher Fehl zeichnete: den ein Buckel, jenen ein Klumpfuß, den dritten ein Wasserkopf. Einen Blick zum nahen Fenster hinunterwerfend bemerkte er, daß der Inspektor mit dem Alten eben in die Spinnerei trat. Es war zu spät — die Knaben konnten nicht mehr über die Haupttreppe hinaus.

Die kleine Schaar hatte sich inzwischen zu einem Haufen geballt und der Stärkste und Gesundeste, die Veranlassung der plötzlichen Freigabe errathend, rief: „Der Herr Inspektor soll leben!“

„Ruhig, Gebitz Karl!“ verwies ihn Henning, aber die Jungen fielen in gedämpftem Chor ein: „Und der Herr Direktor daneben.“

Henning bedachte, was zu thun? Die Herren mochten schon die Treppe heraufkommen. Es blieb nichts Anderes übrig: die Knaben mußten über die Rettungsstiege, die schmale, eiserne Leiter, welche für den Fall eines Feuers, an der Außenwand hinunter führte. Den Knaben war die Turnübung ein Fest, aber Henning ergriff ein heftiger innerer Zorn, die Ungesetzlichkeiten, die Andere um der Ersparniß einiger Groschen willen verübten, verdecken und vertuschen zu müssen.

Kaum war der letzte der Knaben hinter dem Fenstersims verschwunden, als der Inspektor eintrat. Henning schämte sich fast vor ihm, er wandte das Gesicht und wie besorgt sah er den Knaben nach. Eine Sprosse der Leiter mochte vom Rost zermorscht sein: sie brach unter dem Fuße des letzten, der etwa vier Meter tief hinabstürzte und schreiend am Boden liegen blieb, unfähig sich aufzurichten. Das fehlte noch, daß das Kind sich ein Glied verletzt hätte! Er entschuldigte sich und eilte hinunter.

Inzwischen hatte der Fabrikinspektor, vom altem Segonda und Aribert gefolgt, die anstoßenden Säle durchschritten. Jetzt standen sie wieder in einem der Säle der Karderie. Die Streckmaschinen klapperten und scharrten, wüthend faßten die eisernen Zungen den breiten Flachsstrom, der auf sie zuschoß, um Welle auf Welle gegen die Kämme, die Stachelbürsten, die Walzen zu werfen, welche sie zerfetzten, zerquetschten, zerrissen und mit rasender Eile einander in die Rachen spielten. Wolken eines harten, graugelben, trockenen Staubes flogen auf und hüllten den Inspektor ein, der, in seinem Berufe noch jung und in Spinnereien noch nicht Stammgast, hustete, nieste, sich die Augen rieb. Erst mit gewöhnlicher Stimme, dann, als er sich nicht verstanden merkte, schreiend versicherte er seinen Begleitern, daß das ein unangenehmer Betrieb sei, und daß er die Anlage einer Turbinenvorrichtung zur Absaugung des schlimmsten Staubes für nöthig erachte. Segonda sah große Kosten, zum mindesten endlose Schreibereien voraus und bemühte sich unter Beistand Ariberts, der jedes väterliche Wort mit Kopfnicken und Handerheben bekräftigte, dem Beamten zu beweisen, daß der Staub nur den Ungewohnten belästige. „Die Frauenzimmer spüren gar nichts mehr davon", schrie er ihm ins Ohr.

„Weshalb tragen sie denn dann die breiten Flachsbinden vor dem Munde?" schrie jener zurück.

„Eben dadurch schützen sie sich genügend!" Und er winkte ein altes Weib herbei, das ganz in schmutzige braune Säcke gehüllt, eine Sackkapuze über dem Haare, vor dem Munde einen breiten Flachsstreifen, irgend einem Feuerländerstamme anzugehören schien. „Spüren Sie irgend welche Nachtheile von dem Staube, Gustel?" Die Gefragte schnaubte einige unentzifferbare Laute hinter der Flachsbinde vor. „Sehen Sie!" triumphirte Segonda. „Dreißig Jahre ist die Frau bei mir und hat Lungen wie ein Walroß!" —

Henning hatte den Knaben nach Hause schaffen und den Fabriksarzt benachrichtigen lassen. Jetzt schritt er über den Hof dahin, um sich in seine Arbeitsstube, neben dem Contor zu begeben, für den Fall, daß Segonda ihn irgend einer Erläuterung wegen rufen lassen sollte. Im übrigen ließ er dem Chef gern die Ehre der üblichen Glückwünsche seitens des Inspektors zu den musterhaften Einrichtungen der Fabrik, mit denen der frühere, seit drei Monaten versetzte Beamte nicht gekargt hatte. Wußte er doch ganz genau, wie das Musteretablissement hinter den Coulissen aussah!

Im gemächlichen Schreiten versäumte Henning nicht einen Blick nach dem Fichtenkamm zu richten, der wie eine gewaltige dunkelgrüne Mauer das Thal gegen Südwesten abschloß. Der Spinnereidirektor zwinkerte mit den Augen und schüttelte den Kopf: der graue, blasse Schleier gefiel ihm nicht, der sich von einer Baumspitze zur andern wob und in dem Bäume und Sonne den Firniß verloren und stumpf, wie abgerieben aussahen.

Ein schnell sich verstärkendes Rollen lenkte sein Auge ab. Ein Ruf, ein scharfer Ruck — und im Vorhofe, am Eingang der Villa hielt ein Rosenwagen. Eine schlanke graue Gestalt beugte sich dem Bock zu, der Diener schwang sich hinunter und verschwand. Nach kurzer Zeit kam er wieder, richtete irgend einen Auftrag aus, worauf die Dame sich wie unwillig in die Kissen zurückwarf, und Rosse, Wagen, Insassen, Kutscher, Diener hielten eine geraume Weile stumm, bewegungslos, unschlüssig als ständen sie lebendes Bild oder sollten photographirt werden. Der Diener schien endlich Henning zu bemerken, er kam unsicher auf ihn zu und sagte: „Denken Sie Herr Direktor, das gnädige Fräulein wollen nicht aussteigen, und die Herren können sie doch nicht empfangen, von wegen dem Inspektor —"

Henning zögerte einen Augenblick, dann schritt er nach dem Wagen, zog die Mütze und sagte zu Ottilie, die ungeduldig mit dem Sonnenschirm die Rosenpolster zerstieß: „Ich schätze mich glücklich, daß ich der Erste sein darf, der Sie an der Schwelle Ihres alten Heims begrüßt, gnädiges Fräulein!"

Ottilie wandte sich lebhaft zu ihm: „Oh, Sie sind noch hier, Herr Henning? Das freut mich. Die früheren Direktoren hielten selten lange aus."

„Ich bin glücklich, daß ich mich mit dem Herrn von Segonda in den meisten Punkten verstehe. Das giebt mir vielleicht das Recht, ihn bei Ihnen zu entschuldigen. Er ist wirklich in diesem Augenblick unabkömmlich —"

„Wenn ihm schon der Staat mehr gilt als seine Tochter — kann sich denn meine brüderliche Liebe nicht aufrappeln?"

„Schwerlich, gnädiges Fräulein … die Herren Inspektoren wollen immer so viele Auskünfte…"

„Das finde ich aber komisch, offen gestanden." Henning zuckte die Achseln, Ottilie fuhr nach einer Pause fort: „Lassen Sie sich durch mich ja nicht aufhalten. Ich warte bis mein Papa oder mein Bruder die fünf Minuten Zeit findet, mich in unser Haus hineinzuführen."

„Es … könnte aber noch lange währen…" sagte Henning gedehnt.

„Ich habe ja Zeit." Sie zuckte die Achseln und blickte gerade aus, nach dem Gebirge. Die grauen Schleier verschlangen sich dichter und dichter, die einzelnen Bäume waren nicht mehr zu erkennen, der ganze Rücken schien nur noch eine flache Bleiwand. Ottiliens kleine Füße stampften ärgerlich den Boden des Wagens. Die Pferde scharrten und zogen an, nur mit Mühe beruhigte sie der Kutscher. Henning wandte den Kopf dem düsteren Horizonte zu. „Die heitre Sonne des Südens werden Sie hier vermissen, Fräulein!" sagte er.

„Dafür ist man zu Hause und kann sich Alles einrichten wie man will. Und alle Tage Frühlingswetter erweckt zuletzt die Sehnsucht nach der Eisbahn."

Ein längeres Schweigen folgte. „Aber ich halte Sie zurück!" — Die Gebäude, die Bäume verloren den Schatten, von den Bergen war nichts mehr zu sehen, ein großer, graublauer Vorhang schien die Welt einzuschlagen. „Fräulein, wollen Sie nicht doch —" meinte Henning.

Zwei, drei Tropfen fielen, langsam und schwerfällig. Jetzt raschelte es auf dem Dache, in den Bäumen. Ottilie schaute noch einmal unwillig nach allen Seiten, dann zog sie die Mundwinkel herab und erhob sich. Henning reichte ihr die Hand, und leicht wie eine Feder schwebte sie zur Erde. Zögernd schritt sie die Stufen hinauf, an der Eingangsthür verabschiedete sie sich. „Ich hoffe, Sie jetzt öfter zu sehen, Herr Henning. Ich bleibe ja jetzt wieder dauernd hier. Als ich abreiste, waren Sie erst so kurze Zeit hier, und wir hatten nie Gelegenheit uns näher zu treten. Jetzt, da ich gesund bin, werde ich mich um Alles Mögliche kümmern." Und mit einem dankenden Kopfnicken verschwand sie.

Henning vollendete seinen Weg. Die Thür seines Bureaus öffnend, traf er Scherbeck, der eben das Contor verließ. „Wo ist denn der Chef?" fragte er.

„Die Inhaber der Firma frühstücken mit dem Inspektor", antwortete der Buchhalter und entfernte sich.

Im Unterrock und Korset stand eine Stunde später Ottilie in ihrem Zimmer, beschäftigt die eben angekommenen Koffer auszupacken und die tausend Kleinigkeiten in Schüben und Schränken unterzubringen, als es an ihre Thür pochte.

„Wer da?"

„Ich."

„Ach, Papa — bitte — komm' doch in einer Stunde wieder. Ich bin so müde."

„Zu müde — wenn Dein Vater Dich umarmen will —? —" Er versuchte die Thür zu öffnen, sie war verriegelt.

„Ich bin eben beim Umkleiden, Papa."

„Na — Du wirst Dich doch vor deinem Vater nicht zieren?"

Er rüttelte an der Thür, Ottilie warf schnell ein Tuch über die Schultern und öffnete. Er stolperte herein und schloß sie in seine Arme. „Willkommen, Tiele, willkommen! Nu, wie geht Dir's denn? Ist es schön gewesen unten? Gelt, zu Hause ist 's aber doch am molligsten? Biste immer gesund gewesen? Weißt Du, daß Du dick geworden bist, Mädel? Ordentliche Backen hast Du gekriegt — Na — Gott sei Dank —"

Sie ließ sich mit Ergebung kneifen und küssen. „Wenn Du aber zu thun hast, Papa", entgegnete sie, „laß Dich nicht stören! Geh' nur zum Fabrikinspektor — ich laufe ja nicht weg —"

„Ach, mach nur keine Sachen!" sagte er schnell, das Gesicht ärgerlich verziehend. „Du weißt ganz genau — Geschäfte sind Geschäfte. Der alte Inspektor ist leider versetzt. Das war ein vernünftiger Mensch. Aber der neue — so ein junger Assessor! Der richtige Streber. Versteht gar nichts. Will mir in aller Geschwindigkeit zehntausend Mark Kosten aufreden. Nachher kann man sich mit der Polizei herumklagen. Mittags will er in seinem Gasthof große Sprechstunde für die Arbeiter halten. Das sind lauter so neue Moden, die Die oben in Berlin machen und damit blos Unfrieden stiften. Ari darf ihn natürlich nicht locker lassen. Er kommt später und sagt Dir Gun'tag. Du entschuldigst ihn schon. Geschäfte sind Geschäfte! ... Also ganz gesund biste wieder? Das ist vernünftig, Mädel! ... Haste schon was gegessen? Nicht? Nu, da mußt Du doch Hunger haben? Reisen macht hungrig. Ich schick' Dir gleich was' rauf. 'n Beefsteak — was? Gleich ... Nur noch 'ne Viertelstunde entschuldige mich ... ich muß blos sehen, ob der

Ari ihn fest gekriegt hat." Er blieb in der Thür stehen und prüfte ihre Gestalt. „Natürlich biste dick geworden!" Schon halb draußen wandte er sich noch einmal um. „Biste gleich direkt 'raufgegangen? Das ist vernünftig, Mädel, das seh' ich gern!" Als Ottilie ihm mittheilte, daß Henning seine Stelle vertreten hatte, wurde er ärgerlich. „Was geht das den Menschen an? Soll sich um seine Maschinen kümmern! Wer braucht mich bei meiner Tochter zu entschuldigen? Das schmier' ich ihm aufs Brot…" Und ohne auf ihre Entgegnung zu hören rief er sich selbst beschwichtigend: „Gleich schick' ich Dir was zu essen!" und verschwand.

II

Ottilie hatte sich ihren Wiedereintritt ins Vaterhaus doch anders vorgestellt. Den ersten Tag hätten Vater und Bruder ihr mindestens ganz widmen können! Sie verdienten ja wirklich Geld genug, um die geringen Verluste solchen Aussetzens zu verschmerzen! Nur auf einen Sprung kamen sie immer hinauf, zu flüchtigem Austausch einiger Scherze oder Fragen, einander ablösend und an die Erledigung der hängenden Tagesgeschäfte mahnend, auch nach der Entfernung des Fabrikinspektors: der Postabfertigung, der Lohnauszahlung. Ottilie fühlte sich beinah in ihre Kindheit zurückversetzt, wenn sie die geschenkte Düte mit Zuckerwerk sorgsam im Tiefgrund der Kommode versteckte und alle fünf Minuten wieder vorholte, gleichsam heimlich vor sich selbst, um eine der kleinen Süßigkeiten verstohlen zu verschlucken.

Dennoch konnte sie nicht daran zweifeln, daß wenigstens bei dem Vater — Aribert war überhaupt nicht der Mensch tieferer Gemüthserregungen — die Freude über ihre Genesung und Rückkunft aufrichtig, wenn auch nicht ganz eigensuchtsfrei war. „Gottlob, daß du wieder hier bist, Mädel! Jetzt hat man doch wen, mit dem man sich 'mal aussprechen kann", äußerte er sich. „Es war zum Sterben langweilig hier. Der Ari hat wenigstens seine Gesellschaft in Landeshut — aber ich habe Keinen, mit dem ich umgehen kann oder darf. Nichts hat man hier außer dem verwünschten Geschäft!" Ottilie konnte sich recht gut in die Verlassenheit des Vaters hineinfühlen, der der einzige Reiche im ganzen Dorfe, der Brotherr und Gebieter fast aller Einwohner Niemanden Seinesgleichen in unmittelbarer Nähe fand und oft nicht einmal einen elenden Skat zu Stande brachte. Es mochte Stunden geben, da er an verschneiten Winterabenden einsam in seinem überhitzten Zimmer fror, als säße er draußen in der Eisluft des Fichtenkammes — da er das Gesinde beneidete, das sich mit lachenden Neckereien unten in dem gemüthlichen Dunst der Küche zusammendrängte. Er hatte keine Liebhaberei, der alte Vater, die ihm über müssige Stunden hinweghalf: Lesen, Studiren, Musiziren, Thiere züchten, Spielen, Jagd — Alles war ihm nur unersprießliche Zeitvergeudung, alle seine Gedanken kreisten nur um das Geschäft, um Verbilligung der Herstellungskosten, Vermehrung des Gewinnes. Poesie, Malerei, Kulturgeschichte, Musik — nichts davon erregte sein Interesse, Ausfahrten ermüdeten ihn; Bauen war noch das Einzige, was ihm lebhaftere Wallungen abgewann: aber davon war in der längsten Jahreszeit keine Rede. Ottilie wußte, daß ihr Vater sie liebte, weil er nichts Anderes außer ihr hatte, da Aribert seine eigenen Wege ging. Sie wußte, daß es keine Komödie war, wenn er sie immer wieder an sich drückte, und sie nach den kleinsten Einzelheiten ihres Aufenthalts im Süden fragte. Sie sollte erzählen, immerfort erzählen, und jäh unterbrach er sein eifriges Lauschen, um sie zu fragen, ob sie eine neue Gesellschafterin wolle, um die alte zu verwünschen, die sich in Nizza mit einem Italiener verlobt und Ottilie allein hatte nach Hause reisen lassen — um sie brüsk zu fragen, ob sie nun, ganz genesen, nicht ans Heirathen denke, und da sie lachte, schnell hinzuzusetzen: „Na, sei nur ruhig, mit Gottes Hilfe werde ich Dir schon eine gute Parthie aussuchen!"

Sie faßte ihn ans Kinn und sagte: „Laß doch Gott aus dem Spiel, Papchen! An den glaubst Du ja nicht mehr."

Er warf den Kopf zurück. „Wer sagt Dir das? Vielleicht existirt er doch — warum soll ich ihm denn nicht die kleine Konzession machen, ihn von Zeit zu Zeit zu erwähnen? Vielleicht ist er's, der mir Dich gesund gemacht hat!"

„Papchen, um eins bitt' ich Dich. Ich bin jetzt gesund — sprechen wir nicht mehr so viel davon, daß ich's erst geworden bin."

„Aber — aber! Kann ich mich nicht freuen, daß ich das viele Geld so gut angelegt habe?"

In dem Augenblick polterte Aribert herein. „Papa, unten ist heute der Teufel los. Die Bande macht die unglaublichsten Geschichten. Der Inspektor hat sie aufgehetzt, hat ihnen Flöhe in die Ohren gesetzt. Wenn der Kerl das nächste Mal kommt, schmeiß' ich ihn zum Thor 'naus. Aufreden brauchen wir uns die Leute nicht lassen, davon steht nichts in der Gewerbeordnung ... Sogar die Frauenzimmer werden frech. Die große Lina verführt einen Heidenskandal..."

Segonda stieg das Blut in die Wangen, er stand vom Sofa auf und sagte: „Ich will doch selber nachsehen —"

„Geht's den Leuten immer noch so schlecht?" fragte Ottilie. „Verdienen sie noch immer nicht mehr?"

„Mehr verdienen?" rief Segonda. „Ach du lieber Gott, von Tag zu Tag gehts Geschäft fauler. Die Preise fallen und fallen — so viel können sie überhaupt nie wieder steigen. Nächstens werden die Leute auf ein Schock Leinewand noch einen Brillantschmuck gratis verlangen." Er stand schon an der Thür kam aber noch einmal zurück. „Apropos Tiele … das hätte ich beinah vergessen Dir zu geben — da! Gratulation zur Genesung!" Er holte ein Etui aus der Tasche und reichte es der Tochter. Sie öffnete: ein Ring mit einem herrlichen taubenblütigen Rubin leuchtete ihr entgegen.

„Papchen —" sie griff nach seiner Hand, er wehrte ab. „Schon gut. Wenn er Dir nur gefällt. An — komm!"

Drüben im Kontor war es lauter und lauter zugegangen. Der lange schmale Raum war durch einen Tischverschlag in zwei fast gleiche Hälften geteilt. Hinter der Barre befanden sich die Sitze und Pulte der Beamten. Die Zimmerwände, die Barre, die Pulte, die Drehschemel: Alles stand in derselben Farbe, einem verwaschenen, nüchternen, unsauberen Gelb, und auch die blutleeren Gesichter der hockenden Schreiber, die faltigen vergrämten Züge der Arbeiter, ihre mitgenommenen, jeder Mode spottenden Kleider stachen heller oder dunkler ins Gelb, in dem Farbenspiel einer kraftlosen, gleichgiltigen, passiven Armuth zusammenwirkend. Der Kassirer und zwei Buchhalter zählten Jedem auf abgescheuerten Holzbrettern die magren Groschen vor; immer in gleichen Trupps von sechzig Seelen wurden die Abzulohnenden hereingelassen, Männer und Weiber durcheinander, ein hinkender Lagerist mit struppigem Haar und schmutziger Wäsche hielt an der Thür Wacht, daß kein Ueberzähliger die Schwelle gewinne. Das Klappern der Silbe- rund Nickelstücke regte sich ununterbrochen, das metallische Geräusch des Zusammenraffens, ein vorsichtiges Scharren der Füße, halbverschluckte Seufzer, zur Erde niedergebrummte, abgebrochene Sätze, dazwischen Namensaufrufe und das Umblättern großer Folioseiten und die schweren Tritte Ariberts, der mit langen Schritten und vorgestrecktem Kopfe ganz hinten an dem Fenster entlang stelzte.

Der alte Gabitz humpelte eben herein, um den Lohn für seinen des Vormittags verunglückten Jungen und seine noch minderjährige Tochter Gretel in Empfang zu nehmen. Er betrachtete das schmale Silberhäufchen, das der Kassierer vor ihn hinlegte, einige Sekunden lang stumm, schob es dann zurück und sagte langsam und leise: „Doas — stiemmt — niech."

„Natürlich stimmt's!" erwiderte der Kassierer kurz. „Der halbe Tag heut wird dem Jungen abgerechnet."

„Doas — stiemmt — niech!" wiederholte der Alte, die unförmige Rechte schüttelnd.

„Halten Sie mich hier nicht auf, wir haben keine Zeit. Einwände gegen die Lohnberechnung sind Montags vorzubringen. Marsch, marsch!"

Der Alte rührte sich nicht von der Stelle. „Ich verlange Entschädigung für den Jungen!" sagte er, sich zur Entschiedenheit zwingend.

„Sie sind wolltälsch?" polterte ihn der Kassierer an, puterroth im Gesicht.

Aribert schoß hinzu. „Was ist denn da für'n Radau? Gleich Ohren abschneiden! Wie?"

Voll Empörung theilte der Kassierer die Aeußerung des alten Gabitz mit. Aribert schlug eine laute Lache auf. „Wohl'n bischen blödsinnig — wie? Erst lauft Ihr Einem das Haus ein und bettelt wie die Hunde, daß man Eure Kinder auch was verdienen lassen soll — schließlich läßt man sich weich flennen, macht sich die größten Unannehmlichkeiten: und hinterher habt Ihr das große Maul. Solche Würschte werden hier nich angeschnitten. Wer den Vortheil hat, muß auch den Schaden tragen. Könnt uns ja verklagen — wißt ja, was dabei heraus kommt."

Der Alte zitterte und wurde leichenblaß bei dieser Anspielung. Vor sechs Jahren war ihm die Rechte zwischen die Riemen einer Transmission gekommen und zerquetscht worden. Segonda hatte Entschädigung abgelehnt und eigenes Verschulden des Alten vorgeschützt. Die gerichtliche Klage war zurückgewiesen worden, weil der Werkmeister im Sinne des Brotherrn schwor und Gabitz zu arm war, seine Sache einem guten Rechtsanwalt anzuvertrauen.

Aribert hatte sich umgedreht und war wieder zum Fenster gestelzt. „Ich — möchte den Herrn Paron sprechen —" sagte der Alte schüchtern.

„Ist heute nicht zu sprechen," stieß der Kassierer kurz hervor. „Wollen Sie nu nehmen oder nicht?" Er streckte die Hand aus, um das Geld von der Zahltafel zurückzuziehen.

In dem Alten stieg es mächtig auf, er zitterte am ganzen Leibe, die bebende Linke ballte sich, mit verglasten Augen starrte er auf das Zahlbrett. Zwei große Thränen stürzten ihm hervor, die Finger lösten sich aus ihrem Krampf, langsam strich er mit dem Stumpf das Geld zusammen und schwankte wie betrunken davon. Gretel, die einige Schritte entfernt, an die Wand gedrückt gestanden, ein schmächtiges, blutleeres, kleines Ding, das nach vierzehn, nicht nach siebzehn aussah, trat zu ihm und legte ihren Arm um seine Schultern.

Gleichzeitig trat jener junge Bursche an den Zahltisch heran, der bis dahin sich in gedämpftem Ton mit ihr unterhalten. Karl Schurig war nicht groß, fiel aber vor den andern durch seine Breite auf, denn die meisten jungen Burschen und Mädchen glichen mit ihren schmalen, hängenden Schultern, ihren dünnen Armen und Schenkeln fast halbflüggen Kindern. Diese Breite war in den Schultern freilich die Folge einer körperlichen Mißbildung, welche den Hals stark verkürzte. Er warf einen Blick auf das für ihn bestimmte Häufchen von wenigen Groschen und rief: „Was? den ganzen Vorschuß abziehen?"

Darauf schien Aribert nur gewartet zu haben. Mit hochgezogenen Schultern, die Arme breit schwenkend, stürzte er von hinten wie ein Geier heran. „Ja, den ganzen Vorschuß" krähte er, während sein Gesicht blau wurde. „Lümmels, die zum Inspektor laufen und klatschen, kriegen keinen Vorschuß!" Aribert hatte durch einen der Contoristen genau beobachten und eine Liste aufstellen lassen, wer der Besuchsaufforderung des Fabrikinspektors Folge leistete, und angeordnet, Allen die Vorschüsse restlos abzuziehen.

Karl galt im ganzen Dorfe für einen, mit dem nicht gut Kirschenessen wäre. Einen Schritt zurücktretend stemmte er die Arme in die Seite. „Ich bin mei Herr und kann hingehen zu wem daß ich will!" rief er. „Da hat mir Keener nich Vorschriften zu machen, Herr Leitnant. Die Straße geheert dem Keenig. Und überhaupt, was wissen Sie, daß ich mit dem Herrn Inspekter geredt hab?"

„Interessirt mich auch nich im geringsten!" näselte Aribert.

„'s is a sehr verninftiger Mann, der Herr Inspekter", fuhr Karl fort, halb zu seinen Genossen gewendet. „A hat gesagt, daß wir Spinner und Weber do nie meh uf an grünen Zweig kommen werden, und a wullt' uns Alle bei de Regierung ane andere Beschäftigung auswirken."

Unter den Contoristen wie unter den Arbeitern entstand eine Bewegung, ein Scharren mit den Füßen, ein halblautes Murmeln. Nur eine heulende Weiberstimme war zu verstehen: „Jetzt wolln se uns de paar Brenkel Brot onoch nehma!"

Aribert beugte sich über die Tafel vor. „Rand halten! Oder gleich Ohren abschneiden!"

Karl streckte ihm sein Gesicht mit dem vorgeschobenen Unterkinn, der gebogenen Nase entgegen: „Ich laß mers Maul ni' verbitten! Zum Fressen und zum Reden hat uns der Herrgott geschaffen. Zum nächsten Friehjahr moachen wer Alle weg von hier, da kann sich der Herr Paron pul'sche Ochsen vor seine Klapperstühle sätzen!"

Die einen lachten, die andern murmelten unverständliche Zustimmungen, die älteren Weber wehrten mit den Händen ab. Karl hatte den Arm erhoben, Gretel näherte sich ihm scheu, zog ihn beim Ellenbogen vorsichtig herunter und sagte: „Koarle, sei doch ock ni glei su wild!"

Aribert näselte: „Na, da könnt ihr Euch ja gleich vom Inspektor Vorschuß geben lassen," und zog sich unter dem Gelächter der Contoristen nach dem Fenster zurück. Mit einem Ruck strich Karl das Geld zusammen und schob sich weg, indem Gretel noch immer ihn zu beschwichtigen suchte.

Die große Lina kam heran, um sich ihren Lohn zu holen, ein starkes, blondes, pausbäckiges Mädel. Die Contoristen nannten sie unter sich den „Kürassier." Mit ihren breiten Schultern, ihrer vollen Büste glich sie einer mecklenburgischen Großmagd eher als einer schlesischen Spinnerin. Sie war eine „drübsche", das heißt von der anderen, österreichischen Seite des Gebirges, und jede Woche in der Nacht vom Sonnabend zum Sonntag legte sie den vier Stunden weiten Weg über die steile Höhe des Fichtenbrücker Passes zurück, und in der Montagsmorgenfrühe den Herweg, auch im strengsten Winter, wenn Schneelawinen und Eiskrusten den Pfad sperrten und sie über die Kniee in den frischen Massen einsank. Ohne die Spur einer Ermüdung kam sie dann an. Nie geschah ihr ein Leid. Einen Schwärzer, der sie einmal ungebührlich verfolgte, hatte sie braun und blau geprügelt, so daß er acht Tage lang sein Gewerbe vernachlässigen mußte und die Grenzjäger ihn schon ehrlich geworden glaubten.

Mit unbekümmerter, sicherer Miene trat sie an den Ladentisch — ihr sich in den Hüften wiegender Gang, ihr selbstbewußtes Auftreten verriethen die Oestereicherin, ihr lautes plumpes Tapsen die Bäuerin. Sie war erstaunt, als sie ihr Guthaben um eine Mark gemindert fand. Die sollte ihr als Strafe abgezogen werden, weil sie als Vorarbeiterin am Selfaktor ein ihr unterstelltes Mädchen, das den Rahmen nicht rechtzeitig ausgezogen, so heftig an den Haaren gerissen hatte, daß es zwei Tage lang an Kopfweh litt. „Dös nehm' i nit!" sagte sie kurz entschlossen das Geld zurück schiebend. „I will' mei Gold! I habs verdient. I laß mir kan Abbruch thun, wo i im Intresse der Herrschaft 'handelt hab."

„Sie haben sich gegen die Fabrikordnung vergangen. Machen Sie hier keine Geschichten!" schnautzte der Kassirer und wollte sie zur Seite schieben, um den Nächsten abzufertigen.

„Sakra! Halten 's die Fingern weg. I bin ka Stücken Holz!"

„Sie — Person! Was ist das für ein Ton!" rief Aribert von hinten. „Ohren abschneiden! werden mir überhaupt zu frech!"

Eine Bombe hätte keinen tolleren Aufruhr erregen können als die Entgegnung, die Lina jetzt mit spitzer Zunge hinwarf: „Sie sein mir viel zu grün, Herr Leitnant, als daß i mi mit Ihn' 'rumdischputier. Ziehn's mir nur die Marken ab, der Herr Baron wird schon so gnädig sein und sie mir z'ruckgeb'n." … Alles drängte sich heran, Männer und Frauen sprachen in sie hinein, sich nicht um den Hals zu reden. Aribert war bleich geworden, seine Wasseraugen schienen auf Stielen hervorzuwachsen.

„'Nausgeworfen werden Sie, Sie — Sie Mensch!"

„Dös wear'n wer holt no se'gen!"

„Das werden wir gleich sehen." … Er stürmte hinüber zum Vater und zog ihn mit sich fort, während Ottilie ihnen nachrief: „Dummer Sonnabend!" Die Treppe hinunter und über den Hof hinüber schilderte er ihm die Vorgänge. Segonda schüttelte den Kopf. „Die Aufgeregtheit hat keinen Zweck!" sagte er ruhig. „Die Lina ist unsere beste Vorspinnerin. Sie wird Dich öffentlich um Verzeihung bitten und damit wird's gut sein … Das mit dem Fabrikinspektor geht mir viel tiefer an die Nieren. Mir wollen Die oben Sperenzien machen? Wofür wählen wir denn immer konservativ? Die sollen Segonda kennen lernen! Ich lege den Leuten was zu und im Herbst bei der Neuwahl müssen sie mir Alle fortschrittlich stimmen."

Eine apokalyptische Stille entstand, als er eintrat. „Meine lieben Kinder!" sprach er — er liebte patriarchalische Formen den Leuten gegenüber. „Es sind schwere Zeiten und die Geschäfte gehen von Tag zu Tag zurück. Kaum weiß ich noch, wie ich den Lohn für euch erschwinge. Nur das Mitleid mit euch hält mich ab die Fabrik zu schließen." Ein paar alte Weiber begannen zu heulen und ihm den Rocksaum zu küssen. „Aber man muß es nehmen, wie 's der Herr schickt. Er hat mir heut ein großes Glück bereitet, er hat mein Kind gesund ins Vaterhaus zurückgeführt. Und damit ihr Alle Theil nehmt an meinem Glück, damit auch ihr Gelegenheit habt, Gottes Allgüte zu preisen und dieses Tages in Freude gedenkt, so gewähre ich meinem gesammten mechanisch thätigen Personal eine fünf- — eine dreiprozentige Lohnerhöhung. Geht und verkündet das euren Kameraden draußen."

Wie eine scheu gewordene Hammelherde stürzte die ganze Masse zur Thür. Scherbeck stellte sich ihnen in den Weg. „Unser allverehrter Herr Prinzipal lebe hoch!" schrie er, und das ganze Gewerk fiel schreiend ein. Mehrere alte Weiber weinten: so weit sie in ihren Erinnerungen zurückgriffen, fanden sie ein solches Ereigniß nicht verzeichnet. Nur Karl der unverbesserliche beugte sich zum alten Gabitz nieder und flüsterte: „A fiert was ei'm Schilde!" —

„Das war die schönste Willkommensfreude, die Du mir machen konntest, Papchen!" sagte Ottilie später, als die Drei beim mündlichen Diner saßen und Segonda mit einer gut gespielten Freude die Begeisterung der Arbeiter schilderte. „Die armen Leute können's brauchen."

„Ich könnt's nicht aushalten, wenn die Flachsernte in Rußland nicht so gute Aussichten böte!" entgegnete er. Ein so vergnügtes Mahl war schon lange nicht in Fichtenbrück gehalten worden. Immer mehr und immer mehr mußte Ottilie von den Schönheiten der Riviera erzählen, vom Nizzaer Carneval, und die Drei sahen sich fast erstaunt an, als mit einem Male schon der Nachtisch aufgetragen wurde. Wie aus einer Bezauberung erhoben sich Vater und Sohn. „Kinder, was fangen wir nun Abends an?" fragte Ottilie. Verlegenes Husten der beiden Herren. Der Papa sprach etwas von „noch arbeiten" und „wichtigen Briefen",ribert von einer „Sitzung in Landeshut." Der Vater suchte Ottilien durchaus einzureden, daß sie reisemüde sei und früh zu Bett gehen müsse, wogegen die junge Dame sich entschieden verwahrte.

Der Diener trat ein und meldete, daß Doktor Fahner nach den Herrn Leutnant frage. „Führen Sie ihn in mein Zimmer und sagen Sie, ich sei gleich reisefertig!" antwortete Aribert, während Segonda rief: „Nein, hier herein, er soll doch seine alte Patientin begrüßen." Aber Ottilie versicherte, sie wolle heute keinen fremden Menschen sehen, und als der Vater entgegnete, der Doktor sei doch kein Fremder, erklärte sie sich als „wirklich müde" und zog sich auf ihr Zimmer zurück. „Ich merke ja doch, ihr wollt mich los sein," sagte sie, und Aribert bei Seite nehmend, fragte sie: „Du verkehrst immer noch mit dem unausstehlichen Menschen?"

„Mein Corpsbruder ist kein unausstehlicher Mensch, sondern der reizendste Kerl auf Gottes Erdboden."

„Na — Du — wirst den Bruder schon noch kennen lernen. Mir ist das Corps unsympathisch. Gute Nacht!"

Aribert verabschiedete sich von seinem Vater und begrüßte den in seinem Zimmer harrenden Freund mit den Worten: „Na alter Schwede, heute hole ich meine Revanche!" Dabei schlug er ihn auf die Schulter. Der Doktor verzog sein breites, rothes, schmißzerfetztes Gesicht zu einem Grinsen und erwiderte: „Meine Tante sagt Ja, hoffentlich sagt Deine nicht Nee!" Aribert lachte und schlüpfte in den Paletot.

Bald rollte der Whisky davon, der Beide dem „Goldnen Löwen" in Landeshut entgegenführte. —

Segonda saß in seinem Privat-Arbeitszimmer, das mit allen erdenklichen Bequemlichkeiten ausgestattet war, von den weichen Polstermöbeln, den schweren Teppichen, in denen der Fuß geräuschlos versank, bis zu der direkt nach dem Kontor führenden Fernsprechleitung. Der Diener hatte die Vorhänge herabgelassen, die Studierlampe auf den Tisch gestellt, welche über die Möbel, die Bilder, die Decken einen goldigen Hauch goß, und sich auf einen Handwink des Herrn stumm zurückgezogen Segonda ging mit kurzen Schritten im Gemach auf und nieder, die Arme auf dem Rücken, die Stirn gerunzelt. Jetzt zündete er sich eine Cigarre an — er war eigentlich kein Raucher, aber er mußte die Zeit doch mit etwas ausfüllen — und setzte seine Zimmerpromenade fort. Von Minute zu Minute warf er unwillige kurze Blicke nach der Thür. Plötzlich draußen ein scheues zurückhaltendes Klopfen, wie wenn die Fingerkrümmung das Holz kaum berührte, drinnen ein ganz leise knurrendes „Hm!" — und hinter der von selbst klanglos in's Schloß fallenden niederen Thür erschien Lina im Zimmer. Sie ging bis in die Mitte des Raumes, bis vor den Tisch, fast sicher, ohne Scheu, wie Jemand, der den Ort kennt und an ihm zu verkehren gewohnt ist. Er betrachtete sie von oben bis unten, während sie ihn dreist ansah, seine Züge hellten sich auf, die Falten schwanden von seiner Stirn. Dann ging er bis zum Schreibtisch, stellte sich so, daß er ihr den Rücken wandte und sagte mit tiefer Stimme, fast väterlich, mit der offenkundigen Absicht, jede Härte zu vermeiden: „Ich habe mich heut wieder arg über Dich kränken müssen. Um ein Haar hättest Du Dich verrathen und mich in die größten Schwierigkeiten gebracht. Du mußt Dich zusammennehmen, Kind! Besonders jetzt, wo meine Tochter wieder hier ist. Mein reines, väterliches Interesse an Dir könnte mir falsch ausgelegt werden. Und dann wäre es auch aus mit meiner Theilnahme für Dich!"

Er hielt inne. Lina hatte den Kopf gesenkt und sah zu Boden. Eine ganze Weile schwieg sie, in einer Verlegenheit, die fast wie Trotz aussah, dann murmelte sie: „Nehmen's diesmal nit genau, Herr Baron."

Segonda trat zu ihr und faßte sie unter's Kinn. „Versprichst Du mir, Dich künftig zusammen zu nehmen, und Dich namentlich im Dienst nie über die Andern zu überheben?"

Sie sah noch immer nicht auf, sondern murmelte in der vorigen Stellung, kaum hörbar: „Ja!"

„Und hast Du auch Dein Versprechen gehalten, Dir keinen Liebhaber anzuschaffen?"

Wie oben: „Ja!"

„Und wirst Dir keinen anschaffen?"

„Naa."

„Dann bin ich mit Dir zufrieden. Hier hast Du etwas für Deine Sparbüchse." Verstohlen, beinahe scheu, steckte er ihr einen Thaler zu, den er zwischen zwei Fingern gehalten hatte, dann trat er, während sie leise dankte, wieder von ihr weg, und winkte mit dem Kopfe nach rechts. Sie schritt zur Wand und öffnete, ohne lange zu suchen, eine Tapetenthür, die sich nur wenig von dem dunkelbraunen Grunde abhob. Während sie dahinter verschwand, setzte er sich auf das Sofa, die Hände in die Hosentaschen, die Beine von sich gestreckt und starrte wie hypnotisirt immer auf den einen Tischfuß, dessen Umrisse sich kaum vom Halbdunkel des Teppichbodens abhoben, der alles Licht einsaugte. Wohl eine Viertelstunde saß er so, unbeweglich, ohne zu denken, als ginge sein Bewußtsein derweil in anderen Erdtheilen spazieren: nur seine Athemzüge verriethen Leben. Plötzlich warf er den Kopf auf, die Augen zwinkerten — und jetzt richtete er sie wie gebannt auf die hohe, derbe Gestalt, die eben durch die Tapetenthür wieder eingetreten war. Ein schneeweißes Faltengewand floß vom Gürtel abwärts, an der linken Seite aufgenommen ließ es hochgeknüpfte gelbe Sandalen über einem kräftigen Beine erkennen. Ein blinkender Panzer umschloß die Brust, die strammen Arme leuchteten bloß und roth, das Haar fiel aufgelöst über den Rücken, fast bis zum Gürtel, über dem Scheitel zitterte ein blitzender Stern.

Segonda erhob sich, ging ihr entgegen, zeigte auf den schön geschnitzten Eichensessel am Mitteltisch und sagte: „Ich danke Dir, daß Du gekommen bist, Brunhilde! Nimm Platz!"

Lina schwieg einen Augenblick, wie der Schatten eines Lachens kräuselte es sich um ihre Mundwinkel, dann senkte sie den Kopf und erwiderte mit dem Schulmädchenton des Eingelernten: „Ich dank' Dir, Gunther!" und setzte sich. Segonda trat hinter sie, beugte sich nieder und drückte einen kurzen Kuß auf ihr Haar, während seine Hände die Muskeln ihres Oberarms zu erfassen strebten. Er bemerkte dabei nicht, oder wollte nicht bemerken, wie schlecht sie die Schnallen des Panzers auf den Rücken geknüpft, wie ungeschickt befestigt hatte. Sie bog die Arme zur Seite, kehrte sich halb um, wehrte ab und sagte in dem strengen Ton, den er ihr vorgeschrieben: „Gunther!" Er seufzte, stand eine Sekunde still in sich versunken und drückte dann auf einen Telegraphenknopf an der Wand. Nach einer Pause ließ sich ein Geräusch vernehmen, wie wenn eine Kette gezogen wird, eine Klappe in der Wand öffnete sich und auf einer aus der Küche emporgelassenen Platte erschien eine dampfende Schüssel und eine Flasche Rheinwein im Kübel, und Eßgeschirr. Stumm holte Segonda Alles herbei, setzte Teller und Römer, Rehziemer und Hochheimer vor Lina nieder und sagte: „Erquicke Dich, Brunhilde, denn die Jagd wird Dich ermüdet haben, und gestatte mir in deiner Gesellschaft zu bleiben." Dann setzte er sich in die Sofaecke, rückte den grünen Schirm der Lampe so zurecht, daß Alles Licht auf Lina fiel und er selbst tief im Schatten saß. Den Kopf in die Hand gestützt schien er ihre Gestalt, ihre Bewegungen in sich einsaugen zu wollen. Obgleich Lina diese Szenen jeden Sonnabend Abend spielen mußte, war ihr die Bewegung, das ungewohnte Gewand, die ihr unbegreifliche und unverständliche Situation jedesmal von Neuem unbehaglich. Bald ließ sie das Messer zur Erde fallen, bald stieß sie den vollen Römer um, und wie von innerem Schmerz durchwühlt zuckte Segonda jedes Mal zusammen, wenn er aufstehen mußte, um die Folgen ihrer Ungeübtheit zu beseitigen und dann mit vieler Mühe die Fäden des schwachen Zaubers wieder zusammenzuknüpfen, in den sich zu versetzen er so großen Aufwands bedurfte. —

Zu derselben Zeit ließ sich Ottilie in ihrem Zimmer von der Wirthschafterin Anastasia bei der Nachttoilette unterstützen. Die alte, verschnurrte Jungfer mit der ledernen Haut, den unruhig listigen Augen konnte sich nicht genug in Verwunderung erschöpfen, wie stark und kräftig das gnädige Fräulein geworden sei, und während sie ihr behilflich war in das zart schmeichelnde Spitzengewebe der Nachtjacke zu schlüpfen, war sie nicht müde ihr die Hände zu küssen und zu versichern, daß ein Theil der glücklichen Wendung ihr zukomme, da sie für die Genesung des Fräuleins täglich zwölf Avemaria gebetet hätte. Die Jungfrau sei ihr denn auch im Traume erschienen und habe ihr gesagt, Fräulein Ottilie sei zwar eine Protestantische, aber so brav und so gut wie die beste Katholikin, und darum werde ihr Gebet erhört werden. Ottilie dankte ihr für ihre Liebe, versicherte, daß auch sie in der Ferne an ihre alten Freunde gedacht habe und ihr gern etwas mitgebracht hätte. Sie habe aber nicht recht gewußt, was ihr Freude machen würde, und so möge sie sich lieber selbst etwas kaufen. Damit steckte sie ihr einen Funfzigmarkschein zu. Der Alten rannen die Thränen über die Backen, sie rief den Segen aller Heiligen über Ottilie und küßte ihr fast die Haut von den Händen, so daß jene sie zuletzt hinausschicken mußte. Kaum hatte Anastasia die Thür hinter sich geschlossen, als sich ihre Züge verzerrten; sie knüllte die Banknote zusammen, steckte sie mit wüthendem Ruck in die Tasche und murmelte vor sich hin: „Hundert hätten Dich auch nicht arm gemacht, Geizkragen! Sterben mußt Du doch bald!"

Mit hurtigen Fingern drehte Ottilie die kleine elektrische Traglampe auf, die ihr der Papa zur Rückkunft für den Nachttisch angeschafft, dann warf sie sich in die rauschenden Spitzenwogen ihres Mädchenlagers, und nahm ein Buch zur Hand, in dem sie den Kopf aufgestützt brennenden Auges las. Es war Haeckels „Natürliche Schöpfungsgeschichte."

III.

Henning gehörte zu den Frühaufstehern. Sommers und Winters, Wochentags und Sonntags erhob er sich um halb sechs Uhr Morgens. Schlafen, Essen, Toilette — kurz alle auf die Erhaltung seines Ichs bezüglichen Verrichtungen waren ihm Nichts als eine gleichgiltige Nothwendigkeit. So großen Werth er auf Reinlichkeit, körperliche Hebungen und auf einen guten Tropfen legte — die Bettenmacher, die Köche, die Schneider hätten seinethalb nie auf Vervollkommnungen ihrer Thätigkeiten zu denken brauchen. Er ertrug Hitze und Kälte mit gleichem Muthe, aber ein herrlicher Sommermorgen wie der heutige versetzte ihn doch in eine feierliche und glückliche Stimmung, obgleich er, ein Kind des Landes und durch Jahre auf dem Lande lebend, gegen Genüsse ziemlich abgestumpft war, die nur dem Städter, der sie dauernd entbehrt und nur in den Ferien genießt, außerordentlich und göttlich erscheinen.

Nachdem er seine ausgedehnte Morgengymnastik beendet und seine alte Joppe angezogen, setzte er die runde Mütze auf das hellbraune, dichtbehaarte Haupt, und brachte seinen Lieblingen, den hohen Rosenstämmen draußen im Vorgärtchen, den Morgengruß. Er freute sich der blinkenden Thautropfen in den Kelchen, er lauschte lächelnd dem munteren Schlage der Finken. Dann setzte er seine lange Bismarckpfeife in Brand und durch die schmalen Beete schreitend wälzte er behagliche Wolken über die zackigen grünen Blätter und lachte in sich hinein, wenn die dicken Blattläuse die unwilligsten und vergeblichsten Anstrengungen machten sich ihnen zu entziehen. In sein niederes, enges Stübchen zurückgekehrt, aus dem der Morgenwind inzwischen die dumpfen Nachtgeister weggeblasen hatte, lehnte er sich weit zum Fensterchen hinaus, behaglich schmauchend, und ganz von dem einen Gedanken erfüllt: „Gottlob, heute ist Sonntag, und du brauchst nicht in die gewohnte Tretmühle!" Er freute sich seiner Klugheit, nicht in die große Kaserne gezogen zu sein, welche Segonda der Fabrik gegenüber für seine Beamten gebaut hatte. „Dem Alten ist's nicht recht, wenn man sich separirt, dachte er bei sich, aber mir ist's gemüthlicher." Von seinem Fenster aus konnte er nicht einmal die Fabrik sehen, die an einer Seitenstraße lag und durch Bauernhäuser und einen kleinen Hügel verdeckt ward. Dafür aber blickte er auf die Landstraße, über die windschiefen, kleinen, moosgedeckten Häuser der Einwohner, über graugrün wogende Haferfelder und vor Allem auf den mächtigen, gerade ansteigenden Wall des Fichtenkammes. Unten im Niederdorf waren die Häuser höher, schöner, reicher, die Felder üppiger, dafür war man im armen Oberdorf den Bergen um so näher. Deutlich lagen die vereinzelten Bauden auf den nackten Hauen der Abhänge vor ihm, sie grüßten hinüber und er schwenkte mit der Pfeife seinen „Guten Morgen!" zurück, nur den beiden hoch oben auf dem Rücken des Kammes erwiderte er den Gruß nicht, die haßte er, weil sie die schöne Linie des Gebirges störten, wie kleine Warzen eine herrliche Hand entstellen. Er blickte den Tag über oft nach den hohen, mächtigen Bergen, nicht von einer empfindsamen Sehnsucht getrieben, sondern weil von dort das Wetter kam. Der Nebel, welcher sich aus den Gründen und Schlüften losrang und über die Spitzen der Bäume hinweg zum Rücken emporkletterte, wie ein Vorhang, der aufgezogen wird, die bewegten Baummassen, welche dunkelgrün und saftig herüberschillerten, verkündeten einen schönen Tag.

Ueber Dorf und Feldern lag friedliche und befriedigte Stille. In die Schlußkadenzen der Finken fielen die verheißenden Klänge der Kirchenglocke ein, die immer eifernder, immer dringender herüberflatterten. Die Vögel priesen ihren Gott, die Glocken priesen ihn an. Die locker hängenden Fensterläden der Bauernhäuser, die überschneidenden Dächer sahen verwundert in die Welt, die Schornsteine trauten sich kaum den schwachen Heerdrauch in die Luft zu blasen. Die Straße, welche die Sonne Zoll um Zoll mit ihren kurzen, noch nicht ganz ausgewärmten Strahlen besetzte, lag leer da wie ein langer gelbbrauner Pinselstrich, den ein Dorfmaler durch die Natur gezogen. Nur einzelne männliche und weibliche Gestalten schoben sich Schattenbildern gleich stumm darauf hin dem Mitteldorfe zu, nach der Kirche. Unwillkürlich mußte Henning sich das innere Schiff vorstellen, die eichene Kanzel, den Prediger darauf mit seinem mageren Gesicht voll rother Aederchen, er hörte den gleichgiltigen Ton mit dem er wie ein preußischer Feldwebel den Rapport seiner Liturgie herunterlas, er fragte sich, wie jene Leute, die da vor ihm hinzogen, Erbauung und Trost finden wollten, er bedauerte die Mühe ihres Weges und nahm selbst ein altes, dickes, mit großen Lettern gedrucktes Gebetbuch vor, in dem er ein paar Seiten hindurch Gottes Wort verfolgte, ruhig, sachlich, ohne inbrünstige Erregung. Er dachte, wie wohl jene Mehrzahl, die mit ihm der Kirche fern blieb, den Sonntag benützen würde, er stellte sich das Innere jener Häuser vor, die rings in seinem Gesichtskreise lagen, er sah die Männer stumpfsinnig vor sich hinstieren oder über einem Verse des zerfetzten, schmutzigen Buches brüten, die Weiber am schmalen Heerde hantieren und mißduftende Cichorienbrühe oder dünne Mehlpappe kochen, und er fragte sich, was diesen Leuten der Tag des Herrn bedeute? Dann aber stand er schnell auf und ging daran, ihn auf seine Weise auszufüllen.

Er schleppte eine Menge Bücher herbei, Papier und Tinte. Er warf Zahlen auf das Papier, Formeln, Brüche, er addirte, multiplizirte, theilte. Er schlug in den dickleibigen Büchern nach, verglich dünne, zerlesene Hefte damit, ließ neue Zahlenreihen aufmarschiren, vernichtete sie mit einem Federstrich, holte alte, früher beschriebene Blätter aus blauen Mappen, die von Ziffernreihen starrten wie der europäische Friede von Waffen. Oft hielt er an, verglich, prüfte, rechnete nach, oder guckte, mit dem Federhalter zwischen den Fingern spielend, gleichsam geistesabwesend, denkfremd in die Luft, während sein Gehirn hinter der kalten Hülse selbstthätig unbewußt um so eifriger weiter arbeitete. Und nachdem er, die Augen zusammengekniffen, von Neuem gerechnet, gezählt, verglichen hatte, legte er die Feder zur Seite, und die Ellenbogen auf den Reißtisch gestützt, die Finger verschränkt, ließ er den Kopf auf der dadurch gebildeten Brücke hoffnungsreich sinnend ruhen und eine Fülle der Fragen an das Schicksal drängte und schob sich durch seine Seele. „Werde ich," klang es in ihm, „meine Ideen zur vollen Klarheit bringen? werde ich meine Pläne durchsetzen? wird das Exempel nicht nur rein und sauber aufgehen, sondern auch ein Kühner sich finden, der diesen todten Zahlenreihen Leben, Körperlichkeit, Wahrheit verleiht? Wird die Summe der Unzufriedenheit und des Leidens auf Jeden sich jemals vermindern und jeder Arbeiter, der im Schweiße seines Angesichts dem schleichenden Tage seine Kräfte opfert, Jeder, bis zum untersten Kehrer herab — denn arbeiten, schwer schaffen sollen und müssen Alle — ob er sich des Abends auf schlechtem Strohsack oder englischer Sprungfedermatratze zur Ruhe legt — wissen, warum er sich zehn Stunden lang die Haut von den Händen, das Schmalz vom Hirn geschunden? wissen, daß er es für sich, für sein Wohlergehen, seine Fortbildung und die Ruhe seines Alters gethan?" Er, der sich durch eigne Kraft vom Niedern und verachteten Arbeiter zum Leiter einer großen Anstalt aufgeschwungen, mußte besser als irgend Einer, was es hieß, die schönsten und größten Theile seiner Arbeit nicht für sich behalten, sondern Fremden opfern zu müssen. So weit er von jenen Träumen entfernt war, in denen eine goldene Zukunft die Erde zur Schlaraffenstadt verwandelte, so deutlich und kraftvoll schwebte ihm eine bestimmte, wohl gegliederte Werkstatt vor, in der jeder seinen Posten versehend auch sicher war, das voll und ohne Abzug zu erhalten, was die Arbeit an diesem Posten für den Werth des letzten, in die Welt hinaus eilenden Erzeugnisses bedeutete — eine Abschätzung, die sich für ihn, den Mann der Praxis, in Formeln und Zahlen ausdrücken lassen mußte.

Mutter Liebig trat ein und brachte ihm das Frühstück, eine dicke Roggenmehlsuppe, in die tüchtige Würfel Schwarzbrot! eingeschnitten waren. „Is das nu nich ne Sünde und Schande, dem Herrgott seinen schönen Sonntag so zu versitzen?" fragte sie mit gutmüthigem Unwillen. „Wenn er das gewollt hätte, da hätt' er ja lauter Wochentage machen können und sich keine Mühe nich mit dem Feiertag zu geben brauchen. Und heute hat er'n nu noch extra schön gemacht."

„Für seine Mitmenschen arbeiten, heißt auch den Feiertag heiligen," sagte Henning, die Pfeife schief im Munde, mit überlegenem Lächeln.

Mutter Liebig setzte sich breit auf den Stuhl hin, die Hände auf die Knie gestützt und meinte mit sehr verächtlichem Gesicht, das Kinn vorgeschoben: „Wissen Sie denn, daß sie's Ihnen danken thun?"

„Das müssen wir genau so abwarten, wie ob Ihnen das Sonntagsgericht nicht verunglücken wird. Was haben wir denn?"

Die Alte machte ihr bösestes Gesicht, da man ihre Kochunfehlbarkeit bezweifelte. „Schlä'sches Himmelreich, is mir noch nie nich mißglückt. Wenn man zwanzig Jahre lang 'ne Resterazjon in Brassel gehabt hat, wo die feinsten Herrschaften drin verkehrten … und wenn das mit mei'm Mann sein Kopp nich passirt wär, säß' ich heut noch drin …" Sie stand auf. „Wenn blos Ihre Garne immer so weich wär'n wie meine Klöße, Herr Henning!" …

Der Spinnereidirektor lachte in sich hinein, auch als sie schon wieder draußen war. Die wackre Alte sorgte wie eine Mutter für ihn, aber er durfte nicht wagen, auch nur das Geringste zu tadeln. Wer so lange in einer großen Wirtschaft selbstständig befohlen hatte, ertrug, wenn häusliches Unglück ihn zu einer dienenden Stellung zwang, schwer Tadel, sah darin nur absichtliche Kränkung. Es mochte etwas Böses um ein absteigendes Schicksal sein … Mit einem Male mußte er unwillkürlich lächeln. „Schlesisches Himmelreich!" Diese Bezeichnung stimmte ihn jedesmal heiter. Glückliches Volk, dem Klöße, Backobst und Rauchfleisch das Himmelreich waren, das sich mit fünf Groschen das Paradies schuf. Die ganze Bescheidenheit, Ergebenheit, gutmüthige Stille, wie er sie bei seinen Unterstellten fast ohne Ausnahme kennen gelernt hatte, lag in dem seltsamen Namen. Er mußte der Anspruchslosigkeit chinesischer Kulis gedenken, von der er gelesen. Aber waren solche Leute nicht glücklicher als die Ewig Aufstrebenden, nie Zufriedenen von seinem Schlage — jene, die nie begehrten, weil sie nie entbehrten? Hatte der Dichter nicht Recht, der von seinem Schöpfer für sich und alle Menschen die Gnade erbat: Laß uns einfältig werden? Und während er die Suppe auslöffelte, die sich mittlerweile mit einer dünnen Haut überzogen, holte er das Buch herbei und las das alte Lied nach, das so herzlich und in seiner Weise selbst so einfältig klingt — in der einen Hand den Löffel, mit der andern umblätternd. Dann stellte er erst den Teller zur Seite und räumte darauf Bücher, Hefte, Mappen, Papiere fein säuberlich in ein von einem grünem Kattunvorhange geschütztes Regal. Und nun brachte er neue Arbeit herbei, der früheren ähnlich und doch von ihr grundverschieden. Aus dem tiefen Holzkasten einer Kommode, welche ihm als Sekretär diente, brachte er eine breite und große Mappe, deren Bänder er löste und ihr große weiße Blätter entnahm, verschlungene Zeichnungen auf Pauspapier und auf starkem Karton, ein Gewirr schematischer Räder, Walzen, Schrauben, Stangen, bald sorgfältig ausgetuscht, bald mit flüchtigen Bleistiftstrichen angedeutet, und dann wieder gelbe Quartblätter, in der Mitte gebrochen, und die linke Hälfte bedeckt mit unendlichen Zahlreihen, mit Buchstaben, algebraischen Formeln, Gleichungen und Wurzelausziehungen. Dann setzte er sich nieder. Bald tanzte die Feder in seiner Hand Galopp über das Papier, bald ruhte sie erschöpft auf dem Reißtisch, und wie beruhigend legte sich die Hand für Minuten über die Augen. Feder, Blei, Tusche, Zirkel, Lineal — Alles pilgerte durch seine Finger, ein unablässiges Vor und Zurück, bald mit rasender Geschwindigkeit, bald stoppend und anhaltend. Er schwitzte, er knöpfte sich die Jacke auf, er schritt ? mit großen Schritten heftig durchs Zimmer, er fluchte, er sprach mit sich selber. Der ruhige, so gleichgültig scheinende Mann war wie ausgewechselt: im amtlichen Beruf kalt, zurückhaltend, nüchtern schien er jetzt leidenschaftlich, aufgeregt: hier, wo es sich um ein großes, weitgestecktes Ziel handelte, das den Ausgangspunkt für neue, unbekannte Bahnen bilden konnte, um Gedanken, die er aus seiner eigenen Seele geschöpft hatte, schien eine zweite Natur in ihm zur Geltung zu kommen, seine Sonntagsnatur, die sonst, am Alltag unter der kühlen Decke der Pflicht verborgen lag, wie seidengestickte Prunkmöbel eines Königssaales unter grauen Drillichüberzügen.

Dann schlug er Bücher nach, dicke Wälzer von vorn bis hinten mit Zahlen angefüllt, Logarithmen und Technologieen, operirte mit langstelligen Formeln, die er aus ihnen zog, prüfte, verwarf, berichtigte stundenlang, um das endliche Ergebniß einer Nachforschung verbessernd in die alten Pläne und Aufstellungen behutsam einzutragen, oder vor Freude in die Hände klatschend und sich den dichten Bart streichend, wenn die heutige unabhängige Nachprüfung beim Vergleich dasselbe Ergebniß zeigte, wie die frühere Rechnung.

Er brachte einen polirten Holzkasten heran, dem er einen elektrischen Apparat entnahm, mit Elementen, Induktor, Elektroden, Stärkemesser. Durch Drehen eines Seitenrades begann er ihn in Thätigkeit zu setzen, es funkelte und knisterte — er lachte und leitete die Kraft in ein paar weißgraue Bündelchen, Fäserchen und Fäden, die er einem besonderen Pappkasten entnommen. Dann untersuchte er die Garne und Fasern genau, befreite ein Mikroskop von seiner Glashülle, schnitt von jenen Theilchen ab und brachte sie unter das Sehrohr … Dann maß er wieder die Kraft des Apparates, machte sich auf besondere Blätter Notizen, rechnete aufs Neue, trug ein, lief zum Tisch, verglich, kopirte, korrigirte an den Zeichnungen, beschäftigte sich aufs Neue mit dem Apparat, holte das Modell eines aus zierlichen Stäbchen und Scheiben zusammengesetzten, niedlichen Flyers heran, setzte es in leise klappernde Thätigkeit, indem er einen winzigen Spiritusbrenner entzündete, dessen Kessel mit dem Modell durch Riemchen verbunden war, hielt ihn bald wieder an, schrieb, rechnete, verglich aufs Neue, strich aus, übertrug, radirte mit einem Federmesser, hantirte bald mit schwarzer bald mit rother Tinte, dazwischen nachdenkend, nach einem fehlenden Blatte im gefüllten Kasten wühlend, fluchend, umhergehend, schwitzend, rauchend, speiend, mit der Faust aufschlagend, Bogen zerknitternd und fortwerfend — eine vollkommene Schlacht mit den Papieren, den Büchern, den Apparaten, dem eigenen Kopf … alle Tische, Stühle, Fensterbretter lagen zuletzt voll von Löschpapieren, Pausen, Schriften, Geräthen, und je weiter die Arbeit vorschritt, desto heftiger war jene Bewegung, und der herkulische Mann gerieth in eine immer stärkere Leidenschaft, die ihm zuletzt den Schweiß in hellen Tropfen über die Wange jagte.

Drei, vier Mal hatte ihn Frau Liebig schon zu Tisch gerufen, nicht ohne eine gewisse Ironie, als wollte sie ihn auffordern sich zu überzeugen, daß ihr das geliebte Gericht nicht mißglückt sei, jedesmal hatte er nur mit einem kurzen „Gleich! gleich!“ geantwortet, erst entschuldigend, dann ärgerlich, zuletzt ihr wüthend entgegenschreiend: „Lassen Sie mich doch endlich mit ihrem dummen Essen in Ruh’ — ich werd’ schon kommen, wenn’s mir paßt!“ Schließlich hielt es die Alte nicht mehr aus und keck hineindringend rief sie: „Natürlich, daß Sie mich dann ausschimpfen thun, wenn’s durch das lange Stehen verdorben ist. Ich kenn’ euch Männer doch! Sie geh’n ja nicht‚ in die Kirche. Aber ich führ’ Sie hin, wenn der Herr Pfarrer ‘s nächste Mal über den Text predigt: Alles hat seine Zeit!“ Henning lachte und die Pfeife wegstellend und Apparate, Bücher, Papiere sorgfältig wieder einpackend und an ihre Plätze bringend sagte er komisch die schlesische Mundart nachahmend: „So — jetzt komm’ ich, Mutter Liebichen. Nehmen Sie’s ock nich iebel — die Sache, die ich heute fertig gemacht habe, ist schon eine kalte Suppe werth!“

Die Alte zog einen schiefen Mund. „Herr Direktor,“ sagte sie, „reden Sie was Sie wollen — aus den Leuten wird nu ’mal nischt, die die Menschheit glücklich machen und dabei ihr eignes Mittagsbrod schlecht werden lassen.“

Henning schlug sie auf die Schulter. „Meinetwegen machen Sie sich keine Sorge, Mutter Liebig. Ich weiß, wo ich bleibe. Und wenn mir die Sache durchgeht, trinken wir heut’ über’s Jahr Champagner!“

„Den trinken Sie ock alleene — mir is das sisse Zeug zuwider!“

Nach Tisch schlief Henning ein Stündchen, dann legte er einen Kragen um, zog sich eine bessere Joppe an und setzte den Hut auf. „Das is recht,“ sagte die alte Liebig. „Der Herrgott möcht’ sich doch zu sehr ärgern, wenn die Menschen seinen scheenen Sonntag so gar nich genießen!“

„Ich will ’mal zum alten Kiel — im Oberdorf.“

„Zu dem Liederjahn? Na, da wünsch ich Ihn’ viel Glück, daß Sie’n blos nichtern antreffen!“

Henning steckte eine Rolle mit Zeichnungen zu sich, die er schon vorher zusammengebunden, und wanderte die Dorfstraße entlang, dem Gebirge entgegen, das sich in seiner ernsten, unerschütterlichen Gewalt selbstbewußt, weltabschließend vom blauen Sommerhimmel loszulösen schien. Die nackten, graugrünen Gipfel, klotzig und trotzig schienen zu sagen: „Hier ist’s zu Ende!“ — aber der Himmel lachte freundlich und meinte: „So arg ist’s nicht, ich sehe weiter, und da drüben liegt auch noch eine Welt, in der es Dörfer und Menschen giebt und vielleicht mehr Freude und knusprigeren Sonntagsbraten als hier.“

Im braunen Straßenstaube spielten flachsköpfige, blasse Kinder, still und zurückhaltend; sie grüßten Henning, in dem sie schon nach wenigen Jahren ihren Vorgesetzten erblicken würden, und manchmal winkte der Wanderer eine der kleinen Schmutznasen zu sich heran, fragte sie nach Namen und Eltern und schenkte ihr einen Pfennig, den sie sofort den Eltern zeigte, ins Haus hineinlaufend.

Eine halbe Stunde war er gemächlich dahin geschritten, die Häuser wurden kleiner, windschiefer, unansehnlicher und zogen sich in immer größeren Entfernungen auseinander, die Vorgärtchen verschwanden, es blühten keine Rosen mehr, magre Wiesen, mit Unkraut durchschossen, steingemengtes Brachfeld schob sich heran. Jetzt verließ Henning auch die bequeme Landstraße, welche in breiten Windungen allmählich zur Paßhöhe des Gebirges schlich, und schlug einen schmalen, steinigen, schlecht gepflegten Seitenweg ein, auf ein niedriges Haus zu, an einem Abhang. Von seinen Wänden war der Verputz verfallen, das Schindeldach von grünem Moose überwuchert, die Läden hingen schief in den verrosteten Angeln, die Fensterscheiben waren blind, die ausgeschlagenen mit Papier verklebt. Henning war noch ein paar Dutzend Schritte entfernt, als häßliches heiseres Hundegebell ihm entgegenkläffte, das immer wüthender wurde je näher er kam. Er klopfte ruhig an die verschlossene Hausthür — aber nur der Hund antwortete. Plötzlich öffnete sich ein ganz enger Spalt, ein räudiges, ruppiges Vieh von unmöglicher Rasse stürzte ihm entgegen und schien seine Wuth an Hennings Hosenkrempe auslassen zu wollen. Der gab ihm einen Tritt, daß er fünfzig Schritte durch die Luft flog, hielt dann mit eisernem Griffe die Thürklinke fest, drängte die Thür zurück und trat ein.

Ein Mann in gebückter Haltung stand vor ihm, das Haar verworren, Wangen, Kinn, Oberlippe stoppelstarrend. Die dunkle Röthe auf den Wangen deutete an, daß er eben geschlafen hatte. „Was wollen Se denn?" knurrte er ihn mit heiserer Stimme an, in der ein lispelnder Anklang der Berliner Mundart nicht zu verkennen war. Henning, erwiderte ruhig: „Na, kommen Sie erst' mal' rein!" und ging ohne sich auf Weiteres einzulassen in das Zimmer zur Rechten, ein elendes, schiefes Loch, das Nichts enthielt, als einen alten Tisch, einen Stuhl mit drei ein halb Beinen und ein jämmerliches Bettstell, in dem ein zerrissener Strohsack und eine Decke lagen. „Wer sind Sie denn?" knurrte der Alte.

„Herrgott, Kiel, machen Sie nur keine Fisimatenten. Sie kennen mich ja ganz gut." Er winkte mit der Hand ab. „Hier die Uhr sollen Sie mir machen!" Er holte aus der Tasche eine alte Spindel, offenbar ein werthloses Erbstück. „Ich habe sie einem unserer Arbeiter versprochen."

Kiel hielt die Uhr in der Hand und blickte mißtrauisch auf Henning. „Warum gehn Sie denn nich zu dem Nietzschke im Unterdorfe? Das ist doch so'n großes Genie, denk' ich?"

„Bei dem ist ja die reine Apotheke!" erwiederte Henning kurz. „Das lohnt mir die Sache nicht. Geschenke und noch darauf zahlen! Außerdem kann der Kerl ja nichts."

„Nee!" stimmte Kiel lebhaft bei. „Das stimmt! Pfuscher!"

„Das weiß ich schon längst. Also — ich verlaß' mich auf Sie. In acht Tagen!"

„Werden sehen!" Kiel zuckte die Achseln, Henning schritt ruhig bis zur Thür, kehrte dort um und sagte ganz gleichgilti: „Uebrigens … Kiel … da hätte ich was für Sie. Ich habe da eine Erfindung gemacht … eine Konstruktion … da möchte ich gerne das Modell zu anfertigen lassen — das wäre doch was für Sie … Sie sind ja ein Mordskerl —"

Kiel streckte den Arm vor und rief laut: „Nee … Nich in die Hand! … Da reisen Sie nur nach Breslau oder nach Berlin! Da sitzen die großen Köpfe! … Ich bin für so was ja viel zu ungeschickt. Ich kann ja nischt. Mir haben sie ja bei Siemens und Halske 'nausgeschmissen. Mir engagirt ja keiner mehr — ich bin höchstens gut, den Pauern die ältesten Wanduhren auszustooben —"

Henning blieb ganz gleichmüthig und meinte „Na, wie Sie denken!" Die Thürklinke schon in der Hand blieb er plötzlich stehen und fragte: „Hören Sie … ich bin vom Gehen etwas müde … haben Sie nicht einen Schnaps da?"

„Ich trinke nie!" rief Kiel rauh und gedehnt. Das wissen Sie doch, Herr Direktor! Das ist blos die Gemeinheit der Welt, die mir das nachsagt. Nie rühr ich einen Troppen an. Diese verfluchte Verleumdung! Aus meiner Stellung bei Siemens haben sie mir vertrieben — dem Segonda haben sie's so lange in die Ohren geraunt, bis ers geglaubt hat! Das ist alles die Konkurrenz. Bis hierher, ins Dorf, ins schleiche Gebirge verfolgt einen anständigen Menschen die Verleumdung. Ich bin ein anständiger Kerl, wissen Sie das?" Die Fäuste erhoben schrie er laut. Vor der Thür heulte das Hundevieh. Kiel ließ es herein und sprach ihm gut zu, hinter dem Herrn, aus sicherem Posten, fletschte es die Zähne gegen Henning und knurrte wie toll.

„Sie könnten sich doch die Zeichnungen ’mal ansehen,“ meinte Henning ruhig, „ich habe sie gerade da?“

„Will Nichts sehen! Will Nichts sehen!“ fuhr Kiel fort zu toben. „Natürlich, wenn die Andern wie die Ochsen am Berge stehen, dann kommt man zu Kiel, dann heißt’s: Kiel hilf! Ja, Prost. Was blasen werd ich Euch! Mir den Kopf zerbrechen und die Finger wund hämmern, damit der Segonda mit meiner Arbeit wieder ’n paar Millionen verdient! Der Lump, der Schurke, der Gauner, der Spitzbube, der Hallunke! Ich wäre nicht zuverlässig! Einen Söffel engagirte er nicht. Siemens hätte mir auch rausgeschmissen! ...Du verfluchter glatzköpfiger Hund!“ Er überschrie sich und rannte mit geballten Fäusten wie ein Verrückter in dem Loch umher. „Lassen Sie sich doch für Ihre Quatscherfindung einen von die großen Geister aus Berlin kommen. Die können ja alles! Kommen Sie nicht zu mir! Nicht einen Finger rühr’ ich für den Segonda!“

Henning blieb ganz kühl und sagte, ohne mit der Wimper zu zucken: „Sie wissen doch ganz gut, daß Segonda und ich stehen wie Hund und Katze! Wenn Sie glauben, daß ich dem für die paar hundert Mark monatlich eine Erfindung an den Kopf werfen werde, die Millionen werth ist, dann müßten Sie mich für einen Riesenochsen halten.“

„Na das wären Sie denn auch!“ Kiel lachte aus vollem Halse.

„Nein, das behalte ich hübsch für mich!“

„Millionen, sagen Sie?“ fragte Kiel, mißtrauisch, mit zusammengekniffenen Augen.

„Unter Umständen. Es ist was elektrisches. Das müßte Sie doch interessiren.“

„El-ek-trisch?“ Sein Ton wurde noch mißtrauischer, noch gedehnter. „Was verstehn Sie denn davon? Sie sind ’n juter Spinner — — aber E-lek-tri-zi-tät —? —“

„Na, Sie wissen doch, daß ich zwei Jahre bei Deprez in Paris gearbeitet habe, da ich der Ansicht bin, daß heutzutage Keiner Techniker sein kann, ohne Elektriker zu sein. Die Elektrizität ist meiner Ansicht die Seele der moderne Technik, die alle ihre Zweige erfüllen und umgestalten wird —“

Es war, als ob jedes Wort ihn streichelte. — Er richtete sich auf, ging langsam im Zimmer umher, von Zeit zu Zeit noch immer einen Seitenblick auf Henning werfend — dann schlug er mit der flachen Hand auf den Tisch und sagte: „Das möchte ich doch mal sehen!“

Gleichmüthig holte Henning die Rolle hervor und breitete auf dem Tische die Zeichnungen aus, nachdem er den Staub von der Platte geblasen. Dann gab er ihm die Erklärungen: „Kurz gesagt — es handelt sich zunächst darum, die Naßspinnerei mit ihren unangenehmen Seiten und hohen Kosten durch ein praktischeres Verfahren zu ersetzen. Sie wissen, daß wir heutzutage fast nur noch Naßspinnmaschinen haben, und warum wir das Vorgarn, bevor es endgiltig versponnen wird, durch heißes Wasser gehen lassen. Wir lösen damit den Leim im Innern der Faser, und können so den Faden schön strecken und drehen und so fein und lang machen, als nur irgend möglich. Noch höhere Länge und Feinheit, vollkommenere Lösung des Leimes — und dabei billigere Herstellung und Verschwinden von einem Dutzend Uebelständen könnten wir erzielen, wenn wir das Vorgarn statt durch einen Behälter mit heißem Wasser lieber quer durch einen Thermostrom von mäßiger Stärke passiren ließen ...na, Sie werden das ja sofort aus den Zeichnungen sehen“ — er breitete sie vor ihm aus, zeigte bald dahin bald dorthin mit dem Finger, gab ihm technische Erläuterungen und erklärte ihm auch die zweite Neuerung, das Peitschen des Schiffchens im Webstuhl durch elektrischen Wechselstrom, der von den Spinnmaschinen her sogleich weiter floß. Ueber den Tisch gebückt starrte Kiel auf die Blätter, lange, ohne ein Wort zu sprechen. Endlich meinte er, sich den Kopf kratzend: „Na ja ...für die Spinnerei mag das ja seinen Werth haben — davon versteh’ ich nischt. Aber auszuführen ist das nicht.“ Er kam ihm mit einer Fülle kleiner handwerklicher Einwände, Henning bemühte sich jeden zu widerlegen und verriet dabei eine vollkommene Kenntniß des Gewerbes, ein unübertreffliches Verständnis; für die Bedingungen der Thätigkeit des Elektrikers. Indessen Kiel ließ sich nicht leicht fangen. Er kam mit neuen „Abers“, er redete sick in Hitze und verstieg sich schließlich zu dem Ausrufe: „Ja, heutzutage glaubt jeder Kiekindiewelt, jeder Pfuscher über Elektrizität mit reden zu können, blos weil's modern ist. Mir werden Sie doch nichts sagen! Ich habe das erste Telephon in Deutschland zusammengesetzt, blos nach der Beschreibung im Journal, als noch kein Modell von Amerika herüber war! Und wie überhaupt zum ersten Mal vom Phonographen in Europa gesprochen wurde, hab' ich zu Siemens gesagt: Herr Geheimrath, hab ich gesagt, ich habe noch keine Zeichnung gesehen" — dabei schlug er auf den Tisch — „aber geben Sie mir acht Tage Zeit und ich setz' Ihnen so ein Ding zusammen. — Na, s' jut, machen Se's mal Kiel! hat er gesagt — das war am Montag und am Sonnabend hat ich'n fertig! Steht noch heut im Modellsaal in der Markgrafenstraße! ... Aus dem Grabe soll der Olle aufstehen, wenn ich'n Lügner bin!" schrie er. „Kommen Sie mir, mit was Sie wollen — ich machs!" Er schlug sich an die Brust. „Aber das da — das is nischt!"

Henning zuckte die Achseln. Er rollte die Zeichnungen zusammen und sagte: „Wenn Sie nicht wollen —." Kiel sah einen Augenblick sinnend vor sich hin, während Henning sich zum Gehen anschickte. Dann meinte er fast murmelnd: „Da schreiben jetzt die Journale so'n Zeug vom Telautographen ... mit was man telegraphisch schreiben kann ... det soll nu janz wat Feines sind. He!" Er zuckte die Achseln. „Det hab' ick längst jemacht!" Henning sah ihn an, Kiel blinzelte mit den Augen und flüsterte: „Kommen Sie man rin — ich zeig's Ihnen." Er führte ihn in die Nebenkammer, die seine Werkstatt war. Als sie sich zum Eintreten anschickten, bellte der Hund, der bisher nur versteckt geknurrt, wieder laut los. „Verdammte Töle!" schrie Kiel, packte ihn beim Fell und warf ihn vor die Thür. Dann traten sie ein. Der schmale niedrige Raum war erfüllt mit Apparaten und Instrumenten von den seltsamsten Formen. Eine fast peinliche Sauberkeit herrschte hier. Einzelne, meist neu erschienene Nummern technologischer Journale lagen umher: Kiel sparte sich das Abonnement am Munde ab. Einen der seltsamsten, komplizirtesten Apparate holte Kiel aus der Ecke, eine sinnenverwirrende Mischung von Rädern, Kasten, Hebeln, Walzen, Röhren, Platten. Er verband ihn mit einer elektrischen Batterie — dann ersuchte er Henning auf einer kleinen Celluloidplatte etwas nieder zu schreiben, nachdem er am Ende eines hundertfach verschlungenen Drathes ein Papierblatt befestigt hatte. Henning schrieb unter fortwährendem Klappern, und als er geendet brachte, Kiel das Blatt herbei, das eine völlig getreue Wiederholung der Urschrift aufwies. Henning nickte besonnen, dann sagte er brüsk: „Also — wollen Sie mir nun das Modell anfertigen oder nicht?"

„Ich sage Ihnen ja — es ist nichts —" „Dann —" und die Mütze aufsetzend und zur Thür gehend, richtete er jene Aufforderung an ihn, die seit der Antwort Götz von Berlichingens an den kaiserlichen Kommissar klassisch geworden ist.

Ohne sich im geringsten zu erregen, mit den Augen blinzelnd fragte Kiel leise: „Bis zu wann wollten Sie's denn haben?"

Henning war im Begriff zu erwidern: „So schnell als möglich," aber er hielt einen bestimmten Termin für besser. „Heut über vier Wochen."

Plötzlich wehrte Kiel wieder ab: „Nee — nee — nee — ich will mir für den Schurken, den Segonda nich quälen!" Nun begann von Neuem ein langes Hin und Her, bis Henning dem Mechaniker glaublich gemacht hatte, daß Segonda gänzlich unbetheiligt sei und Henning die Erfindung für sich allein ausbeuten werde. Endlich, nachdem der Andere fast erschöpft war, streckte Kiel die Hand hin: „Herr Direktor — ich mach's Ihnen!"

„Also — top! ... Adieu!"

Henning war schon im Flur, als Kiel ihm nach hinkte. „Was giebt's?" — „Ach — nischt ... ich wollte blos den Ammi wieder 'reinlassen." Längere Pause. „Ach ... hören Sie 'mal, Herr Direkter —!"

„Hm?"

„Ich brauche doch Matrijal ... ich muß Messing haben ... und nu habe ich gar keen Geld zu Hause ... die verdammten Bauern ... erst bringt man ihnen die ältesten Zwiebeln wieder in Stand ... dann bezahlen sie noch nicht einmal ..."

Henning schien auf die Wendung vorbereitet — er nahm einen Hundertmarkschein aus der Tasche. „Aber nun arbeiten, Kiel, — und nicht saufen!"

„Ich? trinken? Herr Direkter, keenen Troppen! Nüchtern wie ’n Fisch! Ich kann ja den Alkohol nich riechen. Ueberhaupt wenn mir ’ne neue Arbeit im Kopp steckt … Ammi her … hier
kommst Du … Ammi! —“

Henning schritt weiter, hinein in den nahen Bergwald. Der frische Sommerwind, der ihm
am Bart spielte, war Erquickung nach der abscheulichen ölgeschwängerten Stickluft da drinnen. Welch ein unglücklicher verlorener Mensch! Bedauernswerth aber unrettbar! Ein Mann
mit so glänzender Vergangenheit, mit solchen Aussichten, solcher Geschicklichkeit! Aber die
heutige, auf Zeitersparniß, auf Regelmäßigkeit gestellte Ordnung verwarf das Talent, das nicht
fähig war, sich in die Zucht zu fügen. In einer Zeit der korrekten Mittelmäßigkeit war für Leute
vom Schlage Kiels kein Raum! Er hatte in der ersten elektrotechnischen Anstalt des Landes,
bei Siemens und Halske, eine glänzende Stellung eingenommen — drei- bis viermal hatte ihm
der Chef Unpünktlichkeiten, tagelanges Fernbleiben vom Dienst nachgesehen: zuletzt durfte
er es um der Andern willen nicht mehr. Und nun war ein Mensch von solcher Fähigkeit bis
in dieses weltferne schlesische Gebirgsdorf gekommen und mußte sich mühsam ernähren, indem er den ärmeren Bauern ihre alten Uhren einrenkte! Was war nicht Alles gethan worden,
Segonda für ihn zu interessiren. Aber dieser, dem jede Abweichung vom Normalen verhaßt
war, begnügte sich lieber mit einem weit weniger umsichtigen Monteur, der jedoch jeden Morgen pünktlich antrat … Und der ganze Jammer nur um der elenden paar Tropfen willen! Lag
denn wirklich ein so hoher Reiz in dieser kratzenden, stechenden, mißduftenden Flüssigkeit? …
Henning hielt plötzlich den Fuß an und erbleichte, die Brust, die sich in der würzigen, kühlen
Bergluft weit gedehnt, fiel zusammen. Es fuhr ihm durch den Sinn, daß er selbst in der letzten
Zeit der Flasche öfter zugesprochen als früher. Das machte der verwünschte Staub, der sich
im Rachen, im Kehlkopf, in den Bronchien festsetzte, der die Kanäle, die Gefäße verklebte
und nicht fortzuspülen war — der immer und immer wieder kratzte und würgte … die Spinnereidirektoren, die er kannte, tranken Alle, die Thätigkeit brachte das so mit sich … Wenn
er denken sollte, daß er einst so ähnlich wie Kiel … Lächerlich, er stand denn doch auf einer
andern Bildungsstufe! … und hatte eine ganz andere Portion sittlicher Festigkeit … aber was half
alle Bildung, alle Festigkeit gegen das natürliche Bedürfniß? … Kiel war ja auch wochenlang der
nüchternste, besonnenste, arbeitsamste Mensch … aber dann kam es mit einem Male über ihn
wie unwiderstehlicher Wahnsinn … sein Herz schlug und schlug und war nicht zu beruhigen …
Ja, es galt fest zu sein, unerbittlich gegen sich selbst … in jeder Minute wollte er auf sich Acht
geben, bei jedem Glase sich zurufen: „Georg, Obacht!“ … Nein, das Leben war nicht angenehm,
man durfte sich Nichts — nicht die kleinste Freiheit lassen …

Die Kronen der Bäume verschwammen wie Netzwerk ineinander, die Stämme, die Felsen
verloren die Körperlichkeit und verzogen sich zu einfarbigen Flächen, der Waldbach rauschte
stärker und mit düsterem Ton, und eine kühlere Strömung der Luft schien aus den entfernteren
Schluchten des Gebirges heranzustuthen. Es war Zeit zur Umkehr, er hatte noch seine tüchtigen zwei Stunden bis nach Hause. Schon näherte er sich kräftigen Zuschritts dem Dorfe, als
ihn das unwiderstehliche Verlangen antrieb, noch einmal nach Kiel zu sehen, ihm noch einmal
Eile und Sorgfalt dringend anzuempfehlen. Wie ein trüber, schiefer Klex lag das Häuschen da.
Kein Licht, kein Laut. Nicht einmal der Hund regte sich — er schien in’s Dorf gelaufen, sich
irgend eine Freundin zu suchen, die an seinem ruppigen Aussehen keinen Anstoß nahm … War
auch Kiel ausgegangen? Mühsam tastete Henning sich vorwärts. Plötzlich hörte er durch die
Dämmerung etwas wie ein dumpfes Röcheln. Beim Schein eines Streichholzes sah Henning
einen Klumpen auf dem Boden des Zimmers liegen. Er trat hinzu, er beugte sich über ihn,
er schüttelte und rüttelte ihn … kein Wort, keine Bewegung, nur ein brummendes, murrendes Lallen … Endlich warf er sich empor, sah Henning wie geistesabwesend an und stotterte:
„Heut über vier Wochen … weeß schonn … in Ruh’ lassen …,“ kehrte sich um, zeigte ihm den
Rücken und schnarchte. Zornig wollte Henning ihn mit einem Fußtritt in die Ecke schieben
— aber er hielt an sich und ging davon, trüb den Kopf schüttelnd. „Schade — schade um den
Menschen!“ dachte er.

Ein paar Stunden später rollte ein Landauer von den Bergen her die Dorfstraße hinunter, durch die Nacht. Rechts und links in die Ecken gedrückt lagen der alte Segonda und Aribert und schliefen — nur Ottilie saß aufrecht und sog mit tiefen Zügen die laue Juniluft ein, welche sich herandrängte, sie zu streicheln und zu küssen. Wie lange hatte sie ihn entbehrt, den Zauber einer deutschen Sommernacht, das Rauschen eines Gebirgswaldes, mit seinen Geheimnissen, seinem süßen, träumerischen Geplauder! Sie blickte über die Getreidefelder hin, deren feine Spitzenwogen im Ungewissen Sternenlicht auf und niedernickten, sie schrie fast auf, wenn in den Halmen, am Wege das gelblich-grüne Blitzen eines Leuchtkäfers aufflammte. Immer zahlreicher immer stärker wurde es, je mehr der Wagen zu Thal schleifte — lange Flammenlinien zogen sich in den Getreidefeldern hin, Funken schossen über den Weg, am Lederzeug der Pferde, am Wagenbeschlag funkelte es auf. Und plötzlich klangen losgerissene, weiche Töne durch die reine, weittragende Luft; sie vereinigten sich, sie schlugen zusammen, Takte, Rhythmen bildeten sich, und jetzt erkannte sie die alte, schwermüthige Volksweise:

> „Ach — wie ist's möglich dann,
> Daß ich Dich lassen kann —"

die ihr in den breiten, vollen Klängen eines Harmoniums immer kräftiger, immer zusammenhängender entgegen schwellte. Ottiliens Athem ging schneller, sie lehnte sich über die Wagenbrüstung. Auf ihre empfindliche, bewegliche Natur wirkte jede volle einheitliche Stimmung mit unwiderstehlicher Gewalt. Sie weckte den Vater und den Bruder. „Bei solcher Sommernacht zu schlafen! Hört doch — wie schön, wie innig!" ... Der Wagen rasselte an einem kleinen, niedrigen Hause vorüber — er hatte eine Seitenstraße genommen, um den Weg abzukürzen — dessen Fenster hell glänzten: hinter ihnen rauschten die Tongarben auf. Ottilie faßte Aribert am Aermel: „Wer wohnt hier? Wer ist das, der da spielt?"

„Das muß unser Direktor sein — der wohnt hier ..."

„So? ... Ist der musikalisch?"

„Keine blasse Ahnung."

„Was man Deinetwegen Alles wissen soll," fiel der Papa ein, der sich inzwischen ermuntert hatte. „Mich interessirt nur, ob er seine Pflicht thut."

IV.

Im Mitteldorfe, kaum ein Dutzend Schritte vom Maschinenhause der Segonda'schen Fabrik
entfernt, lag das dürftige Häuschen des Handwebers Schurig. Das Alter hatte tiefe Runzelrisse
in die Wände, die Thüren gegraben, das Dach saß schief und schien beim letzten Sturm nach
vorn übergerutscht, während die Stirnmauer langsam aber beharrlich dem Erdinnern zustrebte,
so daß man bereits von der Gasse aus zur Hausthürschwelle hinuntersteigen mußte. Der alte
Schurig hatte heut viel früher zu arbeiten aufgehört als sonst, — die älteren Weber, welche
die feineren Sorten herstellten, die die Maschine nicht lieferte, arbeiteten zu Hause — denn er
konnte es nicht länger aushalten: immer heftiger wurden die Stiche in der Brust, immer schneller folgten sie sich, der Brustbaum des Webstuhles schien ihm den mageren, klapprigen Körper
zusammendrücken zu wollen. Seit einigen Tagen warf er Blut aus; er hatte seinem Sohne gar
nichts davon gesagt. Eine Ruhepause mußte er sich heute wenigstens gönnen. Er holte das alte,
an den Ecken abgegriffene, schmutzig gelesene Buch ohne Deckel vom Schrank herunter, das
einzige, das sich in seinem Besitz befand, und setzte sich auf den alten Holzschemel an das kleine,
blinde Fenster, um sich beim ermattenden Schein des Tages an Gottes Wort zu erquicken und
sich aus seiner Noth und Angst für eine Stunde in eine Welt des Friedens, des Traumes, in die
harmonische Mystik des Römerbriefes hinüberzuretten. Das dumpfe Schnauben der großen Maschine keuchte durch die Luft und ließ das Häuschen in beinahe regelmäßigen Schwingungen
erzittern, wie in Angst vor der unentrinnbaren Konkurrentin gegenüber, gleichsam fürchtend,
eines Tages von ihr zerquetscht und wie ein Stück Kohle verfeuert zu werden; und aus der Ecke
der niedrigen Stube entkrochen heisere, röchelnde Seufzer dem Munde der zahnlosen, hinfäl-
ligen Greisin, die starr wie eine Puppe auf flacher Hutsche vor dem alten, defekten Spinnrade
saß, auf den Rocken starrend, dem längst keine Faser Flachs mehr anhaftete.

„Welcher isset, der verachte den nicht, der da nicht isset. Und welcher nicht isset, der richte
den nicht, der da isset: denn Gott hat ihn aufgenommen — — — denn das Reich Gottes ist
nicht Essen und Trinken sondern Gerechtigkeit und Friede und Freude in dem heiligen Geiste…"
Er stützte die Ellenbogen auf das Fensterbrett — das Holz wies an diesen Stellen schon eine
Höhlung auf — verschränkte die Finger zu einer Brücke und stützte das Kinn darauf. So schaute
er über das Buch hinaus, auf den graubraunen Staub der Landstraße, und über seine Lippen
glitt langsam ein leises, furchtsames: „Ach!" — der zage Klang eines schweren inneren Kampfes
voller Zweifel, Bedenken, Hoffnungen und Erinnerungen.

Die Thür knarrte ein wenig und durch einen Spalt, nicht breiter, als daß ein Kind durch-
schlüpfen konnte, trat Gretel in die Wohnung. Sie blieb schüchtern an der Thür stehen und
sagte mit verhaltener Stimme, dem kleinen Karl ginge es so schlecht, er hätte gräßliche Schmerzen am Schienbein, und ob Onkel Schurig für ihn nicht etwas von seiner Salbe abgeben könnte,
so um sechs bis sieben Pfennige?

„Kommt denn der Fabrikarzt nicht zu Euch?"

„Ach, der ist immer so barsch und tutt dem Bruder immer so weh, und er flucht so, und
seine Medizin hilft gar nich."

Wenn er fluche, könne die Medizin auch nicht helfen, meinte Schurig und fragte das Mädchen dann, ob sie Papier mitgebracht habe. Gretel zog einen alten, unsaubern Fetzen aus der
Tasche und Schurig ging damit in eine winzige dunkle Nebenkammer, wo er aus einem großen
irdenen Topfe mit zackigem zerbröckelndem Rande eine Art weißes Muß nahm, von dem er
dem Mädchen eine Portion einwickelte. Er nahm das Geld, das sie ihm bot und legte es in
die Tischlade, dem Mädchen verbot er zu sagen, daß die Salbe von ihm stamme. Von einem
Verwandten, der bergeinwärts in Krummhübel der dort einst blühenden Laborantenzunft an-
gehört hatte, waren ihm Rezepte hinterlassen zur Herstellung heilender Tränke und Salben aus
Kräutern des Hochgebirgs. In mondhellen Sommernächten konnte man ihn weit drinnen in
den Bergen tiefgebückt über die duftenden nebelglänzenden Wiesen ziehen sehen — und an
anderen Tagen verschloß er sich vor aller Welt in seinem Hause: nicht einmal sein Sohn durfte
dann darin weilen, so lange er räucherte, seigte, rieb und mischte. Das ganze Dorf glaubte an

ihn und die Wunder seiner Rezepte; die Verwandten, welche ihre Kranken pflegten, gossen die Medizinen weg, welche der Arzt verschrieb, schütteten die Pulver in den Bach und holten sich beim Vater Schurig Rath. Früher hatte er's offen und frei betrieben — Fahner aber hatte ihm mit Anklage und Gefängniß gedroht, und die Scheu vor der weltlichen Obrigkeit legte ihm Vorsicht auf.

Gretel hatte nun eigentlich hier nichts mehr zu thun — sie drehte sich ein paar Mal verlegen im Halbkreise und fragte endlich, ob denn Karl noch nicht zurück sei, die Arbeit wäre doch schon beendet. In der That hatte das Stampfen und Schnauben draußen aufgehört und das Häuschen zitterte nicht mehr. Die Maschine stand still, die Angst des kleinen, um seine Existenz kampfenden Helms ließ nach, es athmete auf, und dankbar gegen den Schöpfer schien es sich, im verlorenen Strahl der schwindenden Sonne genügsam des geringen Lichts zu freuen, das jener gewaltige Mauerklotz ihm übrig ließ, der durch die Dämmerung nun immer riesiger in die Höhe und Breite wachsend, mit dem ganzen Gewicht eines fürchterlichen Leibes sich auf den Knirps zu setzen und ihn zu Brei zu drücken schien.

Der Weber erklärte, daß Karl noch in's Unterdorf hätte gehen wollen, um etwas Fleisch für den morgigen Feiertag zu besorgen. Kaum hatte er Karls Namen genannt, als in die Alte, die starr und wächsern am Spinnrad gekauert hatte, Leben zu kommen schien. „Wu is de Koarle? Wu brengt a's Wärg?" wimmerte sie. Der Weber rief ihr gleichgültig zu: „Sei ock stille, Mutter — a brengt's glei."

Die Alte war einmal aus ihrem Stumpfsinn geweckt und fuhr mit greller fast schreiender Stimme fort: „Mei Koarl is a gutter Junge! 's doarf mer kener nischt uf an soage! Warg thut a me brenga, Warg! Suste missa de Menscha olle ohne Hemda rumlaufa. Erfriere missa se alle! 's hut joa ken Goarn meh' ei de Welt. Der grüße Feueruxe hat's ufgefressa. Wo bleebt denn de Koarle?..."

„A kimmt glei! Sei ock stille, Mutter — suste bleebt a draußigt!" sagte Schurig ziemlich barsch, und zu Gretel gewendet meinte er leiser, wie sich entschuldigend: „Ma muß se a wing anschreia, suste hört se ni wieder auf, wenn se und se fängt erst amal an..."

Jetzt quarrte die Thür. „Der Karl!" sagte Grete rasch — gleich darauf wie vor Scham erröthend.

Erregt trat Karl ein; ohne die Mütze abzunehmen, ohne einen der Anwesenden zu grüßen; knapp über die Schwelle, rief er: „Vater, kann man eis Kittchen kommen, wenn man und hat Emen „Haderlump" geheeßen?"

„Nimm die Mütze ab, wenn Du mit deinem Vater sprichst!" sagte Schurig ruhig, während das Mädchen ängstlich fragte: „Was hast denn nu schon wieder für Unfrieden angestift?"

Karl legte die Mütze zur Seite und warf dann heftig ein kleines Päckchen auf den wackligen Tisch. „Hier!" schrie er. Gretel starrte ängstlich auf das Päckchen, Schurig entfaltete es still. Es enthielt Wurstzipfel, Schinkenstückchen und andere Abfälle, vom Dorfschlächter. Erstens Augen erhellten sich bei diesem Anblick, war sie doch nun gewiß, daß Karls Ausbleiben keiner anderen gegolten hatte — sie betrachtete das Wurstklein mit einem Blick der Dankbarkeit. Der Vater wog es ruhig in der Hand und sagte langsam: „'s is a bissel wing!"

„Für einen Groschen!" schimpfte Karl. „Das für einen Groschen! Weeßte, was mer der freche Lump zur Antwort gegeben hat: de Spinner und de Weber verdienen jetzt ock mehr, 's muß gesorgt werden, daß sie nicht zu üppig wär'n, suste platzt dem Eenen oder Annern am Ende noch die Wampe! Wir missen's Fleesch auch theurer bezahlen! — Dann hat er mich noch gefragt, ob wir den Lohn jetzt in Gold ausgezahlt kriegten oder in Banknoten? ...Aber ich sag's ja, so kimmt's immer! Mit Fingern wird uns gegeben, mit Fäusten wird uns genommen!"

Der Alte nickte vor sich hin und murmelte: „A prieft uns schwaar, der dort oben!" während Grete klagte, daß sie nun morgen auch dem armen Bruder die Suppe nicht mit Knochen ankochen könne. Auch der Nachbar Lange kam herum, dessen Hände am mechanischen Stuhl ganz klapprig geworden waren, sodaß sie außerhalb der Arbeit zitternd nur immer so hin und herflogen; er konnte keine Tasse nehmen, ohne sie fallen zu lassen. Auch er hatte schon von dem Aufschlag der Preise beim Fleischer und Bäudler gehört und kam nun, um sein düsterahnendes Herz in gemeinsamen Klagen zu erleichtern.

„Da habt ersch's Alle!" rief Karl. „Da seht ersch! Gar nischt nutzt's, wennste und die Löhne werden höher und alles wird dreimal theurer. Recht hat er gehatt, der Herr Inspekter — die ganze Spinnerei und Weberei sind bestimmt, daß sie und sie müssen zu Grunde gehen!"

Dem alten Schurig ging's wie ein Schlag durch die Glieder. Er riß die Augen weit auf, bebte und sprach: „Was hast Du gesagt, Du Kiekindiewelt? Die Spinnerei und Weberei zu Grunde? Tälsch biste! Jegliches Ding in der Welt hat sei' göttliche Bestimmung, und ohne Spinnen und Weben kann die Welt nicht besteha!" Er hob drohend den Finger. „Unser Gewerbe kimmt von Gott! Willst du den Herrn meistern? Wer ein Amt hat, der warte des Amts, steht geschrieben! Die Missethäter und Unterdrücker werden ausgerottet werden, aber die Elenden werden das Land erben."

Karl zuckte die Achseln. „Hm! die Melodie kennen wer. Seit hundert Jahren hat sie der Leiermann auf der Walze. Eim Kretscham liegt a Kalender, da steht's drinne. Seit hundert Jahren sull's besser werden und 's werd imma schlechter. Der Inspekter, das is a verninftiger Mann! Da drüben" — er zeigte nach dem Maschinenhause — „das is das Thier, das uns den letzten Bissen Brot vom Maule weg frißt! Hinlein sollten wir uns alle auf die faulende Streu und uns nicht rüppeln und lein bleiba, bis daß wir vor Hunger krepiern, oder das Ungeziefer uns frisst, gar nischt thun sollten wir — oder so lange wer noch für'n Sechser Kraft in den Fäusten hab'n, rübergah'n und das graue Gefängniß niederreßa, bis kein Steen mehr uf'n annern hält!" Er biß an der Unterlippe herum und trat ans Fenster, in die sinkende Dunkelheit starrend; Schweißtropfen rannen ihm von der Stirne, die er an die schmutzige zerbrochene Scheibe preßte.

Die Männer und das Mädchen entsetzten sich über diese Worte, und der alte Schurig entgegnete voll Empörung: „So redst Du, Du Fagebindel, Du? Glei biste stille, Aufriehrer! An den Galgen wirst De Dich noch bringa mit Deinem gottlosen Schandmaul, Du Rädelsfiehrer, Du Räudel! Willstes etwann machen, wie die's im vierundvierziger Jahre getrieben han? Ich ha's damals mittegemacht, das ganze gotteslästerliche Treba, den Raub und die Unzucht. Ich ha' droben als Webergeselle gearb't, in der Fabrik, ei Biele, druba auf der Eule. Ich ha' se geseh'n, wie sie gekommen sein, die ganze Rotte Korah, wie sie die Heugabeln aus de Pauerhöfe genumma ha'n, und de Steene von der Straße ... und die Wäbstiehle kurz und kleenich geschla'n, die Spiegel zerbrocha, und die Pulstermeebel mit Unrath besudelt. Große Helden sein's schonn gewesen: gerade sitte Helden wie Du! Ausgerisse sein se vor der Plempe in der Scheida. De Blauröcke sein blussig aus Schwei'ntz riebergerickt ... Der Rosenberger hat kummendirt: „Eens-zwee — drei-Feuer!" und geloofen sein se wie de Hasen, und hastenichgesehn auseinander wie'n Haufa Sperlinge. Een Dutzend ha'n dageleg'n, 'n Hintern gegen 'a Himmel, und alle viere von sich gestreckt, und de rothe Suppe is blus immer so ei de Biele geloofa, daß 's roochte ... dann sei'n se wiedergekimma, a paar hundert Kerle mit Knippeln, und aswie de Buntrecke rein sein retiriert na' Reichenpach — was ha'n wer gemacht? Dreck ha'n wer gemacht, uf de Prellsteene ha'n wer sich gesetzt und de Zunge zum Halse rausgepläckt, und de Sonne gefragt, ob wer no' werth sein, daß se uns Tummerjahns bescheint ... denn 's war a heeßer Juni gerade wie der heurige ... Und nachher sein se Oalle na' Hause gegangen und han's gallebittre isländ'sche Moos weiter gefressa, und han Bäsen gebettelt zum Jehonzigfeuerla — und weiter han' se gehungert bis uf an heir'gen Tag!"

Ohne sich umzuwenden zuckte Karl mit den Achseln und sagte: „Scheene Uxen sein se eben druba uf der Eule. Da wär'n wir annere Aaskerle sein ei Fichtenbrück!"

„Daß Du und Du unterstehst Dich!" rief Schurig erregt. „Die Hand aufhäben gegen de Obrigkeit und darbei de ewige Seeligkeit aufs Spiel setzen, wegen a paar Fund Fleeschernem. Doas wär' a Geschäft! Doas verinteressirte sich! Do mechten se sich woll ei's Fäustchen lachen, die Mammonsknechte da drübicht! Das is ja ihre eenzige Wuth, daß sie mit all ihrer Verruchtheit uns ihrem Meister Satan noch nich han' in die Klauen treiba können!"

Jetzt kehrte Karl sich schnell um und mit den Füßen auf die lockre Diele trampelnd und die Fäuste ballend knirschte er: „Einsauern lassen soll er sich meine Seligkeit, aber satt fressa will ich mich noch emal, bevor die Würmer sich an mir sättigen!"

Schurig stand mit offenem Munde da, und ihm, dem Mädchen, dem Nachbar entschlüpfte es gleichzeitig, betrübt: „Koarle! Koarle!"

Die Alte hatte zuerst stier und steif da gegessen, ohne die geringste Theilnahme für das Gespräch und hatte das Trittbrett bewegend das Rädchen leise schnurren lassen. Jetzt sah sie auf und stöhnte: „Koarle — hostes Warg ni mitte?"

Bei dem Klange der rauhen, dumpfen Stimme war der Bursch wie umgewechselt. Er zog eine wirre gilbgelbe Fasermasse aus der Brust, in der er sie beim Stehlen in aller Geschwindigkeit verborgen, ging zur Alten, unter dem Webstuhl durchkriechend, reichte sie ihr und sagte, tief zu ihr niedergebeugt, mit leisem, bebendem Klange: „Da — Großmutterle!" Sie streichelte ihm mit der knochigen Mumienhand die glühende Wange und sagte, fast weinend: „Bist a gutter Junge! Nu braucha de Menscha nimma erfriera!" Eilig, mit zitternden Händen that sie das Werg auf den Rocken und bewegte das Rad so schnell als es nur die steifen Glieder erlaubten, und völlig in ihre überflüssige Thätigkeit versunken, hätte sie nicht bemerkt, wenn das ganze Häuschen um sie in Flammen gerathen wäre.

Das junge Mädchen, die ihren Karl gesehen und keinen Vorwand mehr zum Bleiben hatte, war gerade im Begriff heim zu gehen, als die Thür sich halb öffnete und eine männliche Gestalt eintrat deren Züge jedoch in der Dunkelheit nicht zu erkennen waren. „Is Gretla nich' hier?" ertönte eine zitternde bewegte Stimme. Es war der alte Gabitz. Mit einem Male fiel dem Mädchen ihr schweres Versehen ein, den armen kranken Bruder in seinen Schmerzen so lange allein gelassen zu haben, während sie die kühlende Heilung schon längst in der Hand trug. „Ich wollt' gerade kimma, Vaterle!" sagte sie mit einer Unterwürfigkeit, in der Geständniß und Bitte um Verzeihung eingeschlossen lagen.

Der Alte stand dicht vor ihr, er sagte nichts, er zitterte nur am ganzen Leibe und faßte mit seiner Linken die Schulter des Mädchens, den zarten kleinen Rumpf hin und her schüttelnd. Noch immer versagte ihm das Wort, so daß sie voll Besorgniß mit weicher, schmelzender Stimme fragte: „Vaterle, was haste denn?"

Ein röchelnder, seufzender Laut drang aus seiner Kehle. „Gretla … der Pauer Torschke is vorhin bei mir gewäst. A verlangt Entschädigung für das Korn, was Ihr ihm niedergetreten haben sollt, gestern Abend, Du … und … der Schurig Karl hier …"

Gretel fuhr zusammen wie gestochen, Karl aber rief schnell: „Er is woll bleedsinnig, der Pauer? A soll sich nur in Acht nähmen oder ich hau'n mit sein eigen Dreschflegel das Rückgrat entzwee!"

„A sagt — a hätt Euch ganz genau erkannt — euch Beide, wie ihr in seim Korn zusamm gekaschpert hoabt."

„A soll ock's Maul halen," rief Karl, „suste erzähl ich 'mal eim Durfe, was er für Geschichten mit seiner Großmagd treibt."

„Der Pauer kann treeba was a will", entgegnete Schurig fest, „ich will wissen, ob Du das Gebot Gottes übertreten hast, Koarle!"

Karl sah verstockt auf die Diele und antwortete nicht, indeß Gabitz das Kinn seiner Tochter erfaßte und sagte: „Gretla — is das meglich … is das Alles schonn wieder zum Ohre 'naus, was der Herr Farrer Dir erst vor'jes Jahr gelernt hat?"

Gretel faßte einen Entschluß, hob den Kopf und sagte sanft aber fest: „Na — ich werd' doch die Schande nich auf mir sitzen lassen vor den ganzen Mädeln ei der Fabrike, daß ich alleene keen' Schatz ni' find't? Da müßt' ich mich ja zu Tode schämen!"

Schurig schlug die Hände zusammen. „Allmächtiger Gott!" schrie er. „So reden sie heute, die jungen Purschen und Mädels! So fahren sie heute in Sünde und Verderben! Und wissen nich, daß der Leib ein Tempel des heiligen Geistes ist, der in ihnen ist und den sie von Gott haben — und ahnen nich, daß sie sich an Gott versündigen, wenn sie sich versündigen am eigenen Leibe!"

Der alte Lange nahm die stinkende Pfeife aus dem zahnlosen Munde und sagte stammelnd — denn in Momenten der Erregung ergriff ihm das Zittern alle Glieder: „So geht's, wenn die Mutter im Hause fehlt!"

„Nee!" rief der alte Gabitz schrill, „von dem … ich will's Euch sagen, von dem verdammten Fabrikwaren kommt die ganze Verderbniß. Das hat unser altes, ehrliches Gewerbe zu Grunde gericht't. Unser Garn, das wir gesponna — unse Leinewand, die wir draus gewebt: vor Kaiserstöchter sein se fein genung gewesen. Und jetzt uf eemal is das Alles ni' meh' gutt! Unsen Herrgott ha'n wer getankt, wenn wer und wer konnten uns trucken Brot und Salz keefa, und jetzt uf ee'mal sein wir viel zu theuer. Die Spindel gedreht ha'n wir, die Schitze gepeitscht, die Schäfte gezogen, die Balken getreta, bis die Finger und Fisse uns abgestorba sein … und jetzt uf ee'mal sein wer zu langsam! Brot und Kleeder und Nahrung und Arbeet: Alles hat der verdammte Kasten da drüba uns genomma, und jetzt nimmt a uns noch's Eenzigste, das uns Freude gemacht hat in dieser Welt der Noth und des Hungers … Sittsam zu Hause bleeba bei Eltern und Geschwistern, einer dem andern helfen, zureichen, ihn ablesen … weeßte, wie sie das jetzt nenna, Schurig? Weeßtes ni'? … Langstielig heeßa sie's … das Vaterhaus: darin duldet sie's ni' meh'. Da wird ja Obicht gegeben, daß sie sich gesittet betragen, in Gehorsam und Ruhe! Nee — da leefa sie lieber ei de Fabrike! Da können se sich 'rumtull'n! Da verschnicken sie sich unterwegens, da kaschpern se mitsamm, da brauchen sie sich vor kee'n nii' zu verantworta!" … Die Thränen kamen ihm in die Augen, er preßte das Gesicht gegen die Wand. Gretel trat zu ihm, umfaßte ihn und sagte leise: „Aber Vaterle — es is doch e'n ganz andrer Verdienst…"

Er drehte sich um, stieß sie mit dem Handstumpf von sich, und schrie unter Thränen: „Faß mich nich an, verworfnes Frau'nzimmer." Das Mädchen brach erschüttert zu seinen Füßen nieder, wie ein trockner Ast und schluchzte: „Vatterle — erst hat a so drum gebettelt — und dann hätt' a mich beinah geprügelt Vatterle!"

„Herrgott", schrie Karl, indeß ihm die Gluth ins Gesicht stieg, „Thutt ock nich so, als hätt 'ich Eenen todtgeschlagen! Wen geht's denn was an as uns zwee Beede, wenn ich und ich hab' was vor mit der Gretel? Vor unsen Herrgott wer ich's schonn selber verantworten — und der Herr Pfarrer wird mir's auch schon vergeba, wenn ich und ich kimm eim Frühjahr und drück' ihm den Thaler in die Hand für die Traugebühren. Aber erst muß ich'n han!"

Gabitz drehte sich um. „Und Du wirst die Gretel nich sitzen lassen?"

„Sei ock ruhig!" sprach der alte Schurig nicht ohne eine gewisse Würde. „Vorwas wär' ich denn und ich bin da? Schlecht is a nich der Karl, nur wild und jach. Das hat mir seine Mutter oft aus dem Jenseits gesagt. Er wird die Gretel heiern, damit sie nich ooch einmal als Geist herumzugehen braucht, wie seine Mutter, die ich nich heiern konnte weil's nich langte." Ein rascher Seufzer kam aus Grete's Mund, die Furcht vor einem entsetzlichen Schicksal nach dem Tode.

„Nu — dann is gutt!" sagte Gabitz und reichte Karl die Hand. „'s is ane schwere Gottespriefungszeit. Mei'm Bruder is gestern 's Schweinle krepiert, an der neuchen Krankheit, die sie ei der Stadt mit den langen Messinggläsern erfunden han. Nu sitzt er da, der arme Mann, und fährt sich ei die Haare. Die Welt wird immer schlechter."

Karl zuckte die Achseln. „Der liebe Gott is alt geworden und vergißt Eenen über dem Andern."

„Koarl!" rief Schurig, „wennste und de willst lästern, geh' ei de Fabrike!" Gabitz hatte sich Schurig genähert und flüsterte ihm leise ins Ohr: „Was meine Alte wohl zu der Verlobung meent?" Schurig erwiderte leise: „Schick die Gretel nach Hause!"

Der Vater erinnerte nun das Mädchen, daß der Bruder zu Hause in großen Schmerzen liege, worauf Gretel sich herzlich empfahl. Karl wollte sie begleiten, aber der Vater forderte ihn auf zu bleiben und so verabschiedete er sich von Gretel mit einem innigen Kusse.

Als die Männer unter sich waren, — denn die blödsinnige Alte zählte nicht — schob Schurig schweigend den rohen Holztisch in die Mitte des engen Raumes und stellte Sessel und Stühle um ihn. Man nahm Platz. Es war ganz dunkel im Stäbchen, nur die Kalkwand des Maschinenhauses warf ein ungewisses, phosphoreszirendes Licht auf die Balken, Züge und Pfeifen des alten, braungelben Webstuhles: ein dämmerndes verbissenes, drohendes Licht, bleich, ohne

Trost, ohne Freudigkeit. Das Spulrad, die Weifen, der Garnhaufen in der Ecke, zerbrochenes, rohes Hausgeräth, die rissigen unsauberen Wände — Alles verlief ineinander ohne Formen, ohne Linien, ohne Körper. Die Alte hatte zu spinnen aufgehört, das Rad stand still, die verrunzelten Hände waren herabgesunken; der Kopf lag auf der Brust. Sie schlief und ihre heiser röchelnden Athemzüge ringelten sich scheu und furchtsam durch die nächt'ge Stille.

Die Männer hielten die Hände über die Tischplatte ausgestreckt, sodaß die Fingerspitzen sich gegenseitig berührten. Stumm brüteten sie eine Viertelstunde lang, wortlos, nur die Lippen bewegend, ein Vaterunser nach dem andern denkend. Mit einem Male ging ein Zittern durch die Füße, die Körper, die Hände — erst unmerklich, dann stärker fühlbar — es war, als ob der Tisch selbst anfinge zu springen, zu schüttern, als ob er nach dieser Seite schwanke — nach jener — als ob er überkippen, als ob er sich drehen wollte.

„Alle guten Geister loben Gott den Meister!" sprach Schurig mit leiser, tief bebender Stimme. Die Bewegungen wurden heftiger, die Hände flogen hin und her, der Stumpf des alten Gabitz klappte laut, der Tisch tanzte und wankte, er beugte sich, er schien der Kette der Hände entschlüpfen zu wollen. „Ist Jemand da?" fragte Schurig mit unsichererer Stimme. Ein starkes, lautes Pochen erschallte, so stark, daß Alle zusammenfuhren, und unwillkürlich die Hände auseinander sprangen. Das Klopfen wiederholte sich; aber diesmal kam es deutlich und offenbar von der Thür her. Die Männer saßen stumm, ohne sich zu regen. Endlich faßte sich Schurig. Langsam, schwerfällig erhob er sich und ging zur Thür. Er rief: „Im Namen des dreieinigen Gottes!" und öffnete — ein Lichtglanz schlug ihm entgegen, und erst nach kurzer Zeit erkannte sein geblendetes Auge, daß es der Postbote war, der mit Stock und Laterne draußen stand und ihm einen eingeschriebenen Brief überreichte, dessen Empfang jener beim Schimmer der Laterne über der Ledertasche des Briefträgers quittiren mußte. Dann holte der Alte einen Span, entzündete ihn an der Laterne und steckte ihn in die Tischspalte. Die Männer thaten um ihn die Köpfe zusammen und einander beim Lesen helfend suchten sie den Inhalt zu entziffern. Es waren nur wenige Zeilen: in geschäftsmäßiger Form kündigte Segonda ihm die Hypothek, die er auf seinem Häuschen hatte.

Schurig fuhr sich in die Haare. „Gerechter Vater!" stöhnte er. „Das Geld bring ich nich zusamma!" Er sank auf den Schemel, vergrub den Kopf in den Händen und schluchzte wie ein Kind. Die beiden Anderen sahen sich stumm an, und ohne nur noch an die Geister zu denken, die sie eben heraufbeschwören gewollt, griffen sie nach den Mützen. Gabitz war die Kehle wie zugeschnürt, Lange schlotterten die Kniee. Dasselbe Gefühl war in den beiden erwacht: wenn sie nach Hause kommend ähnliche Briefe vorfanden, so irrten sie zu Beginn des Winters auf der Dorfstraße umher, schutzlos, obdachlos, frierend wie alte Hunde.

Ohne ein Wort zu sagen, ohne Abschied zu nehmen schlichen sie davon. Der Mond wandelte heran und goß durch das enge Fenster einen dämmernden Strahl über das graue Haar des Alten, über die wirren Runzeln der Großmutter, die selig lächelte, weil sie im Traume tausend selbstverfertigte Hemden vor sich ausgebreitet sah; und die Mauer des Maschinenhauses blickte ins Zimmer über die Beiden hin, grell, leuchtend, breit und herrschaftsbewußt. Karl aber war verschwunden.

V.

Am nächsten Tage ließ Segonda durch den Contordiener Henning ersuchen, zu einer bestimmten Stunde auf sein Sprechzimmer zu kommen. Henning kannte diese Form — der „Alte" hatte dann immer irgend eine neue Idee für den Betrieb, die sich zumeist von vornherein als undurchführbar erwies. Gewöhnlich handelte es sich um Ersparnisse. Der Direktor blieb bei diesen Aufforderungen und Conferenzen immer sehr ruhig, er hatte schon längst herausgefunden, daß der kalte, geschäftsmäßige Ton seinem Brotherrn gegenüber der beste war — und auch seiner zurückhaltenden, stets den Anschein der Besonnenheit wahrenden Natur entsprach er für den äußeren Verkehr am besten. Als er zwei Minuten vor der bestimmten Zeit die Mütze nahm und sich auf den Weg machte, lebte in ihm nur der Gedanke: „Wenn er mich nur allein machen ließe, ohne mir in den Betrieb hineinzureden."

Segonda saß ein wenig steif in seinem Lehnstuhl, Aribert ging mit langen Schritten auf und ab, beide rauchten. Nachdem der Alte dem Direktor Platz und Zigarre angeboten, sagte er in seinem trocknen Ton: „Lieber Herr Henning — ich — ja — ich wollte Ihnen nämlich mittheilen … damit Sie bei Zeiten disponiren können … ich will nämlich bauen … wir müssen die Kraft verstärken … ein neuer Motor … das Maschinenhaus lass' ich vergrößern … dem Schurig habe ich die Hypothek gekündigt, dann laß ich subhastiren, denn zahlen kann er natürlich nicht … den Motor hab' ich schon bestellt … es muß mehr geschafft werden, lieber Henning! Die Preise werden allem Anschein nach immer flauer…" Er hielt die Zigarre in der Rechten, die auf dem Knie ruhte.

Henning blies eine mächtige graue Wolke von sich und sagte langsam, ohne eine Miene zu verändern: „Ja … meinen Sie dadurch den Preis zu heben? Ich glaube, er wird um so mehr gedrückt, je mehr Waare Sie auf den Markt werfen?" Er hatte eine seltsame Art zu sprechen; die Worte fielen ihm eintönig aus dem Munde, gelassen, ohne Hebung oder Senkung der Stimme, wie aus einem Automaten.

Segonda zuckte die Achseln. „Das sehe ich nicht ein. Wenn der Verdienst am Einzelstück sich vermindert, muß es die Masse bringen. Einen anderen Weg, Verluste zu vermeiden giebt es nicht."

„Das will ich nicht sagen. Es giebt schon einen."

„Da wäre ich sehr neugierig. Da würden Sie mich durch nähere Mittheilung zu großem Dank verpflichten."

Henning strich seinen Bart. „Hm! … Es ist ja nicht meine Aufgabe, Ihnen in dieser Richtung Rathschläge zu geben — da müssen Sie am besten wissen, was Sie zu thun haben. Aber wenn ich eine Fabrik hätte, so würde ich mein ganzes Personal zu meinen Compagnons machen und dadurch zur höchsten Arbeitsleistung — und damit zur billigsten Herstellung der Waare zwingen."

Segonda lachte hell auf. „Na, das Glück, daß Sie die Fabrik nicht haben! Wer am Gewinn mit betheiligt ist, will auch in den Betrieb mit hineinreden. Denken Sie blos 'mal, wenn ich mich täglich mit 1200 Menschen herumstreiten müßte, von denen jeder das Geschäft besser versteht als ich — die ich alle um ihr Geld betrüge! … Nee, lieber Henning, Sie sind ein so tüchtiger Spinner … aber das Geschäft lassen Sie lieber mir … Na, nächstes Jahr stellen wir mit Gottes Hilfe 100 Mädels mehr an … die Maschinen sind schon bei Kardon bestellt, die Baupläne sind eingereicht … nu wär's gut, Sie richteten sich bei Zeiten drauf ein und machten die Arbeitspläne fertig!"

Henning zuckte ruhig die Achseln. „Natürlich", sagte er, „Sie sind mein Brotherr, Sie haben zu bestimmen. Ich meine ja nur so … ich habe ja eben nur die Pflicht, als Ihr Direktor Ihr eigenes Interesse wahrzunehmen — und meine Bedenken zu äußern, ob das mit den Cardon'schen Maschinen und dem Naßspinnen so in alle Ewigkeit fortgehen wird. Ich glaube, es liegt da so was in der Luft … reden kann man noch nicht darüber … es ist auch nur so 'ne Ahnung von mir … aber wie ist's früher mit der Mule gegangen? … Eins, zwei, drei ist was Neues erfunden: eins, zwei, drei ist die Konkurrenz da, arbeitet schneller, vollkommener, billiger, und die ganzen theuren

Maschinen sind altes Eisen! Es ist toll heutzutage — rein als hätte die Technik Jahrhunderte lang geschlafen und jetzt ist sie auf einmal wach und will in ein paar Jahren Alles nachholen!..."

Segonda rückte unruhig auf dem Stuhl umher und machte ein ärgerliches Gesicht. „Ich glaube", sagte er, „sie wird sich jetzt wohl ein bischen verpusten. Sie ist doch zu schnell gelaufen und hat Milzstechen gekriegt. Wo soll's denn schließlich noch hingehen? Der Dampf ist an der Grenze seiner Leistungsfähigkeit angekommen — und erfunden wird blos, so lange dadurch verdient wird. Jetzt sind wir aber an der Grenze. Noch mehr Technik — und das Geschäft hört auf. Jetzt trägt's ja kaum mehr die Kosten."

Henning schüttelte bedächtig den Kopf. „Das wollen wir nicht hoffen. Das wäre ja Wasser auf die Mühle der Sozialisten. In Einem haben Sie freilich recht· ausgedampft hat sich's. Aber da heißt's auch *le roi est mort vive le roi!* Die Natur ist wie ein Bilderbuch — je weiter man blättert, desto schönere Ueberraschungen. Heute werden doch eigentlich von Tag zu Tag immer größere Naturkräfte frei gemacht."

Segonda hob und senkte abwechselnd das rechte und das linke Bein. „Na, was kommt nach Ihrer Meinung denn nun für uns?"

„Natürlich die Elektrizität."

Segonda schlug ein gezwungenes Lachen auf. „Aber lieber Henning — da ist doch auch kein Gedanke an Klabberjas! Die Konkurrenz wollen wir ruhig abwarten. Die würde ja dreimal so theuer arbeiten wie wir!" Er reichte Henning eine neue Cigarre, dieser nahm sie, biß die Spitze ab, setzte sie in Brand und erwiderte dann trocken: „Ja — meinen Sie, daß es in Ewigkeit nicht ohne Magnete und Motoren gehen wird? ...Wissen Sie, das kommt über Nacht ...wie mit dem Aluminium ...Denn daß die Elektrizität überall in der Natur ist, ist klar ...es kommt blos darauf an, sie regelmäßig zu gewinnen ...aus der Sonne, der Luft ...und haben wir das mal, dann adje Dampf ...und überhaupt Alles Andere!" Er that ein paar kräftige Züge und fuhr fort: „Denn zuletzt wird sich's darum handeln, daß sie nicht blos als Treibkraft wirkt, sondern auch direkt als Werkzeug, und Vorrichtungen, die man sich heut nur noch mechanisch denken kann, werden dann durch Wärme und Strom erledigt werden. In der Medizin ist man ja schon so weit ...Das mag Ihnen spanisch vorkommen, aber denken Sie an das, was ich Ihnen als Fachmann sage." Er rauchte schneller und stärker.

Segonda hatte mit einem Bleistift auf dem Schreibtisch herumgekritzelt. „Bitte!" entgegnete er in höherer als der gewöhnlichen Tonlage, „ich bin doch am Ende auch kein Laie. Ich habe meine Verdienste um die Branche so gut wie sie mein Vater hat. Wir haben beide das Panier des Fortschritts unentwegt hochgehalten. Mein Vater hat die wilde, willkürliche Leinwanderzeugung bei dem Landvolk geregelt und organisirt, die Fabrik begründet, Bauern, Spinner und Weber von einander getrennt — ich habe den mechanischen Betrieb eingeführt ...Niemand kann leugnen, daß wir immer auf der Höhe der Zeit standen, ja ihr voranschritten. Der Fortschritt über Alles! Rast' ich so rost' ich! So denke ich auch heute noch. Und bringen Sie mir heute ein Patent, und sei 's die kleinste Verbesserung des Betriebes — auf der Stelle kauf' ichs Ihnen ab. Aber wir müssen auf dem bestehenden sicheren Fundament weiter bauen. Sie müssen mir nicht mit dem Umsturz der Prinzipien kommen, nicht mit vagen, kostspieligen Neuerungen, die jeder soliden Grundlage entbehren, die nichts sind als Phantasmen." Er riß förmlich eine Cigarre aus der Schachtel und setzte sie mit heftigen Bewegungen in Brand.

Aribert, der ruhelos im Zimmer auf- und niedergewandert war, blieb jetzt vor Henning stehen, zog die Augenlider empor und krähte: „Auf deutsch — Kohl!"

Dem Leutnant warf Henning nur einen kurzen Seitenblick zu. Dann stand er auf, um sich an seinen Platz draußen im tosenden einförmigen Tagesbetrieb zu begeben. Aber sollte der Alte das letzte Wort behalten mit seiner Kurzsichtigkeit, seiner eigensinnigen absichtlichen Selbstbeschränkung auf den Standpunkt der ewigen Beharrung, er, der die Welt vom Weitergehen zurückhalten wollte, weil er sich jetzt ganz wohl fühlte, und jede Veränderung ihm Aufregung, Arbeit, Schaden bringen konnte? Was kümmerte ihn die Ruhe dieses Besitzenden? Segonda's Bequemlichkeit war seine Unterdrückung — Segonda's Polsterstuhl sein Sarg. Und er sollte sich nicht einbilden ihn geschlagen zu haben! ...Er wandte sich im Gehen um, hielt an und sagte:

40

„Ich bitte Sie, die Elektriker gehen noch an etwas andere Probleme! Es scheint mir doch noch bedeutend schwerer, Holzfaser in Nahrungsstoff zu verwandeln, als den Leim in der Flachsfaser zu schmelzen oder die Schütze mittelst Wechselstrom hin und her zuschieben und dann den ganzen Betrieb, Maschinen, Beleuchtung, Heizung aus einer Quelle zu versorgen. Und an dem ersteren wird bei Siemens schon seit Jahren gearbeitet, das weiß ich ganz war. Der elektrische Flyer und dito Webstuhl — das sind keine Träumereien, sage ich Ihnen, sondern das ist verwünscht reelle Zukunftsmusik, für die Sie noch viel, viel Geld werden hingeben müssen. Denn was sind alle Ihre neuen Waters und Cardons, wenn's so weit ist? Altes Eisen, das Kilo 10 Pfennig! Das wissen Sie zu gut: die vollkommene Maschine schlägt die veraltete, weniger leistungsfähige todt. Vor der Konkurrenz giebt's kein Halten. Das ist wie mit den Gewehren bei den Armeen. Und wer's nicht aushalten kann, der ist fertig." Er hatte das Alles fest und bestimmt gesagt. Im Grunde genommen ärgerte er sich, daß er es sagte: denn was verpflichtete ihn, diesen verstockten, eigensinnigen Geldsack zu warnen, ihm Ausgaben zu ersparen? Aber er sollte auch nicht eine Sekunde das Bewußtsein eines Triumphes über ihn haben. Segonda durfte jetzt auch noch nicht einmal ahnen, daß Alles das, was er als phantastische Träume von sich abwies, schon längst in Gedanken erfüllt war und nur noch der handgreiflichen Bestätigung harrte — welche Augen würde er erst machen, sobald er für diese Träume seine harten, funkelnden Doppelkronen aus den Eisenkästen hinaus lassen mußte!

Segonda trommelte mit dem Bleistift auf dem Schreibtisch. „Ich wundere mich," sagte er scharf, wie ein Mann von technischer Fachbildung sich in solch verworrenen Vorstellungsknäuel verlieren kann. Es ist mir einfach unbegreiflich. Ich habe Sie stets für viel klarer gehalten. Ich habe nicht gern Schwärmer um mich. Die bringen der soliden Arbeit wenig Segen. In Fichtenbrück werden Sie mit Ihren Umsturzideen nicht durchdringen. Da bin ich Herr und gebe den Ton an."

Des Vaters entschiedene Sprache schien Aribert anzueifern, ihn zu überbieten. „Sie kennen doch das Sprichwort, Direktor: weß Brot ich esse, des Lied ich singe? Feines Sprichwort! Wenn Sie die Menschheit durchaus elektrisiren wollen, warum gehen Sie denn dann nicht zu Siemens? Wird sich sicherlich um einen reißen, der die elektrische Botschaft mit solchem Biereifer verkündigt. Leute, die uns einfach die Existenzberechtigung absprechen wollen, bringen wir auf den Zug, und zwar, unserem Betriebe gemäß, mit Dampf."

Hennig trat zwei Schritte zurück, sah den langen Aribert von oben bis unten an und sagte ruhig aber fest: „Herr von Segonda, diesen Ton möchte ich mir nun entschieden verbitten!"

Segonda hüstelte und sagte: „Mein Sohn meint das ja natürlich nur im Scherz, lieber Direktor. Sie wissen viel zu gut, wie sehr ich Ihre praktischen Kenntnisse und Leistungen schätze, um nicht andererseits zu begreifen, wie sehr mich diese unproduktiven Neigungen verwundern müssen, die ich gelegentlich bei Ihnen entdecke."

Hennig hatte genug. Auch noch ein süßliches Höflichkeitspflaster, um den Spalt zu überkleben, der zwischen ihnen Beiden schon längst heimlich knisterte und der nun deutlich und kräftig aufgerissen war. Die Unterredung widerte ihn an. Mit diesem Manne gab es keine Verständigung — mochte vorläufig Jeder auf seine Weise für sich fortarbeiten bis es Zeit zum Auseinandergehen war! Er erhob sich. Aber nach ein paar Schritten blieb er stehen. Es ließ ihm keine Ruhe, es kitzelte ihn zu wissen, wie er denn die vorläufige Deckung der Mehrausgabe plane — er wollte ihm bis auf den Grund seiner Seele sehen und fragte: „Wünschen Sie, Herr von Segonda, daß ich die Ausgleichung der Anschaffungskosten mit in den Plan einfüge?"

Um Segonda's Lippen spielte ein feines Lächeln. „Ich danke Ihnen", erwiderte er, „aber das ist nicht nöthig. Das habe ich schon besorgt — auf die einfachste Weise: durch eine nächste Monat beginnende Lohnherabsetzung, für die sich schon irgend ein Vorwand finden wird."

Nein — wirklich, es war kein Zusammenarbeiten möglich! Immer wieder dieselbe Schablone, die alte Routine, die hergebrachten Kniffe: billigere Preise — gesteigerter Betrieb — verminderter Lohn — — über diese drei Weisheiten kam der Kaufmannsverstand nicht hinaus, und jeder neue, freie Gedanke, jede Erinnerung daran, daß es außerhalb des Contores auch noch Menschen mit Herzen und Magen gab, wurde nur mit Achselzucken aufgenommen. Hennig war wüthend über diese öde Gedankenarmuth — und doch empfand er es wie eine Genugthuung, sich in der Beurtheilung des Mannes nicht getäuscht zu haben. „Sie beabsichtigen also“, sagte er, „den Leuten die Wohlthat wieder zu entziehen, die Sie ihnen kürzlich aus freien Stücken spendeten?“

„Als ich sie spendete, war ihre spätere Zurückziehung schon beschlossen.“

„Aber fürchten Sie nicht, daß eine solche Zurückziehung, ja ein Hinuntergehen unter den früheren Lohnsatz bei den Leuten Arbeitsunlust und Mißstimmung hervorrufen wird? Denn in Folge der Lohnerhöhung sind die Preise aller Lebensmittel heraufgegangen — jetzt aber werden sie ganz gewiß nicht wieder kleiner werden!“

„Hm hm hm!“ Segonda lächelte und schüttelte den Kopf. „Wer sagt Ihnen, lieber Freund, ob ich dies nicht gerade will? Ich brauche keine Arbeiter, die schlemmen und prassen; denn je besser sie essen und trinken, je mehr Zeit sie haben, desto üppiger werden sie leben wollen, desto unverschämtere Gedanken werden sie sich machen. Zuletzt werden sie gar theilen wollen. Der Spinner und Weber muß eine Mehlsuppe für ein Geschenk des Himmels ansehen, er muß jeden Tag Gott und mir auf den Knien für sein Stück Schwarzbrot danken. Lebemänner kann ich nicht brauchen, Wohlleben macht faul und begehrlich. Ich will Arbeiter, die von früh bis Abend schuften wie die Maschinen, die ihr bischen mechanische Thätigkeit auch ganz mechanisch verrichten — denn die höhere Arbeit besorgen mir ja die Maschinen — die Essen und Schlafen auch rein wie mechanische Verrichtungen abwickeln, die mir Abends wie todt vom Stuhl auf die Streu sinken ohne zu reden und Morgens nicht eine Minute früher aufstehen als nöthig ist, um Schlag acht auf dem Posten zu sein. Nur so ist ein ersprießlicher dauernder Betrieb möglich. Der Einzelne muß zum Nutzen des Gesammtwerkes zur Maschine werden wie der Soldat im Heere.“ Er war aufgestanden und trommelte wieder mit dem Blei auf dem Schreibtisch. „Der gedrückteste Arbeiter ist — wenigstens in unserer Branche — der beste.“

Aribert war während dieser Auseinandersetzung immer dicht um den Vater herumgestrichen, hatte ihm kurze Seitenblicke zugeworfen und ganz leise „Hm, hm“ geräuspert. Segonda hatte ihn wohl verstanden, er hatte sich auch selbst gesagt, wie gewagt es sei, einem Manne Einblicke in seine Politik zu gewähren, den er so recht eigentlich nie leiden gemocht, hinter dessen scheinbarem Phlegma, hinter dessen bauernhafter Schwerfälligkeit er stets einen aufsässigen, begehrlichen, kämpferischen, neuernden Geist gewittert. Aber es juckte ihn, ihm eine Lektion zu geben, ihm zu beweisen, daß nicht Beschränktheit, sondern Berechnung die Ursache seiner Weigerung war, daß er seinen Untergebenen sehr wohl verstand, aber daß er mit allen seinen Unterstellten nach seinem Willen spielte.

Henning hatte seinen Zweck erreicht und Segonda gezwungen, ihm sein tiefstes Herz zu enthüllen. Er entsetzte sich vor der Rücksichtslosigkeit, der grenzenlosen Willkür dieser in die civilisirtesten Formen gefaßten Rohheit. Am liebsten hätte er ihm, ohne Aufregung, mit kaltblütigem Lächeln ins Gesicht hinein gesagt, was er von ihm hielt. Aber der schlaue Bauernjunge war zu stark in Henning. Der fragte sich einfach: Wozu? — Wozu die wenigen Monate, die ihn vielleicht — hoffentlich! Nur noch als Sklaven dieses Despoten festhielten, sich aus purem Uebermuth, Feindschaft, Mißhelligkeit, Chikanen schaffen? Was war damit gebessert, und was erreicht? Segonda fühlte sich nicht herabgesetzt — er ließ ihn nur das materielle Uebergewicht seiner sozialen Lage fühlen — und er selbst war sich ja seines Vollwerths bewußt, er wußte wie nahe der Tag war, an dem seine Erfindung auch für die Welt fertig und fruchtbar erschien — und an diesem Tage war er der Herr, der Gewährende, und Segonda der Bittende. An jenem Tage stand es in seiner Gewalt, dem Andern Patent und Unterstützung zu versagen und ihn dadurch zu zerschmettern. An jenen Tage triumphirte der Geist vermittelst der Maschine über den Geldsack, wie dieser jetzt die Maschine benutzte, um die einfältige, beschränkte Faustarbeit zu kneten und zu würgen nach seiner Laune!

Und so griff Hennig ruhig zur Mütze, bot gelassen, mit scheinbarer Ergebenheit seinen Gruß und zog fürbaß, und weder der Vater noch der Sohn bemerkten etwas von dem kurzen Blitzfunken des überlegenen Hohns, der beim Gruß für eine Sekunde in seinen Augenwinkeln aufzuckte.

Kaum war Hennig draußen, als Aribert heftig gestikulirend im Zimmer herumrannte und schrie: „Papa, ich begreife Dich einfach nicht —"

„Ich verbitte mir Deine Begriffsschwäche ebenso wie diese ungezogenen Kehllaute von vorhin", entgegnete eisern der Vater. „Du begreifst sehr Vieles nicht, wovon ich sehr genau weiß, warum ich's thue. Es lag mir daran, ihm zu zeigen, daß wir auch nicht von Dummsdorf sind und daß er gar nichts Vernüftigeres thun kann, als mir mit blinden Gehorsam zu folgen."

„Papa!" sagte Aribert etwas kleinlaut, „ich glaube, Kerl ist Sozialdemokrat. Wenn so was 'mal bemerke … ist Ausländer … Landrath ist mein Freund … ausweisen lass' ich den Lump einfach."

Aber er hatte heute kein Glück — der Vater unterbrach ihn entschieden und sagte: „Rede keinen Unsinn und geh' an Deine Arbeit!" — — —

Henning konnte indessen doch nicht so leicht über den Eindruck dieser Stunde hinweg. Segonda war ihm widerwärtig, er haßte ihn, er verachtete ihn, seine Stellung dünkte ihm die volle Knechtschaft, es erschien ihm unwürdig, als Mensch von Geist und Empfindung einem Protzen verhaftet zu sein, von dessen unduldsamer Selbstsucht er das Schlimmste gewärtigen konnte. Er wünschte sich die Mittel, seine Stellung sofort zu verlassen und die wenigen Monate bis zur Veröffentlichung des fertigen Patents irgendwo zurückgezogen leben zu können. Abscheulich, daß solch ein kleiner Wunsch ihm ein Traum bleiben mußte!

Er war gewiß frei von Empfindsamkeit. Er wußte, daß Schmutz, Staub, Krankheiten, Unglücksfälle bei ausgedehntem Maschinenbetrieb unvermeidlich waren, zumal in seinem Gewerbe, daß Gott den Lohn ungleichmäßig vertheilt hatte wie die Gaben und daß nicht Jeder Braten essen konnte. Dennoch blieb er gefesselt stehen, wenn Mittags oder Abends die Mädchen und Burschen die Fabrik verließen, und Blicke des Mitleids fielen auf diese stumm und gedrückt die schwülen Säle verlassenden Gruppen, die traurig und schweigend, Arm in Arm dahinschritten — auf die zarten, kaum recht entwickelten Mädchen mit ihren citronengelben Gesichtern, ihren dünnen Armen, ihren schlecht genährten Kinderfiguren, auf die kropfigen, buckligen, abgezehrten Burschen und Männer, auf diese ganze siechende, schleichende Armee des Elends, in der sich kein Rothbäckiger, kein gerade Gewachsener befand, die jetzt beim Heimweg noch zaghaft flüsterte und wisperte, ohne ein lautes Wort zu wagen. Und er fragte sich, ob es denn nöthig sei, daß alle diese Schwächlinge gerade Segonda, dem rücksichtslosen Selbstlinge, die Entwicklung ihres Körpers, die Geradheit ihrer Glieder, das Mark ihres Rückens, das Gewebe ihrer Lungen opferten, der es aufspeicherte, zwecklos, nutzlos, Niemandem Früchte spendend. Und ein Gefühl des Mitleids, ein Wunsch zu nutzen, zu helfen kam über ihn, wie damals, an der Leiche jener jungen Arbeiterin am Niederrhein, als er den ersten Gedankenanstoß zu seinen stolzen Erfindungen empfing — und gesund wohlgenährt, ausreichend bezahlt aber beleidigt und verkannt fühlte er sich dem Heerbann jener Uebervortheilten verwandt. Sklave wie sie, nur dem Grade nach von ihnen verschieden, weniger geschunden aber tiefer leidend.

Und wenn er frühmorgens nach einer ruhigen, stärkenden, wohldurchträumten Nacht in die heißen, staubdurchbeizten, wolkendurchfeuchteten, lärmdurchrasselten, chlordurchpesteten Säle ging und auf die stoßenden, schiebenden, rollenden, schlagenden, wirbelnden, greifenden, speienden Maschinen blickte, die ihn umschlossen, mit grinsenden Mäulern anfletschten, so überkam ihn der Wunsch, sie Alle abzustellen, zu zerschlagen, einzuschmelzen, die Riemen zu zerstückeln; denn sie erschienen ihm mit einem Male plump, dumm, häßlich, langweilig, gefährlich; er ärgerte sich über die Langsamkeit ihrer Arbeit, über das Schütteln des Zuführtuchs, über das Absplittern der Stifte am Igel, über die Ungleichmäßigkeit der Bänder, über die Bodennässe im Feinspinnsaal, er räumte die Säle in Gedanken aus und bevölkerte sie mit Maschinen seines Systems und freute sich lächelnd des ruhigen Ganges, der gleichmäßigen Drehungen, der sauberen Diele, der guten Luft, die er schon um sich zu hören, zu sehen, zu athmen glaubte.

VI.

Es währte einige Zeit, bis Ottilie sich wieder in die Lebensgewohnheit des Nordens hineinfand. Sie hatte sich freilich auch im Süden wenig an die ortsüblichen Vorschriften gekehrt, sondern nach ihrem Gefallen gethan. Von ihrer Regel des frühen Aufstehens wich sie auch daheim nicht ab: es war ihr ein süßes Gefühl, bei hellem Sonnenschein Niemanden zu sehen, Niemanden zu hören, gleichsam allein auf der Welt zu sein und sie zu beherrschen. Sie nahm gleich nach dem Aufstehen ihr kaltes Bad, trotz des Spottes des Vaters und des Abrathens des Arztes; ja dies letztere bestärkte sie in ihrer Gepflogenheit, denn sie hielt ihn für so unfähig, daß sie sich einbildete, Alles was er anordnete meiden, was er ihr verbot thun zu müssen.

Dann nahm sie ihren Kakao und setzte sich an's Fenster. Aus den Bauernhäusern, die auf und ab über Thal und Hügel gesäet waren, stiegen kleine Wölkchen auf, grau, licht, feinkörnig: lächelnde Bilder gemüthlicher Heime weckend. Das große Ungeheuer, der Löwe des Thals, die Fabrik, schlief noch — schmutzig weiß, störrisch, willkürlich, hart starrte er in die flirrende Sommerluft. Dumpfe, schwirrende Töne kündeten von fern die achte Stunde, ein scharfes, schnelles, hetzendes, grell keifendes Läuten aus der Nähe antwortete. Ein Stöhnen, Ächzen — und eine kurze, dicke Wolke quoll aus der langen Esse, schwärzlich, mißmuthig. Ein leises, vereinzeltes, metallisches Schnurren löste sich los. Die Wolke senkte sich dicker, schwärzer, dauernder, das rülpsende Ächzen rollte regelmäßiger, die hellen Töne zogen sich gedehnter ... Rl ... rrll ... rrrrllll ... und mit einem Schlage begann ein ununterbrochenes Stoßen, Donnern, Klappern, Dreschen, Fauchen, Toben. Die Sonne hatte ihren stechenden Glanz verloren, sie verschwand hinter einer trüben Decke. Die Rauchwolke zog sich breit herum, sie sog noch immer an der Esse fest wie ein Kind an der Mutterbrust, sie dehnte, streckte, schüttelte sich, sie wälzte sich länger und länger durch die trübe, dicke Luft und hinter ihren unreinen, ungleichmäßigen, blauschwarzen Schichten verkroch sich das ernste, schwermüthige Graugrün des breithingepflanzten Gebirgswalls ...

Die hastenden Töne, die Wolke hatten für Ottilie etwas Erschütterndes. Ein Wunsch löste sich immer freier, immer lebhafter mit ihnen aus des jungen Mädchens Seele: das hastige Verlangen, einmal das Innere der Fabrik zu sehen. Denn zwanzig Jahre Haus an Haus wohnend, Tag für Tag mit ihr lebend, seit sie sehen und hören konnte an den Anblick des langen Gemäuers gewohnt, in dem täglichen Rasseln und Rollen die ersten Töne wiederfindend, die sie das Bestehen einer Außenwelt lehrten, in der Umschließung jener schlecht geputzten Wände die Erhalterin des väterlichen Glücks, des ganzen sie selbst umgebenden Überflusses wissend, im täglichen Tischgespräch ihrer eignen Angehörigen fast nur von ihr hörend, sah sie kraft eines ihr unbegreiflichen väterlichen Machtspruches sich den ganzen wohlumfriedeten Fabrikbezirk wie einen verwünschten Märchenwald verschlossen. Schon als Kind hatte sie keinen heißeren Wunsch gekannt, als die Fabrik zu sehen, und nie hatte der Vater ihrer Neugier willfahrt — damals mußte die Gefährlichkeit der Transmissionen und der Räder, später ihre Gesundheit als Ablehnungsgrund gelten. Der Vater sah überhaupt Niemanden gern im Fabrikbezirk, der dort nicht seine Arbeit hatte, anfragenden Fremden blieb er streng verschlossen, Keiner aus dem Dorfe durfte drinnen seinen Verwandten aufsuchen. Selbst Ottiliens Zimmer lagen so, daß sie das Kommen und Gehen der Arbeiter nicht sehen konnte. Sie schämte sich oft, nicht zu wissen, wie jene intimsten Toilettenstücke entstanden, deren Stoff ihr eigner Vater anfertigte — und vor Allem brannte sie zu wissen, ob jene fürchterlichen Schilderungen auf Wahrheit beruhten, die sie in den Büchern Bebels und so vieler anderer Schriftsteller der Zeit gefunden und in denen die Flachsspinnereien als Höllen, die Leinweber als schuldlose Büßer gemalt wurden. Jener schwere Rauch, der dem schwindsüchtig langen Essenhalse entströmte und Häuser, Thal, Gebirge trauernd verhüllte, reizte ihren Wunsch immer stärker. Sie fand es empörend, ihre Kenntniß der Fabrik auf das Wenige beschränken zu müssen, was sie gelegentlich von ihrem Zimmer aus mit dem Fernglase erspähen gekonnt, sie machte sich, durch die heimliche Lektüre sozialistischer Schriften getrieben, ungeheuerliche Vorstellungen von den Leiden und Gefahren der Arbeiter, sie glaubte, daß ihr Vater ihr die Fabrik verwehre, um ihre kindliche Achtung und

Liebe nicht zu vermindern, und sie hielt ihn beinahe für einen der rücksichtslosen und verwerflichen Ausbeuter, wie in den Büchern jener Partei-Schriftsteller die Fabrikanten allesammt gezeichnet wurden.

Aber sie erinnerte sich auch in anderen Büchern gelesen zu haben, wie manche Reiche durch nützliche Gründungen und Einrichtungen die Leiden ihrer Leute gemildert, beseitigt hatten, sie entsann sich, Damen, den Frauen und Töchtern jener Reichen, wegen ihrer umsichtigen Leitung und Beförderung solcher Anstalten die höchsten Komplimente gespendet gefunden zu haben. — Warum sollte nicht auch sie dergleichen schaffen? Sie, die sich mehr Verstand, mehr Talent zutraute als irgend einer anderen Frau? Ihren Namen in der Welt bekannt, gefeiert zu sehen — ihr Bild in illustrirten Zeitungen — über sie und ihre Gründungen Brochuren veröffentlicht! Im Dorfe würde Jeder sie lieben, sie bewundern, die Frauen in ihrer Naivität würden für sie beten, den „Fabrikengel" würde man sie nennen: eine Bezeichnung, die sie einmal für ein ähnliches Mädchen in einem Roman gefunden und die ihr gefiel. Wie eine Göttin des Dorfes würde sie aus dem Olymp ihrer Villa herab steigen, allen Leidenden zu helfen: Hungrige zu speisen, Kranke zu trösten, und wie eine Göttin würde man sie verehren.

Welche Einrichtung sie wohl zuerst begründen sollte? Es schien ihr ziemlich gleich, denn alle dünkten ihr verdienstlich — aber der Gedanke eines Findelhauses imponirte ihr am meisten. Welche Erfolge hatte diese Einrichtung in Paris und London gehabt! wer verdiente größeres Mitleid, bereitwilligere Unterstützung als jene getäuschten, unglücklichen Wesen, die männliche Rücksichtslosigkeit ins Unglück gestürzt, die aus Liebe gefehlt, und eine unheilvolle Sekunde nun mit Wochen des Leidens und Jahren der Entbehrung büßen sollten?

Ottilie schwelgte in diesem Gedanken; denn sie war glücklich, jetzt endlich eine Arbeit gefunden zu haben, eine Aufgabe, ihrer Kräfte würdig und ihren Neigungen entsprechend. Sie glühte in dem Wunsche sich zu bethätigen, sich auszuzeichnen, sie hatte Tropfen von dem Blute ihres Vaters in sich, die sie drängten, wirkliche, thatsächliche Werths zu schaffen. Sie freute sich, daß der Müssiggang ein Ende nehmen sollte, zu dem sie sich verurtheilt sah; denn für weibliche Handarbeiten hatte sie weder Neigung nach Talent: Stickereien waren ihr langweilig und die dabei nöthige Körperhaltung schadete der Gesundheit (ihrer Gesundheit: sie bildete sich ein der). Noch unsympathischer waren ihr Wirthschaftsdinge. Sie mußte höhnisch lachen, wenn sie sich nur selbst als Hausfrau vorstellte: mit der großen Schürze am glühenden Kochherd stehend oder Wäsche ausbessernd. Ueberdies war in diesem Ressort gegen Anastasia nicht anzukämpfen. Sie hatte sich in Tischangelegenheiten einige Wünsche erlaubt, rein in Bezug auf Aeußerlichkeiten, die sie ästhetisch verletzten: Anastasia hatte sich sofort ihren Befehlen gefügt aber auch durch einige schlaue winzige Wendungen Segondas Blick darauf gelenkt, der mit zwei launigen Worten Ottilie gebeten hatte, in diesen Dingen Anastasia walten zu lassen, die seine Gewohnheiten genau kenne. So geht's, hatte sich Ottilie gesagt, wenn eine Frau nicht da und die Tochter längere Zeit von Hause fort ist! Sie hatte sich fünf Minuten geärgert, daß eine Fremde mehr Einfluß auf ihren Vater haben sollte als sie selbst — später aber war sie es ganz zufrieden, denn ihr graute bei dem Gedanken an zahlreiche langweilige Pflichten, die ihr jetzt erspart blieben.

Erstaunen, Entrüstung stieg in ihr auf, als sie mit ihren Plänen an der maßgebenden Stelle nur Widerstand und Hohn fand. Der Vater wollte von derlei „Volksbeglückungsideen" überhaupt Nichts hören. „Dergleichen schadet zehnmal mehr als es nützt. Die Leute werden dadurch erst auf die Idee gebracht, daß es ihnen schlecht gehe, sie fangen erst an sich unglücklich zu fühlen, wenn man ihnen helfen will, und zuletzt kann man sich nicht retten vor ihren Forderungen. Die Menschen sind Alle wie die Kinder: die weinen auch blos, wenn man sie bedauert. Laß ein Kind sich eine Beule stoßen und beachte es nicht, so wird es nicht mit der Wimper zucken. Ich kannte einen Konkurrenten, der fing auch mit der Arbeiterfreundlichkeit an und gründete eine Krippe. Nach und nach kriegten die Arbeiter Häuser und Speisesäle und einen Klub und ein Hospital und einen Turnsaal, und als sie ihr Theater einweihten, war er fallit; denn mit ihrem liebenswürdigem Drängen hatten sie ihm Fabrik und Villa aufgegessen."

„Aber Papa, es ist doch nachgewiesen, daß derartige Begründungen sehr segensreich gewirkt haben. Ich hab' es doch gelesen!"

„Wo? wo? Nenn' mir bitte einen Fall!"

Die gewünschten Namen und Daten! Derlei behielt sie nie. Sie wußte sich genau im Recht und konnte im Augenblick nichts erwidern. Er erklärte ihr, solche Dinge seien für Leute, die an Knopflochschmerzen litten — er mache sich nichts aus Auszeichnungen und Zeitungsartikeln, er wolle Garn und Leinwand verkaufen und Geld verdienen. Aribert kam schließlich mit unartigem Hohn. „Findelhaus!" krähte er. „Sämmtliche Weber- und Bauernbälge von Fichtenbrück und Umgebung aufpäppeln! Das Geschäft wird gehen. Freu mich schon auf den Anblick, wenn Du von Wiege zu Wiege mit den Lutschtroppen rennst!"

„Ari — Du wirst wieder ordinär!"

„Na — is aber ooch zu dumm! Findelhaus! Werden noch nich genug Kinder in die Welt gesetzt, he? Sollen noch mehr uneheliche Würmer 'rumkrabbeln? Gelt?"

Ottilie legte entrüstet Mundtuch und Besteck beiseite und verließ das Zimmer. Sie würde diesen überklugen Männern schon zeigen, was eine Frau leistete! Wenn nur nicht unglückseligerweise Alles von der Geldbewilligung des Vaters abhing! So hatten die Männer durch die rohe Gewalt des Materialismus die Uebermacht, verhinderten die besten Pläne und unterdrückten die öffentliche Entwicklung der natürlichen Gaben des Weibes! ... Vorderhand war ihr nun wieder jede Thätigkeit abgeschnitten, war sie in die alte Beschäftigungslosigkeit zurückgeworfen, die sie nervös machte. Lesen, Ausfahren, Musik treiben: das war Alles, was ihr für den Tag blieb. Immerfort allein zu sein, Niemanden zu haben, mit dem man Gedanken und Empfindungen austauschen konnte! Der Vater wollte ihr durchaus eine Gesellschafterin kommen lassen. Aber von den zahlreich einlaufenden Angeboten paßte ihr keines. Nur einmal erschien ein blutjunges Mädchen, bildhübsch, wohlerzogen, ehrbar. Am nächsten Tage schickte sie Ottilie unter irgend einem Vorwande wieder weg. Als sie abgefahren war und Vater und Bruder ihr Vorwürfe machten, daß sie sich mit Niemandem vertrage, antwortete sie lachend: „Ich will Dir jetzt offen sagen, Ari, warum ich sie gleich abgeschafft habe — sie war mir zu schade für Dich!"

Immer stärker sehnte sie sich nach dem Süden zurück, wo sie sich an Freiheit und Selbständigkeit gewöhnt hatte, wo man sogar ausgehen konnte um zu kokettiren, wo es Feste, Concerte gab — und vor Allem Menschen. Hier begrüßte sie es schon als willkommene Abwechslung, da Segonda ihr erklärte, man werde auf den Abend in Familie ausgehen, um die Johannnisfeuer zu betrachten.

Der Doktor hatte mit von der Parthie sein sollen und das drohte ihr die Freude zu verleiden. Er hätte sich schon in der Villa eingestellt, als er glücklicherweise zu einem kranken Bauern gerufen wurde. Er wollte den Boten auf seine Rückkunft vertrösten, aber Ottilie ergriff die Sache des Kranken und verlangte sofortigen Besuch.

Die Sonne berührte gerade den Erdrand, als der Wagen den Hof verließ. Man fuhr jedoch nur bis zum Oberdorf und stieg da aus, um das Bild auf dem Wolfshügel in der Nähe zu betrachten. Als sie unter den breiten Lindenschirmen der schon scharf ansteigenden Dorfstraße langsam marschirten, kam ihnen aus einem einmündenden Seitenwege Henning entgegen. Segonda fand es für vortheilhaft, seit der letzten Unterredung ihn mit doppelter Freundlichkeit zu behandeln und forderte ihn sogleich zum Anschluß auf. Sehr natürlich bildeten sich nach wenigen gleichgültigen Wechselreden bald zwei Paare: vorn zogen Segonda und Aribert einher, sich immer tiefer in die Besprechung geschäftlicher Einzelheiten verbohrend, ein Dutzend Schritte zurück folgte Ottilie mit Henning.

Der Direktor blieb stumm, nicht wissend, womit das verwöhnte und oberflächliche Weltkind zu unterhalten wäre, Ottilie aber eröffnete bald gewandt das Gespräch: „Sie wollten sich auch die Johannisfeuer ansehen, Herr Direktor? Es ist hübsch, daß man bei uns noch die alten Sitten bewahrt, die im übrigen Deutschland meist längst verloren gegangen sind — gelt?"

Henning verzog den Mund. „Eigentlich bin ich für den Unfug nicht sehr eingenommen."

„Unfug nennen Sie etwas, wofür selbst Goethe eingetreten ist?"

46

„Ich bin überzeugt, Goethe wäre nicht dafür eingetreten, wenn er die Verantwortung für den Betrieb einer Fabrik gehabt hätte, mein Fräulein. Sie glauben gar nicht, was ich dadurch für Unordnung und Aerger habe. Seit 14 Tagen kommt kein Junge oder Bursche pünktlich zur Arbeit, der Heidenzauber spukt ihnen im Kopfe 'rum — jeder entschuldigt sich, er sei Besen für's Johannisfeuer betteln gegangen. Da hilft keine Strafandrohung, die Jungens kommen einfach nicht. Und soll ich ihnen das verwirkte Geld abziehen? Da kriegen sie ja gar nichts heraus und die Eltern müssen für den Unfug der Jungen hungern! Der Stellmacher beklagt sich, daß sie ihm drei Töpfe Wagenschmiere gestohlen haben, die Bauern stören sie bei der Arbeit, wegen alter Tonnen — ich sage Ihnen, es ist ein Kreuz."

Er war lebhaft geworden. Sie verzog den Mund und dachte bei sich: „Poesie hat er gar nicht". Lächelnd entgegnete sie: „Für Ihren Aerger sollen Sie aber glänzend entschädigt werden! Ich habe doch selbst schon viel Schönes gesehen, aber wenig Herrlicheres, als wenn dort vor uns, hoch oben auf dem Kamm durch das blaue Sommerdunkel Feuer an Feuer loht, erst runde Punkte, wie Riesenglühkäfer, dann immer größer, heller, unruhiger, wenn aus allen Klippen und Kuppen und Steinen wabernde Massen quillen und brechen, wenn über die rauhen Felsenwände, die unermeßlichen Abgründe, die zackigen Wälder sich ungeheure Ströme Opferbluts dahinzuwälzen scheinen und selbst über den Himmel rosenfarbene Freudendämmerung rauscht. Dann fühlt man sich seine tausend Jährchen zurückversetzt, man glaubt, daß Helden dieses Thal bewohnen, nicht Hungerleider, daß es am Tage Waffengeklirr durchhallt, nicht das Klappern der mechanischen Webstühle."

Es war schon zu dunkel, als daß er die Röthe sehen konnte, die auf ihren Wangen brannte. Er entgegnete: „Und Sie fühlen sich dann als eine Art Druide, die einen Zaubersegen murmelnd durch die Fluren schreitet?"

Ottilie zuckte die Achseln. „Glauben Sie nicht", fragte sie zurück, „daß eine Frau damals und überhaupt zu jeder früheren Zeit — mehr Gelegenheit hatte, ihren Geist öffentlich zu bethätigen als heute, in dem vielgepriesenen Jahrhundert der Frauenemancipation?"

„Mein Fräulein", sagte er langsam, nach kurzem Nachdenken, „ich schwärme überhaupt nicht für die Frauenemancipation." Sie blieb stehen, er fuhr fort: „Wenn der Mann die Frau richtig behandelt, sie nicht blos als Spielzeug betrachtet, wird sie überhaupt nicht auf solche Gelüste kommen. Denn auch ohne diesen neumodischen Kram kann sich eine Frau selbst außer dem Hause sehr nützlich machen." Sie war auf dem Punkte gewesen, die Unterredung abzubrechen und sich wieder den Ihren anzuschließen, indem sie dachte: er ist genau wie alle Männer. Die letzte Wendung ließ sie diesen Entschluß schnell wieder ändern. Vielleicht ging er doch auf ihre Ideen ein — vielleicht konnte sie ihn als Bundesgenossen gegen den Widerstand der Ihren benutzen?

Man war mittlerweile am Fuße des Wolfshügels angekommen, einer breiten, unten bebuschten, oben kahlen Erdwelle. Halb Fichtenbrück hatte sich auf der Höhe versammelt. In der Mitte war uraltem Herkommen gemäß der Scheiterhaufen mächtig zusammengetragen, dicke Tonnenbäuche, magere Besenstiele ragten aus der dunklen Masse schwarz hervor. Ein Wispern und Flüstern ging durch die Gruppen, die allenthalben umherstanden, wichtig und geheimnißvoll: Niemand wagte laut zu reden, alle Blicke hingen gespannt an den Umrißlinien des Kammes, die sich schwach vom Nachthimmel abzirkelten, und warteten auf den ersten ermuthigenden Funken aus der Höhe.

Segonda meinte, es wäre noch Zeit hinaufzugehen, wenn das Feuer brenne; inzwischen wandelten die Paare in der Tiefnacht des Buschwerks umher. Die Sommerluft strich die Wangen weich und schlaff wie die Zunge eines Kätzchens, Jasmin und Flieder mengten sich zu einem berauschenden mildfeurigen Duftstrauß. Um die eigentliche Absicht ihres Gesprächs zu verschleiern, machte Ottilie nach Frauenart erst einige Seitensprünge, fragte ihn, ob er diesen Abend auch Semmelmilchsuppe gegessen und tadelte ihn, daß er die landesübliche Sitte unterlassen. Dann mit geschickten Wendungen war sie wieder bei der Frauenthätigkeit und bei ihrem Findelhausprojekt.

Er mußte sich zusammennehmen, um nicht in Lachen herauszuplatzen; er mußte sich schnell erinnern, daß er die Tochter seines Chefs vor sich habe. „Pardon, mein Fräulein, da ist der Widerstand Ihres Herrn Vaters doch nicht so unbegründet." Sie wollte dies erst nicht begreifen, er setzte es ihr auseinander, daß ein Findelhaus wohl eine treffliche Einrichtung für eine große Stadt sei, aber nichts für's Land. Hier, wo Jeder die intimstem Familiengeheimnisse des Anderen kenne, wo es für eine unauslöschliche Schande gelten würde, sich seines Kindes zu entäußern! Er lobte ihre Absichten, aber er erklärte diese Ideen für unmöglich. Sie war böse, sie versuchte, ihn zu widerlegen, aber mit kurzen, knappen Gründen, höflich und sachlich, ohne Erregung, ohne Spott schlug er ihre Beweise nieder. „Wenn Sie Ihren Herrn Papa in eine Aera der Philantropie drängen wollen, so giebt es näherliegende, wirksamere Gründungen!" fügte er hinzu. Sie schwieg und schritt eine Zeit lang neben ihm her, ernstlich böse. Endlich fragte sie kleinlaut: „Welche meinen denn Sie?" Die Frage hatte ihr Mühe gekostet.

In diesem Augenblick brach oben ein wildes Geknatter, Geschrei, Gejohle los. Ueber ihren Häuptern knisterte, zischte, sauste es. Segonda wollte hinauf, aber Ottilie, ganz von der neuen Wendung des Gesprächs eingenommen — mehr als von dem oft gesehenen Schauspiel — bat zu warten, bis der erste Trubel vorüber wäre. So promenirte man weiter im Dunkel der überhängenden Sträuche, welche jeden Blick auf den Hügel wie auf den Kamm wehrten.

Ottilie brannte vor Neugier, was er an Stelle ihrer Krippe setzen würde. Er nannte zuerst ein Brausebad für die Arbeiter. Sie warf die Lippen auf. Wie nichtig, wie unbedeutend! Er schilderte ihr jedoch seinen Werth für die Frauen, die Kinder, die im Hechelsaal, am Igel von dicken trüben Wolken umhüllt den schweren beißenden Staub in alle Oeffnungen, alle Poren eindringen fühlen und ihn heim in jenen engen dumpfigen Raum tragen, der Wohn- und Schlafstube zugleich ist; er ließ Männer und Weiber in der Gluthhitze der Dörre bis auf die Knochen rösten, in der Bleicherei die undurchdringlichen Chlordämpfe bis zur Deckenhöhe zischen, er führte ihr alle jene Leute in ihrer nothgedrungenen Unreinlichkeit vor, die sich Sommers wohl gelegentlich im Bach baden, auf deren schwache Leiber aber den ganzen langen Winter hindurch kein Tropfen Wasser kommt. „Aber es wird Zeit, hinaufzugehen —" sagte er zögernd. „Bitte, erzählen Sie nur weiter," fiel sie lebhaft ein, „Ihre sonstigen Ideen! — den Johanniszauber habe ich schon hundertmal gesehen." Es lag eine tüchtige Menge Egoismus in dieser Antwort, aber die Theilnahme, die er in ihr erweckt hatte, erfreute ihn und er sprach weiter von Speiseräumen für Leute, die in Nachbardörfern, Stunden entfernt wohnten, von einer Kantine, in der man Hausmannssessen zu billigeren Preisen gab, als es sich die Leute einzeln daheim herstellen könnten. Sie fragte nach den Kosten — er hatte sofort einen Anschlag auf's Ungefähr fertig und versprach ihr Bücher über dergleichen vorhandene Gründungen zu leihen, aus denen sie Alles bis in's kleinste ersehen könnte.

„Ihr Männer habt's gut!" sagte sie seufzend. „Ihr habt Tätigkeitskreise, Ihr könnt Euch ausleben. Ihr könnt Euch gleich die Mittel verschaffen, jedes Ding praktisch anzupacken!"

„Sie langweilen sich, Fräulein?"

„Das ist nicht das richtige Wort. Ich habe ja meine Musik, meine Bücher. Aber ich möchte respektirt werden, ich möchte auch was sein. Ich komme mir jetzt so überzählig vor..."

Indessen war es oben auf dem Hügel immer wilder zugegangen. Um den stammenden, schwelenden Haufen standen die Bauern aus dem Unterdorf. Sie schrieen durcheinander, schwatzten, sangen. Sie blickten nach dem fernen Hochkamm, von wo ihnen alle Feuer der Runde entgegenleuchteten, als Grüße ihrer Hirten und Mägde, die heut beim Morgengrauen die Heerden zum Uebersommern aus den Ställen hinaufgetrieben und ihnen jetzt Nachricht gaben, daß Alles gut gegangen. Sie brüllten Zurufe in die Luft, als könnten jene sie hören, sie hatten sich zur Feier des großen Ereignisses betrunken, stimmten lustige Lieder an und höhnten über die Feuer der Nachbardörfer, welche klein und plundrig erschienen. Die jungen Bauernburschen hielten die Dirnen umfaßt und drohten scherzhaft sie ins Feuer zu werfen, wenn sie die Schmätze verweigerten. Weit ab davon standen in scheuen Gruppen zusammengedrängt, im schattenhaften Dunkel Weber und Spinner, nur leise bescheidene Bemerkungen über die vorn vom Flammenschein übergossenen, protzenden und renommirenden Bauern einander zuflüsternd, neugierig, ängstlich, ehrfurchtsam. Manche zitterten förmlich und streckten die Hände vor, wenn junge Bauern Besen aus der lohenden Masse rissen, sie im Kreise um den Kopf schwangen, daß die Funken sprudelten und dann fortrannten, wie toll, mitten in die Aecker hinein, daß weithin glühende Räder, immer kleiner werdend, sich durch die Felder drehten. Hoch prasselten die Funken, Raketen gleich, aus dem mächtigen Haufen, qualmender Rauch rollte darüber hin, harzig, augenbeißend. Fledermäuse huschten unruhig vorbei, Tauben kreisten in immer engeren Ringen um die Lohe, Käfer und Mücken fielen zu Tausenden nieder, Hunde schlichen winselnd heran und wüthende Hallo's und Husch! grelle Lachdonner rollten, wenn voll Angst ein aus den Feldern aufgescheuchter Hase oder Dachs die Menschenketten zu durchbrechen suchte. Aus dem nächsten Kretscham trug der weiche, spielende Juniwind Takte und Akkorde herüber, und sowie man eine Melodie erkannte, fiel der Chor der Bauernburschen lachend und johlend ein. Oben am Nachthimmel aber begannen unter verwundertem Flimmern einige Sterne scheu hervorzulugen.

Dunkler wurden die Flammen, schwermüthiger, niedriger. Wie ein trauriges Singen stieg es von ihnen auf. Der Rauch wurde erst paffiger, dicker, dann verzog er sich immer sachter. Mit Krachen und Knistern brach hier und da eine Feuergarbe zusammen. Zuletzt war Alles nur noch ein stummes inniges Glühen, das sich in sich selbst zusammen zu ziehen schien. Ein Nest riesiger Feuerwürmer ringelte sich durch einander. Die älteren Bauern wurden schweigsamer und wandten sich zum Fortgehen, indeß die Spinner und Weber jetzt ein wenig mehr Muth faßten und einige Schritte näher traten. Aber die Burschen waren nicht gesonnen, den Abend so leicht aufzugeben. Mit lauten Zurufen ermuthigten sie einander, und hopsa, hopsa flog einer nach dem andern über den glühenden Haufen hinweg, indeß die Mädchen laut aufkreischten und die Hände vor die Augen hielten. Einer der Burschen, die Mütze schief auf dem Kopf, trat zu den Spinnern heran und schrie mit greller Stimme: „Na, Ihr Kleisterfresser, zeigt' mal, ob Euch die Mehlpappe noch Mark in den Knochen gelassen hat!" Die Männer und Knaben stierten einander an, ohne etwas zu erwidern, der Bauernbursch ging mit lautem Hohnlachen, sich auf die Mütze schlagend, aber nichts sprechend zurück. Mit einen Male trat aus dem Haufen eine mehr breite als große Gestalt vor. Einzelne stießen sich mit den Ellenbogen an. „Der Schurig Karl!" flüsterten sie rasch. Der Bengel schmiß die Mütze mitten in die Genossen hinein, duckte sich, und eh' man bis fünf zählen konnte, flog er, eine schwarze Masse, über den sich schon leise mit Asche übergrauenden Haufen. Dann wies er den Bauern die Zunge und trat stumm zurück in die Reihen der Seinen, die sich nicht rührten. Nur Gretel stahl sich zu ihm und reichte ihm die Mütze, die sie aufgehoben, und drückte das glühende Gesicht an seine Schulter, „'s is an Oast, der Koarl!" murmelte der alte Lange zu seinem Nachbar.

„Doas traut a sich hinte nur, weil a weeß, daß sei Voater drinne ei de Berge de Neunkräuter sucht!" antwortete dieser, während der alte Lange ihn verbesserte: „Was der schonst nach sein' Voater fragt!"

Segonda blieb indessen unten mit Aribert stehen und erwartete die beiden Anderen, die ein Dutzend Schritte zurück waren. „Tja, wenn wir aber noch was von den Feuern sehen wollen — —"sagte er. Man trat vor — Segonda winkte gleich mit der Hand ab. „Schon Alles aus!" rief er.

In Wahrheit äußerte Niemand ein Bedauern. Ruhig, als wäre Nichts geschehen, begab man sich zum Wagen, der ein Stück weiter unten wartete. Hier trafen sie auf den Doktor, der kam, um sie abzuholen und sich gleich an Ottiliens Seite verfügte. „Na — war wohl sehr schön?" — Man mußte ihm gestehen, daß man sich so in geschäftliche und andere Gespräche verbissen, daß Niemand etwas von dem eigentlichen Ereigniß zu sehen bekommen. Der Kutscher lächelt stumm für sich. Verschiedene Gespräche wurden angeknüpft aber gleich wieder fallen gelassen. Es war als sei die stillschweigende Harmonie des Abends unterbrochen. Henning verabschiedete sich um nach Hause zu gehen, die Andern bestiegen den Wagen. Ottilie lehnte sich in eine Ecke des Wagens und spielte die Müde, auf die Anreden des Doktors, die Fragen Segondas nach ihrer Unterhaltung mit dem Direktor nur karge Antworten gebend. Sie zog sich sogleich auf ihr Zimmer zurück. Aber noch lange stand sie im Schlafgewand, das Haar aufgelöst, am offenen Fenster, mit den Elfenbeinfingern sich an das Kreuz haltend, und sog den weichen, milden

Balsam der wunderreichen, monddurchdämmerten Johannisnacht ein, bis ein leiser Schauer durch den zarten Körper fuhr, ein kühler, zitternder Strom in den Nervensträngen, und sie hastig die Scheiben heranzog und die Riegel schloß.

Am nächsten Tage kam sie ihrem Vater mit der Idee der Arbeiterbadeanstalt, hütete sich aber zu sagen, daß sie Hennings Kopf entsprungen war: sie betrachtete sie ganz als ihr Eigenthum. Segonda meinte, das lasse sich eher hören, es sei wenigstens praktisch, und wenn es nicht überhaupt wider sein Prinzip wäre, würde er es sich überlegen. Ottilie war mit diesem Resultat für's erste zufrieden und nahm sich vor zu bohren und keine Ruhe zu geben, bis sie ihren Willen hatte.

Henning war also offenbar ein Mensch, der seine Sache verstand und den man brauchen konnte? Sein Gleichmuth hatte ihr von Anfang an gefallen. Sie sprach mit dem Vater über ihn — der war mit ihm zufrieden, aber er fand ihn zu „selbstständig." Gerade das gefiel ihr — er war keine Subalternennatur. Daß Aribert ihn frech und dünkelhaft fand, nützte ihm nur bei ihr.

Ein paar Tage später fragte Segonda Henning im Namen seiner Tochter, ob er einmal mit Ottilie musiziren wolle? Sie ließe ihn darum bitten. Er bejahte sofort und Segonda lud ihn auf morgen zum Frühstück.

Henning hätte nicht der schlaue Bauernsohn sein müssen, um nicht sogleich, ohne sich zu verrathen, mit Traumschnelligkeit den Gewinn aus einem solch neuen Verhältniß zu überlegen: die Rechnung nahm den Charakter von Bildern an, die sich hastig in seinem Kopfe drängten, der Verstand verwandelte sich gleichsam in Phantasie. In wenigen Monaten war er vielleicht schon reich, berühmt, sein eigener Herr: die Hand Ottiliens entsprach dann gerade den Ansprüchen, die er zu stellen berechtigt war. Jedenfalls konnte es ihm nichts schaden, wenn er jetzt, wo davon noch keine Rede war, sich überzeugte, wie weit er gehen konnte.

Beim Frühstück, dem Aribert fern blieb, erkundigte sich Segonda lebhaft, was sie spielen wollten. Ottilie sagte, sie hätte jüngst den Klavierauszug des „Rheingold" bekommen, für 4 Hände eingerichtet, und den mochten sie Beide durchnehmen. Henning war davon nicht sehr erbaut. Das Wenige, was er von Wagner kenne, fände er fürchterlich, es sei Geheul, aber keine Musik. Sein Abgott sei Mozart. — „Sehen Sie", fiel Segonda ein, „wenn ich Ihnen drüben in der Fabrik nicht immer beistimmen kann: darin haben Sie meine volle Sympathie. Mir ist der vielbeschriene Wagner auch gräulich. Von der Musik will ich gar nicht reden, davon verstehe ich zu wenig, ich langweile mich eben einfach dabei. Aber was hat der Mensch aus den schönen alten Sagen gemacht! ... Wissen Sie, ich bin von Anfang an auf's Praktische erzogen worden und habe mich nie viel um Poesie gekümmert, obwohl ich sie zu schätzen weiß. Aber das Nibelungenlied habe ich als junger Mensch gelesen, und das hat mich so gepackt mit seinen gewaltigen Heldengestalten, daß ich wochenlang, ja noch viele Jahre später, davon geträumt habe. Unauslöschlich sind mir alle Szenen haften geblieben, und noch heute — wenn ich nicht der Fabrikbesitzer Segonda wäre, möchte ich als Siegfried oder König Gunther gelebt haben. Diese Kraft, diese zermalmende Leidenschaft! ... Und nun bin ich letzten Winter in Breslau und sehe, im Stadttheater wird ein Wagnercyklus gegeben. Ich also hinein. Gottstrambach, das war eine Enttäuschung! ... Laufen da ein Halbdutzend Schmachtlappen herum und winseln und heulen! Die Brunhilde, das Weib aus Stahl und Eisen, weint und jammert wie 'ne Spulerin, der 'n Vorschuß abgeschlagen ist. Aber da giebt's Leute, die das behandeln wie's Wort Gottes. Der Direktor Wehowski vom Bankverein — nicht reden können Sie mit dem Manne. Hö! und hö! und oben 'raus! ... Und die hier ... die ist gerade so ... aber das habe ich schon beobachtet: Wagner macht arrogant. Wer nicht ohne Bedingung kapitulirt und in die Bewunderungsarien einstimmt, der wird einfach als Idiot angesehen ... so über die Achsel ... pöh ..."

„Schließlich kann ich doch Nichts dafür, Papa, daß Du Nichts von Musik verstehst ..."

„Na, und der Direktor hier —"

„Der ist innerhalb acht Tagen bekehrt, wett' ich."

Henning wußte nicht, daß darauf ein Compliment gehörte, er begnügte sich still zu lächeln, und Ottilie dachte: „Das wird keine leichte Erziehung — bei diesem Alter des Schülers."

Segonda ließ Beide ruhig allein in's Musikzimmer gehen, nicht einmal der Keim einer Befürchtung erwachte in ihm. Während sie die Noten heraussuchte, wandte sie den mit dem Oberkörper gebückten Kopf herum und fragte: „Sind Sie eigentlich Schlesier, Herr Direktor? Gelt nein?"

„Luxemburger."

Sie hatte von der Lage des Landes, seinem Verhältniß zum Orte nur sehr dunkle Begriffe. „Wovon leben dort die Leute hauptsächlich?" fragte sie, als er ihr einige Erklärungen gegeben. „Von der Landwirthschaft — nicht?"

„Auch. Von allem Möglichem. Mein Vater, zum Beispiel war Bergmann."

„Bergmann?"

„Ja, ganz gewöhnlicher Bergmann. Ich bin aus sehr armer Familie.

Ich war ein kleiner Knabe, stand fest kaum auf dem Bein, Da nahm mich schon mein Vater mit in den Schacht hinein — könnte ich, das Gedicht im Echtermeyer verändernd sagen. Ich mußte sehr zeitig mit verdienen helfen, denn bei uns giebts keine Schutzgesetze und dergleichen Kultureinrichtungen. Mein jüngerer Bruder, der schwächere, kam zu den *pères* und ist jetzt Pfaffe, ich kam in die Grube und bin Tag um Tag mit Hacke und Lampe zur Schicht angetreten, bis zu meinem sechzehnten Jahre."

Den Klavierauszug mit der Rechten gegen das Knie stemmend, stand sie an die Flügelbank gelehnt. „Das ist ein schwerer Beruf, nicht?"

„Na ob! Und aussichtslos! Aufgeweckt war ich immer, der Obersteiger sagte mir oft: „Zum Heuer bist Du doch zu schade." Ich sah es auch ein, aber mein Vater bat Alle, mir keine Raupen in den Kopf zu setzen. Schließlich hielt ich es selber nicht länger aus. Mein Vater sagte mir, es sei Sünde, über seinen Stand hinauszuwollen, aber ich hielts eher für Sünde, das göttliche Pfund zu vergraben. Ich mich also meinem Beichtvater anvertraut … der spricht mit dem Bischof und der Bischof interessirt einen der Aktionäre für mich, einen reichen Deutschen. Der schickte mich nach Stuttgart auf das Gymnasium und dann aufs Polytechnikum. Mein Vater, wie er von dem Plan hörte, schlug mich zuerst halbtodt, der Beichtvater mußt 's ihm erst beibringen. Die Menschen sind bei uns zu sehr zurück … fromm, ehrenhaft, aber schwerfällig … Meine Mutter ist noch heute überzeugt, daß mich der Teufel verleitet hat … Na, jedenfalls hab' ich gearbeitet und hatte ein Glück, als hätte ich einen Pakt mit dem Gottseibeiuns. Glatter hätt's auch mit ihm nicht gehen können. Aber da ich nun hier bin — an diesem Orte, in dieser Gesellschaft, so denk' ich, es muß wohl doch von Gott kommen."

Ottilie lächelte. „Haben Sie viele Entbehrungen durchmachen müssen?"

„Vieles, was mir nachher als Entbehrung erschien. Es konnte mir ja wenig geschehen, was nicht ein Glück gegen meine Jugend gewesen wäre. Bei uns zu Hause lebt man wochenlang von Brot und Wasser. Was that mir's, daß ich drei Jahre aus Noth Vegetarier war? Die schlimmste Zeit war später in Paris, wo ich wochenlang herumlief, keinen Centime in der Tasche, ohne die geringste Aussicht auf Stellung, angewiesen auf das Mitleid eines Landsmannes, der *concierge* bei — 'na bei einer Dame war. Brocken vom Tischabfall des Lasters … das that weh, und manchmal fragte ich mich, ob mich nicht doch der Hochmuth verleitet hätte, und ich war im Begriff, auf Schusters Rappen nach Hause zurückzulaufen, mich meinen Vater zu Füßen zu werfen und wieder die Haue über die Schulter zunehmen. Na … Gott oder die Jungfrau … oder mein Schutzpatron … Einer hat schließlich doch ein Uebriges gethan…"

„Sie sind fromm, wie ich höre…?"

„Nein. Eigentlich bin ich sogar ein schlechter Katholik. Aber ich glaube selbstverständlich an Gott —"

„So? Ich nicht."

Er sah sie überrascht von der Seite an, „Hm!" Er senkte den Kopf, schaute dann wieder auf und entgegnete: „Ich glaube, Sie haben schon zu viel gelesen und noch zu wenig erlebt."

„Zu wenig erlebt? Sie täuschen sich. Ich könnte viele Romane schreiben, glauben Sie mir. Ich habe eine Mutter begraben … ich habe … aber wir wollen uns doch Rheingold ein bischen ansehen —"

Sie begannen die erste Szene, aber Henning erklärte, daß er sich in diese Musik nicht hinein finden könne. Er hörte nur Mißtöne und Disharmonien, er spürte nur Dunkel und Verworrenheit, ihm fehlte alles Geschlossene, sich ruhig Entwickelnde. Sie, in dem Wagnerschen Werke zu Hause, suchte ihm die Motive scharf herauszuheben, ihre Abwandlungen, ihre Mischungen, und um ihm den Charakter des Ganzen zu zeigen spielte sie ihren und seinen Part in einem zusammen. Mit Eifer verfocht sie die Sache des Tondichters und machte ihn auf tausend Feinheiten aufmerksam, zu denen er den Kopf schüttelte.

„Sie sind ja ein mittelalterlicher Reaktionär," sagte sie lachend. „So was widerspänstiges! Ich möchte wissen, welche Ansichten Sie so von Kunst haben? Wer ist denn ihr Lieblingsschriftsteller?"

„Offen gesagt, ich verstehe von Litteratur nicht viel. Im vorigen Jahre habe ich Gedichte gelesen ... von einem Herrn Baumbach. Die fand ich sehr schön."

Sie schlug ein helles Lachen auf, und immer lachend sprang sie von der Bank und hüpfte durchs Zimmer. „Baumbach! ... Aber in welchem Jahrtausend leben Sie denn? ... Baumbach! ... Baumbach! ..."

Mit gerunzelter Stirn entgegnete er: „Ich habe Ihnen ja gesagt, mein Fräulein, ich verstehe Nichts von Literatur."

Sie nannte ihm Zola, Ibsen, Tolstoj — er hatte diese Namen nie gehört. Sie wühlte in einem Stoß aufgeschnittener Bücher und zog ein Bändchen Maupassant hervor, das sie ihm mitgab.

Nach einigen Tagen brachte er es zurück, mit allen Zeichen des inneren Abscheus. „Sie haben das Buch wohl selbst noch nicht gelesen, mein Fräulein? Es ist wohl nur durch Irrthum unter Ihre Bücher gekommen?" fragte er und begriff nicht, wie eine Dame ein Buch auch nur lesen könne, in dem von den heiligsten Dingen in witzelndem Tone gesprochen, in dem die Unsittlichkeit entschuldigt, ja verherrlicht werde.

„Aber ich bitte Sie," sagte sie, sich eine Cigarrette ansteckend, „heutzutage erkennt doch jeder gebildete Mensch die Berechtigung der freien Liebe an."

Er war sprachlos über ihr Betragen, ihre Worte. „Ist es möglich," sagte er, „Sie — Sie könnten —" er schüttelte den Kopf und wehrte mit den Armen ab.

Sie blies den Rauch von sich. „Ich?", erwiderte sie mit langezogener Frage. „Ich? Nein. Weder frei noch unfrei. Ich bin überhaupt nicht für die Liebe geschaffen. Ich bin viel zu kalt dazu, ich habe viel zu viel Vernunft, mir können solche Konflikte nicht passiren. Ein um so besseres Urtheil habe ich darüber ... Ich hungere ja auch Gott sei dank nicht. Deswegen kann ich mich doch in die Lage eines Hungernden hineinversetzen, seine Noth mit fühlen und es rechtfertigen, wenn Jemand einbricht, um sich und die Seinen vor dem Tode zu schützen. Würde ich Jemanden lieben, so würde ich ihm auch angehören, ob mit ob ohne Gesetz."

Henning konnte diese Anschauungen nicht billigen. Im Rahmen der religiösen und staatlichen Gesetze wollte er Jedem gestatten, seinen Willen, seine Bestrebungen mit allen Mitteln durchzusetzen, aber jeden Versuch ihrer Überschreitung aufs strengste bestrafen.

„Sie sind ein Spießbürger, ein Philister!" rief sie ihm zu, „ich verstehe das besser." In ihrem Innern aber imponirte er ihr; denn sie fühlte, daß seine Selbstbeschränkung eine Äußerung der Stärke, nicht der Schwäche war, sie ahnte, daß Gesetz und Religion in der That zu Gunsten der Starken wirken, die zum Kampf gegen die Welt nicht wie die Schwächeren Zügellosigkeit, Rohheit und Hinterlist brauchen, sondern sich ihr selbst unter tausend förmlichen Einschränkungen gewachsen fühlen, und sie beneidete ihn abermals.

Die Hälfte ihrer Musikstunden wurde durch Wortgefechte erfüllt.

Immer gab sie sich den Anschein, ihn abzutrumpfen, Alles gab sie vor bester zu verstehen, und immer fühlte sie dunkel, daß er, selbst oft ohne Antwort auf ihre sophistischen Ausfälle, ihre Beispiele, in seiner ruhig verharrenden Kraft der Stärkere blieb. Auf jede Weise suchte sie ihm zu imponiren. Sie rauchte wie eine Russin. Er bat sie, es zu lassen. „Für eine Dame, die eben ihrer Gesundheit halber ein Jahr im Süden weilte, kann es nicht vortheilhaft sein."

„Bah, ich bin jetzt gesund wie ein Fisch. Ich treibe jeglichen Sport. Was thun Sie eigentlich, um sich immer mobil zu halten?"

„Ich übergieße mich jeden Morgen mit kaltem Wasser."

„Das thu' ich auch. Weiter."

„Ich übe mit Hanteln."

„Eine gute Idee. Das werde ich auch thun. Wie schwer nehmen Sie sie?"

„In jede Hand eine von zwei Kilo."

„Das ist ja Kinderspiel. Werde ich auch nehmen."

Sie führte die Uebungen durch, obgleich sie ihr nicht bekamen, obgleich sie Schmerzen in Rücken und Brust empfand. Aber sie blieb dabei, nur um ihm jedesmal sagen zu können, wie gut ihr die Uebungen thäten. Sie schlug ihm vor, mit ihr zu fechten, zu turnen, sie versprach ihm gütig, ihn reiten zu lehren, als er seine Unkenntniß dieser Kunst bekannte.

Henning merkte von Anfang an ihre Absicht. Er lächelte bei sich im Stillen über ihr Verlangen ihm zu imponiren, kraftvoll und kühn zu erscheinen, bei so schwächlichem, zerbrechlichem Körper: Herkulesarbeit mit einer Taille, welche eine Hand umspannte! Sie wollte ihn „erziehen" — aber welcher Anlaß lag für ihn zu gleichem Wahn vor? Noch waren ihre Beziehungen so lose und oberflächlich, daß er selbst nicht ahnen konnte, ob sie sich je fester schürzen würden. Was ging ihn fremdes Menschenleben an, fremdes Treiben und Trachten? Wurde sie seine Braut, gewann er ein Recht über sie, so war zu allen Wünschen noch Zeit genug, und er durchschaute sie, um zu wissen, daß sie Wachs in seiner Hand sein würde. Das gefiel ihm, daß hinter ihrem Spiel mit freien Worten, hinter ihren emancipirten Manieren — die sie nur ihm allein gegenüber annahm — hinter ihrer Sucht, Alles besser zu wissen, hinter allen ihren Bestrebungen ihm zu imponiren sich nur das Zugeständniß ihrer Unterlegenheit versteckte; denn er wollte die Frau dem Manne unterthan, ergeben und gehorsam. Alle ihre drolligen Anstrengungen bewiesen ihm nur den Eindruck, den er auf sie gemacht hatte. Darauf war er stolz, darum freute ihn alles das, was ihn sonst abgestoßen hätte. Er sah, wie sie nach irgend einer Anerkennung aus seinem Munde lechzte, auf irgend einem der Felder, die sie berührte, und darum hütete er sich, eine auszusprechen, darum betrachtete er ihr Wissen, ihre Künste, ihren Luxus wie selbstverständliche, gleichgiltige Dinge, und wenn sie damit prahlte, gab er ihr wohl zur Antwort: „Sie haben ja als Dame auch nichts weiter zu thun."

Er begann zu reiten, und er lernte es überraschend schnell. Er fiel nicht ein einziges Mal vom Pferde, seine Haltung war gut, wenn auch etwas schwerfällig. Seine schnellen Fortschritte waren ihr offenbar nicht recht. Sie hatte gehofft sich öfters über ihn lustig zu machen. Jetzt mußte sie ihm sagen: „Ja, für die kurze Zeit können Sie's ganz gut; aber es fehlt Ihnen noch die Eleganz, der Chic!" Ebenso ging es mit der Wagnerschen Musik. Er nahm den Klavierauszug für ein paar Tage nach Hause, und als er wiederkam spielte er die erste Szene mit ihr um die Wette. Sie verzog den Mund: „Ja — es ist ja Alles korrekt, aber, wissen Sie, es ist trotzdem nicht zum Wiedererkennen … Es kommt Alles so trocken heraus … es fehlt die Stimmung, die Poesie …"

„Also, bitte, spielen Sie doch 'mal meinen Part." Sie that es.

„Also Sie nehmen es eben einfach langsamer?"

„Nein, es ist nicht blos das Tempo … da können Sie ja den Metronom nehmen … es ist der Charakter, der Ausdruck … das muß man fühlen … man muß Wagnersinn haben, wie ich …"

Indem sie renommirte, huldigte sie. Er fühlte: ihr Interesse für ihn war sein Interesse. War ja auch sie ihm nicht gleichgiltig. Ihr Kern war gut und tüchtig. Sie war im Stande sich für den Mann aufzuopfern, den sie liebte, und sie würde den ersten Mann lieben, der ihr imponirte. Um ihm zu gefallen, um einen freundlichen Blick, ein anerkennendes Wort von ihm zu erhalten, war sie fähig barfuß durch den Schnee zu laufen. Die zarte Person war von einer unbewußten starken Leidenschaft erfüllt: sie dürstete nach Liebe, sie verlangte nach einem Baume, an dem sie sich aufranken konnte. Sie war nur verwöhnt durch den Müßiggang, in dem sie aufwuchs, den Luxus, der sie umgab, verzogen durch die frühe Selbstständigkeit, die der Tod ihrer Mutter veranlaßte. Sie hatte nie ein Lebensziel, eine Aufgabe gehabt, das beklagte sie selbst. Die Wirthschaft daheim war ihr gleichgiltig; aber Henning war überzeugt, daß sie die beste Hausfrau werden, sich um die unbedeutendste Kleinigkeit kümmern würde, so wie sie einen Mann hätte, den sie liebte; denn sein leisester Zweifel an ihren Frauentalenten wäre ihr unerträglich.

Er wünschte, daß seine Zukunft, die Angelegenheit seiner Erfindung sich möglichst bald entschiede. Um ihre Theilnahme für ihn wach zu halten und zu steigern, sprach er ihr im Vertrauen davon. Sie war sogleich Feuer und Flamme und wollte alle möglichen Einzelheiten wissen, die sie doch nicht verstand. Von seiner Unfehlbarkeit in technischen Dingen war sie überzeugt. „Was Sie in Ihrem Beruf unternehmen, muß gelingen," sagte sie ihm, „und Sie werden aus der Sache gewiß Ehre und Gewinn ziehen. Sehen Sie, das wäre auch mein Ideal, so irgend eine große, weltbewegende Erfindung oder Entdeckung! ... Wie fängt man das eigentlich an? Wie sind Sie auf Ihre Idee gekommen?"

Er erzählte ihr, wodurch er den Anstoß empfangen. In einer Flachsspinnerei am Rhein, in der er angestellt gewesen, hatte es an Umkleideräumen für die Arbeiterinnen gefehlt. Wie die Mädchen aus den Spinnsälen kamen, mußten sie nach Hause, in ungewechselten Kleidern, oft stundenweit, im Winter durch Schnee und Eis. Der heiße Wasserdampf der Naßspinnmaschinen kroch unter die Kleider, setzte sich an den Röcken, am Körper fest, schlug sich zu Wasser nieder, und triefend oder mit dicken Eiskrusten am Körper kamen die Mädchen, oft noch halbe Kinder, zu Hause an. Der Tod hielt unter ihnen wüthende Ernte, viele siechten in schweren Leiden dahin, Niemand konnte zuerst die Ursache erklären. Henning fand sie, tiefes Mitleid erfaßte ihn mit den unglücklichen Geschöpfen, die verbraucht und weggeworfen wurden, wie rostige Maschinentheile, tiefer Haß gegen eine Maschine, die zur Mörderin ihrer Diener wurde. Er grübelte und grübelte, wie ihr die tödtliche Gewalt zu entziehen — er verfiel auf die Idee, die lösende Kraft des Wassers durch die Wärme des elektrischen Stromes zu ersetzen ... vom Flyer schritt er später zum Webstuhl ... und ließ durch denselben Strom in seinem weiteren Laufe das Schiffchen hin und her schnellen ... ein Gedanke knüpfte sich an den anderen ...

Ottilie fand es schön, daß das Mitleid seine Mitarbeiterin gewesen, und selten hatte eine Erzählung sie so gerührt, wie diese trockenen technischen Mittheilungen. Sie war unglücklich, Vieles davon nicht zu verstehen, sie konnte sich kein Bild von dem Streben des Freundes machen, und viele Ausdrücke waren ihr leerer Schall. Jetzt, da sie wußte, daß ihres Vaters Fabrik die Ausgangsstätte seines Ruhmes sein sollte, wurde ihr Verlangen sie zu sehen immer stärker, zuletzt unwiderstehlich. Sie mußte diese dunklen Geheimnisse des Betriebes ergründen, sie mußte erfahren, ob auch bei ihrem Vater die Zustände so schrecklich wären wie anderwärts, sie mußte wissen, warum man sie ihr mit solcher Strenge verbarg. Sie bat Henning, sie heimlich hineinzuführen, sie beschwor ihn bei ihrer Freundschaft, als er sich auf seine Pflicht erklärte, Niemanden ohne die Erlaubniß des Besitzers hineinzulassen. Mit Mühe gelang es ihm, ihre stürmischen Bitten zu beruhigen und sie auf einen späteren Tag zu vertrösten, an dem Vater und Bruder vielleicht zum Flachsmarkt abwesend wären.

Sie betrachtete die Erfindung wie eine Angelegenheit, die sie selbst anging. Jedesmal wenn sie ihn sah, erkundigte sie sich nach dem Stande der Dinge. Er hatte viel über Kiel zu klagen. Oft arbeitete dieser Tage, Wochen hinter einander, solid, ruhig, ohne den Tag über auch nur einmal sein Haus zu verlassen. Mit bewunderungswürdiger Geschicklichkeit fand er sich in dem verwickelten Apparat zurecht, dessen alle Maschinen der Spinnerei und Weberei bedürfen, in dem fast sinnverwirrenden Durcheinander oft sehr kleiner Theile, obgleich er sich mit diesen Dingen im Besondern nie vorher befaßt hatte. Nicht selten widersprach Kiel, erklärte Einzelheiten der vorgelegten Pläne für unausführbar, verlangte Aenderungen, schlug selbst welche vor. Der spitze, selbstbewußte Ton des Mechanikers, dem oft sogar ein höhnischer Beiklang nicht fehlte, ärgerte der Ingenieur; oft genug hatte er Lust, ihm einfach die ganze Arbeit wegzunehmen. Aber er bedurfte seiner: das wußte Kiel und darauf pochte er, in der ganzen Umgebung, ja selbst in Breslau nicht fand er einen so geschickten Menschen, und die Komplizirtheit des Modells machte häufige persönliche Besprechung nothwendig. Kiels Anmaßung, sein Absprechen wurden unerträglich, als er ein paar Mal sogar Recht behielt und Henning seinen Aenderungsvorschlägen in der That nachgeben mußte, sehr widerwillig, aber gezwungen, weil sie die besten waren. Wie manche Einzelheit nahm sich in der Zeichnung wunderschön aus und stellte sich in der Praxis plötzlich als störend, als undurchführbar heraus! Mit Ungeduld und Sehnsucht sah er dem Tage entgegen, an dem Kiel die fertigen Modelle abliefern und er ihn ablohnen würde.

Fortwährend kam er ihm mit Vorschüssen „auf Material", den Termin hatte er schon dreimal verlängern müssen, Kiel verfolgte ihn mit dem Verlangen des Versprechens einer Anstellung — und wenn er acht Tage lang stramm gefeilt und gehämmert hatte, gewann plötzlich wieder die unglückliche Leidenschaft Macht über ihn, er bekam vor Ueberarbeitung das Zittern in den Fingern, mußte, um ihnen Sicherheit zu geben, trinken, saugte sich am Glase fest, und war dann für eine Reihe von Tagen verloren. Oder er erfand sich eine Ausrede, daß er ein Werkzeug in Hirschberg kaufen müsse, um, Henning's täglicher Kontrole entzogen, seinem Laster für zwei Tage in der Stadt drinnen zu dienen.

Indem Ottilie stets von Henning's Arbeiten, seinen Aussichten, Beschwerlichkeiten, Sorgen sprechen hörte — sie lenkte stets selbst die Unterhaltung darauf — fiel ihr der eigne Müßiggang jedes Mal schwerer auf's Herz. Sie setzte Alles daran, die Gründung der Badeanstalt zu erlangen; dann plante sie, auf Henning's Anempfehlung, für den Beginn des Winters die Eröffnung einer Fabrikkantine, in der die Unverheiratheten und Weitabwohnenden warme Speisen zum Selbstkostenpreise erhalten sollten. Unter dem fortwährendem Widerstande ihres Bruders setzte sie ihren Willen schließlich durch. Nun hatte sie Beschäftigung. Sie wollte Alles allein beaufsichtigen und anordnen. Sie verbat sich Henning's Rathschläge, um nur ihrem Willen zu folgen: zwei Tage später holte sie sie selbst ein, aber nun verweigerte sie der Direktor mit kühlem Lächeln und verwies sie auf sich selbst.

Sie hatte auch erlangt, daß sie die Reste von Tisch und Küche unter Bedürftige und würdige Familien des Dorfes vertheilen durfte. Täglich sah man sie, von einer Magd mit einem großen Tragkorbe begleitet, durch das Dorf pilgern. Henning, der jede einzelne Familie seiner Arbeiter kannte, bezweifelte, ob sie gerade immer die geeignetsten ausfand; mit Vorliebe wandte sie ihre Gunst den Hütten zu, in denen sie die meisten Klagen und die größte Dankbarkeit fand, in denen man ihr die Hände küßte und Freudenthränen vergoß.

Die alte Griebsch namentlich konnte sich in dieser Hinsicht nicht genug thun. Sie kniete vor ihr nieder und küßte den Saum ihrer Röcke. Ottilie verbot es ihr jedes Mal — und jedes Mal freute es sie doch. Mit ihrer krähenden, näselnden Stimme versprach die Wittwe hundert Vaterunser für den Engel zu beten, den der liebe Gott ihr gesandt, und Ottilie war durch solche Dankbarkeit so gerührt, daß sie die Alte vor allen anderen Armen bevorzugte. „Kennt' ich Ihn' ock ane Gitte thun, Freulen, um Ihn' alle die Gnoade zu vergelta!" sagte sie weinend und die Hände ausbreitend. „Hoan Se nich irgend eene geliebte Person ei'm Jenseits, wenn Se und Se wollen wisse wie 's ihr und 's ihr ergeht —?"

„Was tausend, Mutter Griebsch?" fragte Ottilie, erstaunt zurücktretend, „sind Sie Spiritistin?"

Die Alte kannte diese Bezeichnung nicht, aber Ottilie erfuhr auf ihr Befragen, daß man auch bei ihr öfters zusammenkam, um in Andacht und Gottvertrauen mit abgeschiedenen Lieben in Verbindung zu treten.

„Wie können Sie sich nur auf solchen Aberglauben einlassen, Mutter Griebsch!" sagte Ottilie vorwurfsvoll.

„Doas is kee' Aberglebe nich, Freulen!" erwiderte die Alte, ihre Knochenhände schüttelnd, „doas is so siecher wie Christi Verheeßung! Doa dergegen gibt's kee Gesitze nich. Doas weeß iech, woas ich mit mei eegen Kind räde. Gott behitt' Ihn', doaß Ihn kee Unglick ni' treffen soll — wenn's aber und 's geschieht a Moal, doa warn Se a su scheene zur Mutter Griebschen kimma...!" Sie riß plötzlich die Augen weit auf, das Kinn sank herab, aus dem gähnenden Munde schielte der eine gelbe Oberzahn hervor, um das sonst müde, verrunzelte Pergamentgesicht zuckte es, die ausgespreizten Hände flogen bebend zu den Schläfen empor, und nach der geschlossenen Thüre starrend flüsterte sie fast röchelnd: „Reinkimma seh' ich Se, Freulen — reinkimma seh' ich Se"...

VII.

"Vaterle" klagte Gretel, „wennst' ich daß ich und ich wißt' blos, was das zu bedeuten hoat mit meiner Brust!"

Karl beugte sich über sie, wie sie so krumm auf der Hutsche hockte und fragte: „Is der denn ni richtig, Gretel?" indeß der Alte forschte, wo es eigentlich weh thäte?

„Ieberall!" antwortete sie ächzend. „Hier oben, ieber 'n ganzen Kerper! Als hätt'm Großpauer sei Uxe mir uf'm ganzen Leibe 'rumgetrampelt. Die Eingeweide drehn sich Ei'm orndtlich 'rum, ich denk' manchmal, sie kriechen Ei'm in 'n Hals. Ganz tumm is mir nu im Koppl Beim Stricken kann Ich den Maschen ni 'mehr zähl'n, und beim Bäudler ha' ich gestern drei und viere nich zusammarechnen könna."

Ueber Karls hinuntergebeugtes Gesicht ergoß sich tiefe Röthe. Er nahm ihren Kopf zwischen beide Hände und drückte seine heißen Lippen auf ihren Scheitel, während Gretel ihn streichelnd fortfuhr: „Besonders uf'n Abend, wenn ich aus der Fabrike komm', bin ich reene wie todt. Der Lärm, der schlägt Ei'm so auf de Brust, ma spür'n richtig. Und der Staub — der verschlägt Ei'm glei' den ganzen Athem. A kratzt so giftig. Vaterle" — fuhr sie schmeichelnd fort „weenste und de mechtst erlauben, daß ich und ich bitt' 'mal den Herrn Direktor recht scheen, daß ich de Wäberei erlernen dirfte — am mechan'schen Stuhl — a mecht's vielleicht erlauben und ich glaub', 's wird a ganz neuches Menschenskind aus mir."

Karl richtete sich auf, ein Lächeln belebte seine bleichen Züge, während der alte Gabitz die Arme erhob und jammerte: „Seht ersch, seht ersch, ihr junges Volk! Seht ersch, wo ihr hinkommt mit Eurem Klugschnacken? Wenn man auf sei'n alen erfahr'nen Vater nie' heert? In de Fabrik mißt ihr leefa, kaum daß ihr die Glieder riehren kennt, in die Pesthöhlen, zwischen die eisernen Leviathans … anstatt zu Hause unrdtlich as Handwerk zu lernen! Aber da hält's euch nich, da heeßt's fromm sein, da giebt's kee Gekaschper nich! Nee, um Eure Unsittlichkeit zu treeba, gebt'r das Heil Eurer Seele und die Gesundheit Eures Leibes hien! Doas heiß' ich a Geschäft! Freiheit — das is der Köder, mit dem der Satan euch an der Sündenrutte fängt!"

Gretel weinte still, aber Karl entgegnete rasch: „Sinder sein wir allzumale — aber daderwegen brauchen wir uns no nich um die bäste Kraft unseres Lebens betriegen zu lassen. Daderwegen bleiben wer Menschen und sind noch kee Stück Eisen … . Ich laß mich ni treiben wie 'n todtes Rad!" schrie er und fuhr dann ruhiger fort, er sei mit sich zu Rathe gegangen, er wolle bei seinem Vater die Gebildweberei lernen, bei seiner geschickten Hand, seinem anschlägigen Kopfe werde er es bald darin zur Tüchtigkeit bringen. Dann wolle er fort aus dieser Gegend, in der der Hunger Kaiser und die Noth Kaiserin seien, und sich wandernd eine neue Heimath suchen, in der der Mensch als Arbeiter gelte, nicht als Maschine, und in der zwei starke Arme für Mann und Frau jeden Mittag zu den Kartoffeln auch ein Stück Fleisch auf den Tisch schaffen könnten. Gretel sprang vor Schrecken auf und fiel ihm kreidebleich um den Hals: „Ni' fortgehen! ni' fortgehen!" schluchzte sie, während Gabitz winselte, das fehle noch, seiner Sünde die zuzufügen, das Land zu verlassen, das Gott seinen Vätern angewiesen. Karl beruhigte das Mädchen, sie solle Nichts fürchten, er sei ein ehrlicher Kerl und werde sie bestimmt heirathen, dem Alten aber schrie er zu, es sei nicht Sünde, sondern Gottesgebot seine Gaben auszunutzen: sei das Land den Vorfahren ein Kanaan gewesen, so sei es ihnen jetzt ein Egypten geworden, und wären sie nicht Alle schon zu furchtsam und entkräftet, so thäten sie sich Alle mit Sack und Pack zusammen und verließen dieses Land der Thränen, solange noch ein eigener Wille in ihnen lebte und sie im Gestöhn und Geklapper, im Donnern und Aechzen, im Gestank und Staubqualm der Arbeitssäle nicht ganz zu Maschinen geworden seien. Und wenn ganz Fichtenbrück entschlossen sei, diese Entmenschlichung vor dem Spinnstuhl, dieses allmähliche Verrosten stumm mitzumachen, so werde er ganz allein sich ihr widersetzen.

„Immer hoa' ichs gesagt, daß du a Räudel bist!" klagte der Alte mit Empörung. „Dir merkt ma's an, daß du in keener richtigen Ehe nich durch Gottes Sägen zur Welt gekommen bist, sondern daß dich der Versucher von der Pank geschmissen hoat!"

Dunkelroth wurde Karl wie eine Blutbuche. Er ballte die Fäuste und wollte auf den Alten losspringen: „Wennste und du soagst no' eenmal was uf mein' Voater —" Gretel taumelte ihm entgegen und fiel ihm in die Arme, er zog sie an sich. „Die Hundstage!" sagte er zähneknirschend. „Da werden die Menschen verrickt! ... Adje Gretel! ... Flenn do nich so! Biste krank?"

„Ich hab' solchen Koppschmerz!" — — —

Am nächsten Tage ersuchte Gretel um die Erlaubniß zur Weberei überzugehen. Sie fühlte, daß es sich für sie nur darum handelte, aus ihren schwachen Händen möglichst viel Geld herauszuholen, wenn Karl in der Lage sein sollte sie zu heirathen. Und — er mußte sie heirathen!

Henning hatte nicht das geringste gegen ihren Plan, bat sie aber, um Schwierigkeiten zu vermeiden, auch mit dem Leutnant darüber zu sprechen. Der verzog erst das Gesicht, meinte, sie sei schon zu alt, dergleichen Wechsel thäten selten gut — dann spielte er den Arbeitsüberhäuften, erklärte, jetzt keine Zeit zu haben und befahl ihr schließlich, in der Angelegenheit Sonnabend nach Kontorschluß auf seinem Privatbureau noch einmal vorzufragen. — —

„Wenn ich bloß wüßte", meinte Ottilie lächelnd, als Sonnabend nach Tisch der Vater wieder dringende Arbeit, Aribert Sitzung in Landeshut vorgab — „wenn ich bloß wüßte, mit welchen Missethaten ihr immer die Woche abschließt, ihr Beiden! Ihr müßt doch ganz lichtscheue Dinge vorhaben. Nie seid ihr frei. Immer muß ich mich auf meiner Stube mopsen! Gerade regelmäßig diesen Abend! Es ist zu verdächtig!" Beide betheuerten die Aufrichtigkeit ihrer Entschuldigungen: der Vater erwähnte das jetzt im Hochsommer florirende Weihnachtsgeschäft, Aribert versprach ironisch im Polytechnischen Verein die Wahl eines anderen Wochenabends zu beantragen. Ottilie schüttelte ungläubig den Kopf, die Sache war „zu komisch!" Das Lachen verging ihr freilich, als Dr. Fahner kam um Ari abzuholen und dieser ihn bat, seiner Schwester eine Viertelstunde Gesellschaft zu leisten, da er noch einen wichtigen Brief zu schreiben hätte.

Sie zog ihn in eine Ecke und flüsterte: „Ari — Du willst mich doch nicht mit dem Ungeheuer allein lassen?"

„Herrjeises, bleib blos ruhig — er beißt nicht und wird Dir auch nicht gleich Dein Herz stehlen!"

„Der Schlächtergeselle! ... Ich sage Dir, wenn Du jetzt weggehst, geh' ich auch und laß ihn hier mutterseelenallein sitzen."

„Tielemann — benimm Dich artig!"

„Du, Richard — wenn Du mich noch ein einziges Mal Tielemann schimpfst —"

„Schscht!" hatte er sie schon unterbrochen, als sie ihn ‚Richard' nannte, jetzt winkte er schnell mit der Hand ab und verschwand. Sie hatte an den wundesten Punkt seiner Seele gerührt: er hieß auf den Wunsch des Vaters Richard, aber der Mutter war dieser Name nicht klangvoll genug gewesen, sie hatte Alle gewöhnt, ihn Aribert zu nennen. So war er schon früh in jenen Dunstkreis der Ueberhebung und Unwahrheit gehüllt worden, den er jetzt nicht mehr verlassen konnte. Ottilie aber ärgerte sich noch lange Zeit, daß er ihr wieder mit dem alten, dummen Spitznamen kam. Die Mutter hatte sich als sie geboren werden sollte, lebhaft einen Knaben gewünscht, sie war unglücklich, da ein Mädchen zur Welt kam. Ottilie sollte ein Junge sein, die Mutter bildete es sich ein, sie zog ihr Knabenkleider an und ließ sie rittlings auf Schaukelpferden sitzen. Zum Scherz hieß sie im ganzen Hause „Tielemann," und die Kinder, mit denen sie spielte, bildeten einen Ringelkreis um sie und sangen, indem sie ihr Rübchen schabten:

> „Schi — scha — Tielemann,
> Hast ja Jungenshosen an —
> Schäm' dich schi — scha-Tielemann!"

Anfangs war sie stolz darauf gewesen, später aber, als die Empfindung ihrer Mädchenschaft stärker in ihr geworden, schämte sie sich wirklich der Launen der Mutter und des Spottnamens, der ihr anhaftete. Sie prügelte jene Kinder ganz gehörig. Nach dem Tode der Mutter war ihr, als sei deren Wunsch auf sie übergegangen — sie sehnte sich oft im Geheimen ein Mann zu sein, Alles kennen lernen zu dürfen, eine praktische Thätigkeit auszuüben. Aber je heftiger diese Sehnsucht ihr Inneres verbrannte, desto größere Sorge trug sie Nichts davon verlauten zu lassen, und wenn der alte Spottname ab und zu wieder auftauchte, so gerieth sie in heftigen Zorn. Gegen den Bruder freilich hatte sie eine Waffe, wenn er sie ärgern wollte: nichts, wußte sie, kränkte seinen Stolz so wie die geheime Thatsache, daß er seinen altedlen, klangvollen Vornamen zu Unrecht trug.

Dr. Fahner hatte sich ihr inzwischen genähert, sie bot ihm Platz und wußte sich dann geschickt ihm möglichst entfernt zu setzen. Alles hätte sie an ihm ertragen, sein rothes, zerhacktes Gesicht, die stupide Bulldoggmiene, seinen beschränkten, über das Berufsfach nicht hinausgehenden Gesichtskreis — nur den widrigen Alkoholduft nicht, der ihn umhüllte. Er trank fortwährend — es war ihm ganz gleich, was: Wein, Bier, elenden Fusel — er vertrug sagenhafte Mengen. Dazu mischte sich ein starkes Parfüm von schlechtem Tabak und deutliche Spuren des scharfen, nie ganz unterdrückbaren Jodoform, mit dem er hantirte.

Heute hatte er wieder eine sehr interessante Unterhaltung für sie bereit: die Schwierigkeit, von den Bauern Honorare zu erhalten. Mit Einem prozessirte er bereits drei Jahre. Ottilie kannte seinen Themenkreis ganz genau: dann kam das Schimpfen auf die Schäfer und Streichfrauen — sie konnte es den Leuten nicht übel nehmen, wenn sie zu diesen Naturärzten mehr Vertrauen hatten, als zu seiner Kunst. Sie interessirte sich sehr für Medizin — hatte sie doch mit dem Vater heiße Kämpfe um die Erlaubniß geführt, in Zürich studieren zu dürfen, und nur sein unbeugsames „Nein" hatte ihren Lieblingswunsch zerschnitten. Aber Gott sollte sie behüten, hier in Fichtenbrück krank zu werden: die Rezepte dieses Mannes verbürgten ihr sicheres Siechthum! … Ari blieb so lange und die Dunkelheit kroch von allen Enden heran! Der Mehlsack am anderen Ende des Tisches bekam etwas klotziges, unheimliches, und wenn er sich vorbog, um zu ihr herüberzusprechen, war's ihr, als schwanke er, wolle auf sie fallen und sie unter seiner Last begraben. Er hatte eine schleimige Stimme, die sich nur mühsam durch den verklebten Kehlkopf zu zwingen schien, und er sprach den unangenehmen Dialekt seiner westpreußischen Heimath, mit seinen überschlagenden Gaumentönen, welche stets die Empfindung der Anmaßung, des Andere-ärgern-wollens hervorriefen. Sie war glücklich als die Qual ein Ende nahm, indem Ari erschien, und empfahl sich gleich.

„Wo hast Du denn so lange gesteckt, Mensch?" fragte der Arzt.

„Ach! Eins von den Mädeln abfertigen müssen … Es ist langweilig … immer dieselbe Nummer … aber was soll man machen? Man darf sie nicht verwöhnen und ihnen den Tribut einfach erlassen, wenn sie was zu erbitten kommen. Sie glauben ja sonst, es muß sein."

„Wer war's denn?"

„Ach … kennst sie kaum. Ganz unbedeutendes Ding. Schick sie Dir gelegentlich 'mal zu. Muß erst geschmeidiger werden. Weint und jammert noch. Herrjeises! Ekelhaft langweilig…

In Pantoffeln und Nachtjacke, ohne Strumpfbandhalter und Corset lag Ottilie auf der Chaiselongue und las beim Schein ihrer niedrig breiten „Studirlampe" Nietzsches „Menschliches Allzumenschliches." So in vollster Bequemlichkeit Bildung treiben war ihre Wonne. Sie bemühte sich zwar bisweilen aus den fließenden Quellen des Lebens selbst zu schöpfen; aber in der Regel war ihr das theils zu anstrengend, theils zu aufregend. Ihr Wunsch war es immer, selbst in den vollen Fluß hineinzutauchen, eigne Beobachtungen und Erfahrungen zu häufen; aber stets verlor sie sich in Einzelheiten, über denen ihr das ganze Bild entschwand, und die Arbeit des Sehens, die starken Wellen des Lebens erschütterten sie so, brachten ihr Geist, Nerven, Körper derart in Aufruhr, daß sie Tage und Wochen zur Erholung brauchte. Das kleinste persönliche Erlebniß ging ihr furchtbar nahe.

Darum zog sie, so sehr sie nach außen sich ihrer persönlichen Kenntnisse und Erfahrungen rühmte, für sich doch „gute" Bücher vor — „gute" solche nennend, die ihren Anschauungen von Welt und Leben nicht widersprachen. Alle Intimitäten, Extravaganzen, Verkehrtheiten kannte sie nur aus Büchern oder Gesprächen — wie sie denn in Nizza die Beziehungen ihrer Gesellschafterin zu dem Geliebten begünstigt hatte, um sie nachher regelmäßig über alle Einzelheiten zu „interviewen" und so die Liebe zu studiren. Nachher renomirte sie mit den Früchten ihrer Lektüre und ihrer Enqueten. Darum verschob sich und verblaßte in ihre Kopfe die Wirklichkeit, die sie im besten Falle von einer Seite kannte.

Eben las sie die Stelle, die von der Bestrafung des Verbrechens handelte, einem Lieblings-
problem Nietzsches.

„Die meisten Verbrecher kommen zu ihren Strafen, wie die Weiber zu ihren Kindern. Sie
haben zehn und hundertmal das Selbe gethan, ohne üble Folgen zu spüren: plötzlich kommt
eine Entdeckung und hinter ihr die Strafe. Die Gewohnheit sollte doch die Schuld der That,
derentwegen der Verbrecher gestraft wird, entschuldbarer sein lassen; es ist ja ein Hang entstanden, dem schwer zu widerstehen ist ... So wird Alles nicht nach dem Verbrechen bemessen,
sondern nach der Gesellschaft und deren Schaden und Gefahr..."

Wie schön das war, wie edel, wie vornehm!

Da klopfte es leise an der Thür, und mit krummem Katzenbuckel schlüpfte Anastasia herein, unter hundert Entschuldigungen fragend, ob man ihrer noch bedürfe, indeß das magere
Gesicht mit den grauen, spitzigen Augen süß lächelte. Ottilie dankte verneinend und fragte dann
harmlos, ob ihr Papa schon auf seinem Zimmer sei. Verlegen sich abwendend stieß die Wirthschafterin allerhand gezierte Töne heraus, ließ alle Gesichtsmuskeln zucken, um dann plötzlich,
die Schürze vorhaltend, ein lautes Schluchzen anzustimmen. Lange Zeit ließ sie sich keine klare
Antwort abzwingen, erst nach endlosen Jammerkoloraturen klagte sie in Heulsätzen, während
Thränen über ihre Backen liefen: „Ach gnädiges Fräulein ... die heilige Jungfrau ist meine Zeugin, wie lange ich mit mir gekämpft habe, aber ich kann das Elend nicht länger mit ansehen ...
so ein guter gnädiger Herr, für den ich täglich zehn Ave-Maria bete ... und in den Händen von
so einer Gaunerin, so einer Mamsell Thunix, die ihn auszieht, einer Komedjantin ... aber meine
Seligkeit will ich verlieren, wenn sie ihn nicht behext hat!" Zug um Zug ließ sich Anastasia das
Geheimniß der Sonnabendunterhaltungen Segondas entreißen, aber dann war sie plötzlich mit
dem Angebot da, Ottilie durch ein Astloch in der Thür unten zur Zeugin der Szene zu machen.
Ottilie schwankte. Ziemte es sich für eine Tochter, den Thorheiten ihres Vaters nachzuspüren?
Er war ein Mann, und durfte Alles! ... Aber wenn er wirklich einer Schwindlerin anheimfiel —
war es dann nicht ihre Pflicht, den Vater aus ihren Händen zu befreien? ... So ihre Neugier adelnd
folgte sie Anastasia, die unterwegs flüsternd klagte: „Die Betrügerin! Das schöne Geld! ... Aber
nicht wahr, Alles muß das Mensch wieder 'rausrücken — nicht?" Und als Ottilie sich unten,
im Dunkel des Corridors, scheu und vorsichtig, mit klopfendem Herzen niederbeugte, flüsterte
sie, über sie Beide ein Kreuz um's andere schlagend: „Na, ist das etwa nicht Teufelsspuk?"

Ottilie schloß den Mund mit der Hand, um den Ton des Athems zu dämpfen: ihr Herz
tickte schon fast so laut wie eine Uhr. Ihre Wangen brannten vor Scham, sie fühlte sich, die
Familie vor der Dienerin erniedrigt, obgleich was sie sah, nur thöricht und lächerlich war ...
Sie mußte an Don Quixote denken, an Ulrich von Lichtenstein ... Sie wollte schnell weggehen,
beugte sich aber noch ein paar Mal nieder — dann schritt sie ganz plötzlich leise davon, während Anastasia ihr lauernd folgte, mit vorgestrecktem Kopfe. Was sie ihr draußen, am Ende
des Corridors sagte, wußte sie später nicht mehr, sie suchte ein paar Worte zusammen, die ihr
schnell einfielen: „Wenn Papa das junge Mädchen unterstützt — das sich, wie es scheint, der
Bühne widmen will — so wird es dessen sicherlich würdig sein, und Sie werden gut thun, sich
um Nichts zu kümmern, was Sie Nichts angeht. Ihr Platz ist in der Küche, nicht hinter den
Schlüssellöchern!" ließ sie sammt ihrem offenen Munde stehen und stürmte auf ihr Zimmer, wo
sie sich einriegelte. Ihre Pulse jagten, Nebel flog vor ihren Augen. Jedes unerwartete Erlebniß
erregte sie derart. Sie warf sich auf die Chaiselongue und weinte. Allmählich aber kamen ihr
Ruhe und Vernunft zurück. Was war eigentlich das Ganze? Sie hatte sich Schlimmeres vorgestellt. Eine dumme Maskerade! *Tant de bruit* ...! Seltsam war nur, daß ihr Vater, der strenge,
kalte, nüchterne Kaufmann...

Aber sie konnte sich vorstellen, wie das gekommen war! Sie mußte, sie konnte Alles verstehen,
sie! Die langen, langen Monate ihrer Abwesenheit ganz allein, Abend für Abend ... Aribert,
wer weiß welchen Abenteuern nachlaufend ... der Vater todtmüde vom Geschäft, gelangweilt,
ohne irgend ein Interesse für gebildeten Zeitvertreib — doch von dem begreiflichen Wunsche
beseelt, einen Menschen um sich zu haben, für den er Theilnahme empfand! ... Sie kannte seine
Vorliebe für große, stattliche Erscheinungen, in denen er die Kraft zu sehen glaubte. War doch

die Ehe mit der Mutter nie vollkommen glücklich gewesen, weil er sich an die kleine, ewig kränkelnde Frau nicht gewöhnen konnte, die sein Vater ihm ausgesucht ... hielt er doch auch Otti für schwach und unnütz, und Aribert durfte sich Manches erlauben, nur weil er lang war ... Seine Schwärmerei für die Nibelungen, das einzige Kunstwerk, das ihm in seinem graupraktischen Leben nahe getreten war und das auf seine naive Seele mit der ganzen epischen Gewalt seiner Genialität gewirkt hatte ... warum sollte er nicht versuchen, einen ästhetischen Sonnenstrahl in sein ödes Leben einzuführen, einen Strahl — so bescheiden wie die Reize einer plumpen Bauerndirne?! ...

Sie athmete lang und tief. „Armer — armer Papa!" Unendliches Mitleid überrieselte sie. Lange wälzte sie sich entkleidet zwischen ihren Kissen hin und her. Sie wußte, daß diese Nacht verloren war, die Erregung des Sehens, des Denkens zitterte noch stundenlang bis in alle ihre Muskeln nach. Dies Herzklopfen, dieser Schwindel endeten nicht so bald. Sie stand auf und nahm ein Pulver ihres alten Trösters: Chloral.

Am nächsten Morgen, beim Lunch, fiel ihr auf, daß ihr Papa nie recht in's Auge sah, sondern den unruhigen Blick immer abschweifen ließ. Sie hatte das schon oft bemerkt aber nie beachtet. — ‚Herrgott¡ dachte sie bei sich — ‚am Ende mache ich mir aus Papa noch einen Irren,' und tadelte sich selbst.

Später kam Anastasia noch einmal mit zitternder Stimme: sie habe zu ihrer Schutzheiligen gefleht, die sei ihr erschienen und habe sie gewarnt, nicht länger in einem Teufelshause zu bleiben, in dem unchristliche Dinge geschähen. Otti herrschte sie an, sich um ihr eignes Seelenheil zu scheeren. Spioniren und klatschen sei viel unchristlicher. Wenn ihr das Haus widerstrebe, weil's ihr drin zu wohl gehe, so könne sie ihren Koffer packen. Anastasia wurde blaß und knirschte mit den Zähnen in sich hinein: jedenfalls werde das gnädige Fräulein sie doch nicht verhindern wollen, für den Herrn zu beten, sagte sie spitz. „Wenn Sie sich auf das Beten beschränken — nein!" erwiderte Ottilie.

Ihre Gedanken waren schon ganz wo anders. Sie war fast stolz darauf, ein Geheimniß ihres Vaters zu wissen, dem strengen, ernsten Manne bis in den tiefsten, sorgfältig gehüteten Seelengrund zu sehen. Sie bemühte sich ihm nachzufühlen. Sie glaubte eine schwere und diskrete Aufgabe vor sich zu sehen, einen Auftrag geradezu vom Schicksal. Sie mußte vor Allem das Mädchen, welches die Theilnahme ihres Vaters erregt hatte, näher kennen lernen. Sie wollte prüfen, ob Lina ihrer würdig war — sie hoffte es bestimmt, und dann wollte sie ihr auch die ihre zuwenden.

Sie wußte es einzurichten, daß sie ihr auf dem Nachhausewege eines Abends begegnete, und sprach sie an. Das erste Mal nur ein paar Worte wechselnd, bei späteren Begegnungen eingehender mit ihr redend. Sie fragte sie nach ihrer Herkunft, ihrer Familie, ihren Absichten für die Zukunft.

„Denken Sie sich zu verheirathen?"

„I woaß net, gnä' Fröl'n."

„Wollen Sie immer in der Fabrik bleiben?"

„I woaß net, gnä' Fröl'n."

„Haben Sie keine Wünsche, keine Pläne, keinen Ehrgeiz?"

„I woaß net, gnä' Fröl'n."

Ottilie bot ihr an, in ihren Freistunden sie zu unterrichten. Sie sollte rechnen lernen, französisch und vor Allem Aufwarten, gesellschaftliche Haltung und Manieren. Lina dankte verlegen: sie sei ein Landmädchen, derlei käme ihr nicht zu.

Nichts was man lerne sei von Schaden, meinte Ottilie. Sie wolle sie aus der Fabrik nehmen, sie könne später bei ihr Jungfer werden, Gesellschafterin. Sie freute sich insgeheim, wenn sie sich Papa's Verwunderung über Linas Fortschritte vorstellte. Er würde glücklich sein, daß seine Geliebte scheinbar unbewußt das Interesse seiner Tochter fand.

Aber Lina dankte. Sie sei ein Landmädchen, wiederholte sie, und wolle nicht über ihren Stand hinaus. Sie ließ sich auf keine großen Auseinandersetzungen ein, sie verfügte nur über einen kleinen Schatz von Gedanken und Bildern, aber sie widerstrebte wie ein Füllen dem Zügel, sie wollte nichts von gesellschaftlichem Schliff wissen, denn sie fühlte dunkel und heimlich, daß sie mit jeder zierlichen Verbeugung, jedem wohlgesetzten Wort ein Stück der Theilnahme ihres Gönners einbüßen würde. Sie trotzte und wollte derb, roh und gesund bleiben, denn das war's offenbar, was dieser suchte. Und nun gar Ottilie! Sie wußte nicht warum, aber sie haßte dieses zarte, feine, launische, verwöhnte Geschöpf, sie nannte sie daheim nie anders als den „Todtenkopf". War es der Haß der Gesundheit gegen die heimlich schleichende Krankheit, der Rohheit gegen die Überkultur, die Furcht vor der Nebenbuhlerin in Segondas Gunst? Kein Lohn der Welt hätte sie vermocht, ihre Freiheit zu opfern, sich den Launen und Befehlen der Fabrikprinzessin zu fügen, beständig unter Aufsicht und Kontrolle zu stehen. Ein Frauenzimmer unter Botmäßigkeit eines andern — um keinen Preis, obgleich sie das schöne Geld jetzt sehr gut hätte brauchen können! Denn entgegen den Befehlen ihres Gönners und ihren Versprechungen hatte sie sich einen Geliebten angeschafft — natürlich keinen aus Fichtenbrück (so dumm war sie nicht), sondern einen aus ihrem Dorfe, einen Oesterreicher, den Sohn des Schlächters, einen robusten Gesellen, der eine stramme, kräftige Frau fürs Geschäft benöthigte. Er wollte nicht haben, daß sie in die Fabrik, zu den „Preißen" ginge — aber sie führte die Geldrücksichten ins Feld: das hätte ihr gefehlt, alle Tage unter Beobachtung des Eifersüchtigen zu stehen! Es war genug, sich Sonntags zu sehen. Er mußte ihr glauben, daß sie unter der Woche nichts unrechtes that. Rudi wurde von seiner verwittweten Mutter sehr knapp gehalten, und da er zum Kartenspiel, zum Aufenthalt im Wirthshause Geld brauchte, mußte Lina herhalten. Um ihn anzureizen, um sich ihm werthvoll zu machen, hatte sie ihm gesagt, daß Segonda ihr nachstelle: er rieth ihr darauf hin den Alten tüchtig anzuzapfen, und war sehr vergnügt, wenn sie ihm regelmäßig Geld brachte. Über ihre Beziehungen zu Segonda machte er sich wenig Skrupel, nachdem er sich aufs Kreuz hatte schwören lassen, daß sie ihm treu sei. Er stellte sich Segonda als einen alten Narren vor und machte sich mit seinem, von Lina ihm abgeluchsten Gelde lustige Abende. Geradewegs zu verlangen, traute sich Lina nie — dafür war ihr Respekt vor dem „Herrn" zu groß. Sie war dann einsilbig und trüb: Segonda steckte ihr ein Geldstück in die Tasche, und bald erheiterte sich ihre Miene. Aus ihrer Einsilbigkeit ging sie allerdings selten hervor. Sie trat forscher, dreister auf, als die verschüchterten, scheuen Mädchen in Fichtenbrück — dafür war sie freilich auch derber und schwerer, und nur manchmal traten die naiven und unentwickelten Anfänge einer bäuerlichen Koquetterie zu Tage, die sie ganz zu zeigen sich nicht getraute, aus Furcht, sich im Ton zu vergreifen.

Sie hatte ihrem Rudi schon ein hübsches Stückchen Geld verschafft, das er ihr zurückzugeben versprach, wenn sie verheirathet wären und er das Geschäft übernommen hätte … Aber wird er sie auch wirklich heirathen? Zog er sie nicht blos herum? Die Männer von heutzutage waren falsch und keinem durfte man trauen. Schöne Worte hatten sie Alle. Sie mußte sich um jeden Preis untrügliche Gewißheit verschaffen!

Eines Sonntags fuhr sie also unter irgend einem Vorwand nach Trautenau und suchte dort eine Kartenlegerin auf, die in der ganzen Gegend berühmt war.

Sie kam nicht gleich an die Reihe; ein halb Dutzend Frauen und Mädchen warteten bereits im Vorraum, darunter eine alte, würdige Oberförsterswittwe, mit der sie sich die gegenseitigen Angelegenheiten erzählte und die ihr die Wundergabe der Wahrsagerin nicht genug rühmen konnte. Als die Zeit sich immer länger hinzog rieth diese ihr auch, lieber eine Stunde in der guten freien Luft spazieren zu gehen, als im dumpfen Zimmer zu sitzen, und dann wiederzukommen. Lina folgte dem Rath und wurde bei ihrer Rückkunft sofort empfangen. Zum ersten Male in ihrem Leben empfand sie einen kühlen Schauer, dann fliegende Hitze, fühlte sie ihr Herz im Halse klopfen. Das Gerücht hatte nicht gelogen: gleich beim ersten Legen sagte ihr die greise Dame alle ihre privaten Verhältnisse auf den Kopf zu. Bewundernd hingen Linas Blicke an den stechenden, grauen Augen, die aus dem strengen Gesicht so ernst hervorblitzten, ehrfürchtig glitten sie an dem schwarzem Seidenkleide hernieder.

Und nun die Zukunft!

Würde ihr Rudi sie heirathen?

Nein! ... Sie keuchte auf...

Aber das Carreau-As lag da, in einer Reihe mit der Herzdame, aber nicht beim Herzjungen, sondern dem Carreaukönig zu ... einem alten reichen Herrn ... Ihre Augen öffneten sich weit ... freilich die Treff-Sieben kam auch herangeschlichen ... und die Piquedame, schwarz, reich aber neidisch, kabalenschwanger, scheel von der Seite blickend ... und wie die Stellung besagte, mit dem Zukünftigen verwandt...

Als sie sich wieder draußen fand, war ihr ganz wirr — zum ersten Mal im Leben. Der alte reiche Herr ... wer konnte das — es war ja Unsinn ... oder sollte vielleicht — ach, verrückt so etwas zu denken! ... Aber die Karten, die Karten! Sollte ihr wirklich solch ein Glück — aber lächerlich! ... Indessen, wozu trieb er all den Spuk mit Ihr? Warum hatte er seinen Narren an ihr gefressen? Jesusmaria, wenn das möglich war! Das ganze Dorf würde vor Neid bersten! ... Alle Tage wollte sie sich in Seide kleiden, alle Tage Braten essen und Wein trinken! ... Jaja, sie sah ein, daß sie dumm gewesen war und Segondas Interesse nie genug ausgenutzt hatte! Aber das sollte anders werden —, die Augen waren ihr aufgegangen. Der Alte sie heirathen! Daran nie zu denken? So dumm! ... Und Rudi? Ja, das war nicht ihre Sache. Er konnte ihr doch nicht zumuthen, so etwas auszuschlagen! ... Aber die schwarze Dame? Ah, das war der Todtenkopf, die magere Spinne! Die würde natürlich Alles dagegen setzen, der hochmüthige, falsche Affe! Von Anfang an hatte sie sie nicht leiden können. Als ob ihr Schutzpatron sie gewarnt hätte! ... Lief im Dorfe herum mit den zusammengekratzten Hafenneigen und ließ sich dafür die Rocksäume küssen! ... Die sollte sich in Acht nehmen: wenn sie sich ihr in den Weg stellte — mit einer Faust schlug sie das Hühnchen nieder. Aber glücklicherweise: die lebte nicht lange, die war gezeichnet. Nächstens kam der Tod ins Dorf um den kleinen Gabitz zu holen — dann nahm er sie vielleicht gleich mit. Sie wollte zehn Vaterunser täglich beten, daß sie Frau von Segonda und die Zierpuppe ins Himmelreich berufen würde.

So hatte Ottilie ohne das Geringste zu ahnen seit diesem Tage die zur grimmigsten Feindin, der sie am liebsten und am meisten wohlzuthun geneigt war.

Lina aber, seit sie wußte, daß Rudi nicht der ihr bestimmte Zukünftige war, wurde gegen ihn sanfter und entgegenkommender als früher. Sie bot ihm freiwillig Geld an, mehr als bis dahin, gleich als wollte sie ihn im Voraus für die spätere Enttäuschung entschädigen. Rudi wurde von seinen Genossen verhöhnt, als es herauskam, daß er, der reiche Schlächtersohn sich von einer armen Spinnerin beschenken ließ: sie redete ihm zu, sich nichts daraus zu machen, darüber zu lachen, und steckte ihm mehr zu. Sie schien sich vor sich selbst zu entschuldigen, daß sie solch ein arges Spiel mit ihm trieb, und gewährte ihm jede Gunst — nur eine nicht.

VIII.

Das war so bestimmt wie's Amen im Gebet: wenn in Fichtenbrück Kirmstag war, so wurde schlecht Wetter. Den ganzen Tag über hatte ein schwammiger grauer Dunst das Gebirge verklebt, er wälzte sich durch das Dorf in unförmlichen Klumpen, die sich in fortwährende Regenschauer auflösten.

Die Dunkelheit riß früh die Herrschaft an sich; aus allen Poren der Erde quoll sie empor, durch die engen Zwischengassen der Bauernhöfe kollerte sie heran; auf der Hauptstraße, über den Hecken lag sie mit einem Male breit und platt wie ein todt aus den Lüften gestürzter Raubvogel.

Um den Kretscham „Zum flammenden Herzen" zog sich das abendliche Leben zusammen, stoßweise aufpulsend und sich sammelnd; durch die trübe feuchte, lastende Herbstluft, in welche das braunrothe Flackern zweier Oellaternen mühselig stöhnte, brach sich in Zwischenräumen die krähende Begrüßung kommender und gehender Gäste holprig Bahn. Ueber die glitschigen Stufen huschte und wimmelte es dunkel, in den niedrigen qualmvollen Vorderzimmern schoben sich blaue Schatten durcheinander, die triefenden Tische ächzten von Faustschlägen, die Gerüche beißenden Knasters, sauren Krätzers, hesigen Bieres, versetzten Fusels, mehligen Fladens drängten sich durcheinander zur Thür hinaus, das Licht zuckte wie in Schmerzen. Der Lärm, der schwül aus den Zimmern strömte, mischte sich mit borstigen Dorfgeigentönen und eckigen Gelächteraufschüttungen, die sich aus jener grauweißen, glitzernden Kalkdampfwolke lösten, welche hinter einem rußschwarzen Holzthürrahmen den Tanzsaal bedeutete.

Es war ein wirres Durcheinander von Kommen, Gehen, Stehenbleiben, Umkehren, Kichern, Schmollen, Schimpfen, das fortwährend den Knäuel umflorte, der sich unter dem Thürjoch aus den Bauern des wohlhabenderen Unterdorfs, den Wurstmachern, Bäckern, Krämern, mit ihren Frauen und Mädchen bildete.

Bis über die Schwelle, bis zu dem Manne an der Kasse, die hier den Weg engte, drängten sich die Weber und Spinner heran, Männchen und Weibchen, langhälsig und gierig, ein Auge der qualmigen, unerreichbaren Herrlichkeit drinnen zu nehmen. „Was soll denn das tumme Rangedrängle?" schnauzte der Kassenhüter mit seinem gedunsenen, knospenblühenden Biergesicht. „Bezahlt und geht rein oder verstellt den Andern die Thür nich!" Die armen Schlucker stießen sich an, sahen sich mit dummen Gesichtern an und blieben stehen.

„Didiedeldum! Didudeldum! Didiedeldudeldeia!" lockte drinnen der Quietschbogen.

„Na, vorwärts!" flüsterte Karl und schob Gretel über die Schwelle.

„Heda — halt!" grunzte der Kassierer. „Kinder unter sechzehn finden keinen Eintritt!" und wies auf die gedruckte Verordnung des Landraths an der einen Seite des Thürrahmens.

„Ich bin schon siebzehn durch!" erwiderte Gretel leise, schüchtern.

„Das könnt' jede sagen!"

Der Disput hatte die Zaungäste noch näher gelockt. Ein junges, hübsches Ding nahm die Partei der Kameradin. „De Knochen abrackern ei de Fabrik e — sechs Wochentage — fer'n Hundelohn — das derf ma' ... aber Sonntig's 'ne Erholung ... das is verboten ..." doch schon fühlte sie sich an den Ellbogen zurückgezogen ... „Vorwärts! Den Teefschein bringstes nächste Mal mit!" rief Karl, warf den Eintritt in Kupfer auf den Tisch und stieß Gretel schnell in den Saal. Zwei Alte draußen schüttelten die Köpfe: „Auf'n Tanzboden geth'r und sein'm Vater werd nächsten Monat 's Hänsle verkeeft!" sagte der Eine — „Gottloses junges Volk!" klagte der Andere.

Gretel wollte nicht vorwärts. „'s Geld braucht ma so nöthig!" sagte sie mit dem Kopfe nickend. „Und der Lohn is ooch verkürzt ... und Dei'm Vaterle wird's Haus verkooft —"

„Was!" unterbrach Karl. „Einmal im Jahr is Kirmeß und Fasttage sind dreihundertvierundsechzig. So gutt sein wir noch lange wie die Mistfahrer hier drinne!"

Ein halb Dutzend mißvergnügte Blicke flogen nach dem tanzenden Paar, dann ein Dutzend, dann immer mehr. Der Schurig Karl macht sich mausig! hieß es in allen Saalecken. Er drängte sich in eine Gesellschaft, in die er nicht gehörte, deren Gemüthlichkeit er störte. Wollte er sich päärschen? Hier, wo jeder seinen Hungerleider von Vater kannte?

Ein dicker Fleischer mit Kalbsaugen und Hängebacken trat heran. „Na's muß euch doch noch ni gar so schlecht gahn, wie ihr und ihr klagt ein'm immer die Ohren vull. So lange daß ihr noch auf'n Tanzboden gehen könnt —"

„Wer wirden's noch vill öfters thun," entgegnete Karl, „wenn nich und die Fleescher wären nich solche Gauner, daß sie's Fleesch theurer machen, wenn die Löhne höher wer'n, aber ni billiger, wenn sie und sie gehen wieder runter!"

„Da kenn'n die Fleescher nischt vor, da ha'n de Pauern alleene Schuld."

„Da ha'n de Pauern keene Schuld nich!" fiel ein Bauer ein, der hinzugetreten war, „da hat nur der liebe Gott schuld, der ni' meh' wachsen läßt und mit Blitz und Hagel und Seuche gegen sei eegene Schöpfung wüthet!"

Ein Instrumentenmacher, im ganzen Dorfe als närrisch und zerstreut bekannt, begann sich über Karl lustig zu machen. Er fragte ihn, woher er seine schönen breiten Schultern habe und ob er wohl aus Versehen unter die große Mangel in der Appretur gekommen sei, in der die fertige Leinewand geglättet wurde. „Du hast's nöthig Andre zu verhohniegeln, Du Pojatz! Haste Dich nich vor'ge Woche nach Feierabend selbicht an eenen Nagel in dei'm Lada gehängt und biste nich die ganze Nacht hänga geblieba, weil Du und Du hast Dich für' an Schafsdarm gehalten?"

Der dicke Fleischer brüllte auf vor Lachen, der andere aber, nach Art aller abgeführten Witzbolde, wurde grob und drohte mit Schlägen. Gretel ward schwül zu Muthe, sie schmiegte sich ängstlich drängend an Karl. „Ich weeß nich, Mädel, was hast Du Dich denn bloßig immer su seit a poar Wuchen?" fragte er und zog sie zu frischem Tanze, aber schon nach wenigen Kreisen hielt ihn ein langer hagerer, rothaariger Bauernbursch an: dies sei eine Extratour, die er bezahlt habe. Karl wollte entgegnen, doch gleich war ein Haufe um ihn herum: „Was? a will noch a großes Maul haan?" ...„Gebt ihm doch 'n Puckel vull Schnicke!" ...„Schmeißt das Räudel zu Thür 'naus..." klang es aus der Masse. Gretel bat ihn weinend, mit ihr zu gehen, sie fürchte sich ...aber ehe noch Jemand zur Besinnung kam, ballten sich Fäuste, man schob sich, stieß, zog, zerrte, drängte, und plötzlich flogen gewaltsame Grüße rund herum. Karl wehrte sich wie eine Katze — er schlug um sich, stieß mit den Füßen, kratzte, spie, während er mit einem Arm immer Gretel zu schützen suchte ...aber von der Uebermacht gepreßt flog er zuletzt krumm über die Thürschwelle, während eilig ein paar Hechler ins Dorf flitzten, um allenthalben zu erzählen, daß der Schurig Karl auf dem Tanzboden Streit angefangen habe und halb todt geschlagen worden sei.

Der alte Gabitz untersagte in Folge dieser Gerüchte seiner Tochter jeden weiteren Verkehr mit Karl: er wollte sie nicht an einen Menschen ketten, der nach dem Urtheil aller Verständigen ganz bestimmt im Zuchthause enden mußte. Gretel weinte und schrie, sie könne von Karl nicht mehr lassen, und als der Vater auf seinem Verbot bestand, beschwor sie ihn, nicht mit Karl zu brechen um sie nicht unglücklich zu machen; denn Karl müsse sie heirathen, sie würde die Schande nicht überleben. Der Alte begann bei diesen Geständnissen laut zu heulen und jammerte, daß es so weit gekommen sei. Er verwünschte die neue Zeit, die Ungeduldigkeit der Jugend, mit ihrem Unglauben, ihrem Sündenhang, aber er hatte nicht mehr die Kraft, auf seinen Befehlen zu bestehen und fremdes Leben zu bedrohen.

Gretel schlich wie ein Schatten umher, von dem doppelten Unglück gebeugt und gebrochen. Hier die körperlichen Beschwerden, verbunden mit dem Vorgefühl jener Schande, die bald öffentlich werden mußte — und tief im Innern das entsetzliche Bewußtsein, den Einzigen getäuscht und verrathen zu haben, der ihr Mitleid und Liebe gegeben, der sie an sein Herz gezogen, der die Hälfte seiner Zukunft auf sie baute. Inmitten jener stumpfen Pflanzenexistenzen, welche die Hütten, die Arbeitssäle durchwucherten, fühlte sie dank ihrer zarten Empfindlichkeit, ihrer weichen Eindrucksfähigkeit sich verstoßen und fremd. Oft würgte sie an dem Wunsch, sich in den engen geschwollenen Bach zu werfen oder am Fensterriegel aufzuknüpfen: denn so konnte das Leben nicht weiter gehen. Karl und sie würden doch nie ein Paar: Nach jenem Abend durfte sie nicht mehr! ...Und sie brauchte nicht einmal an die Zukunft zu denken. Es war ihr gestattet zu wechseln, ja, aber die ungewohnte neue Arbeit war noch schwieriger, noch ermüdender …die Augen brannten, Beine und Leib schmerzten wie geschunden …und der Verdienst war für sie, die Anfängerin, noch geringer als früher…

Auch Karl stand mit seinem Vater schlecht. Immer und immer wieder kam der ihm mit der Bibel, um ihm sein Unrecht zu beweisen, bis jener endlich wild gemacht schrie: „Mit eurem aalen Geflenn und Genörgel und Gebät bringt ihr noch keenen Hund ni' zum Leefa, so lange daß ihr und ihr nehmt nich selber die Peitsche und schmeißt die Wucherer zum Tempel 'naus."

Auf sein fortwährendes Schüren, Hetzen und Drängen hatte man sich endlich entschlossen, wegen der Lohnverringerung eine Abgesandtschaft an Segonda zu schicken. Auch das wäre nicht durchgedrungen ohne die von auswärts stammenden, unverheiratheten Arbeiter, welche erklärten, sonst aufzuhören. Aber Karl durfte nicht von der Parthie sein. „Der verdirbt suste Alles, der Wilde!" sagte der alte Lange.

Natürlich kamen sie unverrichter Dinge zurück. Segonda hörte sie kaum an. Er entließ einfach die von auswärts Gekommenen und stellte dafür Andere ein: Tschechen, aus der Umgegend von Trautenau, kleine Leute mit Schlitzaugen und aufgestülpten Nasen. Die arbeiteten für einen Lumpenlohn, lebten fast ausschließlich von Kartoffeln und Fusel, hausten zusammen in düsteren schmutzigen, engen Mauselöchern, in einem unbeschreiblichen übelriechenden Nest von Koth.

Bei ihrem Einzüge weinten alte weißhaarige Männer im Dorfe wie Kälber: sie sahen sich schon aus jenen engen windoffenen Hütten vertrieben, die sie von den Vätern her unter übermenschlichen Opfern und Entbehrungen als letzten Besitz festgehalten, und sahen jene wüsten lärmenden Trunkenbolde an ihrer Statt einziehen. Sie versammelten sich in den niedrigen plundervollen Stuben, klagten sich ihr Leid, citirten Bibelsprüche, ließen Tische sich drehen, Platten klopfen, und mancher gläubige Greis schrieb von einem innerlich gefühlten Geist getrieben schwülstige Worte auf die Schiefertafel, welche die Ankunft eines Retters und Erlösers versprachen. An diese Versprechungen klammerten die Leute sich fest und redeten sich gegenseitig zu, Loos und Prüfung noch eine Weile zu ertragen. Segonda hörte von Zusammenkünften munkeln, er glaubte, man verschwöre sich zu irgend einem ihm schädlichen Zwecke und untersagte durch Anschlag am Fabrikthor Zusammenrottungen jeglicher Art bei Strafe sofortiger Entlassung.

Die „böhmischen Galgengesichter", wie man sie im Dorfe nannte, begannen, kaum daß sie sich heimisch fühlten, den ärgsten Unfug zu treiben. Abend für Abend zogen sie in ein bestimmtes Wirthshaus, von da in andere, immer zusammen, überall den schlechtesten Fusel in ungeheuren Mengen trinkend. Sie taumelten schief über die Dorfstraße, rempelten Jeden an, der ruhig seines Weges ging, fluchten, brüllten czechische Lieder, in denen die Deutschen verhöhnt wurden, verunreinigten die Gaststuben, rauchten einen entsetzlichen Knaster und belästigten alle Frauen und Mädchen auf Wegen und Stegen. Zank und Schlägerei auf den Straßen, zwischen den Hecken gehörte jetzt zur Tages-Unordnung, überall vernahm man nach Dunkelheit Kreischen und Schreien: in diesem stillen Dorfe, in dem sonst nicht einmal ein Hund bellte oder ein Pferd wieherte. Segonda stellte sich, von alledem nichts zu wissen; sprach man davon, so meinte er, das sei Sache der Gensdarmen, das ginge ihn nichts an.

Eines Abends hatte ein roher Dubenetzer es auf Gretel abgesehen und sie hinter einem Gebüsch brüsk angefallen. Auf ihr Schreien kam glücklicherweise Karl herbei und stellte den Burschen. Aber dieser erhielt Sukkurs, Karl wurde umringt: zwei schlug er zu Boden, ein dritter aber zog das Messer und stach ihn ins Bein. Karl raste vor Wuth und schlug daheim mit den Fäusten um sich, daß er immer und überall der Mehrzahl unterlag. Mit welcher Schadenfreude die Andern dann seinen Vater bedauern kamen! So zerfressen und unterspült waren diese Leute schon von der stumpfen, entsagenden Trägheit, der Verzweiflung, daß der ihrem Hasse verfiel, welcher nicht mit ihnen immer tiefer in den Schlamm der Thatlosigkeit versinken wollte. Sie waren alle ausgeweidet und empörten sich, daß er in seinem Leibe Eingeweide und in ihnen noch Haß, Liebe, Selbstgefühl haben wollte.

Aribert verlangte von Henning, Karl wegen seiner letzten Schlägerei zu strafen. Henning fühlte die Empörung der Leute mit, er begriff schon längst nicht, wie sie sich diese fortwährenden Maßregelungen gefallen ließen, er haßte die Tschechen als schlechte und leichtfertige

Arbeiter, deren Garne häufig rissen, deren Gewebe voll Fehler waren. Seine Macht ende am Fabrikthor, erwiderte er, jenseits desselben könne höchstens noch der Arbeitsherr Autorität beanspruchen. „Werden wir machen", sagte Aribert. „Schleift mir den Lümmel mal ran!" Alsdann herrschte er ihn an: „Was hör' ich da für Geschichten? — Skandal, Landfriedensbruch — was? Ohren abschneiden!" Karl sah ihn von der Seite an und dachte: daß ich dir nicht noch 'mal deine Eselsohren abschneide! Aber er würgte die Antwort hinunter und blieb stumm. „Frieden halten! Andere in Ruhe lassen! Sonst sofort 'rausgeschmissen! Rechts um kehrt! Marsch, marsch!" Als Karl mit pochendem Herzen abging dachte er: Wenn du blos auf dem Exerzierplatz so kommandieren konntest wie hier! Aber da wirde wohl hapern.

Aribert war sehr stolz und theilte dem Vater mit, daß die Ruhe im Dorfe jetzt gesichert sei, da er dem Hauptträdelsführer den Kopf zurechtgesetzt hätte. Die Vermahnung war durch Fichtenbrücker natürlich sofort dem alten Schurig mitgetheilt worden, der Karl anwies, sich eine andere Schlafstätte zu suchen, wenn er nicht aufhöre Unruhe zu stiften.

„Das wär'n wer ja ohnedem bald missa!" erwiderte er und lief hinaus, sich den Kopf haltend, in den sprühenden Nebelregen, aus dem Bäume und Häuser, ganz nahe, flach wie Gespensterschatten vortraten. War er denn wirklich solch ein Strolch, solch ein Ausbund von Verlorenheit, wie Alle ihn malten? Salzige Thränen rannen ihm in den Mund. Nein — nein! Er wollte ja nichts weiter als ein Mensch bleiben, ein Recht haben, zu fühlen, zu denken, zu athmen wie ein Mensch! Warum zogen und zerrten sie denn Alle an ihm herum? Seine nächsten Verwandten — waren sie denn auch schon so angefault, entkräftet, enttäuscht, daß diese stumpfe, stickende, duldende Ruhe ihnen behaglich war? wollten sie denn nichts mehr sein als Walzen und Stifte, von einem ledernen Streifen getrieben und gefaßt? wurden sie sich auch nicht für einen Augenblick bewußt, daß Niemand mehr nach ihrem Willen fragte, daß man sie einfach schob und stieß? ...Und er sank auf einen Prellstein am Wege und weinte bitterlich.

Aber schnell sprang er wieder auf; eben kam Ottilie vorüber. Er grüßte ehrerbietig, denn sie war die einzige Person aus dem Schlosse, die er achtete, die guten Willen bewies zu helfen und zu bessern. Allein sie wandte den Kopf und dankte nicht.

Er schrie auf: es war also Thatsache — er war verworfen, erbärmlich? Also blieb dem Menschen nichts übrig, als die Zähne zusammenzubeißen, den Rücken zu krümmen und sich treten zu lassen, prügeln wie ein Esel? ...Gerechter Gott, das war doch nicht möglich. Man war doch schließlich kein Vieh ...Unklar, in grauen, blassen Farben, trat ihm aus den dicken Wassernebeln ringsum ein Bild entgegen, das er sich erinnerte in seiner Kindheit Tagen in der Kirche gesehen zu haben. Der schöne, schlanke, starke, blondbärtige Heiland, wie er mit der Geißel unter die Schacherer und Wucherer trat und sie hinauspeitschte aus der Vorhalle des Tempels ... Das hatte ihm gefallen! Das war recht! So war sein Mann! ...Diese hohe, edle, blonde Gestalt, kühn und herrlich — warum war er so klein und breit und krumm? ...Schön und schlank sein, das war eine Gabe Gottes, das war sein heißer, glühender Wunsch! Dann hatte man Macht über die Menschen, dann hatten sie Ehrfurcht vor Einem! ...Ja, wenn er so gerade und blond wäre, wie würden sie ihm Alle folgen, daß keiner zu widersprechen wagte! ...Er liebte ihn, den Erlöser, den Befreier, wie einen Freund, ein Vorbild, und die Erinnerung seiner Gestalt erquickte ihn. Er mußte doch nachsehen, nächsten Sonntag, ob das wunderherrliche Bild sich noch bei dem Altar befand ...

Ottilie war sehr böse auf die Leute im Dorfe. Ihre schönsten Freuden verdarben sie ihr. Nicht zwanzig Mal war die Badeanstalt benutzt worden. Nach drei Tagen stand sie leer und Niemand fühlte Sorge für seinen Körper. Die Leute behaupteten, das Baden mache Hunger, und sie hätten nicht so viel, wie sie nun essen müßten. Sie öffneten schon die Fenster daheim nicht gern, um durch frische Luft nicht ihren Magen anzuregen, und hielten lieber in der sauren Stickluft aus. Leer und einsam standen die Zellen, Hähne und Rohre setzten Rost an ...Thörichte Ausreden für Trägheit und Unsauberkeit!

Es war ein schwerfälliges, mißtrauisches Volk! Nicht einmal die Kantine benutzten sie, die Ottilie ihnen mit so vielen Kosten begründet hatte. Sie schimpften und maulten sogar noch! Jede Speise wurde ihnen zum Selbstkostenpreise geliefert — die Leute verbreiteten, man gönne ihnen nicht einmal die paar Pfennige Lohn, sondern wolle sie ihnen in der Fabrikküche wieder abnehmen. Die Gastwirthe im Dorfe rechneten den Leuten vor, daß Ottilie an jeder Speise beträchtlich verdiene und daß sie bei ihnen billiger äßen; die Frauen verboten ihren Männern, Söhnen, Schlafleuten die Benutzung, redeten ihnen vor, daß die Speisen nichts taugten, keine Kraft gäben, daß sie sie ihnen viel besser machten. Die blanken, spiegelnden Kupferkessel gähnten mit offenen Rachen und die zwei Köchinnen saßen unbeschäftigt in der öden Halle und strickten.

Der Mißerfolg wäre ja noch zu ertragen gewesen — aber diese täglichen Hohnreden des Vaters und Aris, diese scheinbar theilnahmsvollen Erkundigungen waren nicht zum Aushalten!

Am ärgerlichsten aber ward sie, als ihre Lieblingskatze, ein prachtvolles, kluges Thier mit langen, weißen Angorahaaren, eines Tages verschwand und nicht wieder zum Vorschein kam. Kein Zweifel, daß man sie weggefangen hatte, daß sie nächsten Sonntag auf dem Tisch irgend einer ausgehungerten Spinnerfamilie als willkommener Braten prangen würde: vielleicht das einzige Fleisch, das jener Tisch im letzten Jahre gesehen. Aber mußte es gerade ihr süßer, menschenkluger Peter sein? ... Diese Niederträchtigen, diese Undankbaren!

Nein, sie verdienten kaum Mitleid — sie wollte auch keines mit ihnen haben. Ihr Vater hatte ganz Recht, wie er sie behandelte, sie wollten es nicht besser. Kurzsichtig, dumm, unverschämt ... Im ganzen Mittel- und Oberdorfe war kein Hundegebell, kein Katzenmiauen außerhalb der Fabrik mehr zu hören. Nur der ruppige Köter Kiels trieb überall sein lautheiseres Unwesen, weil der alte Söffel schlauerweise gelegentlich erzählt hatte, daß er seinen Hund an Gift gewöhne und dieser jeden Tag seine Portion Arsenik ins Futter kriege ...

Sie wiederholte es sich: die Leute mußten kurz gehalten werden. Man sprach nicht mit Unrecht so oft von falscher Empfindsamkeit in sozialen Dingen. Es lag einmal in allen Niedern etwas Rohes, Kleinliches, Heimtückisches. Sonst wären sie ja auch nie die Unteren geworden. Sie bat dem Vater im Stillen manchen Vorwurf ab, den sie ihm seiner Haltung wegen gemacht. Sie war von seltener Liebenswürdigkeit und Zärtlichkeit gegen ihn. Und als er ihr eines Tages unter anderen Neuigkeiten erzählte, daß er das Häuschen des alten Schurig im Subhastationstermin an sich gebracht habe, um den Preis der Hypothek, da kein anderer Bewerber da war, und daß dort, wo jetzt noch verfallendes Fachwerk schwankte, bald Räder sausen, durch eine hohe Esse der Dampf eines zweiten Motors in die Lüfte wirbeln sollte, sagte sie nur: „Ich gratulire Dir, Papa!" und sie fand es ganz in der Ordnung, daß die kleine Kraft, die kaum sich selbst erhalten konnte, der stärkeren, die zeugende Werthe schuf und solche schaffend tausend kleinere speiste und erhielt, dankbar weichen mußte, wenn diese ihres Platzes bedurfte.

IX.

Sei dem schlechten Herbstwetter blieb Ottilie fast den ganzen Tag in ihrer Klause. Der Sturm heulte schmerzvoll auf, wenn er sich an den festen, selbst dem Elemente trotzenden Fabrikmauern Beulen stieß und flüchtete sich fort, ins Ungewisse, den granitnen Wällen entgegen, die ihn hinter den dem Auge undurchdringlichen grauen Nebelgehängen abfingen. Dieses eintönige formlose Grau, in dem es sprühte und wallte, schloß Fichtenbrück gegen Himmel und Erde nach allen Seiten ab, es isolirte den Ort von der Welt, die einzelnen Häuser von einander, und schwer und gestaltlos, kalt und sonnenfeindlich goß es in jedes Herz das Gefühl der weltverlassenen lichtlosen Einsamkeit.

Bei der letzten Ausfahrt hatte Ottilie sich „verkühlt" — wie man hier sagte — und war nun ganz aufs Zimmer angewiesen, und damit auch ganz auf sich. Vater und Bruder steckten den vollen Tag in der Fabrik — und wenn sie zum kurzen Tisch hinüberkamen, so redeten sie von nichts anderem als von neuen Aufträgen und neuen Maschinen. Ottilie entsann sich gelesen zu haben, daß in Kohlenbergwerken die Lungen der Heuer sich mit schwarzem Staub durchsetzen, daß sie förmlich selbst Kohle und verbrennlich werden. So schienen ihr auch die Gehirne der Ihren bis in die feinsten Atome derart vom Geschäftsgeist durchsetzt, daß sie unfähig geworden waren andere Gedanken aufzunehmen und zu verarbeiten. Von einer Gesellschafterin hatte sie endgiltig abgesehen. Sie wollte keine beständige Aufpasserin zur Seite — Anastasia war ihr schon zu viel. Schrecklich diese Weiber, die um des lieben Brodes willen nie wagen durften eignen Willen, eigne Ansicht zu haben! Verächtlich! …Manchmal wünschte sie sich ein lebendiges Stichblatt, eine Ableiterin für ihre Verstimmungen — aber im nächsten Augenblick stellte sie sich die Leiden einer solchen Person bei ihr so scharf vor, daß sie lieber aus Mitleid auf sie verzichtete. „Ist es nicht thöricht?" fragte sie sich selbst. „Aber so bin ich nun! Ich leide unter meiner Phantasie!"

An die Fichtenbrücker, die Arbeiter durfte sie gar nicht denken, ohne zornige Thränen zu vergießen. Unverständige Thiere, diese Geschöpfe! So ihre Wohlthaten zu verachten, zu verläumden! So gegen den eigenen Vortheil zu wüthen! Papa hatte wirklich Recht gehabt; man erwies ihnen nicht Gutes, man warf es für sie zum Fenster hinaus. Sie hatte ja nicht auf Dank gerechnet, aber doch auf Benutzung ihrer Schöpfungen.

Was also thun? …Womit die viele Zeit ausfüllen, die die Natur so überflüssigerweise gemacht hatte? …Immer lesen? Ach das wurde bald so langweilig! Lesen: immer nur passiv, passiv! … Selbst was thun! Sich bethätigen, sein Können, seine Kraft! …Wie gut hatten es die Armen, die arbeiten durften! Sie beneidete die kleinste Telephonistin in Breslau, die Zeugin, Vermittlerin so vieler brennender Lebensvorgänge wurde, die hörend, verbindend, verständigend etwas erlebte. Leben ohne zu erleben — das war die Tragödie der reichen Mädchen. Sie durfte ja keine Stellung annehmen, sie hatte nicht einmal studiren dürfen! — Wie sehnte sie sich einzugreifen in das Räderwerk der Welt! Aber dazu mußte man auf jedem Gebiete Kenntnisse haben, gearbeitet haben, methodisch, lange! Sie wußte nichts, sie kannte nicht einmal des eignen Vaters Fabrik, sie hatte nichts gehörig gelernt, gar nichts …Reisen? Ach, das war schön, die Welt, die Menschen, die Werke großer Künstler studiren! Aber der Vater ließ sie jetzt um keinen Preis fort …Millionen Frauen würden den Jammer ihrer Lage nicht begreifen — die Zeit war nicht überflüssig: sie, sie selber war es nur …Überall in der Welt geschah ja so viel, aber — ohne sie! …Andere Frauen, die waren glücklich: die hatten die Liebe! Das war der große, der einzige Trost für alle die Entbehrungen und Entziehungen. Das, was der Frau die Krone des Daseins, göttliches Geschenk sein sollte, wurde ihr einziger rechtmäßiger Besitz, ihr Gewerbe …Und sie, sie konnte nicht einmal an diesen einzigen ihr belassenen Besitz glauben. Er war ein Wahn. — Sie wußte, daß es Sinnesbegehren, Gewohnheit, Ehrgeiz, Launen, Schwäche um einen Mann herum gab …aber war das jenes übermäßigen Preises der Poeten und Schwärmer werth? Es schien ihr, als ob zu einer großen Leidenschaft, zu dem Entschlüsse, seine ganze äußere und seelische Existenz auf den Willen eines andren Menschen zu setzen, eine gewisse eigne Beschränktheit gehöre …Was waren Romeo und Julia? Kinder! …Sein ganzes Ich an ein hübsches Lärvchen zu hängen! Verstand, Erfahrung, Bildung tödteten die Fähigkeit zur Liebe. Darum auch hatten beschränkte Männer bei Frauen das meiste Glück, weil sie am aufrichtigsten liebten! Aber die Männer wollten die Frauen beschränkt, sie wollten, daß sie sich nur putzten und sie zur Liebe reizten. Liebe war nichts anderes als ein absichtliches Herabschrauben der eignen und einer fremden Intelligenz. So sollten sich doch die Männer dann auch nicht wundern, wenn Frauen kokettirten, logen, betrogen (wie sie es in Romanen gelesen), wenn sie die Liebe mißbrauchten, zum eignen Vortheil ausnutzten: hatte man ihnen doch ein anderes Feld zu gelten und zu herrschen nicht gelassen.

Was also thun? Im Sommer hatte man noch die Natur: die versagte jetzt — und das Reiten machte ihr überdies keine Freude mehr, seit Henning es so schnell gelernt … Blieb also nur der große, immer mißbrauchte, immer wieder hervorgeholte Nothnagel: die Musik. Den freilich nutzte sie gründlich ab. Sie war im „Rheingold" bald zu Hause und wurde nicht müde, bald allein, bald mit Henning, heut diese, morgen jene Szene durchzuspielen. Hier erlebte sie auch ihren einzigen Triumph: der Direktor, der es zuerst langweilig, unmelodisch, tödtlich gefunden, begeisterte sich für die Poesie und die Musik des Werks immer entschiedener, je öfter er zu den neuen und seltsamen Akkordfolgen sich die Handlung in seiner Phantasie vergegenwärtigte, die Rheinufer, die Klüfte Niebelheims vor seinen Augen aufbaute und sie mit schönheitprangenden Göttern und grotesken Unholden anfüllte. Ottilie erstaunte über seine klare, zum Greifen kör-perliche, fassende Vorstellungskraft, die nur im Anfang zäh floß, dann aber das ganze Bild, mit allen seinen Wandlungen, bis auf die geringsten Einzelheiten wie durch das schönste Glas vor Augen hatte. Und ebenso langsam wie sicher fand er sich bei der Wiedergabe in den Ton des Ganzen hinein, in diese satte, farbenleuchtende Pracht eines Sommernachmittags, mit seiner erschlaffenden Wärme, seinen aufziehenden Wolken, die sich bis zum kräftigen Juligewitter verdichten, dem der schöne, warme Abend folgt, aufgeklärt und regenbogengeschmückt: in dieses vollsaftige, gesunde Stück rheinischer Natur, dessen Symbol Handlung und Klänge des Märchens bergen. Und es schien beiden eine Wonne, wenn draußen der Novembersturm um die Mauern heulte, der Regen an die Scheiben klirrte, bei jenen heiteren und majestätischen Klängen sich in eine schönere und reichere Zeit zu versenken, Blumenduft einzuathmen und dem Sieg der lachenden, leichtsinnigen Schönheit über plumpe und lebensunkundige Derbheit zu feiern.

Eben spielten sie die wundersame Szene, da der düstere Alberich durch die List der lustigen Götter gezwungen wird, der Nibelungen glänzender Hort dem übermüthigen, wortbrüchigen Allvater auszuliefern. Mit einem Male hörte Henning zu spielen auf mitten im Takte, strich sich über die Stirn und sagte: „Wissen Sie, Fräulein von Segonda … Sie werden lachen; aber glauben Sie mir, daß ich mir vorkomme wie Alberich?" Sie sah ihn mit lustigem Erstaunen an. „Aber wieso?"

„Ja, es ist mir so, als ob ein Glücklicherer als ich … ein Herrschender — bitte, ich will kei-nen Namen nennen … mich zwingt — auf eine eigentlich gar nicht zu begründende Weise — die Arbeiten, die unter meiner Leitung, aus meinen Ideen heraus geschaffen wurden, ihm zu überlassen, damit er seinen Herrschgelüsten fröhnen könne …"

„Nein, Direktor — ich will Sie nicht eitel machen, aber solch ein häßlicher, habgieriger, rach-süchtiger, mädchenjägerischer Kobold wie Alberich … ein bischen liebenswürdiger, ein bischen hübscher sind Sie doch …"

Sie lachte, aber als sie allein war und im Klavierauszug blätternd seiner Worte gedachte, er-schien ihr das heitere Sommertagsmärchen auf einmal ernst und trübe … Die Fabrikglocke schrillte den Wiederbeginn der Arbeit an … Es war ihr, als sähe sie Fasolt und Fafner, die bei-den plumpen Riesen, breit über den Platz hinstampfen und hinter der Thür zum Hechelsaal verschwinden. Trieben sie nicht die Maschinen ihres Vaters Wotan, alle die tausend Räder, mit ihren vier schwieligen Riesenfäusten, tagaus, tagein, für den kärglichen ausbedungenen Lohn, den des Vaters Willkür jüngst kürzte? … Fast unbewußt glitten die Finger über die Tasten, drück-ten sie schwer und drohend nieder, und die Lippen murmelten dazu:

„Lichtsohn du,
leicht gefügter,
hör’ und hüte dich:
Verträgen halte Treu’!
Was du bist,
bist du nur durch Verträge:
bedungen ist,
wohl bedacht deine Macht.
Bist weiser du
als witzig wir sind,
bandest uns Freie
zum Frieden du:
All deinem Wissen fluch’ ich,
fliehe weit deinen Frieden,
weißt du nicht offen,
ehrlich und frei,
Verträgen zu wahren die Treu’!“…

Mechanisch spielte sie die Noten weiter ab, indeß, während ihr das Blut in den Kopf schoß, der Gedanke plötzlich im Hirn wirbelte: Wenn du gleich Freia einst das Pfand eines Streites zwischen den Arbeitern und deinem Vater sein solltest — wenn sie dich raubten … Was sind wir eigentlich? Mit welchem Rechte eignen wir den Gewinn aus fremder Arbeit uns zu, um damit den Luxus unseres Heims zu bestreiten? … Nur unsere Klugheit hat jene Riesen gebändigt, nur der Stolz unseres Auftretens erhält die Ehrfurcht; so sind wir den Göttern gleich, durch Schönheit herrschend … Wenn aber unsere Schönheit ihnen eines Tages zu theuer dünkt? … Eine herrliche Lage als Geisel in einer verfallenen, übelriechenden Hütte, durch deren Dach es regnet! … Sie stand auf, blätterte hastig in dem Notenbuche … überlas einige Zeilen … Gottlob, die Feinde waren nicht zu fürchten: im Besitz der Macht schlug einer neidvoll den andern todt, wie Fafner den Fasolt … Die Dämmerung der Erdengötter brach noch nicht an … Sie schloß lachend den Flügel und warf sich auf die Chaiselongue…

Man ließ sich Angst einjagen … weil man die Thatsachen nicht genug kannte … Immer wieder stieß sie auf die große chinesische Mauer, die sie von der Welt, vom Leben trennte, immer wieder auf die eine verschlossene Pforte, die ihr den Blick in die Weite sperrte. Die väterliche Fabrik — sie mußte sie sehen, sie kennen lernen, um jeden Preis…

Ein paar Tage später war ihr Geburtstag. Henning wußte es und hatte gefragt, was er ihr schenken dürfe. Sie hatte sich eines jener zierlichen und feingearbeiteten Spinnräder gewünscht, wie sie nach neuer Mode die Salons in den Hauptstädten schmücken. Er hatte anfangs gelächelt. „Aber ich bitte sie, Spinnräder sind doch ganz außer Gebrauch und völlig veraltet.“ — „Eben deshalb werden sie ja Luxusmode!“ Er verstand das nicht ganz. Karl mußte das Ding am Geburtstage hinübertragen, und Henning empfahl es gut in Acht zu nehmen, weil es ein Geschenk und theuer sei und direkt von Breslau komme.

„Theuer? Was tust’ ei Brassel su a Ding?“

„Achtzig Mark.“

„Nee so woas!“ Karl riß Mund und Augen auf. „Doa könnten die Fichtenbrücker viel Geld verdiena, denn ei jedem Hause ha’n se a so a Dingel ei de Gerümpelkammer zu steh’n. Wenn se und se verkeefa’s, kriegta se su viel, wie wenn se und se mißten acht Wochen arbe’ta.“

Henning lächelte und klärte ihn auf. Der Bursche fragte: „Will denn das schöne Fräul’n daderdruf spinnen thun?“

„Wahrscheinlich.“

Karl schüttelte den Kopf. Es kam ihm kurios vor, daß die feine Dame ihre zarten Fingerchen schmerzhaft bemühen wollte, um ein kurzes Fädchen zu erzielen, indeß in ihres Vaters Fabrik täglich zehntausend Spindeln sausten, um die feinsten und die gröbsten Garne fest und vollendet zu drehen, genug eine Stadt zu bekleiden. Und die Treppe hinaufkeuchend sah er neben der schönen, jungen Dame, die zu ihrer Unterhaltung das blitzend neue Rädchen schnurren ließ, die alte, braunwelke, blödsinnige Großmutter zusammengekauert hocken, die sich das überflüssige, morsche Rad nicht entwinden ließ, sondern weinend wimmerte, daß ohne ihre zwecklose Arbeit die Menschheit erfrieren müsse.

Das Geschenk fand vielen Beifall und er ward zum Geburtstagskaffee eingeladen. Segonda und Aribert entfernten sich bald: es war ihnen geradezu lästig, eine vernünftige Unterhaltung über allgemeinere Stoffe zu führen.

„Ich hoffte eigentlich", sagte Ottilie, als sie allein waren, „daß Sie mir als angenehmste Geburtstagsüberraschung die Mittheilung von der Fertigstellung Ihrer Modelle bringen würden."

Henning erfreut über ihre beständige Antheilnahme, erwiderte, diese Nachricht ihr in den nächsten Tagen bringen zu können und schilderte ihr, wie sich der Ausführung auch des durchdachtesten Plans immer neue Hindernisse entgegen stellen. Stets zeige sich irgend ein kleiner unberechneter Umstand, der sich in der Praxis plötzlich aufs Unangenehmste bemerkbar macht. „Das ist das Alberne, sowie man mit termoelektrischen Strömen arbeitet: der Draht kommt ins Glühen, wie der Strom nur ein wenig stärker wird, und wenn der Regulierungsapparat nur ein Hunderstel Sekunde unregelmäßig funktionirt, verbrennt das ganze Garn." Da galt es neue selbstthätige Vorrichtungen anzubringen — und zuletzt durften sie nicht zu verwickelt werden; denn sonst wurde die ganze Anlage zu theuer, und der Hauptvortheil der Erfindung, die Ersparniß, fiel weg. Es war eine gehirnzermarternde, alle Fäden der Aufmerksamkeit fesselnde Arbeit, diese Leitung und Bewegung einer Fabrik: einer für sich geschlossenen Welt mit ihren tausenden von einzelnen Funktionen aus der Quelle einer einzigen Kraft heraus — die widerstrebendsten Elemente durften sich nicht widersprechen — es war etwas Göttliches, Schöpferisches darin, das Ottilie mit nachspürendem Verständnis; bewunderte.

Die technischen Schwierigkeiten waren noch nicht die schlimmsten: die Böswilligkeit, der Eigennutz eines fremden, selbstständigen aber untergeordneten Geistes verletzte, hinderte ihn weit mehr. Er schilderte ihr die Winkelzüge, die Kiel täglich neu erfand, um die Sache hinzuziehen und Geld von ihm zu erpressen, weil er sich unentbehrlich wußte. Wahrhaftig, die gescheidtesten Arbeiter waren auch die unangenehmsten ... Kiel warf ihm einfach die Sache hin: er solle sich in Breslau nach einem Mechaniker umsehen. Henning blieb eines Tages nichts übrig, als die Thür zu verriegeln und mit seinem eichenen Knüppel Kiel zu drohen, ihn lahm zu schlagen, wenn er ihm noch weitere Umstände mache — was danach folge, sei ihm gleich. Da hatte der Trunkene vor solcher Energie Angst bekommen und setzte sich an die Arbeit, halblaut vor sich hin schimpfend.

Ottilie fühlte sich bei Hennings Erzählungen wie eine Mitarbeiterin an seinem Werke, sie glaubte einen Theil seines Verdienstes sich zuschreiben zu dürfen, es war ihr als seien ihre Gedanken in die vollendete Schöpfung mit verwebt, sie suchte ihn aus den Verstimmungen durch die glänzenden Bilder einer ruhmvollen Zukunft zu erlösen.

„Na, das ist ja doch das Einzige, was Einen noch veranlaßt, nicht den ganzen Kram hinzuwerfen," sagte er. „Unter einer Millionen Mark verkaufe ich das Patent nicht, das steht bombenfest. So viel steckt für mich drin an Arbeit und Aerger!"

Sie war stolz, die Freundin eines Mannes zu sein, der solche Werthe aus der Luft zauberte, nur durch die Anspannung seines Geistes, ohne jeden stofflichen Rückhalt — er erschien ihr tausend mal größer als ihr Vater, der nur einen überkommenen reichen Besitz vermehrte und sich darin genügen ließ. Sie war überzeugt, daß ihr Vater solch eine umgestaltende Erfindung nie gemacht hätte: von ihrem Bruder ganz zu schweigen, dem Erben des Erben, der nicht einmal den Besitz vermehrte, nein, ihn schwächte. Ihr Vater war ein Mensch, in Henning lebte ein Stück Gott. Sie wollte sich ganz hineinversenken in seinen Ruhm, sie glaubte ihn sich zu eigen zu machen, indem sie das Werk bis in alle Einzelheiten kannte: aber wie viele der Ausdrücke, die Henning so oft gebrauchte, waren ihr fremd! und sie schämte sich zu fragen, ihre Unkenntniß einzugestehen — gerade vor ihm. Ueberall, wohin sie blickte, grinste ihr die Unkenntniß der Fabrik entgegen — jedes Wort, jeder Vorfall stieß sie dazu, endlich, endlich den vielbeschrieenen

Grund ihres Wohlstandes, ihres Lebens, ihrer Befürchtungen, ihrer Verehrung zu sehen, den man ihr mit so verdächtiger Heimlichkeit umschleierte. Sie ertrug das nicht länger.

X.

Vater und Sohn waren auf zwei Tage nach Breslau gereist, wo eine Versammlung der größten Industriellen der Provinz stattfand, um den Plan einer Berliner Weltausstellung zu berathen. Segonda war entschlossen, sich aufs entschiedenste dagegen zu wehren: er sträubte sich hohe Kosten auszuwerfen, um die Vortheile nachher vielleicht Irländern oder Belgiern lassen zu müssen, am Ende noch zu verlieren statt zu gewinnen. Er wollte seinem Grundsatz treu bleiben keinen Pfennig auszugeben, den er nicht sicher als Groschen zurückkehrend wußte. Ottilie ahnte, daß diese Gelegenheit nie wiederkam, und da Henning in Abwesenheit des Chefs völlig freie Hand hatte, und das Interesse seines Brotherrn unmöglich leiden konnte, so bat er Ottilie ihn um sechs Uhr Abends im Contor zu erwarten.

Das Mädchen hatte sich Nachmittags absichtlich Alles, was es an Jugenderinnerungen nach dieser Seite besaß, noch einmal zurückgerufen: die herrlichen Kindermärchen, in denen die Königstochter sich an der Spindel der bösen Fee sticht und in hundertjährigen Schlaf fällt, schön, jung, rothbäckig bleibend bis zum erlösenden Kuß des Prinzen — die Spinnstuben der Dorfgeschichten, in denen junge Burschen mit den Landschönen liebäugeln und schaurige Spukgeschichten sich ablösen — die Klage des spinnenden Grethchen um den fernen Geliebten — Sentas ergreifendes Lied und die düsteren Weissagungen der Nornen auf dem nächtlichen Walkürenfelsen, den die ungewisse Lohe des Zauberfeuers umflackert … und in einen langen Paletot eingehüllt, ein dichtes Spitzentuch ums Haupt, fieberte sie vor Ungeduld, als Henning eintrat.

Schweigend eilten sie über den Hof, durch die ungewisse fahle Dunkelheit, die der Zitterschein einiger Gasflammen nur unheimlicher machte. Stumm wie das Grab lag Alles ringsum, nur der Wind heulte in nervösen Stößen und warf ihr prickelnde Nadeln ins Gesicht. Der Schnee lag fußtief, zwei schwere Rollwagen bahnten sich kreischend mächtige Furchen. Der Fußweg war verweht: die beiden wateten vorwärts, dem Rollen und Klirren zu, das durch die Nacht immer stärker gegentönte.

Jetzt überschritten sie die Schwelle, Ottiliens Herz hämmerte, ihre Pulse jagten, ihre Schläfen zitterten. Eine eiserne Thür flog auf. Ottilie sah nichts — nichts als etwas ungewiß, fahl Schimmerndes, das sich verdichtete, zu einer einzigen, ungeheuren, von innen rothgelb erglühenden Wolke, düster und schauerlich, in die sie ein unsichtbarer Arm hineinzog und die sie so eng umschlang, daß sie nach zwei Schritten den Führer nicht mehr sah. Angst packte sie, der Athem versagte ihr, die Füße weigerten sich. Die Wolke kroch zwischen ihren Armen durch, umwickelte ihre Röcke, leckte mit rauher, trockner Zunge an ihrem Gesicht, stahl sich in die Taschen, die Aermel. Ein hartes Stechen bohrte sich ihr in Augen, Nase, Ohren, Gaumen, während von allen Seiten Hammerdonner gegen ihr zitterndes Trommelfell anstürmte.

Und nun, nachdem der Athem ihr zurückzukehren begann und das sich eingewöhnende Auge den führenden Freund wieder nah sah, nun erkannte sie's: diese vom Licht unheimlich durchfunkelte dicke Wolke, war Staub — trockner, beißender Flachsstaub, der in die Kehle strömte, der das Kleid mit einer dicken, graugelben Schicht überzog. Das fortwährende rothgelbe Flimmern reizte ihre Thränen. Und in dieser dicken, bis in die fernsten Saalecken aufschwebenden Schmutzwolke, in diesen frei umherfliegenden Milliarden von Pflanzentheilen, Halmspitzen, Erdkrümchen, inmitten des rasenden Maschinendonners, der keine Pause kannte, lebten, athmeten, bewegten sich Menschen, arbeiteten stundenlang ununterbrochen. Unheimliche Schatten alter Frauen huschten an ihr vorüber — dem Lichte näher, erkannte sie sie als noch nicht so alt wie die hohlen Wangen, die tiefen Runzeln sie vor der Zeit machten — Weiber, gleichsam in groben Säcken steckend, einen Sack um die Brust, einen Sack um den Kopf, schmierig, schmutzstarrend, zerrissen, den einen dünnen Rock hochaufgeschürzt, der die abgemagerten Glieder durchscheinen ließ, die dürren Beine in groben Pantinen. Keuchend, schwitzend schleppten sie große Säcke voll schmutzig-gelben Flachses herbei, so wie er eben aus Rußland gekommen, geröstet, gebrochen, aber mit all dem Schmutz, den zerriebenen Fruchttheilen, dem Ungeziefer seiner Heimath, und Hampfel um Hampfel aufgreifend, schoben sie sie über das Zuführblech breitend in den offenen, züngelnden Rachen des vor ihnen stehenden Ungethüms, das die Masse mit scharfen Stahlzähnen erfaßte. Und die Maschine, sie wie toll umherwirbelnd, die Fasern lang hinwerfend, den Staub niederschleudernd, die Bündel von neuem packend, quetschte sie zwischen düstren Walzen zu einem endlosen Bande, das sie verächtlich in hohe Töpfe ausspie, indeß bei jeder Trommeldrehung immer neue, beißende Staubwolken aufwirbelten, die sich zertheilten, in der schwebenden aufgingen, sich von Minute zu Minute verdichteten ... Und diese Frauen, in ihre Säcke eingenäht wie Samojeden in Felle, stehen wie gebannt vor den hohlen Rachen, drücken sich zwischen den offen laufenden, hundertfach gekreuzten, im Staubnebel verschwindenden Treibriemen durch und ziehen die dicken Säcke fester vor den Mund, ob sie auch in der Höllenhitze fast den Athem verlieren ...

Henning öffnete die Thür — wüthend wollte die kalte Dezemberluft sich hereinwerfen. Ein rasender Eissturm, der sich heulend an den bereiften Mauern brach, fegte das Treppenhaus auf und ab, so daß die Arbeiterinnen, die in der eben beginnenden Pause die Säle verlassen mußten, aus der Vesuvhitze kommend, sich zitternd an die Wände drückten, sich ängstlich an einander schmiegten.

Wilder tobten die Flyer, rasender klapperten die Transmissionen im Spinnsaal. Mit wahnsinniger, augenverwirrender Schnelligkeit flogen die Walzen, die Spindeln, so daß Ottilie die Blicke wegwenden mußte, einem Schwindel zu entgehen. Haarscharfe Messer blitzten. Die Maschinen troffen von Heißwasser, von allen Rädern und Leisten stiegen graue Dämpfe auf, die Luft erfüllend und Maschinen, Menschen, Wände in dämmernde Nebel einhüllend, gleich Nibelheims Schrecken in ihrem theuren „Rheingold." Scheue, stumme Wesen huschten vorüber, mehr Kinder als Mädchen, Zwerginnen gleich, jung, zart, barfuß durch das Wasser planschend, das am Boden einen rauchenden Morast bildete. Das einzige dünne Röckchen übers Knie aufgeschürzt, fühlten sie den feuchten Duft an ihren mageren, vor der Zeit schlaffen Gliedern sich emporringeln. Krankhafte, papierne Blässe bedeckte die Wangen. Der Flachsstaub verband sich unter ihren Augen in der Luft mit dem Wasserdampf zu einem widerlichen Brei, der sich in den Kleidern festsetzte und durch den Hals bis in die Lungen kroch. Mitten in dem ohrensprengenden Donner der Räder und der tausend sich kreuzenden Transmissionen galt es auf das leise Klingeln zu achten, welches das Reißen eines Fadens anzeigte, der sofort wieder angeknüpft sein wollte. In einer Ecke des Saales, hinter den dicken Nebelvorhängen, bemerkte sie einen großen Steintrog, in dem das siedend heiße Wasser in dickem Dampfschwalm aufbrodelte, während ein altes Weib mit aufgekrempelter Jacke, die Hände roth wie Krebse, Garn darin spülte.

Wieder pasfirten sie nordsturmdurchheulte Treppen und Korridors, vielen Mädchen und Frauen begegnend, die in schweren Mulden Garn schleppten, mit bloßen Köpfen, in dünnen Jacken, zerrissenen Kleidern und Strümpfen durch die der Wind pfiff, während der Boden unter ihren Füßen beständig zitterte, vom Stoßen der Maschine, von den Stößen des Sturmes.

Stumm, ohne nur einen Blick mit einander zu wechseln, die Augen geradeaus gerichtet, stiegen sie zum Hechelsaal empor. Auf hohen Tritten, rings um stampfende und klappernde Maschinen sahen sie junge Burschen, halb stehend, halb sitzend, beinahe noch Kinder, aus großen Ballen den ungereinigten Flachs greifend, ihn zwischen die scharfen Zahnreihen der Maschine steckend, deren Stahlkiefer auf und nieder schnappten und das kurze Werg von der Garnfaser sonderten, jenes, zur Erde schneppernd, indeß der dicke Staub hoch aufwirbelte, während in blitzschnellen Griffen der Flachs von den Burschen mit schweren Eisenzangen herausgerissen ward. Es war ein unablässiger, erfolgreicher Kampf des beißenden Staubes mit dem Lichte; und das unaufhörliche regelmäßige Klappern der Eisenstampfen, gleich als würde die Hölle gepflastert, schlug Ottilien gegen die Brust und vertrieb sie noch schneller als der unrhytmische Lärm drunten. Oft sah sie die Stifte der Maschine knisternd brechen — und in der fernsten Ecke des Saales saß eine alte, grausträhnige Frau, in zerrissene Fetzen gehüllt, neue Zähne in alte Löcher schlagend, stumpfsinnig auf das Eisenstück starrend, alle Fingerspitzen mit schmutzigen Lappen verbunden, wo der Hammer unversehens mit eiserner Wucht daneben gefahren war.

Im Weifersaal drehten junge Mädchen die schweren Trommeln, mechanisch vor sich hin blickend und nur auf die Klingelzeichen achtend, die das Reißen eines Fadens anzeigten. Hatten sie ein dutzend Strähnen aufgewickelt so nahmen sie sie ab und schleppten die schwere,

dampfende, sauer riechende Masse auf Tische zur Seite. In einem Winkel hockten zwei noch
ganz junge hübsche Geschöpfe wie blöd vor sich hingekauert und kratzten mit eisernen Mes-
sern von den Spulen den Schmutz und die feuchten Garnreste ab, die sich stinkend vor ihnen
aufschichteten.

Vierzig Grad Hitze herrschte im Trockensaal. Ottilie faßte die Thürklinke und zog die Hand
sofort zurück, aus Furcht sie verbrannt zu haben. Waren diese Frauen denn gänzlich unemp-
findlich geworden, die hier große Garnmengen auf die Roste breiteten und getrocknete wieder
abnahmen?

Der feinste Flachs wird in der Handhechelei geordnet, der, aus dem man die zarten Battiste
für Ottiliens Leibwäsche machte, der so dünn war wie ihr blondes Haar und den man der groben
Maschine nicht anvertraut. Junge Burschen zogen ihn durch Kratzen, sie standen schmächtig
und bloß mitten in der feinen, dünnen Staubwolke, die sich wie ein leuchtender Flimmer an
ihre zarten Gestalten zu schmiegen schien, welcher gleichsam als ein phosphorsatter Aether aus
ihren Poren strömte und die Körper umwallte, und erschienen mit ihren blassen Zügen Ottilien
wie leidende und gekrönte Märtyrerknaben, die übernommen hatten um ihrer Bequemlichkeit,
ihres Daseinsbehagens willen zu dulden und die schwachen Körper zu vergiften.

Jetzt stiegen die Wandrer hinunter, nach dem Maschinenhaus. Sie passirten die Bleicherei,
schnell, und Ottilie schloß Mund und Nase vor den entsetzlichen, giftigen, scharfen Dämpfen,
die grauweiß bis zum Dach aufzischten und die Bottiche, die Arbeiter, die Wände in dicke,
endlose Laken einhüllten, teuflische Gerüche aushauchend.

Immer erschütternder folgten sich heisere Stoß:. Von ein paar rußigen, schwarzgefleckten
Arbeitern bedient, schnaubte und pustete das riesige, kunstvolle Ungethüm, ein Mitglied der
großen Familie der wahren Beherrscher der Welt, Segen ganzer Länder, Fluch so vieler Millionen, welche sie knechtete. Das ungeheure Triebrad, welches die ganze Fabrik in Zittern, aber
auch in Leben erhielt, drehte sich mit elegantem Schwünge, die gewaltigen Kolben stießen
sich mit unwiderstehlicher Energie vorwärts und zurück. Die eisernen Räder, die messingenen
Griffe, die kupfernen Kugeln blitzten vor Sauberkeit, der gemauerte Divan, auf dem die Tyrannin
lag, glänzte schneeweiß, ein zierlicher Apparat an der Wand, der einen Tropfen Oel nach dem
anderen entließ, sorgte für die ungestörte Geschmeidigkeit dieser cyklopischen und doch so
feingemeißelten Glieder; von den gemalten Fliesen des Bodens und der Wände hätte man speisen können, und einer der Wärter, über und über voll Ruß und Flecken, lag auf dem Bauche vor
seiner Herrin, mit peinlichster Sorgfalt einen winzigen Flecken entfernend, den er tief unten,
fast in ihren Eingeweiden bemerkt hatte. Ja, sie war streng und eitel, diese Seele des Ganzen, verwöhnt und unerbittlich auf die zuvorkommendste Behandlung achtend und bei der geringsten
Nachlässigkeit ihre Thätigkeit sogleich vermindernd oder einstellend. Was kümmerten sie jene
Hunderte mitleidswerther Geschöpfe oben? Sie wußte nichts von dem Lärm, dem Staube, dem
Schmutz, den Dämpfen, den Mißdüften, der Hitze, der Kälte, von all den Gefahren und Leiden,
die unter dem gleichen Dache mit ihr wohnten: in einer milden gleichmäßigen Wärme, täglich
mit gleicher Sorgfalt genährt und geputzt mochte die Riesin wohl glauben, daß jene Hunderte
wimmelnder Menschen in dieselben Mauern nur um ihretwillen mit dem grauenden Morgen
kamen, und gingen, wenn sie am späten Abend ihre Ruhe haben wollte. Und wie Ottilie so vor
der schönen, verwöhnten Tyrannin stand, dünkte ihr, daß eine Stück von dem gleichen Geiste,
dem gleichen Schicksal auch in ihr lebe — und nicht nur in ihr allein, sondern auch in dem
Vater, dem Bruder — als ob es der Geist, die Bestimmung, der Wille ihres ganzen Hauses sei,
was da imponirend, gewaltig, rücksichtslos vor ihr thronte und wirbelte...

Bestaubt, Augen, Ohren, Nase, Gaumen voll des trockenen, beißenden Zeugs, die Kleider
gelbgrau, halb taub, im Rücken frierend, vorn glühend, betäubt, schauernd, gleichsam gerädert,
verließ Ottilie die Fabrik und athmete auf, als sie draußen wieder die Nacht umfing, die düstre,
verschneite, eisige Dezembernacht des schleichen Hochlands. — — —

***

„Wollen Sie nun noch die Weberei sehen?" , fragte Henning. „Die liegt drüben. Wir müssen
dann wieder über den Hof —"

Sie schüttelte den Kopf. „Ich danke!" sagte sie mit einer Stimme, die jedes Metall verloren hatte und nur noch wie heisres Flüstern klang. „Für heut genug. Ein ander Mal —" Sie verabschiedete sich schnell von ihm und bat, nach Fabrikschluß noch einmal bei ihr vorzusprechen. Daheim legte sie Mantel und Spitzentuch ab und warf sich, tief Atem holend, auf die Chaiselongue. „Schrecklich! schrecklich!" murmelte sie vor sich hin, den Kopf schüttelnd, und unvertreibbar, wie auf die Thür gemalt stand das Bild, kauerte die alte, grauhaarige Frau, in faulen Lumpen, stumpfsinnig auf das Eisenstück starrend, in das sie neue Stifte schlug, mit dem schweren, kurzen Hammer, die zitternden Finger alle mit schmutzigen Fetzen verbunden...

Henning hatte keine Lust, in das laute Treiben zurückzukehren. Zum ersten Mal in seinem Leben zitterte ihm der Atem hoch und schnell, und während die breite Brust sich mächtig hob, lag es doch wie eine Beklemmung auf ihr. Ihm wurde heiß, und die eisige Luft, die ihm von der Ebene her entgegenströmte, während er mit breitem Stapfen sich Wege durch den lockeren Schnee bahnte, that seinen klopfenden Schläfen wohl. Er schien jene Kraft aus ihr zu saugen, die er für den großen und verhängnißvollen Entschluß brauchte, den man nur einmal im Leben faßt und fürs ganze Leben. Er fühlte, daß heut der nie wiederkehrende Augenblick heran war, an dem das wortkarge Schicksal sprechen mußte. An dem Beben der Hand Ottiliens beim Abschied, an ihrer Bitte wieder vorzusprechen hatte er das Nahen des Wendepunkts gefühlt. Er glaubte an eine glückliche Zukunft an ihrer Seite, und er dachte praktisch genug, um in ihrem Vermögen eine sichere Grundlage für ein ruhiges, sorgenfreies, gemeinsames Leben zu sehen. Sie war allein heut, sie fühlte sich durch den Anblick dieses lauten, sinnverwirrenden, hetzenden Treibens geängstigt, bedrückt, sie sah ihn jene scheinbare Verwirrung mit spielender Sicherheit wie ein König leiten und beherrschen ... er war klug genug, diese Vortheile zu sehen und zu nützen, und in dem glücklichen Zusammentreffen aller dieser Umstände, die sich mit der Vollendung seiner großen Arbeit trafen, in dem erfolgreichen Fortgang seiner Hoffnungen, die sich von scheuen Träumen zu reifenden Aussichten entfaltet hatten, glaubte er das Wirken und Ermuntern jener göttlichen Fügung sehen zu dürfen, an deren Bestehen, an deren Interesse für ihn er nicht zweifelte.

Noch einen Gang, die letzte, pflichtgemäße Aufsichtsrunde durch die Weberei — und dann zu Ottilie! Sollte er jene sich heut schenken? Nein — unmöglich — der Beruf vor allem!

Sie stand, als er bei ihr vorsprach, noch vollkommen unter den Eindrücken der früheren Stunden. Sie schauderte, als er ihr die Hand reichte, und drückte sie fest. „Ich bin Ihnen dankbar!" sagte sie. „Es war die lehrreichste Lektion meines Lebens. Es war für mich eine neue Welt! Was wollen hundert gelesene Bücher bedeuten gegen einen einzigen Augenblick der Anschauung! Wie glücklich sind Sie, immer im Leben selbst zu stehen, während ich es nur aus dritter, vierter Hand bekomme. Es ist wie Schwimmen im freien Fluß gegen ein laues Wannenbad. Man muß sehen — dann wird man milde; man verzeiht so viel wie man versteht ... diese armen Geschöpfe! Das bischen Verstand, das ihnen der Himmel giebt, muß ihnen ja von den Staubwolken erstickt werden, ihr Gehirn muß vom Lärm betäubt, von dem Dampf umnebelt, in der Hitze eintrocknen!"

Henning benutzte die Gelegenheit sie darauf hinzuweisen, wie durch seine Erfindungen die Schwierigkeiten sich mindern, die Abgehetzten sich ein wenig mehr Menschen fühlen würden. „Den Staub und den Lärm zu beseitigen — das wird nie gelingen, so lange Gott nicht das fertige Garn wachsen läßt. Aber wenigstens die abscheulichen Wasserdämpfe, die das Fleisch erschlaffen, die Nerven erweichen, die Eingeweide erst erhitzen, dann erkälten —"

„Ach, wenn es nur etwas ist!" fiel sie schnell und erregt ein, mit rothen, heißen Wangen. „Jede Erleichterung ist da eine edle verdienstvolle That, eine Tugend. Sie sind ein Wohlthäter der Menschheit. Wann — wann wird Ihre Idee That sein?"

„Sie ist es schon. Endlich ist Kiel fertig, bis auf einige ganz geringe Kleinigkeiten — rein äußerliche Verschönerungen. Morgen, übermorgen liefert er mir die Modelle ab —"

„Ach — wie ich Sie beneide! Wenn Sie eine Ahnung hätten, was ich darum gäbe, dieses Bewußtsein, diesen Ruhm mit Ihnen theilen zu dürfen!" „Auch ... sich selbst?"

Sie erhob sich. Gottlob — er hatte endlich gesprochen — es war ja nicht mehr zum Aushalten gewesen. So bequem also mußte man es ihm machen! Aber er hatte recht, er konnte es verlangen. Eine Eingebung hatte ihr dieses Wort in den Mund gelegt — wie eine wilde Flucht halbheller Schattenbilder hatte es in diesem Augenblick ihr Gehirn durchwettert, und am Ende der langen blitzschnellen Reihe stand jenes Wort — das sie bei geraumem Besinnen nicht ausgesprochen hätte. Ach, wie gut es war, dem Impulse zu folgen...

Die wohlüberlegte, geplante Thatsache war auch über ihn so plötzlich gekommen, daß er im ersten Augenblick zurückfuhr und eigentlich erwartete, sie würde ihm die Thür weisen. Ottilie blieb stumm: die sprechendste Antwort, die sie in dieser Sekunde geben konnte.

„Ja, sehen Sie — da schweigen Sie, wenn ich den einzigen Preis fordere, den ich nehmen kann —"

Sie hatte sich abgewandt und kehrte ihm nur ein Viertel ihres Antlitzes zu. Indeß ihre Augen leise, feucht schimmerten, fragte sie ihn: „Wirklich der einzige —?"

Er hatte nie einer Frau näher gestanden, aber sein natürlicher Instinkt, seine Gewohnheit bei wichtigen Verhandlungen sich in die Seele des Andern hineinzudenken, sagte ihm, daß Ottilie jetzt den Ausdruck einer aufsteigenden Herzenswärme, den Ton einer scheuen und doch tiefen Empfindung erwarte, daß in einem solchen Moment auch das gescheidteste Mädchen ihr Herz finde, und er brauchte nach diesem Tone nicht erst zu suchen; denn er selbst, nun am Ziel seiner Wünsche, voll froher Vorbedeutungen für die Zukunft, fühlte eine echte und ehrliche Wärme in seiner Brust aufsteigen, die seine Zunge in frische Bewegung zu setzen strebte, so warm und lebendig, wie der thermoelektrische Strom die Räder und Kurbeln seiner Modelle.

Er hatte die Angewohnheit, die ihm zum Instinkt geworden war, wenn er besonders höflich und liebenswürdig sein wollte, französisch zu denken und die Worte deutsch wiederzugeben, denn von Kindheit an im Gebrauch beider Sprachen vollkommen, vermeinte er deutsch nie so entgegenkommend empfinden zu können wie französisch. Der Geist der Sprache wirkte unbewußt auf den Geist des Sprechenden.

„Sie werden mich nun lange genug kennen," sagte er, „um zu wissen, daß eine Unwahrheit einfach nicht über meine Lippen ginge. Ich verehre Sie, seit dem Tage, da ich Sie zum ersten Mal, mich ihrem Herrn Vater vorstellend sah — ich weiß, daß Sie geschickt sind, in meine Lebensschicksale einzugreifen, seit ich Sie am Tage Ihrer Rückkunft in Ihr Vaterhaus geleiten durfte, und seit ich Ihr Interesse für meine Pläne und Ziele kenne, bin ich überzeugt, daß die Erde kein zweites Mädchen wie Sie trägt. Sie werden selbst wissen, wie hoch Sie über unsern gewöhnlichen jungen Damen von heut, mit ihrer Töchterschulbildung stehen. Sie — Sie schauen ins Leben hinein, Sie wollen wirken und schaffen: o daß Sie mich auszeichnen würden, es an meiner Seite zu thun! Wie beglückt wäre ich, mit Ihnen meine Pläne, meine Hoffnungen durchsprechen zu dürfen und immer für das, was oft noch dunkel in meinem Willen brodelt, ein feines Nachfühlen zu finden, genug, um durch ein Wort der Liebe, der Ermunterung hundert gute und wirksame Gedanken herauszutreiben."

Sonne der Verklärung lag auf Ottiliens Antlitz. So hatte noch Niemand zu ihr gesprochen, die inmitten steten Ueberflusses fast einsam aufgewachsen war. So mußte einem Menschen zu Muthe sein, dem plötzlich Schwingen wuchsen — einem jungen Vogel, der zum ersten Male das Bewußtsein das Fliegenkönnens empfand. Es war, als thäte sich plötzlich ein großes goldiges Thor vor ihr auf, und aus dem blauen tiefen Aether dahinter schossen tausend goldene Strahlen. Das war das Leben! ...Ihr Gesicht glühte wie Feuer, sie reichte ihm die Hand, die er küßte. War das genug? Ob sie nicht einen Kniefall erwartete? Nein — er wäre sich zu albern erschienen.

Plötzlich lächelte sie. Er sah sie fragend an und sie erwiderte: „Ja sehen Sie — nun glauben Sie wahrscheinlich, die Vorstellung könnte beginnen. Aber Sie haben die Hauptperson im Drama vergessen — meinen Papa." Er machte eine abwehrende Bewegung. „Nein — nein, Sie kennen ihn nicht, ich sehe es. Seine Tochter — o! haben Sie eine Ahnung, was das heißt? Ein Vanderbilt — oder der Kronprinz von Rußland — oder so was ähnliches, das wäre ihm gerade genug. Nicht, als ob er mich so abgöttisch liebte — obgleich er mich ja auch wirklich liebt — aber seine Tochter! verstehen Sie, seine Tochter!"

„Aber schließlich habe ich ihm auch was zu bieten —“

„Darauf rechne ich ja. Ach, wenn Sie wüßten, wie glücklich ich bin, daß Sie mit Ihrer Erfindung im Reinen sind! Sowohl meines Vaters als meinetwegen! Sie wissen — ein Mädchen aus meinen Lebensverhältnissen ist immer mißtrauisch. Man wird dazu gezwungen. Das elende Geld! In jedem Manne, der uns eine Liebenswürdigkeit sagt, sehen wir einen Freier, und sind wir nicht ganz hier oben verlassen —“ (sie tippte an die Stirne) „dann sagen wir uns, daß er seine Gründe hat. Wir glauben absolut nicht an die Liebe eines Armen — bei einem Reichen ist doch wenigstens noch die Möglichkeit vorhanden, daß er aus Neigung um uns wirbt. Ich könnte keinen armen Schlucker heirathen — ich würde den abscheulichen Verdacht nie los, der von allen Dingen auf der Welt gerade ein reiches Mädchen mit einigermaßen feiner Seele am meisten kränken muß … Wie glücklich, wie vergnügt bin ich, daß Sie Ihre Million in der Tasche haben, wie Sie sagen. Nicht der Million wegen, sondern meinetwegen. Sie verzeihen meine Offenheit — gelt ja? Na, und nun vollends mein Vater! Wenn Sie zu ihm gehen — seien Sie vernünftig und behandeln Sie die Sache einfach als ein Geschäft — *do ut des* — das ist unangenehm, peinlich — aber es ist der beste Weg mit ihm auszukommen; denn so wie Sie von Neigung sprechen, wird er Verdacht schöpfen.“

Er lächelte, nicht ohne einen Flaum von Ironie, als wollte er sie beruhigend bitten ihm das zu überlassen, dann fragte er: „Lateinisch können Sie auch?“

„Ob und wie. Ich übersetzte Horaz und Tacitus ohne Präparation. Ich habe es mit meinem Bruder zusammen gelernt, wissen Sie, bei seinem Hauslehrer — das heißt Ari hat nichts gelernt, dafür ich um so fleißiger!“

Die Uhr schlug neun. Sie bat ihn zu gehen und morgen wieder zu kommen.

„Aber sonst bin ich doch oft bis nach zehn geblieben — und heut, wo wir verlobt sind — Ottilie, verlobt“

„Eben deswegen!“ erwiderte sie sanft.

Er sann einen Moment nach, verstand sie, und ging.

XI.

Am folgenden Tage war Segonda zurück und Henning erschien zur gewohnten Morgenstunde im Contor. Segonda erkundigte sich, was während seiner Abwesenheit vorgegangen, und war bei sich nicht sehr erbaut zu hören, daß Alles glatt abgelaufen. Irgend eine kleine, unbedeutende Hiobspost wäre ihm lieber gewesen, über die er mit einem: „Na natürlich — wenn ich nicht da bin —" hätte hinwegfegen können.

Henning schloß an seine Mittheilungen die Bitte, ihm die neuen Modelle zeigen zu dürfen, die Kiel eben fertig gestellt. Segonda lächelte mit großer Erhabenheit: „Aber lieber Henning", sagte er, „haben Sie sich von diesen Phantasmen noch immer nicht losgesagt?"

Der Direktor strich sich ruhig den Bart, verschränkte die Arme und erwiderte: „Ich hoffe Ihnen zu beweisen, daß es keine Phantasmen sind."

Segonda schüttelte langsam den Kopf und sagte mit überlegenem Lächeln: „Nein, lieber Freund, — das ist verlorene Mühe — glauben Sie es mir. Zeigen Sie mir Ihre Modelle nicht — ich habe auch, offen gesagt, gar kein Interesse daran. Ein technisches vielleicht — aber kein praktisches. Der Verdienst in der Leinenbranche ist schon jetzt so gering, daß die Notwendigkeit der Anschaffung ganz neuer Maschinen mit vollkommenem Ruin gleichbedeutend wäre — nicht nur für mich, sondern für die ganze Konkurrenz. Glauben Sie mir, die Technik hat heute — in unserer Branche wenigstens — eine so hohe Stufe erreicht, daß, bei der Billigkeit der Preise, welche noch fortwährend fallen, jeder Fortschritt anfängt ein Unheil zu werden. Denn was heißt Fortschritt? Vermehrung der Produktion — Ueberproduktion! Was soll die Menschheit blos mit der Masse Leinwand anfangen? Der Wäschehändler wird sie nicht los, der Fabrikant kauft nichts mehr — mir liegt's Lager voll, — und zuletzt stehen Ihre berühmten Maschinen still und fressen mich auf. Das heißt an Gott freveln. Ihre Modelle sind technisch, meiner Meinung nach, ein Unding — und wären sie brauchbar, ein Unglück."

Henning stockerte mit der Hand in den Haaren; seine gewöhnliche Bewegung, wenn er nach Worten suchte, um eine derbe Erwiderung zu verkleiden. Er erkannte, daß Segonda nicht sah, weil er nicht sehen wollte, und am liebsten wäre er dieser Hartnäckigkeit mit einem derben luxemburger Fluch begegnet, aber er konnte seinen künftigen Schwiegervater doch nicht beleidigen! „Wissen Sie...", sagte er zögernd, „ — ich glaube nicht an die sogenannte Ueberproduktion. Wenigstens nicht, so lange noch Millionen Menschen mit zerrissenen Hemden herumlaufen. Meine Erfindung bringt neue Arbeit in die Welt, und damit die Möglichkeit neu zu kaufen. Es thut mir aufrichtig leid, daß Sie sich eigentlich jetzt mit jenen Handarbeitern auf eine Stufe stellen, die die Maschinen gern zerschlagen möchten, weil sie die Handarbeit einschränken, und nicht bemerken, wie ihr Dienst leichter wird und wie die Maschinenfabrikation und Alles, was damit zusammenhängt, hundert neue Arten der Beschäftigung, des Erwerbs erst erzeugt ... Aber was soll ich Ihnen Reden halten? Die Sache ist ganz einfach: wenn ich's nicht mit Ihnen mache, dann mach' ich's mit einem Andern, der den Rahm abschöpfen wird — und Ihnen ließ' ich ihn lieber. Aus einem einfachen Grunde: ich hoffte auf eine engere Verbindung mit Ihrem Hause — ich hoffte, diese Erfindung und alle, die ich noch machen werde — und das werden viele sein — zu unserem gemeinsamen Besten auszunutzen."

„Das wolle Gott! Aber unter welcher geschäftlichen Form stellen Sie sich unsere Alliance vor?"

Henning rückte nun mit seinem schweren Geschütz vor, theilte ihm ganz offen seine Beziehungen zu Ottilien mit und bat um seine Einwilligung.

Segonda sah ihn sprachlos an, mit offenem Munde und großen Augen. Das hatte er gut gemacht! So hinter seinem Rücken, so ganz unbemerkt! Ein verteufelt schlauer Kerl! Nur Ottilie begriff er nicht — hatte sie wirklich keine höheren Pläne? Unmöglich ... sie hatte ihm wohl nur aus Höflichkeit nicht alle Hoffnungen benommen ... Er stützte den Kopf in die Hand und schloß die Augen. Wenn er jetzt kühl „Nein" sagte, so verlor er seinen umsichtigsten und preiswerthesten Angestellten. Undenkbar! ... Er blickte langsam auf, rieb sich das Kinn und antwortete zögernd: „Na! ... wenn es Gottes Wille ist ..." er hatte heute seinen frommen Tag, wie immer nach Reisen — „dann werde ich mich natürlich unterwerfen. Aber Sie werden keine Entscheidung hier auf dem Sitz verlangen. Ich muß mit mir selbst zu Rathe gehen. Ich habe so mancherlei Pläne — ich muß mir berechnen, ob ich diese unerwartete Kombination ihnen einfügen kann. Wollen Sie mir drei Tage Zeit gewähren?" Seine scharfen, wasserblauen Äugelchen drehten sich indessen wie Räder.

Einen Kaufmann darf man nicht drängen: das wußte Henning gut und er sagte: „Ich werd's wohl müssen, Herr von Segonda!"

„Gut — und Sie geben mir Ihr Wort als Ehrenmann, in dieser Zeit jedes Zusammentreffen mit meiner Tochter zu vermeiden?"

„Das wird mir sehr, sehr schwer fallen — aber wenn Sie es als Vater verlangen..."

„Also in drei Tagen!" Er reichte ihm schnell die Hand und schob ihn geschickt zur Thür. Er besaß die Kunst, Jemanden hinauszukomplimentiren, ohne daß dieser sich getrieben merkte. Auf der Schwelle hielt er den Direktor an und sagte: „Noch eins — falls wir einig werden: das Patent geht dann auf den Namen der Firma?" Henning war überrascht ... er zuckte nur mit den Achseln, und ehe er Worte fand, stand er schon im großen Contor und hörte noch leise die letzten Worte nachklingen: „Also in drei Tagen!"

Mit wüthendem Blick aber nahm Segonda wieder auf seinem Sessel Platz. „Also darum hat er nie eine Gehaltserhöhung verlangt?" murmelte er. „Er wollte mehr? Schau schau: schlau schlau!"

Um dieselbe Zeit war Ottilie aufgestanden und näherte sich dem Fenster. Die Fluth der Spitzen und Languetten, welche die zart gemodelten Glieder umspielte, wallte und kräuselte sich bei jedem Schritte und krönte den weißen Hals, die feinen Unterarme, wie frischer Schnee die Spitzbogen des Mailänder Doms. Sie schob die Vorhänge ein wenig zurück — im ersten Winterkleide lag die gehügelte Landschaft da, jungfräulich rein wie sie selbst, und durch die feinklare Luft schaute seit Wochen zum ersten Male wieder der hohe, ernste Fichtenkamm herüber mit seiner breit aufspringenden Koppe, und flirrendes, saubres Weiß überkleidete die dunkelgrünen Wälder, die graunackten Kesselwände. Sie lehnte sich an den Riegel und schaute feuchten Auges hinaus. Ein ganz feiner, sonst kaum bemerkter Zug stahl sich durchs Doppelfenster, kitzelte die Brust und machte sie husten — aber ihr Busen hob sich dabei wie geschwellt vom Wohlgefühl der Lebensfreude. Sie hüpfte zum Spiegel, und mit beiden Händen die Jacke von Hals und Schulter ein kleines zurück streifend, betrachtete sie mit Gefallen ihre runden und geschmeidigen Linien und ein seliges Lächeln verklärte ihren Mund, indem sie hoffte, daß auch ihr Gatte einst das Ebenmaß dieser Linie bewundern und im Hochgefühl vollkommenen Glücks auf das runde Elfenbein dieser Schulter seine Lippen drücken würde.

Zum ersten Mal in ihrem Leben machte es ihr Freude zu glauben, daß sie hübsch war und daß ihre Person, wie sie war, das Glück, das Streben, die Fessel eines Mannes ausmachen könne ... Winter, frischer, heitrer, gesunder Winter — im warmen Zimmer ... das verhieß eine gute Zukunft!

Sie war nicht wenig erstaunt, von Henning nichts zu vernehmen — nach dem gestrigen Abend! Blumen gab es jetzt in Fichtenbrück nicht — aber wenn er ihr nur einen grünen Zweig geschickt hätte! Und warum kam er denn nicht selbst? ... Als Mittags der Vater erschien, fragte sie ihn nach dem Direktor. „Wie solls ihm gehen? Er war bei mir wie jeden Morgen." — „Und er hat Dir — Nichts gesagt?" — „Gesagt? Ach soo! Jaa! ... Sieh einmal: ist das eine Krähe, was dort fliegt?" — Er hatte die Gewohnheit, Fragende durch entlegene Gegenfragen abzulenken, wenn er seine Antwort überlegen wollte. „Ja — ich habe mir eine kurze Prüfungsfrist vorbehalten, um mich zu überzeugen, daß seine Werbung ehrlich und uninteressirt ist." — „O Papa, in dieser Hinsicht kannst Du beruhigt sein."

Sie suchte ihm Hennings Vorzüge klar zu machen, seine Würdigkeit, seine Aussichten, sie sprach nur von ihm, dazwischen sang sie, spielte Klavier und tollte durch die Zimmer — nur manchmal stahlen sich in ihr Auge kurze Thränen der Sehnsucht nach dem nahen Geliebten, der sich nicht zeigte. Sie sah reizend aus bei jedem Ausdruck ihres Gesichts — über die schmalen Wangen, der etwas zu hohen Stirn, der kurzen Nase lag heut ein Schimmer der Verklärung, der

Zufriedenheit, sie war nie so schön wie in diesen Tagen, da der so nah und doch so fern weilte, um dessenwillen die Natur ihre Reize aufblühen ließ.

Sie, die ihren Vater kannte, glaubte an die Erfüllung ihrer Träume, an die Möglichkeit seiner Einwilligung, indeß er fest entschlossen war, diese Ehe nie stattfinden zu lassen. Aber er suchte nach einem Weigerungsgrunde, denn er wollte seiner Tochter gegenüber nicht als grausamer Tyrann und Komödienvater erscheinen. Sie selbst mußte überzeugt sein, daß er Recht hatte, daß sie ihre Zukunft wegwerfen würde, daß sie in zehn, zwanzig Jahren noch immer bessere Gatten bekommen würde. Er wollte keine häuslichen Szenen, keine Vorwürfe, er wollte vor allen Dingen Ruhe haben. Und er wollte auch auf der andern Seite seinen besten Arbeiter nicht vor den Kopf stoßen ... Ihm brannte die Stirn, wenn er an die Entwicklung dieser unangenehmen Sache dachte! Da war mit den kaufmännischen Praktiken nicht auszukommen, da mußten feinere, neue Kniffe angewendet werden, in denen er nicht geübt war. Und keinen Menschen zu haben, mit dem man so was durchsprechen konnte! denn Aribert war in dieser Beziehung noch ungeschickter als er.

Den ganzen Nachmittag bemühte er seinen Kopf, faßte zwanzig Pläne — und wenn er mit einem ganz zufrieden war, verwarf er ihn wieder; denn jeder hatte einen Punkt, an dem er brechen mußte. Der Gedanke, wichtiger als alle augenblicklichen Geschäftsaufträge, lag auf den Kontorpult, gleichsam vor ihm ausgebreitet, er folgte ihm wie ein Hund nach Geschäftsschluß bis in sein Privatkabinet, und Segonda dankte den Himmel, als sich endlich die Tapetenthür öffnete und zur gewohnten Sonnabendplauderei Lina in das Zimmer stapfte.

Die regen und doch nichtsbedeutenden Beziehungen zwischen dem Fabrikherrn und der Arbeiterin waren im Aeußerlichen noch die alten — in Wahrheit aber hatten sie ihren Charakter allmählich ganz gewechselt.

Als in Lina nach ihrem Besuch bei der böhmischen Kartenlegerin zum ersten Mal der Gedanke schüchtern aufgedämmert war, das seltsame, ihr fast unbegreifliche Verhältniß zu ihrem Brotherrn könne eine für ihr Leben bedeutende Wendung nehmen, hatte die natürliche Schlauheit, die sie bei aller Unbildung als Weib, als Oesterreicherin und als Katholikin besaß, sie dazu getrieben, sich Segonda gegenüber einen Anstrich von Zärtlichkeit, von Empfindung zu geben, durch Blicke, Worte, Seufzer, Bewegungen eine stille Neigung zu ihm anzudeuten. Segonda aber empfand diese Aenderung mit sehr geringem Beifall: seine Arbeiterin sollte vor ihm zunächst Respekt haben; wenn er sich herbeiließ, zu ihr herabzusteigen, so war es die mythische Gestalt seiner Phantasie, der er huldigte, er diente in Wahrheit seinem eignen Geschöpf, und in diesem Doppelspiel zwischen Verstand und Einbildung lag ihm der Hauptreiz seiner Laune.

Allmälig aber war er des Maskenspiels überdrüssig geworden, die Erkenntniß des großen Abstandes von Traum und Wirklichkeit klaffte an jedem Sonnabend weiter auf, er kam sich selbst abgeschmackt und für derlei Spaße zu alt vor — und Lina besaß zu wenig Anmuth und Erfindung, um dem Spiel aus eignem neue Reize zuzufügen. Sie kam aber nun einmal jeden Sonnabend, und er, im Geschäft Knauser, war hier nicht hart genug, ihr den kleinen Vortheil zu entziehen. Er entband sie der Verkleidung, aber er speiste sie und beschenkte sie mit Kleinigkeiten, und er zerstreute sich ein wenig durch ihre einfache Unterhaltung. Er fragte sie nach ihren häuslichen Verhältnissen, ihren Verwandten, sie mußte ihm zuletzt ihren Schatz eingestehen, von ihm erzählen, er mahnte sie ihm treu zu bleiben und versprach ihr eine Beihilfe zur Aussteuer. Ihre engen heimischen Verhältnisse, mancherlei komische Einzelheiten, ihre nicht dumme und doch manchmal falsche Ausdrucksweise amüsirten ihn, er freute sich an ihren gesunden kräftigen Formen, kniff sie wohl einmal in die Wange und entließ sie dann.

Heute hatte sie ihm wie schon oft von den anderen Fabrikmädchen gesprochen, von den kleinen Liebeleien und Kabbeleien unter dem Fabrikpersonal, von jenen intimen Geschichten, die sonst nie ans Ohr des Brotherrn dringen. Eine Laune wandelte ihn an ... die Aussicht auf die Mitgift sicherte ihm ihre Verschwiegenheit ... er wollte 'mal den Eindruck beobachten, und so fragte er: „Na, und was würde man denn bei Euch sagen, wenn der Herr Direktor sich plötzlich verheirathet?"

„Mit dem gnä' Fräul'n?" fragte Lina schnell.

Segonda warf unwillig den Kopf zurück. „Wie kommst Du darauf?" fragte er ganz erstaunt.

„Na schauens, gnä' Herr Baron, dös weiß do 'a Jeder von uns drunten in der Fabrik, daß dem Herr Direktor das gnä' Fräulein in d' Augen stechen thuat und er sich um sie hat, wie nit g'scheidt!"

Was für einen scharfen Blick die gemeinen Leute doch für die Privatverhältnisse ihrer Herrschaften haben! dachte Segonda. Man ist oft verkauft ohne es zu ahnen! — Er stellte sich sehr verwundert und fragte ungläubig: „Na — was sagt man denn dazu?"

Lina war nur ein Bauernmädel — aber so dumm war sie nicht, um nicht zu merken, daß der „Alte" sie ausholen wollte. Unbewußt, ohne daß sie ahnte woher, stieg der alte, ständige Haß gegen Ottilie in ihr auf, der trotzige, unbändige Geschlechtshaß, der Haß des Arbeitsthiers gegen die verwöhnte überflußbeschüttete Herrentochter, der Magd gegen das Fräulein, der kräftigen Gesundheit gegen die verzärtelte, künstlich aufrecht erhaltene Schwäche. Sie haßte sie, wie sie keinen Mann, keinen treulosen Geliebten hätte hassen können — wie eine Nebenbuhlerin, eine Räuberin, einen Hemmstein. Dieses kranke Bleichgesicht den schönen, stattlichen Direktor? Nein, sie gönnte ihn ihr nicht — nie!

„Na!" meinte sie. „A Schlauer is a schonn, der Herr Direkter! D' Schlechtste hat er sich net ausg'sucht — und d' Ärmste a net! Rechnen hat er scho' g'lernt, und das gnä' Fräul'n wird a ganz g'wiß glaub'n, daß er sich aus purer Liab um sie auffrißt, und sich zu Tod verstirbt, wenn aus der Heirath nix draus wird!"...

Segonda sah Lina groß an, kreuzte die Arme auf den Rücken und ging mit schnellen, festen Schritten auf und nieder. In ihrer Dummheit — denn was anderes war es nicht! — hatte das Mädel da einen Gedanken angedeutet, nach dem er schon längst suchte, um den sein Hirn immer herumhuschte, ohne ihn zu erpacken. Da war er — nur ganz grob und dumm — aber der Punkt konnte zur Linie werden, zur Schlinge ... Ottilie überzeugen, daß Henning sie nur als die Tochter ihres Vaters liebte, den unbequemen Knoten durch sie auftrennen zu lassen ... in dieser Richtung allein lag das Ziel, denn jeder andere Versuch würde die Entschiedenheit Ottiliens nur bis zur Halsstarrigkeit reizen! ... Den ganzen Tag hatte er sich abgequält — der Faden zum Labyrinth hinaus war da ... Auf der Stelle entließ er Lina ... Jetzt galt es den Faden drehen, strecken, glätten — ihn zwirnen bis zur Unzerreißbarkeit! —

Auf den Rausch des Glücks folgte bei Ottilien ein Zustand prickelnder Nervosität. Sie ging von einem Zimmer zum andern, sie bog sich weit zum Fenster hinaus, gleich als ob sie es erzwingen wollte, um die Ecke des Hauses herumzusehen, die ihr den Blick in den Fabrikhof verwehrte. Es war unbegreiflich, unerhört, empörend, daß Henning kein Lebenszeichen von sich gab. Aber so waren die Männer — ihren Willen durchsetzen, triumphiren — und dann sich um nichts mehr kümmern! Schändlich! ... In allen Fingerspitzen prickelte es ihr. Sie nahm ein Buch vor, aber sie las nur die Worte, ohne den Sinn zu fassen — sie setzte sich an den Flügel, aber jeder Takt erinnerte sie an gemeinsam gespielte Seiten. Segonda bemerkte ihre Unruhe wohl, aber es fiel ihm nicht ein, sie daraus zu reißen. Endlich verlor sie die Geduld und fragte ihn, wie er Hennings Unsichtbarkeit fände. „Selbstverständlich!" erwiderte er. „Bis zu meiner Entscheidung existirst Du natürlich nicht für ihn."

„Hast Du ihm diese Bedingung auferlegt?"

„Es war wohl eigentlich überflüssig."

Sie zuckte die Achseln. Wenn man liebt, hält man eine solche Bedingung nicht, dachte sie, denn man hält's nicht aus.

Er hielt es aus — er war ein Mann.

Am dritten Tage erschien er bei Segonda. Der nahm ihm zunächst das Ehrenwort ab, Alles was in dieser Stunde gesprochen würde, über die vier Mauern nicht hinausdringen zu lassen. Dann fuhr er fort: „Wenn ich nun segnend Ja sagte, lieber Henning — ich bitte, wenn! — wie hoch würden sich dann nach Ihrer Ansicht die Kosten der Adaptirung der alten Maschinen und der Anschaffung der neuen stellen?"

Immer die Maschinen! Henning war für eine Sekunde aus der Fassung gebracht, dann aber erwiderte er sofort, so aus der Luft ließe sich eine runde Summe nicht greifen — er nannte ein vermuthliches Höchst und Mindest und versprach, einen genauen Anschlag vorzubereiten.

„Na, jedenfalls ist es keine billige Sache?"

„N — nein!"

„Ein kleines Vermögen würde es kosten?

„Das ist natürlich."

Segonda legte seine Hand vertraulich auf Hennings Schulter und sagte in gemüthlichem, beinah weichem Ton: „Sehen Sie, lieber Freund — ich weiß ja recht wohl, wie nothwendig ich eine jüngere Kraft neben mir brauche. Ich bin ein alter Mann, ich kann jeden Tag sterben — und bei der Konkurrenz von heut heißt's auf dem Posten sein! ... Mein Sohn ist mehr Kaufmann — und das Technische ist vielleicht noch wichtiger. Ich preise jeden Tag Gott, der mich Sie als Stütze meiner langsam schwindenden Kraft hat finden lassen. Bitte, das ist nur die Wahrheit! ... Aber — ich muß jetzt ganz offen mit Ihnen reden ... ich bin augenblicklich nicht kapitalkräftig genug für diese furchtbar theuren Anschaffungen. Das Geschäft stockt, das wissen Sie, die Krisis ist allgemein, der Umsatz ist gering ... Sie wissen, daß ich allein für 800,000 Mark Flachs liegen habe, um unabhängig von der Marktkonjunktur zu sein, böhmischen, russischen, belgischen, rheinischen, in allen Arbitrirungen ... dann das riesige Waarenlager, die Tausende von Schocks Creas, und alle Marken ... die Maschinen, die Gebäude, das ganze Inventar ... was das Zinsen frißt! ... Ich brauche einen Kapitalisten, einen stillen Kompagnon, auch für meine eigenen, bescheideneren Vergrößerungspläne — und nun erst gar für die Ihren." Er machte einen Gang durch das Zimmer, setzte sich dann wieder und fuhr fort, die Hand auf Hennings Knie: „Sehen Sie, das war der Hauptzweck meiner Reise. Die Weltausstellung war natürlich nur der Deckmantel ... Ich habe da Jemanden, einen der reichsten Bankiers von Breslau ... ich habe ihn für meine Ideeen gewonnen — ich hoffe ihn auch für die Ihren herumzukriegen. Natürlich muß ich ihm die Sache erst vorlegen. Auf ihn kommt's an. Arbeiten Sie mir also ein kleines Exposé aus, so knapp, so gedrängt, so verlockend als möglich, in Form eines Briefes an mich ... Sie haben ja Alles im Kopf, es wird Ihnen also keinerlei Schwierigkeiten machen ... bemerken Sie gleich die voraussichtliche Kostensumme, fügen Sie hinzu, daß Sie zur gemeinsamen Ausnutzung der Idee, zur Ermöglichung der Ausführung Ihrer Pläne mich um die Hand meiner Tochter bitten ... damit der Mann gleich klar sieht; denn er ist eben nüchterner Geschäftsmensch, und wenn er hört, daß das Patent der Firma verbleibt, geht er, denke ich, auf den Vorschlag ein. Ich stelle ihm eine kurze Frist — und bis dahin bleiben wir die Alten."

Ein Zug von freundlicher, ermunternder Liebenswürdigkeit spielte um Segonda's schmale, blutlose Lippen, wie ihn der Direktor noch nie bemerkt, seine Stimme hatte einen sanften, liebenswürdigen Klang, welcher zu dem harten, ausgearbeiteten Gesicht und den schlauen Augen nicht paßte. Die Zärtlichkeit, mit der er Henning schon wie den Verlobten seiner Tochter behandelte, hatte für diesen etwas beängstigendes. Er hatte das Gefühl, als wolle man ihn dumm machen, ihn ohne sein Wissen zu einem unreellen Schritte für fremden Vortheil ausnutzen.

Die volle Zweideutigkeit des unerwarteten Vorschlags kam ihm erst zum Bewußtsein, als er die dumpfe, multrige Contorluft hinter sich hatte, als ihn draußen der klare, kalte Athem der Berge umhauchte. Er warf die erst halb gerauchte Cigarre fort, die Segonda ihm angeboten; es war, als sei ein betäubender Giftstoff unter das Kraut gemischt. Er schüttelte den Kopf, verzog das Gesicht: die ganze Sache kam ihm so faul vor, so winkelzügig, so wurmstichig — er wußte selbst nicht, warum. Jetzt rief ihn die Pflicht in die donnernden, zitternden, heißen Säle, in denen der offene Jammer und die klare Rohheit herrschten. Des Mittags aber wollte er in Ruhe und freier Hochlandsluft sich zu dem wichtigsten Schritte seines Lebens gründlich vorbereiten.

Das schrille kurzathmige Kirchenglöcklein verhallte in der dünnen Luft, als er sich mit hohen Wasserstiefeln den Weg durch die dicklockere Decke der Landstraße in den zauberstillen, verschneiten Bergwald bahnte, der sich zur Seite des Dorfes emporzog. Schmal und schnurgerade lief die Schneise dahin. Er stapfte durch den hochaufgeschütteten Flaumteppich, und grünweiß dehnten sich bis ins unendliche die hohen, stummen Wände. Wie eine riesige graue Federdecke hing oben der Himmel, ungeheure weiße Laken breiteten sich über die Gipfel, zwischen den schwarzgrünen Zweigen lagen, hingen, senkten sich Polster und Kissen, wie Daunenregen fegte er im Vorüberstreifen wirbelnde Federchen von den schlafenden Aesten, und bis in die feinsten Spitzen hatte die Natur ihre schlummernden Lieblinge zwischen kleinen Flaumwülsten weich gebettet, die sie mit gläsernen Nadeln haltbar zusammensteckte. Alles weich, schwammig, weiß, oder dunkel und leblos, alles ruhig, friedsam, gütig und liebevoll. Der Wind, der draußen zwischen Häusern und Hecken tobte, schien über den Wipfeln einzuschlafen und in der Luft zu hängen, vom allherrschenden Zauber ergriffen. Niemand ahnte im Anblick all dieses lieblichen Friedens die furchtbare Kraft, die tyrannisch hier schaltete und mit grauenvollem Druck saftiges Leben hinter braunen Rindenwall zurück drängte, rieselndes Wasser in lockere Decken preßte. So glich der verschneite Bergwald dem breitschultrigen Wandrer, der die enge Bahn mit schwerem Schritt aufklomm, stramm und gehalten, um dessen ruhige Züge sich die Schleier seines eignen Athems ringelten, indeß in seiner Hünenbrust die lebenentscheidenden Empfindungen in hellem Widerstreit die Wände seines Herzens spannten und drückten.

Er war kein Kind und der Schwierigkeit seiner Lage sich wohl bewußt; Segonda reichte ihm ein zweischneidiges Schwert und überließ ihm die Seite zu wählen, es anzupacken. In allen Dingen war Leichtsinn erlaubt, nur bei Briefen nicht. Des Menschen trotzigster Sklave ist seine Feder. Wie, wenn das Ganze nur eine schlau gestellte Falle war, hinter der vielleicht nicht nur Segonda — nein, sogar Ottilie selbst steckte, mit ihrem großen Argwohn, den sie selbst ihre Krankheit nannte? … Aber nein, das widersprach ihrem herrischen Charakter, ihrer rücksichtslosen Offenheit. Ins Gesicht Alles — hinterm Rücken Nichts! … Und schließlich klang Alles, was Segonda sagte, vernünftig, einleuchtend, möglich … Trotz alledem, es blieb bedenklich, es konnte sehr, sehr quer gehen …. Aber was konnte im Leben nicht fehlen? Wie thöricht, immer Verdacht zu wittern! In großen Dingen galt es zu wagen; das war wie mit dem Sprung über einen Graben: entweder man kommt hinüber, oder man liegt im Wasser. Ohne Risiko kein Erfolg. Mißglückt's, nun so mißglückt's. Wer immer nur sicher gehen will, kommt nie weit … Zeig' mir einen andern Weg! Rief er seinem Herzen zu. Es schwieg … Also —! — — Hatte Ottilie ihm nicht selbst gesagt, die Sache vor dem Vater wie ein Handelsgeschäft zu führen? … Er hatte schließlich ihre Hand zu vergeben, er hatte die Bedingungen zu stellen … Henning kehrte um, ging noch ein Stück vorwärts … kehrte wieder um, und konnte sich nicht entscheiden … Er wollte es? Gott anheimstellen. Er würde den ersten Bauern, dem er auf dem Heimwege begegnete, fragen, ob er glaube, daß morgen wieder Schnee käme? … Der Bauer schnupperte nach Nordwesten zu und meinte: „Jo jo!" … Er war sich immer noch nicht einig; es war was in ihm, das ihn abmahnte —

Als er in seine Wohnung trat, erschrak er: auf dem großen Tische lag eine Masse, die er im Dunkel nicht unterscheiden konnte. Er strich ein Holz an: es waren die Modelle, die Kiel inzwischen abgeliefert hatte … Eine ganz, ganz leise Unruhe überkam ihn. Er blickte zur Decke — um Gott zu danken, ihn um weitere Führung zu bitten: dann freute er sich beim Schein der Lampe der frisch blitzenden Rädchen, des blanken Durcheinanders von Schrauben und Leisten … und dann setzte er sich an den Sekretär und schrieb den Brief. Er arbeitete die halbe Nacht durch, mit tiefen Athemholen erhob er sich und sprach vor sich hin: ,Der Würfel ist gefallen.' Nun wurde ihm wieder leicht … Frühmorgens schickte er das Exposé zu Segonda. Die Alte wollte es selbst besorgen. „Nein, ein junges Mädchen!" sagte er, „das bringt Glück!"

Dann ging er in die gewohnte „Tretmühle," mit dem festen Vorsatz, nicht mehr an die Sache zu denken.

Drei Stunden später, als er gerade vor einem Igel stand und einer Anlegerin einen kleinen Vortheil zur Bildung eines gleichmäßigen Bandes zeigte, schoß es ihm mit einem Male durch den Sinn, so daß er blutroth wurde, Segonda habe ihm doch schon vor Monaten erzählt, daß die neuen Maschinen bei Cardon bestellt seien. ,So hat der alte Spitzbube dich also doch in die Falle gelockt,' klang es in ihm. ,Aber welchen Zweck verfolgt er? Nun, wir werden ja sehen…'

Die Morgenkonferenz hielt er mit Aribert ab, der von der ganzen Sache nichts wußte. Als er Mittags nach Hause kam, war noch kein Bescheid da. Während er sich des Abends, nach

Fabrikschluß heim begab, zirpte eine Stimme leise in ihm: Eigentlich geschieht dir ganz Recht, wenn du dich blamirst. Wozu sich auf sowas eingelassen, warum ihm nicht rund gesagt: Herr von Segonda, Sie geben mir entweder Ihre Tochter, oder Sie verweigern sie mir?"

Daheim fand er einen Brief auf seinem Tische — ein kleines zierliches Couvert mit Damenhandschrift. Er wollte es erst schnell aufreißen, dann hielt er an sich und öffnete es langsam und sauber mit dem Federmesser. Es war von Ottilie und nur wenige Zeilen.

> „Ich konnte mir denken, worauf es ausging. Ich Thörin, einen Augenblick zu glauben, Einer könnte besser sein als Alle! Ich danke Ihnen für die Lektion, sie hält vor bis an mein Lebensende! Es thut weh, Jemanden heut verachten zu müssen, den man noch gestern verehrte — aber seien Sie versichert, es geschieht dann um so gründlicher!
>
> Ottilie von Segonda."

Er setzte sich und las den Brief zwei-, dreimal dann holte er mit der Hand aus und gab sich selbst eine Ohrfeige, indem er dazu rief: ‚Ich Ochse! ich Esel! Geschieht mir recht! … Aus ist's! … Ganz Recht passirt mir. Einmal schlau sein wollen — und natürlich gründlich in die Nesseln gegriffen. Aushauen müßte man mich! Fünfundzwanzig müßt' ich kriegen! Ich Nilpferds Er erschöpfte sich in zoologischen Bezeichnungen seiner selbst, er plünderte den ganzen Brehm, dann durchmaß er das Zimmer nach allen Richtungen ein fürchterliches Wuthgefühl im Herzen, gegen sich, gegen Segonda, gegen Ottilie, gegen die ganze Welt, aber ohne einen eigentlichen bestimmten Gedanken zu fassen, und nur manchmal ein „Hm, hm! … eklig! … gemein!" vor sich hinmurmelnd. Das Gesicht brannte ihm vor Scham, als erfahrener Mann — er war ja doch kein Springinsfeld! — in eine so grobe Schlinge gegangen zu sein, die er so leicht hätte vermeiden können, die er als Schlinge erkannt, vor der er sich selbst gewarnt hatte! Sich durch eine überflüssige Dummheit eine herrlich gesicherte Zukunft zu verschlagen, ein liebes Mädchen, das als tüchtige, reine, kluge Frau so gut zu ihm gepaßt hätte, das er so gern hatte! — Nach dieser Niederlage konnte er ihr nicht mehr vor Augen kommen … er konnte sich überhaupt nicht mehr in Fichtenbrück sehen lassen, denn solche Historien sprechen sich herum, und die erste Respektsperson der Fabrik wurde zur lächerlichsten … Bah, es war ja nur die Nacht, die ihm solche Wahngebilde vorspiegelte … „Auf Morgen die Zukunft!" rief und löschte die Lampe aus — „heut gehen wir schlafen!"

Um dieselbe Stunde stand Maurermeister Kupetzke im Privatcontor Segondas, der ihm die Pläne zum Erweiterungsbau des Maschinenhauses übergab. „Die Hütte vom alten Schurig reißen Sie nieder, dann mauern Sie los, so wie's das Wetter erlaubt: gearbeitet soll werden bei mir — und zwar mit Dampf!" …

XII

Henning schoß hoch aus dem Schlaf auf — es war ihm gewesen, als habe ihn ein fürchterlicher Krach … er rieb sich die Augen, er grübelte: richtig, er hatte geträumt, die Modelle seien vom großen Tisch plötzlich mit Gepolter zur Erde gefallen und in Scherben gegangen. Er richtete sich rasch empor: das wäre eine schöne Ueberraschung! Allmächtiger Gott! … Unsinn, es war ja leerer Traum! … Aber er hatte den Lärm deutlich gehört … Er bemühte sich durch die offene Thür bis ins Nebenzimmer zu sehen … Umsonst: die Winternacht war undurchdringlich. Es war eine Blase des fiebernden Gehirns, in dem die Enttäuschung vom Nachmittag selbstthätig fortarbeitete — Aber so deutlich zu hören! … Der Beruhigung halber erhob er sich um nachzusehen, zündete ein Licht an und schritt im bloßen Hemd, Haar und Bart ungeordnet, ins Nebenzimmer. Die Modelle standen sauber und sicher auf dem großen Tische. Er machte Kehrt, um sich wieder zu Bett zu begeben; da fiel ihm ein, zur vollständigen Beruhigung sie für eine Minute in Gang zu setzen. Er schleppte seinen kleinen Akkumulator herbei, schloß den Webstuhl an, setzte ihn in Thätigkeit … Das Schiffchen flog munter hin und her … mit einem Mal stand es still. Er schraubte, lockerte, drückte nach … umsonst, nichts rührte sich … Na, so etwas! … Er beugte sich zum Modell hinab, wiederholte seine Handgriffe … die Maschine stand stumm … Die Haare sträubten sich ihm … Brust und Beine zitterten ihm vor Kälte, er achtete es nicht, er hantirte unablässig. Irgendwo mußte das Hinderniß doch stecken — doch er fand keinen Anhalt. Das niederbrennende Licht flackerte höhnisch. Er holte sich einen Stuhl, und ohne sich anzukleiden, vor Kälte schlotternd, beim ungewissen, scheuen Kerzenschein fingerte er die halbe Nacht, nur mit der Maschine beschäftigt, bis er gegen Morgen die Ursache in einer durch kleine Unregelmäßigkeiten des Stroms entstandenen Polarisation, welche den Wechselstrom umkehrend aufhob, gefunden zu haben vermeinte. Er schlug sich an die Stirn. Wie hatte er diese Möglichkeit im Entwurf vergessen können! Aber er war glücklich, wenigstens die Ursache zu wissen, er legte sich wieder zu Bett, als die tiefen Schatten ringsum sich schwammig zu lockern, sich mit Linien und grauen Massen zu durchsetzen begannen — nicht um mehr zu schlafen, aber um die brennenden Augen eine halbe Stunde schließend zu kühlen. Die Dämmerung trieb ihn wieder aus dem Bett, und halb angezogen grübelte er in dem alten Polstersessel nach Verbesserungen. Der feuchtkalte Nebel wälzte sich noch durch die Gassen und Felder und verinselte die Häuser, die Fabrik lag noch stumm und einsam da, als er mit emporgeschlagenem Rockkragen durch die Frühe nach Kiels Hütte hinaufmaschierte. Umsonst klopfte er dort, vergebens trat er zuletzt die Thür ein — der Alte war nicht zu Hause, und halberfroren wimmerte aus einer Ecke der Hund. Unter welcher Wirthshausbank schlief jetzt wohl der Mechaniker seinen Rausch aus? Er hatte ja gestern Geld bekommen — das hatte Henning ganz vergessen! Ein Widerwille gegen den Menschen erfaßte ihn, der so begabt, seiner elenden Schwäche nicht Herr werden konnte, sich um alle Plätze brachte, zu denen sein Talent ihn empfahl, und dann Gott und die Menschheit der Ungerechtigkeit anklagte! … Wo ihn jetzt auffinden? Der Rausch konnte Wochen dauern. Und während dieser Zeit schlief seine Erfindung! Welche Winkelzüge würde der Kerl dann wieder machen, wenn er von Neuem seine Unentbehrlichkeit sah. Aber Henning brauchte ihn! … Er zog über Mittag selbst durch alle bekannten Kretschams des Ortes, er gab einigen seiner Leute Auftrag ihn zu suchen, aber jener schien vom Erdboden vertilgt. Endlich — am nächsten Tage fand er ihn in der lichtscheuesten, schmutzigsten Ecke einer verrufenen Branntweinspelunke, in die sich kein anständiger Bauer oder Spinner verlief. Kiel gerieth scheinbar außer sich vor Freude bei Hennings Anblick, er wollte ihn küssen, ihn mit dem Wirth bekannt machen, seinem Duzbruder, ihn nöthigen, mit ihnen beiden zu trinken. Henning zog den schrecklich duftenden mit äußerstem Widerwillen in eine Ecke und theilte ihm mit, daß er ihn brauche. Kiel kicherte in sich hinein: „Hihihi … der Strom is woll nich re — regelmäßig — und pola — la — lalarisirt, daß die ganze Ge — Geschichte ins Ste — Steh'n kommt?"

Henning, puterroth, zitterte vor Wuth. „Mensch, das haben Sie gewußt?"

„Nat — natierlich!"

„Warum haben Sie mir denn das nicht gesagt!"

„Wat jeht mir denn Ihr Mum — Mumpitz an? Ick mach' wat be — bestellt wird." Er kicherte fortwährend, dabei war seine Sprache undeutlich bellend und von unablässigem Schlucken unterbrochen. Henning hätte ihn vor Wuth am liebsten geprügelt: aber dann wurde jener wiederbellig. Er redete ihm also gut zu, das Modell umzuarbeiten.

Kiel schüttelte lachend den Kopf. „Nä — nächste Woche!"

„Warum erst nächste Woche? Warum nicht heute?"

„Die W — Woche wird durchgekn — knippen: ick will mir ooch erst wieder 'mal als Me — Mensch fiehlen ... Prost, Direkterchen!" Er hielt ihm das Schnapsglas hin.

Es war Alles umsonst. Wieder eine kostbare Woche verloren! Kiel verlangte noch Hennings Ehrenwort, ihm eine Anstellung in der Segondaschen Fabrik zu verschaffen. Er pochte auf seine Unentbehrlichkeit, er schimpfte auf die elenden Pfuscher, die ihm dort den ihm gebührenden Posten wegnähmen. Vergebens waren Hennings Einwendungen, daß solche Anstellungen Segondas Sache seien — Kiel gab nicht nach, und Henning mußte dem Trunkenen sein Wort geben, in der sichern Absicht es nicht zu halten, nur um ihn zu beruhigen.

Aergernisse überall! Als ob es an den Kümmernissen nicht genug gewesen wäre, die ihm aus seinem Verhältniß zu Ottilie erwachsen waren, an jener ungeheuren Kränkung, die ein Mann nie vergessen konnte! Er hatte Ottilien einen Brief schreiben wollen, in dem er auf ihre Hand verzichtend, wenigstens die Wahrheit klar stellte — aber nach reiflicher Ueberlegung zerriß er das angefangene Schreiben. „Wenn sie das in Wahrheit von mir glauben konnte, ist sie meiner nicht werth — passen wir nicht für einander!" sagte er sich.

Er lebte ganz in sein Schneckenhaus zurückgezogen und befaßte sich in seinen freien Stunden nur mit der Umarbeitung seiner Modelle, mit der Darstellung einfacher Regulierungstheile, denen er die endgiltige Gestalt gab. Je mehr er, jenes eine Mal stutzig gemacht, sich in die eigne Arbeit versenkte, desto mehr fand er noch zu verbessern und abzuwandeln.

Weihnachten kam bald heran — er putzte sich seinen Tannenbaum daheim und bestellte sich bei seiner Wirthin polnischen Karpfen in Biersauce und Mohnklöße. Mit der Alten nahm er das Mahl am heiligen Abend allein. Die zwinkerte mit den hellen Augen und sagte: „Na, Herr Direkter — sei'n Se ock mal ehrlich — den heil'jen Abend haben Se sich doch ganz anners vorgestellt?"

„Inwiefern, Mutter Liebig?"

„Na, den haben Se doch bestimmt drübn auf'm Schlosse zu verbreng'n gedacht!" Sie lächelte.

Das war unerträglich, daß diese Frau auch schon wußte —! Woher? Unerklärlich, wie schnell die geheimsten Erlebnisse und Aeußerungen der Herrschaften zur Kenntniß der Dienenden gelangten! Die mußten einen sechsten Sinn, den Spürsinn haben.

Segonda hatte sich zu einer erheblichen Gehaltszulage verstiegen, von der sonst bei ihm keine Rede gewesen wäre — dazu ein zuckersüßes Schreiben: die bedauerliche Weigerung seines zukünftigen Sozius — den Henning jetzt im Monde wußte — der natürliche Fortfall aller an dessen Zustimmung geknüpften Pläne, der lebhafte Wunsch Hennings kostbare Kraft dem Unternehmen zu erhalten — der Direktor gab die Antwort, die ihm allein angemessen schien auf alle jene Kränkungen: seine Kündigung zum nächsten Vierteljahr.

Er lebte von jetzt ab wie ein Einsiedler, that seine Pflicht, und nicht mehr. Mit Segonda verkehrte er im förmlichsten Amtscharakter und ließ ihm alle besonderen Mittheilungen durch Aribert zukommen. Das war auch nicht sehr angenehm, aber immerhin noch das bequemste. Segonda spielte ihm gegenüber den Harmlosen, er stellte sich, als sei nicht das Geringste vorgefallen — höchstens die Ablehnung einer Geschäftsofferte; er klopfte ihm auf die Schulter und sagte lächelnd: „Na, Alterchen, Sie lassen sich ja gar nicht mehr bei uns sehen?"

Henning war einigermaßen verwundert über diesen Ton, indeß Segonda ruhig fortfuhr: „Das mit Ihrer Kündigung — das hat doch mit unseren Privatbeziehungen gar nichts zu thun — und Sie werden ja auch noch mit sich reden lassen.

Kommen Sie doch wieder 'mal mit meiner Tochter musizieren; das war immer so nett — —"

Hatten diese Leute denn gar kein Gefühl für die Schwere des Schimpfs, den sie ihm angethan? Waren sie so in ihren Hochmuth verrannt, daß sie einem Untergebenen gar kein fein entwickeltes Empfindungsleben, keinen Taktsinn zutrauten! Daß Segonda ihm — wenn auch nur der Form halber — solche Anträge machte? Betrachteten sie ihn als eine bloße Schraube in der Maschinerie der ganzen Anstalt?

„Ich möchte das gnädige Fräulein doch nicht in Ungelegenheiten bringen," erwiderte er.

„Ach Sie meinen wegen des dummen Briefs? Gottchen, wer wird als Mann denn Weiberkapricen ernst nehmen? …Wenn ich überhaupt nur wüßte, woher sie von der ganzen Geschichte Wind bekommen hatte? Ich wette, Aribert hat da eine Indiskretion begangen —"

Henning zuckte die Achseln. Wieder allein mußte er unwillkürlich lachen. Wie merkwürdig! dachte er bei sich: der schlauste Mensch ist darin doch immer der dümmste, daß er jeden Andern für einen Dummkopf sich gegenüber hält. Ist es thöricht die Menschen zu überschätzen, so ist es noch schlimmer sie zu unterschätzen!

XIII

Der alte Schurig war aufgefordert, mit dem neuen Jahre sein Häuschen zu räumen. Er rührte sich aber nicht vom Fleck, sein Gottvertrauen war so blind, so vollkommen, daß er glaubte, der Herr werde seinen Engel schicken um die Schindeln über seinem Haupte zusammenzuhalten. Statt der Engel erschienen jedoch zwei Gensdarmen mit der Aufforderung, sogleich den Bau zu verlassen, der nicht mehr ihm gehörte.

Der eine, ein magerer, schnauzbärtiger Berliner, dessen Menschenfeindlichkeit und Galligkeit die Folge eines Bandwurmleidens war, machte wenig Umstände, warf gleich ein paar alte Schemel zur Thür hinaus und schrie: „Na, man hier keene langen Kaleika!" Der andere, ein kleiner, dicker Kerl, war von oben her, aus der Reichenbacher Gegend und selbst einer Weberfamilie entsprossen, er zuckte mit quecksilberner Wichtigthuerei die Achseln und ächzte mit heiserer Bierstimme: „Ja, liebe Leutchers, das Gesetz ... da kann ich ooch nischte nich thun — ä neuches Haus kann ich Euch nich schenken —"

Die Großmutter saß und spann an ihrem morschen Rade, ohne ein Ahnung von dem, was vorging; dem alten Schurig hitzten die Thränen die Augen, er rang die Hände und wimmerte: „Gott meiner Väter, ist das Dei Wille, daß man uns von der Stätte vertreebt, wo wir der sechzig Jahre treu gedient ha'n?" Er konnte die Möglichkeit noch immer nicht fassen — vor acht Tagen erst hatte er sich mit dem Geiste seiner verstorbenen Frau unterhalten, und er hatte doch genau aufgeschrieben, was dieser ihm gesagt: er solle nicht weinen und nicht sorgen, denn der, ohne deß Willen kein Sperling vom Dach falle, werde verhüten, daß man ihn nackt und bloß auf die Straße setze. Und nun wartete er noch immer, noch im letzten Augenblick auf das Wunder, das er, der Gott sein Leben lang gehuldigt hatte, sich zu verlangen berechtigt hielt.

Nur Karl begriff den Ernst der Lage, er fühlte, daß jene zwei Männer in den „Affenjacken" die Macht hatten und daß Gott immer nur die unterstützte, welche die Kraft und die Gewalt übten. „Gott ist falsch" — die Ueberzeugung hatte sich in seinem engen, ungeschulten, leidenschaftlich bewegten Hirn festgesetzt, und seine große allmächtige Hilfe sich zu sichern, schien es nur ein Mittel zu geben: Gewalt mit größerer Stärke zu vertreiben. Er schrie die beiden an: „Was wollt Ihr, Ihr beeden Schandarme Ihr ... sett ock zu, wo der Zimmermann unda hats 's Loch gelassen ... wen wer und wer soll'n gieh'n, wer'n wer ock schon freiwillig gieh'n ... 'naus, 'naus!"

Der erste Gensdarm faßte an den Degen und krähte: „Sie — Sie Kerl — nehmen Sie sich in Acht! Das ist Beamtenbeleidigung und Widerstand gegen die Staatsgewalt —"; der zweite zuckte die Achseln und sagte: „Macht's Euch doch nich noch schlimmer, Leutcher's, helfen tutts Euch doch nischt —"

„Wo sollen wer denn hien?" schrie Karl weinend. „Sollen wer vielleicht, daß wer auf der Landstraße krepieren?"

„Das geht uns nichts an."

„Vielleicht — unds nimmt Euch irgend ein Nupper auf —"

Eine mächtige Blutwelle stieg Karl zu Kopf. Obdachlos — schutzlos — des letzten, schmächtigen Besitzes beraubt ... sinnlos, nicht wissend, was er that, ergriff er einen zum Webstuhl gehörigen schweren Eisenhaken: „Hunde — verfluchtige!" schrie er und stürzte mit geschlossenen Augen auf die beiden los. Da fiel ihm der Vater in den Arm. „Weh' dem, der die Hand aufhäbt gegen die Obrigkeit! Wer Gewalt brauchen tutt, kommt um durch Gewalt! ... Hinter'n Ofen schmeißten Haken, heerst De? — Wenn der oben will, daß wir giehn — nu do gieh'n wer äben! Er wird schon wissen, was er uns zufügen tutt. In meines Vaters Hause sein viele Wohnungen. De Veegel unterm Himmel hoa'n o' keene Häuser nich und läben se etwa nich? Und singen sie ihrem Schepfer nich? Wer hier vertrieben werd aus seiner Hütte, werd oben aufgenommen vor Ewigkeit in den himmlischen Palast aus Helfenbein und Marmelstein — Doa kimmt ihr nich 'rein, ihr zwee beeden! Doas is mei Trost!" Er sagte das ruhig, mit dem Bewußtsein fester, sicherer Gewähr. Der erste Gensdarm lachte, Karl aber schrie heftig: „Ich feif'm was auf sei'm Himmel, für zwee Fund Fleeschernes und a weeches Bett s... ich 'm uf de ganze Seligkeit." Der

Alte, puterroth wollte erwidern, aber der zweite Gensdarm schnitt ihm das Wort ab: „Ja, Leutchers, dazu han wir keene Zeit nich — da müßt Ihr zum Pfarrer geh'n — wir ha'n schtrikten Befehl — na, und da müßt 'r eben 'raus.“ Der Alte sah zur rissigen, schmutzigen Decke empor, als erwarte er von da oben noch irgend etwas, Thränenströme rannen die Furchen seiner Wangen entlang, wie Frühlingswässer die Hohlwege und Schrunden im Gebirge, dann ergriff er zitternd die Hand seines Sohnes, mit dem ihn die entsetzliche Schwere des Augenblicks wieder versöhnte, und sagte mit gurgelnder Stimme: „Kimm ock Koarle!“

Die Schwierigkeit war, die alte Großmutter zum Gehen zu bewegen. Sie kauerte lächelnd und summend vor ihrem Rade und drehte es lächelnd und summend. Man redete umsonst in sie hinein — „Na, vorwärts — dalli!“ krähte der erste Gensdarm — „Mutterle, 'r müßt hier ufstehen!“ sagte der zweite — sie ließ sich in ihrer zwecklosen Arbeit nicht stören, bis Karl, bleich, die Lippen zusammengepreßt, das Spinnrad ergriff und zur Thür trug. Da sprang sie auf, schrie mit gellender Stimme: „s' Rädel! s' Rädel! Was moachste denn, Koarle? Sulln de Menscha denn derfriera?“ und lief dem Enkel nach, zur Thür hinaus. Durch die zerfetzten Kleider wurden die mageren skelettartigen Beine sichtbar, und der erste Gensdarm rief einige rohe Witze hinter ihr her, indeß der zweite sagte: „Nehmt ock Alles mitte, was Ihr wollt, das ganze Gerümpel!“ Er bot dem Alten seine Schnapsflasche zur Stärkung, die dieser mit Abscheu ausschlug. Schon draußen auf der Straße, wandte der Greis sich noch einmal und rief: „Karl, hast De ock die Erbbibel?“

Am nächsten Tage kamen die Arbeiter, um die alte Baracke niederzureißen. Karl benutzte jede freie Stunde, um zuzuschauen, wie Spitzhacke und Beil sich in die dürren Balkenlagen, in den Lehm der Zwischenwände einwühlten, mit einer wahren Wollust, einmal recht im morschen, nachgiebigen, feigen Plunder wüthen zu können. Der Zorn kochte in Karl, er hielt zuletzt nicht länger an sich. „Scheene Brüder seit 'r,“ rief er den Arbeitern zu, „'n arme Leute 'n Steen unterm Koppe zerschloag'n, bloß, weil's der Großpraatsch drieba und 'r bezahlt Eich derfür.“ Die Arbeiter gaben ihm erst keine Antwort — zuletzt warfen sie mit Schindeln und Ziegelstücken nach ihm, und Karl wäre auf sie zugestürzt und hätte eine Schlägerei angefangen, wenn nicht der Vater dazwischen getreten wäre und ihn beschworen hätte, sich ruhig zu verhalten, Rücksicht auf ihr letztes Besitzthum, den guten Leumund zu nehmen, sie nicht im ganzen Dorfe verhaßt zu machen — namentlich beim Nachbar Lange nicht, der ihnen sonst bestimmt das Freundschaftsquartier kündigen würde. Aber des Nachts, wenn Alles schlief, schlich Karl sich heimlich hinüber, kletterte zu oberst auf den Trümmerhaufen und saß dort schweigend stundenlang, blickte zum Monde empor, vergeblich von dessen kaltem, gleichgiltigem Licht Trost verlangend, und sandte glühende Flüche des Hasses hinüber nach der im weißlichen Dunstschein grell sich aufpflanzenden Mauer des Maschinenhauses, das sich nun frei und unbehindert „päärschte“, sorglos und sicher wie eine Königin des Ortes, und den schwindsüchtig überschlanken Essenhals prahlerisch dem Sternenzelte entgegen reckte. Ihm aber ward in jener Nacht auf den Trümmern seines Vaterhauses, unter den Schauern, die ihn heiß und kalt überliefen, das Gefühl zum gewissen Bewußtsein, daß diese Noth ein Ende nehmen müsse, und wenn er allein jene Mauer umstürzen sollte, Stein für Stein mit seinen Nägeln wegkratzend, unter dem Haß, der Verfolgung des ganzen Dorfes, das ihn verabscheute, weil es ein Ende in Ehren für minder schlimm hielt als ein Dasein in Noth und Schande.

Es war wirklich zum Lachen, wie diese Kurzsichtigen jeden Anlaß benutzten, um sich eine Besserung, eine Aussicht auf leichtere Zeiten selbst vorzuschmeicheln! Seit acht Tagen war im Dorfe große Bewegung.

Bei den letzten Parlamentswahlen hatte das ganze Dorf für den Kandidaten der Opposition gestimmt. Die guten Leute hatten von den politischen Absichten ihres Vertrauensmannes keine Vorstellung, sie wußten kaum um was es sich handelte; man hatte nur gehört, daß es dem Herrn angenehm sei, wenn sie für den und den ihre Zettel abgäben. Das war so von ungefähr durchgesickert. Von ihren Kollegen in der Bleicherei wurden sie truppweise zur Wahl geführt, diese händigten ihnen die Zettel ein. Jedenfalls war der Oppositionsmann gewählt worden und

Segonda hatte seinen Willen, und er hoffte, man würde ihn nicht mehr mit „überflüssigen" Inspektionen belästigen, ihm die Arbeiter nicht mehr hinterrücks aufreden.

In Breslau aber und in Berlin, wohin amtlich sogleich berichtet worden, nahm man die Sache schief auf. Es galt dem selbstbewußten Fabrikanten um jeden Preis zu zeigen, daß die Regierung doch noch mehr vermöge als er. In den letzten Tagen waren wieder einige Skandalszenen mit den Tschechen vorgekommen, sie hatten den Kretschmer durchgeprügelt, der auf ausdrückliche Anweisung der Gensdarmen ihnen Getränke verweigerte, da sie schon angezecht herein kamen. Der Vorfall wurde von den lungernden Beamten gemeldet und die Regierung verfügte schlankweg die sofortige Ausweisung der Tschechen.

Karl ärgerte sich wüthend, als die Leute im Dorfe sich freuten und Gott dankten, indeß die Stumpfnasen auf böhmisch fluchend, Deutschland verspottend und Hetzlieder singend sich auf der Landstraße zusammenrotteten. Was war da blos freuens? Er haßte die häßlichen, zänkischen Kerls gewiß — aber wenn sie fort waren, kamen andere, und nichts wurde besser.

Es war, als sähe er Segonda wüthend in seinem Kontor auf und niederlaufen, mit seinem kurzen, heftigen Trippeltritt. Ihm spielte man einen solchen Streich, ihm, dem größten Industriellen des Kreises! War er denn eine Regierungsmaschine? Er war empört über die Regierung, noch empörter aber über die Fichtenbrücker. Warum vertrugen sie sich nicht mit den braven Schielaugen? Warum fingen sie Zank und Krakehl an? War das der Dank für die Wohlthaten, mit denen er sie überhäufte, für die Beschäftigung, die Existenz, die er ihnen allen gab, daß sie ihn jetzt aus einer Ungelegenheit in die andere stürzten? ... Er würde ihnen zeigen, was es bedeutete ihm aufsässig zu werden! Sie sollten alle bestraft werden — er wollte allen die Hypotheken kündigen, die er ihnen auf ihre Strohhütten gegeben — brauchte er noch Leuten zu helfen, die ihm schadeten, die sich als seine bittersten Feinde entpuppten? Wenn sie nicht bezahlten, dann einfach fort mit ihnen von der Scholle, die sie nur drückten, nicht ausnutzten, und wenn das halbe Dorf auf der Landstraße kampiren mußte ...Jedenfalls mußten sie ihn für den Ausfall schadlos halten, den er durch die plötzliche Entziehung so vieler tüchtiger Arbeiter erlitt — sie trugen ja die Schuld — und eine Lohnkürzung um zehn vom Hundert erstattete ihm kaum den kleinsten Theil seines Verlustes.

XIV.

Ottilie war krank. Sie wußte nicht, wo es fehlte — es steckte im ganzen Körper, bald eine furchtbare Beklemmung über der Brust, bald die Wirbelsäule wie zerbrochen, bald der Hals wie zugeschnürt. Ueberall brannte und stach und zuckte es. Die Sehnen und Bänder, welche die einzelnen Glieder zusammenhielten, schienen gelockert und schwach. Unterhalb der Luftröhre, in den feinen Verästelungen der Bronchien schien Alles offen und wund, und in den Lungen stach es wie mit Stecknadeln. Sie ging schlaff und matt umher, gleich einer wach Träumenden, jede Energie war ihr benommen, der Entschluß sich anzukleiden, aus einem Zimmer ins andere zu gehen, kostete sie schwere Anstrengungen. Die Thränen traten ihr oft unvermuthet ins Auge, es war ihr unangenehm und anstrengend, mit den Ihren zu sprechen, sie zog sich langsam vom Bett zur Chaiselongue, von einem Stuhl zum andern. Man wollte ihr den Arzt schicken, aber der Gedanke, daß dieser aufgedunsene, rohe, krähende Mensch ihre Hände, ihre Brust betasten solle, erfüllte sie mit solchem Abscheu, daß sie es verweigerte seine Hilfe zu nehmen und erklärte, die „kleine Erkältung" werde sich schon von selbst verlieren. Sie versprach sich zu pflegen, aber sie dachte nicht einmal daran, denn so sehr sie litt, so wenig kümmerte sie sich doch in diesem Augenblicke um ihr körperliches Befinden. Man hätte ihr einen Arm amputiren können: der Schmerz würde sie nicht so gequält haben, als das beschämende Bewußtsein, belogen worden zu sein. Sie, die stolze, kühle, kluge Ottilie hatte man getäuscht, als ein brauchbares Mittel zu einem materiellen Zwecke, einer klugen Spekulation benutzen wollen! Und der hatte sie getäuscht, an dessen Ehrlichkeit sie so fest geglaubt, der erste Mensch, dem sie wirklich ganz geglaubt, der ihr so viel — Alles hatte sein sollen: daß Henning sie getäuscht, hätte sie vielleicht noch verziehen, aber daß sie sich in Henning getäuscht — das verzieh sie ihm nie, ... Sie wie eines jener banalen Goldfischchen behandeln, die nur Rechenpfennige in den Geschäften ihrer Väter und Verlobten waren! ... Wie eine seelenlose Maschine, seinem elektrischen Webstuhl gleich, den Einer kauft, um die Konkurrenz zu schlagen! Aber sie hätte es wissen können — es war ja die Regel des Alltags, die ganze Welt dachte und handelte so (wie sie glaubte) — sie hatte im tiefsten Grunde Recht behalten, und nur darin geirrt, daß sie mit der trivialen Welt an die eine Ausnahme jeder Regel geglaubt hatte. Nein! Die Niedrigkeit war eben jene Ausnahme von der Regel, daß keine Regel ohne Ausnahme sei.

Und was nun? Das war vor Allem die entsetzliche Frage, die sie marterte. Diese grenzenlose unerfüllbare Oede, vor der sie jetzt stand! Sie begriff die oftgelesenen Schilderungen von der selbstmörderischen Verzweiflung der samumverdorrenden Wüstenreisenden, denen die erquickungspendende, nahe Oase mit ihren quellenreichen Palmenhainen plötzlich als Fata Morgana zerrinnt. Ein fürchterliches, unerträgliches Nichts gähnte ihr entgegen, da Alles sich hinter ihr in Lähmung und Nachtheil verzerrt hatte. Die Heirath war unmöglich, und mit dieser jede: denn wenn ein solcher Mann sich als ehrloser Mitgiftjäger entpuppte, so war kein Mann mehr ihrer würdig — und lieber sich aufzehren als sich wegwerfen! Ihre Aussichten auf einen großen, weiten Wirkungskreis waren zerschlagen. Die Einrichtungen, die sie von sich allein in Fichtenbrück geschaffen, standen unbenutzt, waren verkannt, unverstanden, verleumdet. Sogar ihre kleinen athletischen Tagesübungen hatte sie einstellen müssen, weil ihnen stets die heftigsten Brustschmerzen gefolgt waren ... Sie hätte sich auf den Boden legen und laut schluchzen und um sich schlagen mögen! Sie war ein Krüppel, eine Nichtsnutze, eine schwache, verächtliche Elende! ... Für die tausend Albernheiten des Hauswesens hatte sie keinen Sinn, zu weiblichen Handarbeiten keine Geduld, nicht einmal die Musik freute sie, denn jedes Stück ihrer Noten rief das Bild Hennings, ihre Schmach, ihre Kurzsichtigkeit ins Gedächtnis ... Was thun, um nicht zu verzweifeln? Der Welt wollte sie ja gern entsagen: die war häßlich, die wollte sie sich fern halten, der durfte man, wie die Aschanti ihrem Könige nur mit dem Rücken nahen. Aber um Gottes Willen was, was nur thun, das den ewig hungernden Geist, die ewig dürstende Seele befriedigte, anregte? ... Sie kam um in den sich unablässig erneuernden Heißhungerkrämpfen ihres frierenden Gemüths! Irgend etwas, was Arbeit gab, Mühe, in der Aufregung Beruhigung — denn die beklemmendste aller Beunruhigungen war ihr die lebende Ruhe! Irgend eine Aufgabe, irgend ein Talent — ihr ganzes Vermögen dafür! ...In ihrer Verzweiflung las sie alle möglichen Bücher, die in Stimmungen geschrieben waren, welche der ihren entsprachen, zuletzt das Tagebuch der armen Marie Baschkirtseff, der unglücklichen Russin, die schön und jung sich in Sehnsucht verzehrte nicht lieben zu können, die unter den furchtbarsten Leiden des Körpers sich mit stoischer Zähigkeit zu den Vorstaffeln der künstlerischen Ruhmesleiter durchkämpfend, den ersten frischen Lobeerkranz als Todtenkranz gewann.

Ottilie hatte die Gewohnheit, sich aus ihrer Lektüre Stellen, die ihr besonders gefielen, in ein großes, schönes Album abzuschreiben. In jenem Buche fand sie viel, viel für ihren „Büchmann", wie sie das Album nannte. Unter Thränen des Mitfühlens, mit aufgeregten Händen schrieb sie, in fliegender Hast:

„Dire que mon chagrin sera éternel, serait ridicule: il n'y a rien d'éternel! Mais le fait est qu'à présent je nes peux penser à autre chose." (Das „es giebt nichts Ewiges" dreimal unterstrichen.)

*

„Je suis fâchée et je n'ai pas pleuré, je ne me mis pas couchée par terre. Je suis calme. C'est mauvais signe. Je veux mieux être furieuse." (In Klammer: „Immer. Bei mir auch!")

*

„Je ne comprends pas les femmes qui passent leurs loisirs à tricoter ou à broder, les mains occupées et la tête oisive. Il doit venir un tas de pensées inutiles, dangereuses, et lorsqu'on a quelque chose à cœur particulièrement, la pensée s'appesantit sur cette chose et cela produit des effets déplorables." (In Klammer: „Diese Bemerkung könnte kein Mann machen.")

*

„Je reste encore assez résignée, tant que je ne pense pas qu'on ne vit qu'une fois. Car, pensez seulement, on ne vit qu'une fois et cette vie est si courte!

Quand je pense à cela, je deviens insensée et mon cerveau se bouleverse de désespoir.

On ne vit qu'une fois! Et je perds cette vie précieuse, cachée dans la maison, ne voyant personne.

On ne vit qu'une fois! Et on me gâte cette vie!

On ne vit qu'une fois! Et on me fait perdre mon temps indignement. Et ces jours qui s'écoulent, s'écoulent pour ne jamais revenir et abrègent ma vie!

On ne vit qu'une seule fois! Faut-Il que cette vie si courte soit encore raccourcie, gâtée, volé, oui volé par les circonstances infâmes?

Oh Seigneur!" (In Klammer „Arme Marie!" und die Spur von Thränen.)

*

„Si je suis jolie autant que je le dis, pourquoi ne m'aime-t-on pas? On me regarde! On est amoureux! Mais on ne m'aime pas! Moi qui a si tant besoin d'être aimée!

Ce sont les romans qui me montent à la tête! Non, mais je lis les romans parce que j'ai la tête montée. Je relis de vieux livres, je recherche avec une déplorable avidité les scènes, les paroles d'amour, je les dévore parcequ'il me semble que j'aime, parce qu'il me semble que je ne suis pas aimée." (In Klammer: „Selig sind die geistig Armen, denn ihrer ist Amors Himmelreich.")

*

„Quand donc aimerai-je? Je vais encore m'amuser à répandre de tous les côtés le superflu de mon cœur, encore m'enthousiasmer, encore pleurer — et pour des riens!" (In Klammer sehr flüchtig: *„Jamais! Jamais!"*)

*

„C'est triste mais je n'ai pas d'amie, je n'aime personne et personne ne m'aime. Si je n'ai pas d'amie, c'est que (je le sens bien) malgrè moi je laisse par trop voir de quelle hauteur je contemple la foule?

Personne n'aime à être humilié. Je pourrais me consoler n'ont jamais été aimées, On les entoure, on se chauffe à leurs rayons; au fond on les exècre et, sitôt qu'on peut, on les diffame.

*

„Il me semble que personne n'aime autant tout que moi: arts, musique, peinture, livres, monde, robes, luxe, bruit, calme, vie, tristesse, mélancolie, blague, amour, froid, soleil: toutes les saisons, tous les états atmosphériques, les pleines calmes de la Russie et les montagnes autour de Naples: la neige en hiver, les

*

„Nichts wirkt aufreizender auf das Gehirn als das Lesen. Sie schob die arme Verlassene sich unter, tausend Züge schienen auf sie zu passen, sie suchte ängstlich bei sich nach den Anzeichen der Taubheit, welche das Leben der Künstlerin verbittert hatten, sah sich gleich ihr in jungen Jahren der mordenden Schwindsucht heimfallen und brachte viele Stunden in ihrem Sessel zu, am Fenster auf das einförmige, grelle Leichentuch starrend, das Felder und Berge einhüllte, und sich in Thränen auflösend, sie, die starke, kluge Ottilie. Welch' seltsames Ungeheuer die Welt! Entweder so glatt, daß es unmöglich war, sie zu packen, oder so rauh, daß gleich die Hände bluteten! ... Von draußen herüber klapperten und tobten die Maschinen ihres Vaters. Die Welt ging ruhig ihren Paß, unbekümmert um die Qualen eines Herzens, das sich sehnte, mitzulieben, mitzuschaffen, und das sich auszehrte, weil man es ausschloß ... Sie kam sich vor, wie eine jener großen, gemeinhin in fliegender Hast arbeitenden Spinnmaschinen in den Sälen ihres Vaters, der die Transmission gerissen und die nun still stand, todt, außer Cours gesetzt, weil die Verbindung mit dem kraftsendenden Motor unterbrochen war ... Der Mann war der Motor des Weibes, ein Mann konnte einem Dutzend Frauen bewegende Lebenskraft geben, das Weib allein war eine starre ungetriebene Maschine. Und es war ihr, als hörte sie plötzlich das Klirren und Surren verstummen; Alles war still und todt wie zur Nachtzeit, wenn nur das Bellen der Fabrikhunde leise an ihr Ohr schlug, das einzige im Mitteldorfe — die tausend Räder drüben drehten sich nicht mehr ... und sie fragte sich, ob sie wirklich taub sei, oder ob der Motor plötzlich erklärt hätte, nicht mehr zu wollen, zu trotzen, wie ein Wesen von Fleisch und Blut ... O Henning! Wenn sie einen Weg wußte, ihn zu züchtigen, ihn zu verhexen, daß sein Blut sich zersetzte, der Schlummer sein Bett floh und das Fleisch seiner Glieder verdorrte! Er — er war ihr Mörder, er hatte ihre Zukunft gemordet, ihren Glauben, ihre Kraft! Er, der ihr Alles hätte sein können und Nichts war! Ihn mußte man hassen — oder entschuldigen. Daß er schlecht war, daß er eine Frau, die ihm ihr Höchstes, Seele und Ehre anvertraute, nur als Werkzeug betrachtete, als Maschine — thaten das nicht alle Männer? Warum war sie nicht klug gewesen, warum hatte sie es nicht übersehen? Sie hätte nichts erwidern, sich nichts wissen machen sollen — er würde sie im täglichen gemeinsamen Leben bald so bewundert haben, daß er sie liebte! ... Sie haßte, sie verabscheute ihren Vater, der ihr den häßlichen Brief gezeigt. Er! Sie zu martern, sie, die so nachsichtig gegen seine Schwächen gewesen! ... Es war klar, er wollte sie Beide auseinander bringen. Und jetzt ward es ihr deutlich zum Erschrecken — und sie war in die plumpe Falle gegangen, die ein Vater seiner Tochter stellte. Diesem Manne noch Zärtlichkeit, noch Liebe schenken? Nimmermehr. O, es war richtig: des Menschen schlimmste Feinde sind seine Hausgenossen. — — — Wenn Henning doch jetzt, jetzt noch käme, sie um Verzeihung zu flehen! Daß er sich ihr zu Füßen würfe, bleich, zerknirscht, daß sie ihn aufheben könnte, den süßen Triumph der Vergebung kostend! Aber er kam nicht, sie kannte ihn. Er sich demüthigen vor einem Weibe, er, der kalte, begehrlose, nüchterne, starke! Er, der nicht lieben konnte, der nur rechnete! Und sie — den ersten Schritt thun? Pfui! Nein, so lange noch ein Funken Ehre in ihr lebte! Schamlose, Würdelose, Weggeworfene! Der Gedanke schon war hündisch und sie hätte sich selbst schlagen mögen, daß er nur in ihr aufgestiegen. Alles war umsonst. Sie, die kalte, vernünftige, liebte mit wahnsinniger Brunst einen Eisenmenschen, der nicht lieben konnte! O Elend! ... Und weinend und hustend und an allen Gliedern bebend wälzte sie sich auf den Polstern umher und ahnte, daß sie in diesem Jammer zu Grunde gehen würde...

Zu derselben Zeit, da Ottilie alle Schwerter des Leidens in ihre Brust dringen fühlte, da sie von körperlichen und seelischen Schmerzen gleich gepeinigt nicht Ruhe, nicht Schlaf, nicht Betäubung fand, und sie sich weigerte, die Besuche des Arztes anzunehmen, um eine im Voraus verekelte Linderung zu empfangen, hatte in einem entfernten Zimmer des väterlichen Hauses ihr oberflächlicher, nüchterner, witzelnder Bruder eine sehr ernste Unterredung mit Doktor Fahner.

Mit seinen vom Großvater ererbten Storchbeinen schritt er erregt in dem schmalen langen Zimmer auf und ab und gestikulirte mit beiden Händen. „Aber nimm doch blos Vernunft an, Menschenkind. Woher soll ich denn das Geld im Augenblick schaffen? Bin doch kein Dukatenmännchen. Vierzigtausend Mark sind doch schließlich kein Spatzendreck.“

„Ja — ich habe auch Verpflichtungen; es thut mir sehr leid, ich kann nicht länger warten,“ fauchte Fahner mit seinen ewig gereizten westpreußischen Kehltönen.

Ari kratzte sich den Kopf. „Ja — ist verflucht. Zu anderer Zeit könnte das Geld ja aus der Kasse nehmen, aber jetzt, wo wir wegen dem dämlichen Bau und den Maschinen jeden Groschen brauchen — Willst De Wechsel haben?“

„Ach, was soll ich mit den Papierfetzen! Auf Deine persönliche Unterschrift diskontirt mir kein Mensch ein Düttchen.“

„Dann mußt De halt warten.“ Ari zuckte kurz die Achseln.

„Ich warte aber nicht!“ schrie Fahner, dem das Blut zu Kopf stieg, so daß die Schmisse dunkelroth glühten. „Spiel’ nicht, wenn Du nicht bezahlen kannst. Ehrenschulden sind keine Kneipschulden, die man jahrelang steh’n lassen kann —“

„Weiß ich. Brauchst Du mir nicht zu sagen.“

„Na also!“

Sie standen sich Aug’ in Auge gegenüber wie zwei Kampfhähne. Nach einer Pause fuhr Fahner fort: „Entweder Du sprichst mit Deinem Vater, oder ich thu’s.“

„Der lacht Dir in’s Gesicht. Durch wen wirst Du denn überhaupt hier gehalten? Durch meinen Alten und mich! Weißt Du, daß wir Dich unmöglich machen können?“

„Ich puste auf euer ledernes Fichtenbrück. Ich finde überall mein Fortkommen. Was willst Du denn machen, wenn Dein Vater Dich ’rausschmeißt, wenn Dein Regiment Dich verabschiedet? Nach Amerika kannst Du geh’n, Kellner werden —“

Ari biß die Spitze einer Cigarre ab und spie sie aus. „Also das ist Dein Dank dafür, daß ich Dich in Jena und in Bonn zwei Jahre lang durchgefüttert habe? Hungers krepirt wärst De damals!“

„Ppö! Das war Deine verfluchte Pflicht als mein Corpsbruder. Hätt’ ich ebenso gemacht, wenn ich Geld gehabt hätte!“

„Na ja, also bitte — ruinir’ mich, ruinir’ Deinen Corpsbruder — petz’ meinem Vater — mein einziger Trost ist, daß Du von dem keinen rothen Heller kriegst.“ Er warf sich in einen Stuhl, den Rücken gegen den Arzt. Der räusperte sich, besann sich eine Weile rückte sich dann selbst einen Stuhl an Ari heran und meinte: „Aber Mannchen, wollen doch nicht gleich Alles bismarcksch nehmen. Immer gemüthlich! Ich will ja gern behilflich sein, Dir einen Weg zu zeigen, um Alles friedlich zu ordnen...“

„Na ...? und?“

Fahner legte ihm die Hand auf die ausgepolsterte Schulter. „Verschaff’ mir die Hand Deiner Schwester und ich geb’ Dir Deine ganzen Ehrenscheine zurück.“

„He?“ Ari wandte ihm den erstaunten Blick zu.

„Na, kannst Du Dir einen passenderen Schwager denken als einen alten Studienfreund? Bin ich etwa für die Prinzessin zu schlecht, ich mit meinen Aussichten, meinem Können?“

Ari starrte mit großen wässerigen Augen auf die Diele. „Nee — nee —!“

„Deine Schwester ist überhaupt kränklich. Kann sie sich eine bessere Pflege denken, als von einem Arzte, der ihr Mann ist, der das meiste Interesse an ihrem Leben hat?“

Ari sprang auf. „Sache ist abgemacht! So sind wir ’raus aus dem Schlamassel. Ich rede mit ihr.“

„Dein Ehrenwort — Du bringst’s in Ordnung?“

„Kannst Dich auf mich verlassen.“

Ottilie fühlte sich so mürbe und morsch, daß sie nicht einmal zu Tisch gekommen war. Von den Sammelwagen und Spitzenwellen ihres Schlafrocks umflossen lag sie auf ihrer Chaiselongue, im heißen Zimmer und wollte Niemanden sehen, Niemanden sprechen. Sie öffnete nicht, als ihr Bruder anklopfte und erst auf sein unausgesetztes Pochen und Drängen richtete sie sich ächzend auf, schleppte sich zur Thür, die sie, stark hustend, entriegelte.

„Siehste!" sagte er, „siehste, Tiele, wie krank Du bist!"

„Wenn Du das weißt, weshalb störst Du mich?"

„Sei doch vernünftig, und laß Dir den Arzt holen!"

Sie deutete ihm an, daß sie sich für entehrt halten würde, sich vor diesem Manne zu entblößen. Es schüttelte sie bei diesem Gedanken.

Er pfiff die Operetten-Melodie vor sich hin: „Du bist verrückt, mein Kind." Dann begann er Fahner's Lob zu singen, sprach von seiner edlen, braven Gesinnung — am liebsten hätte er auf ihn geflucht und gewettert. Zu einigen Einschränkungen mußte er sich schon verstehen: „Es ist ein etwas komischer Kauz — kurz angebunden — das bringt der Beruf mit sich —"

„Er ist ein roher Patron!"

„Er ist eben ein Mann."

„Na, ich danke für die Sorte Männlichkeit."

„Ich denke, Dir imponieren nur männliche Männer?"

„Aber nicht lümmelnde Karrikaturen von Männern, die ihre Nebenmenschen brutalisiren und sich betrinken."

„Na, wenn ich Du wäre, ich heirathete ihn."

„Gott bewahre mich."

„Schreibt jetzt ein Werk über Pthysie, das monumental wird, wie er mir sagt. Wird zum Professor ernannt werden. ,Frau Professor' — wär' doch was. Gelt?"

„Das wäre ganz nett. Blos nicht Frau Professor Fahner."

Er setzte sich näher zu ihr auf die Chaiselongue, die sie wieder eingenommen. „Warum willst Du eigentlich nicht, Tiele? Mach doch! Du befreist mich von einer großen Dankesschuld —"

Sie zog die Knie hinter ihm herum empor und stand auf. „Du redest doch nicht im Ernst? Ich hab' das immer für Ulk gehalten?"

„Nee — ganz ernsthaft. Faktisch."

„Ach, laß mich zufrieden!" Sie ging zum Fenster und hustete. Er stiefelte ihr nach, wischte sich den Schweiß von der Stirn und meinte: „Du hast's heiß hier. 's reine Treibhaus."

„Achtzehn."

„Also sag' mir bloß, warum willst Du denn nicht?"

Sie wandte sich um und rief heftig: „Weil ich nicht will! verstehst Du? Der ausschlägigste Grund für eine Frau!"

„Aber sei doch vernünftig —"

Sie wurde nervös, wüthend, warf ein paar Nippes auf die Erde und schrie: „Ich will ihn nicht, ich will nicht; laß mich in Ruhe; mach', daß Du hinaus kommst!"

„Herrjeises, laß Dir doch zureden —"

Das fortwährende Drängen empörte sie, die Thränen kamen ihr in die Augen, sie stampfte mit den Füßen, schlug mit der Faust auf den Tisch und rief: „Mach', daß Du hinauskommst —"

„Herrjeises, bist Du aber heut' eklig —"

Sie, vor Husten und Weinen sich schüttelnd, griff nach dem Feuerhaken und schrie, ihn schwingend: „Gehste? gehste? gehste?"

„Na, aber ich werde wiederkommen", schrie er, „wenn Du Deinen Verstand wieder hast, verrücktes hysterisches Frauenzimmer!" Er murmelte im Fortgehen: „Uebergeschnappt! ... Ohren abschneiden!" und schlug die Thür knallend hinter sich zu.

Die Augen standen ihr voll Wasser, so daß sie kaum die Chaiselongue deutlich sah, auf die sie sich warf. Sie schluchzte, stöhnte und wälzte sich hin und her.

Das also wollten sie mit ihr! Das Opfer einer kompletten Verschwörung! ... Ach, wie man sie wieder quälen würde! Dieses in Einen hineinreden, bis man Löcher ins Gehirn bekam, bis man drehnig wurde wie ein Schaf! Ganz willenlos konnten sie Einen machen mit dem fortwährenden Bohren! ... Er sie küssen, seine schmatzenden Bierlippen die ihren berühren, den ganzen Tag seine schleimige, überschlagende Stimme hören, den Alkoholjodduft riechen! Ihm gehorchen, seine Umarmungen erdulden müssen! ...Eine Gänsehaut überlief sie, mit einer Art Mitleid betrachtete sie ihre genarbten Handgelenke ...Nein, über die Schwelle dort durfte er ihr nicht und sollte sie ohne Hilfe hier oben allein verenden!

Eine Flucht von Bildern jagte ihr plötzlich mit elektrischer Geschwindigkeit durchs Hirn: die drohende Gefahr der von den Ihren unterstützten Werbung Fahners trieb ihr jetzt das bis zur Fieberhitze siedende Blut nach dem Kopf ...sie sah — erst im Geiste, dann mit einem Male in greifbarer körperlicher Deutlichkeit, gerade vor sich Fahner unter rohen Beschimpfungen auf sie eindringen, in wankender Trunkenheit sie schlagen, so daß sie im eingebildeten Schmerz aufschrie — sie sah, wie im plötzlichen Wechsel einer Zauberlaterne, Henning in seinem engen, bescheidenen Stübchen sitzen und vor Verzweiflung und Sehnsucht seine Haare raufen ...sie spannte alle Nerven, alle Willenskraft an, das Bild festzuhalten, das ihr zu entschwinden drohte, als ob sie ihn zwingen wollte zu kommen, um Abbitte zu leisten, sie ballte die Fäuste und schrie: „Komm' doch! komm doch!" — sie fühlte, daß sie ohne ihn Nichts war, mit ihm Alles, daß er ihre Seele davongetragen und in die Schrauben seiner Modelle festgezwängt hatte — und plötzlich sah sie ihn neben sich, an ihrer Seite, dicht an der Chaiselongue — knieend, mit flehenden Augen, gefalteten Händen...

Sie richtete sich auf, sie streckte die Arme aus, eine Gluthwelle schoß ihr ins Gehirn, ihr wurde purpurroth vor Augen — die ganze Welt ein purpurner Nebel — die Blutwelle schlug zurück, eisige Kälte durchbohrte sie, ein schwarzer Vorhang klappte vor ihr nieder ...und leichenbleich fiel sie ohnmächtig auf die Chaiselongue zurück. —

XV.

Das Unglück der Tage, die fortwährenden Sorgen, die Obdachlosigkeit der Familie mitten im Winter, das unausbleibliche Uebelbefinden Gretels hatten Karl verhindert, nach seinem Vorsatz in die Kirche zu gehen und sich an dem Anblick des jugendherrlichen, die Wechsler aus dem Tempel treibenden Heilands zu stärken. Heute aber wollte er unter allen Umständen zum Gotteshause, denn er war durch alle die Erschütterungen der letzten Zeit so ausgehöhlt und verzweifelt, daß er einer Aufrichtung dringend bedurfte. Er zog also seine am wenigsten zerrissene Jacke an, las mit feuchten Fingern sorgsam jedes Federchen ab und machte sich auf den Weg. Kaum auf das Spiel der Orgel, die Worte des Priesters achtend schlich er sich durch das Schiff, Pfeiler auf Pfeiler absuchend. Aber nirgens entdeckte er das Bild — andere hingen da, doch sie vermochten ihn nicht zu fesseln. Wo war sein Erlöser, sein starker, gesunder, Recht und Einfalt schützender, die Gemeinheit bekämpfender Heiland? Er entsann sich genau … auf der linken Seite hatte es gehangen … Vergebens! er fand es nicht, und den Gottesdienst nicht zu stören erwartete er mit Ungeduld in der hintersten Ecke das letzte „Amen", um den Küster nach dem jetzigen Platz des Bildes zu befragen.

„Das … ist … überhaupt nicht mehr hier," meinte der Schwarzrock gedehnt und leise.

„Nich meh hie? Warum denn nich?"

„Der … Herr … Supperntendent hat bei der letzten Visitation befohlen es wegzunehmen."

„Aber 's is do so a schienes Bildla! So recht was für die armen Leute!"

„Eben … deswegen … der Herr Supperntendent meinte, Ungebildete, die den geistigen Sinn des Bildes, die Reinigung der eignen Seele, nicht verstehen, könnten dadurch zu unchristlicher Rebellion aufgestachelt werden … da … da drüben hat's gehangen, wo jetzt das schöne, neue Bild glänzt: Sankt Petrus, aus dem Gefängnisse befreit, begegnet auf der Flucht unserm Heilande; er frägt ihn: „Herr wohin?" und dieser antwortet: „Ich gehe zu nochmaliger Kreuzigung" … und voll Scham kehrt Sankt Petrus in den Kerker zurück." …

Mit eingekniffenen Lippen, das Haupt gesenkt, verließ der also Belehrte den Tempel. Sie hatten ihm seinen Heiland genommen, den Freund der Bedrückten, den Streiter gegen die Betrüger, und ihm dafür einen finstern, unerbittlichen Richter gesetzt! … Er spie aus. „Christen wollt ihr sein?" murmelte er vor sich hin. „Bande seid ihr!" Er ging schneller und ballte die Fäuste. „Alle sein sie gegen uns im Bunde! Alle wollen sie uns arme Leute treta!" Er knirschte die Zähne. „Und nu 'grade nich! Grade, grade, grade nich!"

Während er immer schneller dahinlief, theils wegen der Kälte, theils vor innerer Erregung, fiel ihm plötzlich bei, daß ja Gretel sich nicht in der Kirche eingefunden hatte. Ihr Vater, der ihn haßte und ihren Verkehr so viel als möglich zu hindern suchte, würde ihr doch nicht den Kirchgang wehren? Sie hatten gemeinsam beten wollen, daß ihr Kind gesund und leicht zur Welt käme … Sollte ein Unglück geschehen sein? … Schon seit einigen Tagen hatte sie über Schmerzen geklagt, die Folgen einer Erkältung auf den norddurchbrausten Fluren, als sie während der Pause den Arbeitssaal verlassen mußten, wie das Gesetz befahl.

Die Beine in der Hand lief er zu Gabitzens. Auf einer Pritsche, dem sogenannten „Bett", lag Gretel, in zerrissene Decken und alte Kleider gehüllt, bleich wie Wachs, und tausend Schmerzen spielten um ihren blutlosen Mund. Der Vater sah ihn bei seinem Eintritt mit dem Blick des tiefsten Hasses an, der Junge, der Krüppel verkroch sich in einen Winkel. Karl erschrak des Todes. „Was is denn? Was haste denn?" fragte er an ihr Bett stürzend. Die alte Griebsch, die aus der Nachbarschaft gekommen, um Gretel ein wenig zu pflegen, sagte, mit dem Finger drohend: „Doas hast du zu verantworta, Koarle!"

„Adder was is —"

Gretel richtete sich ein wenig empor, bat die Alte durch einen Blick um Schweigen, reichte Karl die blasse Hand und flüsterte: „Ich hatte mich doch so gefreut —"

Die Thränen stürzten dem Burschen in die Augen. Selbst die Natur betrog ihn! — Er strich Gretel leise durchs wirre Haar und fragte kleinlaut: „Aber wie is denn doas meeglich?"

Die Griebschen zuckte die Achseln. „Die verdammte Fabrike! Die verfluchtigen Stiehle! ... Se is das Träten ni 'geweehnt, und da bekimmt's halt schlecht. Gelt, Gretel? 's 's ane lausige Oarb't.“

„Nu, habt 'r denn 'n Dukter Fahner geholt?“

„Nich den Dokter!“ wimmerte Gretel. „A is immer so roh. A schmeißt ei'n so hin und 'har...“

„Tutt's Dir denn sehr weh?“

„Ach — so!“

Im selben Augenblick trat Fahner ein. „Dammte Geschichte!“ schrie er, als er die Sachlage erkannt. „Natürlich! Das ewige Gekaschper! Das kommt davon! ... Na, 'mal runter die Lappen!“

Karln schnitt sein kurzer Kommandoton ins Herz, aber Alles verhielt sich stumm, niemand wagte in seiner Gegenwart zu sprechen, als besäße er einen Zauber, den er je nach Stimmung zu Heil oder Unheil wenden könnte.

Fahner, der den Hut aufbehielt, hatte ihr die Decken halb vom Körper gerissen, weil die Alte zu langsam machte, untersuchte die Kranke ganz flüchtig, warf wieder Alles auf sie und sagte dann kurz: „Mach' kalte Umschläge!“ ... Das war sein berühmtes Heilmittel. Er kurirte Alles mit kalten Umschlägen.

„Verschreeba der Herr Dukter keene Medizin nich?“ fragte die Griebschen unterwürfig.

„Auch noch die Krankenkasse schädigen? ... Ueberflüssig! — Heut über acht Tage kannst Du wieder antreten ... 'dje!...“ Fort war er.

Nächsten Montag mußte Gretel richtig wieder beim Webstuhl sitzen und rastlos die Schäfte hochtreten und das Schiffchen treiben. Der Vorderbaum quetschte ihre Brust. Ihr blutloser, kaum zusammengeflickter Körper zitterte unablässig, es war ihr als wühle ein spitzes Messer beständig in ihren Eingeweiden. In den Ohren sauste es ihr, der Webstuhl zitterte und tanzte vor ihren Augen ... sie fürchtete jeden Augenblick umzusinken, und nur das bleierne: „Arbeiten! arbeiten! nich träumen!“ des Aufsehers riß sie zu immer neuer Anstrengung. Bald schlich sie nur noch wie ein Schatten umher. Fleisch war längst nicht mehr an ihrem Körper, Alles nur Knochen und schlaffe Haut. Die Schmerzen hörten nicht auf; sie überwand ihren Widerwillen und fragte nochmals Fahner, der sie mit ewig gleicher Kürze anherrschte: „Kalte Umschläge machen! Nur kalte Umschläge!“ ... Sie konnte sich nicht pflegen, denn sie konnten zu Hause weder Fleisch noch Wein kaufen und waren auf Kartoffeln — oft halb verfrorene — und Mehlbrei angewiesen, sie durfte auch ohne Zeugniß des Fabrikarztes die Arbeit nicht aussetzen, sonst wurde sie entlassen, und von ihrem jammervollen Verdienst lebten noch der invalide Vater und der zum Krüppel gewordene Bruder. Aber sie litt und schwieg; sie betrachtete Alles das als Strafe für die furchtbare Täuschung, die sie ihrem Geliebten angethan, um irdischen Vortheils willen, um den sie der Teufel jetzt betrog, der sie verleitet hatte.

Karl ging nur immer kopfschüttelnd umher. Er verzweifelte, ihr nicht helfen zu können. Bei der Vertreibung aus dem alten Häuschen waren die ganzen Salbentöpfe des Vaters zerbrochen, der Inhalt durcheinandergelaufen, und die Kranken im Dorfe mußten alle bis zum nächsten Herbst warten. Er wollte, daß sie aus der Fabrik wegbliebe, bis sie wenigstens keine Schmerzen mehr hätte — aber sie sagte ihm sanft: „ Doas zieht nie, Koarle! Bedenk doch, wodervon sollen se zu Hause denn läben?“ Sie dachte für einen Augenblick daran, vor Ari einen Knieefall zu thun, der doch so viel Schuld an Allem trug. Aber sie hatte Furcht; sie war gewiß, er würde sie einfach hinauswerfen.

Schurigs hatten zunächst beim alten Lange Unterstand gefunden. In dem einen, schmalen, niedrigen Stübchen hockten Alle zusammen, Tag und Nacht, möglichst dicht aneinander gedrängt, um sich zu wärmen: denn auf Kohlen für den Ofen langte es nicht. Und es waren noch bitterkalte Februartage gekommen, echten schlesischen Gebirgswinters, an denen der Schnee hell unter den Sohlen klang und im Zimmer das Wasser im Thonkruge sich mit leichter Schicht bedeckte.

Um Raum für Lagerstätten zu schaffen, hatte Lange eine Menge alten Gerümpels beseitigt, das seit Jahrzehnten nicht berührt war und auf dem fingerdicker Staub gelegen. Dabei war ein alter, ganz verrosteter Säbel zum Vorschein gekommen, den Lange als junger Mann an den geräuschvollen Junitagen der vierziger Jahre geschwungen. Er stand lange sinnend vor dem unansehnlichen Stück und nahm's dann in die zitternde Hand.

„Schenk' mir den Säbel, Onkel Lange!" sagte Karl.

„A is ju ganz verrost't."

„Na, Eenen kann ma noch todtschla'n damitte!"

Gretel, die gerade auf Besuch war, fing, wie oft, jetzt an zu weinen. „Karle, Karle, redt' nich asu!" bat sie. Aber der Greis, als sei ein Dämon in ihn gefahren, als hätte die Berührung des Eisens ihn elektrisirt, kehrte sich plötzlich um, seine Augen rollten, seine Brust — der ganze Körper zitterte und wogte, und mit einer gebrochenen Donnerstimme schrie er: „Recht hat a! Und noch a mal Recht! Und zum tritten mal Recht! Tumm sein mer gewesen, tumm wie die Gänserichs, daß wer, und wer ha'n se nich dazumal todtgeschlagen wie die Hunde! Die Hallunken, die Gauner die! Verschont ha'n wir sie und das Mark aus den Knochen ha'n sie uns gestohl'n zum Tanke! Mit Skorpjonen ha'n sie uns gezichtigt statt mit Rutten! Und unse Kinder warn sie mit feurigen Zangen zwicken. Seht ersch, kee'n Kienspahn kann ich meh halten, asu thun mer de Hände zittern. Adder ich weeß nich ... is doas der Friehling, der mer schonn ei de Gedärme rumort ... lieber Herrgott dort oben ... blos fer eene eenz'ge Stunde laß mich noch amal jung und stark wär'n, daß ich hingehen kennte und 'm Erstnbesten von die Hallunken in die Flappe reinschla'n, daß's Geherne bis zum Monde rufspritzt —" Das Haupt emporgeworfen, von dem die weißen Strähnen niederfielen, die zitternden Fäuste hoch gereckt, hatte er die fürchterlichen Worte unter Schluchzen und Heulen herausgeschrieen, während sein ganzer Körper sich schüttelte und wand. „Und wenn's heute los ging, ich machte mitte!" fuhr er fort. „Ich bi'n aaler Taperjahn, aber Een'n schla' ich no' nieder. Dann mögen se mich todtschissa. Gott is barmherzig!"

Schurig fuhr auf und breitete die Arme aus. „Lange!" schrie er, „Lange, Du versindigst Dich! Wer das Schwert gebraucht, der soll ooch durch das Schwert umkommen. Die Rache ist mein, spricht der Herr. Laß Dich nich vom Teufel um die ewige Seligkeit beschummeln! Ich soag' der: 's is ni scheen ei Fichtenbrück — aber scheener no immer als ei de Helle!"

Karl aber war dem Greise an den Hals gesprungen. „Onkel Lange!" schrie er. „Du bist mei Mann. Mir zwee ... Schenk mer den Priegel — heerste?"

„Befraget die Stimme der Seligen!" warnte mit seiner hohlen Grabesstimme der alte Gabitz. „Sie stehen dem Thron des Allwissenden näher als wir verblendeten Menschen."

Gretel wurde Himmelangst, ihr war schlimm zu Muthe, die Vorahnung eines großen Unglücks, dessen Anlaß, dessen Verantwortung auf sie fiel. Sie konnte die furchtbare Sünde nicht mehr mit sich herumtragen — all ihr Leid, fühlte sie, kam nur von dem Unrecht, das sie dem Burschen gethan. Sie raunte Karl ins Ohr, hinauszukommen, und vor der Thür, im tiefen Schnee mit ihm auf und abgehend, sagte sie ihm, daß sie ihm ein Geständniß machen müsse, aber vorher solle er ihr beim Leiden des Heilands schwören nichts drauf zu thun, so lange sie lebe. Das that er nach einigem Zögern, und dann bekannte sie ihm Alles. „Siehste", sagte sie schwermüthig, „doaher alle das Leiden — der liebe Herrgott hat nich gewullt, daß der labend'ge Zeuge der Sinde auf Erden wandle. Und jetzt ... jetzt schlag' mich todt!" ... Und sie wandte den schmalen, blassen Kopf weg, um nicht den Blick des Hasses und der Verachtung auszuhalten, den er ihr zuwerfen mußte. Er aber trat hinter sie, legte die Hand auf ihren Scheitel und fragte mit leiser Stimme: „Gelt — 's is Dir wull sehr schwar gewor'n ... das dazumal ...?"

Sie senkte den Kopf und schluchzte: „Frag' ni' erst —"

Mit zitternder Stimme, die Thränen kaum zurückhaltend, sagte er zögernd: „Nu laß ock gutt sein! ... 's is ja nu vorbei — und nischte nich meh' zu ännern — woas hilft's Flennen —" Plötzlich stieg ihm die Wuth in den Kopf, seine Wangen glühten, Schaum trat vor seinen Mund, in dem Weiß seiner Augen zeigten sich rothe Blutäderchen: „Adder den Kerl schlag' ich todt!" schrie er, „den Schuft: der die Menschen verhungern läßt und verfiehrt dazu! Unner de große Mangel steck ich'n und quetsch ihm die Kutteln aus'm Leibe ... in den giftigen Stinkbottich schmeiß ich'n rein ..."

Mit schreckenverzerrtem Gesicht fiel ihm Gretel um den Hals. „Karl! Karl! Bei unsern Erlöser haste geschwor'n, nischt zu thun, so lange daß ich lebe —"

„Doas is mer glei. Kümmern die sich etwann um ihre Schwiere? Soll ich warten bis sich mär der Magen ganz umgestülpt hat, und ich ufm Misthaufen an der Straße lieg', und ni' meh gapsen kann? Bis Dir die Knochen zur Haut 'rausstehen? Bis kein Mädel ei'm Durfe mehr sagen kann, von wem daß sie ihr Kinde im Leibe hat?"

„'s is ja wahr," beruhigte Gretel mit ihrer flüsternden, oft kaum hörbaren Stimme, „so schlecht wie ei Fichtenbrück han's de armen Leute nirgends ei der Welt. Adder der liebe Gott will doch nu Mord und Totschlag nich ha'n … Ich soag Dir was. Der eenzigste Mensch, der uns no helfen kann, doas is der Direkter Henning. Wenn der und er red'te 'mal mit' m Herrn … Ich gleebe, a weeß gar nich, wie schlecht daß 's den armen Leuten gieht … a is eene Seele von ee'm Menschen, der Direktor…"

„Was soll der uns helfen? Er kann ooch nischt alleene macha —"

„Adder räden kann a mit' m Herrn —"

„Nu 's is gutt — ich war zu ihm geh'n."

*

Henning saß mitten unter seinen Tabellen und Rissen, als die alte Liebig ihm meldete, der Schurig Karle sei draußen und wolle den Herrn Direktor sprechen.

„Karl Schurig?? … Ach — ja wohl! — Lassen Sie ihn herein!"

Der Bursch trat über die Schwelle, blieb an der Thür stehen, den Kopf gesenkt, drehte verlegen die Mütze und machte seine Kratzfüße. „Entschuld'gen Se ock, Herr Derekter —"

„Treten Sie nur näher! Womit kann ich Ihnen nützen?"

Karl wurde roth und blaß, es war ihm als presse eine unsichtbare Riesenfaust seinen Hals zusammen, so daß er kein Wort herausbringen konnte, er schnappte nach Luft und stieß einige unzusammenhängende Worte hervor. Allmählich, durch das freundliche, begütigende Wesen des Direktors beruhigt, sprach er vernünftiger und suchte ihm in knapper, ungezwungener Weise, in schlichten Worten die Noth, die Sorge klar machen, die fortwährend an ihnen allen im Oberdorfe zehrten. Er sagte ihm, wie Alles zu ihrem Schaden ausschlüge, wie sogar eine gutgemeinte Lohnerhöhung sie durch das Steigen aller Preise noch unglücklicher gemacht habe. Er führte ihm jenes verhängnißvolle Zusammenwirken von Obdachlosigkeit, Kälte, Hunger, Krankheit, Sittenverderbniß vor, das auf sie einstürmte und sie auf einen Punkt der Verzweiflung gebracht hatte, daß sie ihrer selbst nicht mehr mächtig waren. Und die gedrückte, scheue, zaghafte Art, mit der er Alles dies vortrug, konnte keinen Zweifel an der Wahrhaftigkeit seiner Mittheilungen keimen lassen.

Henning hatte den Kopf in die Hand gestützt und mit gerunzelter Stirn während der ganzen Klage sinnend auf die Tischplatte geblickt. Jetzt wandte er Karl das Gesicht zu und erwiderte: „Ja, lieber Karl — das Meiste von dem, was Sie mir sagen, ist mir bekannt. Der Herr Fabrikinspektor hat Euch ja auch bei seinem letzten Hiersein gerathen, auszuwandern oder eine andere Beschäftigung zu ergreifen."

„Herr D'rekter … die Aalen, die sei'n ock schonn zu knickstieflig für so was, die kämen gar ni' meh' rüber bis nach Amerika … und bir Jungen — bir möchten schonn … zum Auswannern muß ma Geld ha'n, und bir ha'n keen' Dreier nich … und zu was anneren braucht ma Werkzeug und was sonst daderzu nethig is … woderher soll'n wirs nähmen? … Eenzigster, goldenster Herr Direkter … wir wissten ja gar nich, was wir vor Freude mit Ihnen anstellen sollten … helfen Sie uns doch nur a bissel, a ganz kleenes bissel —"

Henning schwieg. Er wußte selbst aus seiner Jugendzeit her, was Hunger, Kälte, Obdachlosigkeit dem Menschen sind, wie grimmig sie ihn zermürben, wie selten einem Menschen dieses Standes die ungeheure Willenskraft, der umfassende Verstand verliehen ist, um sich unter fürchterlichem Druck in endlosen Kämpfen zu Freiheit und Selbständigkeit empor zu ringen. Das war eine besondere Gnade Gottes, die er Einem unter Millionen zutheilte — wollte er damit nun, daß jene Millionen verdarben, erfroren, verhungerten — rettungslos? Die wüsten Bilder seiner eignen trüben Jugend stiegen bei dem Anblick dieses armen, gehetzten, zu Grunde gerichteten Burschen vor ihm auf, der ihm hier allein, ruhig in seiner warmen, stillen Arbeitsstube viel mitleidwürdiger erschien als drüben im wilden klappernden Treiben der Fabrik; er glaubte sich selbst vor sich zu sehen, den magren, hohläugigen, blutlosen Luxemburger Bengel, in der dunkeln Blouse. Und doch — war Alles, was er damals an Noth und Vorwürfen gelitten, nicht gering im Vergleich zu den Sorgen und Qualen, die ihn jetzt bedrängten? Was war das bischen Entbehrung gegen jene unermeßliche Sorge, den Gedanken, den er gefaßt und gestaltet hatte, im erbärmlichen Modell lassen zu müssen, ihn nicht zur segensvollen Herrschaft bringen zu können, wegen des Widerspruchs eines beschränkten, mit voller Absicht kurzsichtigen Protzen? Man hatte diesem Burschen da seine Geliebte verführt, man hatte sie ihm schwer krank gemacht ... sie waren nichts anderes gewöhnt, er würde eine neue finden aber ihn, ihn hatte man in die verruchteste Falle der Welt gelockt, durch eine verächtliche Kabale hatte man ihn für immer von dem einzigen Wesen getrennt, das seine Lebensfreude, sein Lebensglück ausmachen, dessen Besitz seinen Kämpfen und Streben Sicherheit geben konnte ... das einzige Wesen, an dessen Achtung ihm lag, verachtete ihn, ohne die Spur einer Berechtigung, verzehrte sich in Sehnsuchtsqualen, weil sie ihn verachten mußte, und er war nicht im Stande, ihren Irrthum aufzuklären — denn er durfte diesen Irrthum, diesen Zweifel nie vergeben! ...

Und der Bursche da sprach von seinen Leiden, wagte noch von seinen plumpen, beschränkten Sorgen zu reden! ...

Henning wandte sich zu ihm und sagte: „Ja, was sollte ich für Euch thun?“

„Ja ... ich weeß do' nich ... wenn Sie ... und Sie wären vielleicht so gutt — Sie rädten dem Herrn Baron zu —“

„Ja, wißt Ihr denn nicht, daß ich zu Ostern fortgehe?“

„Der Herr D'rekter geht fort von Fichtenbrück?

... Ach du mein Heiland, dann is keen Eenziger meh' da, der an die armen Leute denken thäte! ...“ Karl war wie zusammengebrochen, als hätte ihm eben Jemand mit einem einzigen Hiebe das ganze Rückenmark durchgeschlagen

„Holen Sie sich 'mal da einen Stuhl, Karl, und setzen Sie sich. Sie sind der Intelligenteste von allen Burschen in der Fabrik, ich will Ihnen etwas sagen ... So! ... Sehen Sie, Ihre Klagen sind so alt wie die Welt. Denen, die von ihrer Hände Arbeit leben, ist es eigentlich nie besser gegangen. Zwei Hände sind zu wenig für einen Magen. Der Weber nimmt ja noch die Füße zu Hilfe, aber es reicht auch nicht ... Der Mensch muß sich eben an den Gedanken gewöhnen, daß er in seiner Mehrheit nichts ist als eine Maschine aus Fleisch ... Solch ein Maschinenmensch, der immer nur für Andere arbeitet, nie für sich, kann buchstäblich im Golde wühlen und dabei Hunger leiden ... Ich erinnere mich sehr genau — ich war noch ein ganz kleiner Junge — da war zu uns nach Luxemburg die Kunde von endlosen Goldfeldern gedrungen, die drüben, in Nordamerika neu entdeckt waren, und Einer aus unserm Dorfe, der's nie zu was gebracht hatte, macht sein bischen Habe zu Geld — und 'rüber übers Wasser ... Na, nach drei Jahren kam er wieder, todtkrank, abgerissen, mit fünf Franks in der Tasche — das sind vier Mark! ... Und er hatte nicht etwa Unglück gehabt — o nein, er hatte wirklich ziemlich viel Gold gefunden: aber Alles war so theuer gewesen drüben, daß er mehr zugesetzt hatte als verdient. Denken Sie sich: ein Hemd zu waschen kostete so viel wie'n ganz neues! ... Und Sie sagen ja selber, daß die Lohnerhöhung der Anfang zur Verschlimmerung war. Was soll ich also für Euch thun? — Mit Kleinigkeiten ist Euch nicht geholfen! — —“ Es bereitete ihm fast eine Genugthuung, die Hoffnungen des Burschen zu unterbinden. Wer half ihm? Mitten unter seinen Schmerzen und Nöthen war ihm die große Wahrheit deutlich geworden, die er sich von nun an als Richtschnur seiner ganzen Zukunft nehmen wollte: „Arbeite für Dich selbst!“ Das Geheimnis alles Glücks, das die seelenlose Maschine, die so viel Kraft ausgab, als sie zugeführt erhielt, erst zum Menschen machte ...

Karl zerdrückte die Mütze mit seinen sich zusammenkrallenden Fingern. „Nu sein ber ganz ei'm Fleescher sei'm Wurschtkessel!“ sagte er, indeß zwei große Thränen über seine Wangen rannen.

Henning, nachdem er den Burschen zerschmettert hatte, wollte ihn nun wieder aufrichten. Er erfreute sich dieser Stunde, in der er das Schicksal dieses Burschen, und in einer Person verkörpert des halben Dorfes, an seinen Fingern hängen sah, er lernte an sich selbst nach so vielen unerwarteten Demüthigungen, dem Scheitern aller seiner Pläne, zum ersten Mal wieder an seine Macht glauben. „Seht Ihr —" es war ihm in diesem Augenblicke, als spräche er zu der ganzen, eben mit dem Glockenzeichen in den Fabriksaal eingetretenen Schaar der Männer und Frauen — „seht Ihr, ich habe zwei große Gedanken, zwei weitausgreifende Pläne. Der eine bedeutet eine Umgestaltung der ganzen Spinnerei und Weberei — der andere soll jedem Arbeiter, bis zum ältesten Spulweibe hinunter, den Antheil am Gewinn des von ihm mitgeschaffenen Fabrikats sichern, der ihm nach dem Verkauf zukommt. Wenn das erst einmal eingeführt ist, dann habt Ihr Alles, was Ihr billigerweise verlangen könnt ... Wenn ich mit dem einen Plan, den neuen Maschinen durchdringe, dann setz' ich auch den anderen durch. Mit Segonda bin ich deswegen auseinander ... Vielleicht finde ich Andere, die darauf eingehen — ich hoffe es. Dann komm' ich zurück, dann kaufe ich die Fichtenbrücker Fabrik. Und dann ist Euch Allen geholfen."

Karl wischte die Augen frei, indeß die Bahn der Thränen auf den Wangen abgezeichnet blieb. Er sah zu Henning auf, mit einem Blicke, in dem Bescheidenheit, Demut, Sehnsucht nach dem kleinsten Hoffnungsstrohhalm lag, und ganz schüchtern fragte er: „Wie lange kann das und's mecht' woll noch tauern?"

Henning zuckte die Achseln. „Wer will sich vermessen, Gott Termine zu stellen? Vielleicht noch ein Jahr, vielleicht zehn —"

Aufs Neue stürzten die Thränen zwischen seinen Wimpern vor. „Bis dadahin sein wer Alle schonn lange Stoob!" sagte er. Dann entschuldigte er sich bei Henning wegen der Störung und taumelte zur Thür, wie blind, wie betäubt.

Die eisige Winterluft draußen, die Stecknadeln gegen seine Augen und Wangen warf, und über Ohren und Nase mit feurigen Eisen fuhr, brachte ihn wieder zu sich. Nur das fürchterliche Gefühl des Hungers blieb, das sich drin bei ihm eingestellt und ihn plötzlich beinah vom Stuhl geworfen hatte. Ein dumpfes Ziehen lag ihm in Hirn und Gliedern. Es war ihm wie Thieren, denen man die Schädeldecke geöffnet und einen Theil der weißen Masse abgetragen. Das Eine allein kam ihm klar und sicher zum Bewußtsein: sie waren Alle gleich, die andern, die höheren Menschen, und für sie, die Geknechteten, die Armen, die fleischernen Maschinen gab es nur zwei Wege: sich selbst zu helfen oder sich möglichst bald lebendigen Leibes in die Grube zu legen.

XVI.

Ueber den Fichtenkamm torkelte der Sturm herüber, brüllend und stößig, wie ein Betrunkener, wie der schlecht gezähmte Sproß des heißwilden Wüstenwirbels, dem er seine Kraft verdankte. In schwüler Gier entwurzelte er Fichtenstämme in den Vorbergen, warf er die Bäume an der Landstraße durcheinander, spielte mit den Telegraphenstangen, schrie die kleinen, sich ängstlich duckenden Weberhäuschen an „Mütz' ab! Mütz' ab!" und warf den scheu verlegenen ohne Weiteres das Dach vom Giebel. Den Kamm, der durch Wochen in harter und reiner Weiße gestrahlt, schlug er in graue, undurchdringliche Florhänge ein; die hellen, sauberen Laken auf Feld und Straße färbte er schwarz, krümelte sie zusammen und löste sie in breiige, dunkle Pfützen auf. Er kroch den Menschen nach, bis ins Innerste ihres Heims, durch Wände und Ritzen, zwängte sich durch die Kleider, die Poren und zog das innerste Mark der Knochen zusammen. Das Wetterglas stieg und man fror schlimmer als früher.

In diesen heftigen Tagen zerstörerischer Ahnungsschauer des Vorfrühlings, in denen starke und gesunde Menschen krank und siech umfielen und Kranke gleich Ottilie sich in furchtbaren Schmerzen wanden, war auch Gretel dahingegangen.

Eine starke und harte Entfremdung war zwischen ihr und Karl eingetreten. Von Henning zurückkehrend und nach einer Ablenkung seiner verzweifelten Gedanken durch etwas Liebes und Tröstliches suchend, hatte der Bursche zum erstenmale das Bewußtsein seiner schimpflichen Rolle in sich rege gefühlt. Das Mitleid mit Gretens Mißgeschick hatte ihn weggetäuscht über die Schmach, die sie ihm gethan, und indem sie jenem elenden Menschenschinder ihre und seine Ehre opferte, suchte sie doch nur für sich selbst Erleichterung. Er sann und grübelte, und kam zu dem Ergebniß, sie sei ein gemeines Mensch, nicht besser als tausend andere, und er sei ihr Pojatz gewesen. In der wüthenden Stimmung, in die er durch all den Kummer rings um sich versetzt war, den er nicht lindern konnte, sagte er ihr das trocken und heftig ins Gesicht und lief davon. Sie nahm sich seine Worte so schwer zu Herzen, daß sie sofort kränker wurde und sich niederlegen mußte. Am meisten erschütterte sie dasselbe, was ihn in Wirklichkeit am tiefsten empört hatte ohne daß er es sich eingestand: die völlige Nutzlosigkeit ihres Opfers, und sie fühlte sich vernichtet indem sie merkte, daß sie sich doch in ihm getäuscht, daß ihr Geständniß ihn abgestoßen hatte, statt ihn voll Mitleids an sie zu ketten. Denn nachdem sie krank und welk, seinem Begehren, seinem Drange nach Häuslichkeit nichts mehr sein konnte: was hätte ihn fesseln können, außer dem Mitleide — jenem Mitleid, das sich stolz fühlt, einem Andern einziger Trost zu sein, und das sich in der Brust des Aermsten am stärksten regt?

Allein er kam wieder, als er von seinen Altersgenossen, mit denen er sich umhertrieb, vernahm, wie elend und schwach Gretel sei. „Wenn sie nicht mehr arbeiten geht", sagte er sich, „dann ist es mit ihr zu Ende." Und da wäre es Sünde gewesen, ihr das Sterben schwer zu machen. Von früher Kindheit ans Elend gewöhnt, entsetzte er sich doch des Anblicks, den sie ihm auf ihrem Lager von Lumpen und Stroh gewährte, schlecht mit einem zerfetzten Düffelrock ihres Vaters zugedeckt, die Haare verklebt, die Wangen wie ausgegraben, grau und grün im Gesicht, einem Gespenste gleich. Er konnte vor Erschütterung nicht reden, die Lippen bewegten sich lautlos gegen einander ... „Gretel! Gretel!" stieß er endlich mühsam hervor, immerfort nichts als ihren Namen. Ihre spinndürren, mit schrumpfer Haut bekleideten Knochenfinger strichen langsam durch sein dickes wirres Haar und sie flüsterte — denn Stimme besaß sie nicht mehr: „Siehste — ich wußte ja, daß Du kimmst —"

„Du wußtest —"

„Natierlich. Ich hoa Dich ja geseh'n ... ich hoa 'von Dir geträumt ... ich hoa geträumt die Nacht, ich bin ei'm Himmelreich ... und gerade so hats ausgeseh'n, wie's Schlauraffaland — was uns der Lehrer dazumal beschrieben hoatte, weeßte noch? ... de Mauer von Feffakuchen, wo ma' sich durchfressa muhß ... und die Häusa aus Zuckazeug ...'s is Alles dagewäsen — und die gebroatnen Tauba sein ock asu immer ei der Luft rumgeschneppert — und de Stroaßen sein aus Tragant gewesen — und Puppen sein ei de Schaufensta gestanden ... so groß! — wie a Mannsbild!"

Sie hatte sich aufgerichtet und den Arm um seinen Hals geschlungen, ihre Stimme bekam einen trocknen, rauhen Klang, der Körper zitterte, das Auge leuchtete wie im Fieber.

„Sei ock stille! 's tutt Dir nich gutt!" sagte er, sie aber fuhr mit fliegenden Athem fort: „Arbeeta hat kee Mensch nich braucha — denk' Der nur … keene Fabrik ei'm ganzen Städtel — bloßig immer spazieren gahn und hopsen und tanzen, denn ieberall han Behmaken aufgespielt zum Tanze … und die Straße ganz zu Ende, da hat'n kleenes goldnes Haus gestanden … und jedes Fenster war'n funkelnder Stein … und iber der Thüre hat gestanden: „Gretelsruh" … und da bin ich reingegangen — und in den ganzen Zimmern war Ken Mensch nich — adder im letzten Zimmer, da hast Du gesessen, auf a'm goldnen Stühlche — und 'n Anzug haste angehabt, ganz von Silber — und da haste ganz freundlich zu mir gesagt: „Nu, Gretel, wo bleebst de denn — ich wart' ja schonn auf Dich e halbes Jahr und 'ne putsche Ewigkeit — weeßt de, wie Du immer am Fabrikthor gesagt hast? … und da haste mich uf'n Schooß genomma … und da … da —" Sie rang nach Athem und ließ ihren Kopf auf seine Schultern fallen. Er blieb ganz ruhig sitzen, erst nach einer Weile hob er ihn leise mit der Hand hoch, und da sah er, daß sie die Augen nach oben gekehrt hatte, und daß sie todt war.

*

Drei Tage später begrub man sie. Es war eine kleine stille Leiche, ein schwarzer unansehnlicher Sarg, dem nur ein paar Menschen folgten. Die Alten gingen zusammen, Karl, von ihnen wie unrein gemieden — auch von seinem Vater — folgte mit dem kleinen humpelnden Krüppel, zuletzt die Freundinnen aus der Fabrik. Es war Sonntag und die Glocken läuteten, Sturm und Regen hatten aufgehört, aber der Boden war ein einziger Sumpf, in dem man bis über die Knöchel versank, und der Zug mußte oft hüpfen und springen, um nicht in die Lachen zu klatschen, in denen er sich spiegelte. Es war wie beim Tanze, den sie so geliebt hatte. Plötzlich, als der Zug in eine Seitengasse einbog, klang ihnen helles Lachen und lauter Lärm entgegen und im nächsten Augenblick kreischte dicht vor ihnen eine Schaar wohlgekleideter junger Bauerntöchter auf. Die Voranstürmende schwenkte eine Strohpuppe, die mit flatternden Röcken und wehenden Bändern geschmückt war, die andern, rothwangig vom Laufen und der Erregung, verfolgten sie und sangen:

> „Was jagen wir, was tragen wir?
> Den leid'gen Tod begraben wir.
> Wir begraben ihn unter der Eiche —
> Das Böse von uns weiche!
>
> Der Wirt, der ist ein braver Mann,
> Er läßt den Tod zum Dorf 'nausjahn;
> Wir begraben ihn unter der Tonne,
> Daß scheint die liebe Sonne!"

Jetzt erblickten sie den Zug — schreiend hielten sie inne, und stumm und gesittet überschritten sie die Straße mit gesenkten Blicken, um hinter'm nächsten Gehöft ihr Treiben neu zu beginnen … Karl blickte sich nach ihnen um. Sie trieben den Tod aus dem Dorfe, heut war ja Lätare! — Aber die Noth ließen sie drin, und das Brot draußen. Was sollte ihm die Frühlingsankündigung? Für ihn, für die Seinen grünte kein Lenz! …

Als sie vom Friedhofe zurückkamen, zwischen den Höfen wohlhabender Bauern hindurch, sahen sie vor mancher Thür die Kinder ihrer Verwandten und Bekannten, in dünnen, windoffenen Röcken, die flitteraufgeputzten Birkenreiser in den krebsrothen Händen, und frierend und bebend die ewige Melodie herunterleiernd:

> „Die goldne Schnur geht um das Haus.
> Die schöne Frau Wirthin geht ein und aus.
> Sie geht wie eine Tugend.
> Der Herr, der hat 'ne hohe Mütze,
> Er hat sie voll Dukaten sitzen,

> Er wird sich woll bedenken,
> Und wird uns woll was schenken.“

Das wiederholten sie vor Frost zitternd, bis die Thür sich aufthat und die Bäuerin mit hochmüthig sauerem Gesicht ihnen ein paar Mehlweisen in die hingehaltenen Schürzen und Mützen warf.

Karl blieb zurück und sah dem Treiben eine Weile zu, bis ihn ein Zuruf der alten Griebsch aus seinen Träumereien aufstörte. „Nach Hause kimma, Karle, ’s Essa steht aufm Tische.“

„Was gibbt’s denn?“

„Was sulls denn gaben, tummes Luder? Mehlpappe giebts!“

„Ich feif drauf!“ schrie er wild zurück. Immer und ewig den säuerlichen Kleister, der nicht nährte, der keine Kraft gab! Darum sich sein ganzes Leben abschinden, darum all die Aergernisse, die Arbeit, die Trauer? War es denn nicht besser, gar nichts zu thun, sich hinzulegen und zu warten, bis man verendete, als sich wegen zweier Löffel ungenießbarer Pappe die Finger wund zu schlagen, die Beine lahm zu treten? …Eben kam ein Zug der kleinen Sommersänger an ihm vorüber: eine Wuth erfaßte ihn. Welche Entwürdigung, beim Bauern zu betteln! Er entriß dem ersten seinen „Sommer“, warf ihn in die Pfütze und schrie: „Geht nach Hause! Sommer werd’s überhaupt nicht!“ …Die Kinder stoben auseinander, nach allen Seiten hinschreiend: „der Schurig Karl is tälsch gewor’n!“

Ein paar junge Burschen standen in der Nähe, die sich das Treiben auch mit angesehen. „Recht hat a!“ sagte der eine, Georg Lehmann, ein langaufgeschossener Bursche, dessen Oberkörper nach vorn überzufallen schien, mit dünnen blonden Haaren und großen, tiefliegenden Augen. Karl, der den Ausruf gehört, trat zu ihnen; er hatte einen Drang sein Herz zu öffnen; jene Burschen litten ja, was er litt — er sprach von der eben Begrabenen, von dem schimpflichen Spiel, das man mit ihr getrieben; sie waren seiner Ansicht, daß ihr Hundeleben auch die kleinste Mühe nicht lohne, geschweige die tägliche Abrackern, und sie waren sich einig, zunächst morgen gar nichts zu thun, nicht zur Arbeit anzutreten und dann die Sache des Weiteren dem lieben Gott zu überlassen.

Sie blieben in der That weg und überredeten noch einige andere Burschen, sich ihnen anzuschließen. Um die Mittagszeit, als sich bei ihnen der Hunger einstellte und sie sich ihres Schwänzens wegen nicht nach Hause trauten, machte Jürgel Lehmann den Vorschlag, einfach zum Bäcker Gromatka zu gehen und sich ihr Brot zu holen. Er war ein schwer reicher Mann, dem der kleine Verlust nichts that. Der dicke Bäcker mit dem rothen Vollmondsgesicht, auf dem immer Mehlflecke lagen, war zunächst starr vor Staunen, als die Burschen nach Empfang der Brote mit einem „Gott bezahl’s!“ einfach den Laden verließen. Alles Nachlaufen und Rufen half nichts, sie lachten ihn aus: „Schreib’s eis Büchel, Dickerle!“, und er machte sich auf die Suche nach dem Gensdarm.

Die Hüter der Ordnung von Fichtenbrück, die heute wie rathlos zwischen den Bauernhäusern umherliefen, ließen den „Mehlsack“ aber sehr ungnädig an: sie hätten keine Zeit für seine Läppereien, sie müßten auf Befehl des Pfarrers feststellen, welche Mädchen sich gestern bei dem, längst verbotenen aber immer wiederkehrenden, altheidnischen Todaustreiben betheiligt hätten, und das sei sehr schwer, da kein Bauer den Nachbar verrieth.

Karl Schurig fiel es jetzt ein, seinen ziellos herumlungernden Haufen nach der Fabrik zu führen. Noch ein paar Burschen hatten sich ihm angeschlossen, denen es paßte, sich einen freien Tag zu machen. Die Arbeiter waren am Werke, den Schutt wegzuschaffen und mit den Ausschachtungen für den Neubau zu beginnen. Angesichts der wirren Trümmer und des klaffenden Erdreichs rief Karl den Freunden zu: „Seht ersch’, wie uns mit unsem Hause, wirds Euch allen gieh’n! Von der Streu treebt er Euch ’naus der Segonda — na, ’s is gutt so, da braucht Ihr wenigstens keene Erbschaftssteuer nich zu bezahl’n. Und wenn erst die neuchen Maschinen und sie sind da, da braucht Ihr überhaupt ni meh’ ei de Fabrike zu gieh’n, denn die haspeln sich ’n Flachs und treeba sich ’s Schiffche ganz von alleene!“

Jürgel Lehmann hob seine langen Affenarme und schrie: „Bir wollen de neuchen Maschinen nich! Bir wollen ni noch mehr hungern und schuften.“ Und Rudel Zimpel, ein kleiner verwachsener Rothkopf mit stechenden Augen und einer Fistelstimme schrie: „Treibt sie fort, die Kurnalljen; sie bauen unser Grab!" Man spie nach den Arbeitern und Schuttstücke flogen nach ihnen.

Jene schmissen zurück, aber mit einem Male stellten sie die Arbeit ein; sie hatten ganz angenehmen Vorwand, heut zeitig blau zu machen. Die Schippen über die Schultern zogen sie zu Segonda, erklärten, sie könnten heut nicht weiter arbeiten und marschirten nach dem Kretscham.

„Verdammte Zucht!" schrie drinnen im Contor Aribert. „Werde mal selbst gehen und der Blase Räsong beibringen. Gleich Ohren abscheiden!" Er setzte sich die Mütze auf, nahm ein dünnes Stöckchen in die Hand und stelzte in seinen Kanonenstiefeln hinaus, wo der Haufe sich wieder um Einige vermehrt hatte, indeß eine größere Zahl jüngerer und älterer Dörfler neugierig, mit höhnischen Blicken sich in einiger Entfernung angesammelt hatte, herüberschauend und einander anstoßend. Aribert, ganz roth im Gesicht, schrie mit seiner überschlagenden Fistelstimme: „Is denn los? Sind denn das für Sachen? Schweinerei! Schweinerei! … Gleich an die Arbeit! Bitt' ich mir aus! Mit affenartiger Geschwindigkeit! Marsch, Marsch!" Er ließ das Stöckchen durch die Luft sausen. „Sonst Ohren abschneiden!" … Der Haufe stutzte; Karl, der einen vom Sturm geknickten schwarzen Ast vom Boden aufgenommen, hieb gleichfalls durch die Luft, und Aris Ton nachahmend, rief er: „Nimm Dich in Acht, daß wir Dir nich selber die Ohren abschneiden, langes Oast! Menschenschinder! Und noch was anners dazu!" … Ein brüllendes Gelächter flatterte auf, Zimpel warf mit einem Ziegelstein nach ihm, wüthend stelzte Aribert ab, stürmte ins Contor und schrie die Mütze zur Erde werfend, puterroth: „Herrjeises, Bande is verrückt geworden! Machen Revolution! Gleich Militär requeriren! Telegraphisch!"

Inzwischen war der geplünderte Bäcker bei Segonda gewesen und hatte thränend sein Leid geklagt. Segonda hatte dem reichen Manne unter Auferlegung von Verschwiegenheit Schadenersatz versprochen und ihn gebeten, nur ruhig zu bleiben.

„Militär? Bist Du verrückt?" schrie der Alte den Sohn an. „Immer mit Deiner verwünschten Schneidigkeit. Mir das Geschäft ruiniren, was? Damit die Kunden zur Konkurrenz gehen? … Herrgott, laß blos nichts in die Zeitungen kommen!" Er wischte sich den Schweiß von der Stirn. „Dummkopf!" herrschte er Aribert an. „Unbrauchbarer Pinsel! Ich werde die Leute selbst beruhigen."

Die unverlegene Art wie Karl den Leutnant abgefertigt, hatte dem Haufen gefallen, die, welche neugierig in einiger Entfernung standen, waren lachend herangekommen, in fliegender Hast, schwitzend, mit heiserer Stimme hatte ihnen Karl gesagt, um was es sich handelte, und daß sie sich alle den Todtengräber bestellen könnten, wenn die neuen Maschinen kämen.

Jetzt erschien Segonda. Ein lautes, verworrenes Geschrei empfing ihn, ein hohles Durcheinanderbranden, ein langes Brodeln, unvernünftig und unverständlich, Jeder schrie auf eignen Mund — einzelne Hohnrufe drangen an sein Ohr: „Na Dickerle? Fetter Hamster! — Aaler Dachs!" Pfiffe schlängelten sich auf. Er machte Bewegungen mit den Armen, als Zeichen, daß er Nichts verstand, und brüllte endlich, so laut er konnte: „Ja zum Teufel, was wollt ihr denn eigentlich, Menschenskinder?" … Ein neues Geschrei antwortete, noch lauter, tobender, unverständlicher als früher, die ganze Masse stürzte im Sturmlauf gegen ihn zu, umgab ihn im Halbkreise, achtzig Hände fuchtelten durcheinander, vierzig Stimmen kreischten, quiekten, bellten, krähten, jede etwas anderes, und nur das Wort „Maschinen" war mit einer gewissen Deutlichkeit zu erkennen.

Segonda wurde es schwül in diesem Hexenkessel, er dachte sich: Henning mag sich mit ihnen herum ärgern, rief nickend: „Ja, die neuen Maschinen kommen zu Johanni!" und zog sich zurück, von einem Hagel Erdschollen und Schutt verfolgt, jedoch ungetroffen.

Er schickte sogleich nach dem Direktor und nach den Gensdarmen. Henning ließ ihm einfach sagen, was an der Straße passire, ginge ihn nichts an, sowie Unruhen in der Fabrik vorkämen, würde er seine Pflicht thun. Die Gensdarmen hatten den strikten Befehl, nicht zu rasten, bis sie die Theilnehmerinnen an dem Höllenunfug ermittelt. Hier stand die Autorität des Pfarrers, dort die des „Barons". Was thun, um dem drohenden Konflikt zwischen weltlicher und geistlicher Gewalt auszuweichen? Trennen wollten sie sich nicht, und so kamen sie auf den Gedanken einen Mittelweg einzuschlagen, und verfügten sich schleunigst ins Wirtshaus.

Segonda war, kirschbraun im Gesicht, ins Contor zurück geeilt und herrschte sogleich Aribert an, der eben einen Contoristen wegen eines Tintenflecks im Hauptbuch herunterputzte: „Da haben wir die Bescheerung! Und wem verdank ich sie? Dir! ... He, ich weiß Alles! Mußt Du dich mit dein verdammten Frauenzimmervolk hier einlassen? Die Mädels ins Grab bringen und die Männer rebellisch machen? Kannst Tu dir nicht 'ne Mätresse in Landeshut halten?"

„Ich verbitt' mir Deine Vorwürfe!" schrie Aribert zurück und lief aus dem Contor, die Thür so wüthend hinter sich ins Schloß werfend, daß Ottlie oben auf ihrem Schmerzenlager wie unter Dolchstichen sich krümmend zusammen zuckte.

Auf der Treppe traf der „Lieutnant" mit Dr. Fahner zusammen. Er wollte mit kurzem Gruß an ihm vorüber, aber dieser hielt ihn fest: „Du kommst mir gerade recht, mein Sohn *filius*!"

„Wieso? wieso?"

Der Arzt blieb stehen und kreuzte die Arme. „Netter Wortsmann! Wer ist mir Geld schuldig? Wer bezahlt nicht? Wer hat mir hundert Eide geschworen, mir Ottis Hand zu verschaffen? Wer hat sein Wort nicht gehalten?"

„Nur Geduld! Habe jetzt so scheußlich viel im Kopf — 's brennt doch nicht."

„Freilich brennt's. Was geht das Dich überhaupt an? Ich will mich verheirathen. Will nicht länger die öde Simpelei der Spielnächte —"

„Herrjeises, er kriegt sentimentale Anfälle!"

„Du machst Dich wohl über mich lustig — Frechling?" Fahner offenbarte deutlich seine Erregung. Auf vieles Bitten ihres Vaters hatte Ottilie sich einmal zu einer ärztlichen Untersuchung überwunden, und Fahner war doch nicht so unwissend, nicht zu merken, daß die Kerze mit reißender Schnelligkeit zum Leuchter niederbrenne. Was geschehen sollte, mußte bald geschehen. Wenn sie nur noch ein Jahr lebte! Dann konnten sie ein Kind haben! Er hoffte darauf: Schwindsüchtige sind leidenschaftlich und fruchtbar. Diesem Sohn — oder dieser Tochter war der Lebensfaden auch von der Parze kurz bemessen ... dann blieb er der alleinige Erbe.

Er kam eben von ihr. Sie lag tief eingemummelt zu Bett, über dem Federkissen noch wollene Decken, im Zimmer herrschte afrikanische Hitze, und doch klagte sie über Frost. Sie wälzte sich ächzend und wimmernd umher, schwach von dem beängstigenden Schweiß, der sie jede Nacht im Fieber schüttelte. Sie hatte sich erst geweigert, Fahner anzunehmen, aber Anastasia, der Fahners Markstücke gut schmeckten, ließ ihn eintreten — „Es ist zu Ihrem Besten, Fräulein," flüsterte sie ihr ins Ohr, als Otti sie strafend ansah. Der Arzt überzeugte sich, daß sie die verordnete Medizin nicht genommen und machte ihr Vorwürfe. Sie halte nichts von Arzeneien, sagte sie kurz, und machte Miene, das Buch wieder vorzunehmen, das aufgeschlagen auf ihrem Nachttisch lag. Er nahm es ihr weg und sah, daß es eine der theosophischen Schriften von Allan Kerdec war. „So'n Quatsch lesen Sie?" fragte er.

„Es ist kein Quatsch!" hauchte sie seufzend, und indem sie die Kissen höher rückte, fuhr sie fort: „Es wäre zu traurig, sollte gar nichts wahres dran sein. Ich habe nachgedacht, und ich kann nicht glauben, daß dieses elende Mischmasch von Leiden und Langerweile nun wirklich Alles sein soll, daß darum die Mühen des Entstehens und der Erhaltung aufgewendet werden sollen! Dann arbeitet die Welt wirklich mit ewiger Unterbilanz. Ein Darüberhinaus muß es geben. Ob es nun gerade das hier ist —" Sie zeigte auf das Buch und zuckte die Achseln. „In gesunden Tagen würde ich über die Plattheiten wahrscheinlich lächeln, welche die ‚Geister' hier im Ton adeptischer Offenbarung vorbringen. Aber, sehen Sie, das Krankenbett macht mürbe und anspruchslos. Diese breiige Küchenweisheit genügt mir jetzt gerade für mein armes, fiebergeschwächtes Hirn. Das ist die Ursache, warum Sie die Bibel und den Bibelglauben an zwei Orten so verbreitet finden: in der Kinderstube und in der Krankenstube. Es ist die Hühnersuppe des Geistes."

Sie lächelte — sie fühlte sich stets besser, wenn sie philosophiren konnte. Er glaubte den Augenblick nützen zu müssen, legte sein Gesicht in grinsende Falten, setzte sich ans Bett und sagte: „Sie haben zu wenig Pflege, zu wenig Liebe. Die Männer sind den ganzen Tag im Geschäft und können nicht für Sie sorgen. Sie liegen hier einsam wie Kaiser Tiberius. Heirathen Sie mich doch, dann haben Sie Alles.“

Sie richtete sich empor; das schmale, bleiche, leuchtende Gesicht, von den wirren, lang gewachsenen blonden Haaren eingefaßt, auf die Hand stützend sah ihm ins Auge und fragte: „Lieben Sie mich denn?“

Er blickte seitwärts. „Zweifeln Sie daran? Wissen Sie’s nicht längst?“

Sie entgegnete ruhig: „Wenn Sie mir in meinem jetzigen Zustande, den mir mein Freund, der Spiegel, jeden Morgen genau schildert, einen Antrag machen, dann ist Ihre Liebe eine Unwahrheit. So kann man mich nicht lieben. — Ich bin ja kein Kind mehr, ich lasse mich nicht düpiren. Solch’ männliche Engel giebt’s nicht, trotzdem ich in Nizza „*Mariage blanc*“ von Lemaître gesehen habe. Sie lieben meine Mitgift, nicht mich — und solchen Mann kann ich nicht achten.“

Er stellte sich entrüstet, verwahrte sich, sie entgegnete, und beide kamen in Hitze. Ein Hustenanfall peinigte sie, er quälte, bat, und als sie es verlangte, schwor er ihr sogar die Lauterkeit seiner Absichten.

Da richtete sie ihren ganzen Oberkörper auf, und mit dunkel funkelndem Blick sprach sie: „Sehen Sie — hätten Sie nicht geschworen, hätten Sie irgend eine dumme Ausrede gebraucht — Sie seien Menonit, oder was weiß ich sonst dann hätte ich noch einen Rest von Ehrgefühl in Ihnen gesehen und Sie geachtet. So aber sehe ich, Sie scheuen nicht einen Meineid um zu Ihrem Ziel zu gelangen …Ach!“ Sie schüttelte sich. „Ihr Männer seid doch einer wie der andere! … Ich muß ja riskiren, daß Sie um mich früher los zu werden, mir Gift geben —“

Er stand auf und sagte: „Es scheint in der That, Fräulein, daß, wie Sie sagen, Ihr fiebergemartertes Hirn Ihnen Gespinnste vorgaukelt, die jeder reellen Grundlage entbehren und die Sie für wirklich nehmen —“

In großer Erregung, mit zitternder Stimme sagte sie: „Ich habe nun dem Vater den Gefallen gethan, Sie einige Male zu consultiren, — das heut war aber doch wohl Ihr letzter Besuch?“

Er empfahl sich, sie aber sank erschöpft in die Kissen zurück, weinte, jammerte, schrie, um ihren Schmerzen Luft zu machen, und rief unter herabpilgernden Thränen Hennings Namen an.

Voll Scham über die Unzweideutigkeit seiner Zurückweisung traf Fahner auf Aribert, und die Erregtheit, mit der der Leutnant, den Anherrscher seines Vaters noch im Ohr, ihn? erwiderte: „Laß mich mit Deinen Geschichten zufrieden, habe momentan Anderes im Kopf!“ stachelte seinen Zorn an, sodaß er ihm zurief: „Flausen hast Du im Kopf. Ich sage Dir, Bengel, nicht wider den Stachel löcken! Bei mir kommst Du damit nicht durch. Gekniffen wird nicht. Dein Geld — oder Deine Schwester! Ich bin sehr konnivent, aber ich laß mich nicht zum Fatzke machen, in einer Sache, die fürs Leben ist!“ Der ganze Trotz des Proletariers brach aus ihm heraus, des Kleinbürgersohnes, dem es durch unwählerische Mittel gelungen war, sich in ein reiches Haus einzunisten und dem man die Frucht seiner Skrupellosigkeit entwinden mochte, da er sie sich gerade verbrieft zu haben glaubt. „Bring’ die Sache in Ordnung — *cito citissime!* — oder ich komm’ zu meinem Gelde, das schwör ich Dir — im Nothfall auf Deine Kosten!“ Er ging. In diesem Augenblick kannte er nichts wichtigeres außer seiner Angelegenheit, er begriff nicht, daß Aribert an die Fabrikzustände auch nur denken könne.

Der Leutnant kratzte sich den Kopf. Solche Drohungen! Da giebt es böse Dinge: Mittheilung an den Vater, Meldung beim „Rrrment.“ Wenn dieser Mensch sich was in den Kopf setzte, brachte ihm das Nichts heraus. Zäher Westpreuße! …Ach, was; das Mädel mußte! …Er ging hinauf nach ihrem Zimmer. Es war verschlossen. Sie wollte ihn nicht hineinlassen. Er plänkelte hin und her. „Ich bin nicht angekleidet!“ sagte sie.

„Herrjeises, hab Dich nich’! Hab’ Dich oft genug im Unterrock geseh’n!“

Er trommelte an der Thür, rüttelte am Riegel, sodaß sie endlich aufstand, öffnete, und sich ächzend und hustend wieder ins Bett warf. Er begann gleich: „Fahner erzählt mir eben, Du hast Dich so dumm benommen —“

Sie unterbrach ihn: „Rede blos nicht von dem Menschen!“

Er sprach in sie hinein, sie stopfte die Zeigefinger in die Ohren und wiederholte wohl zehnmal: „Ich will nichts hören! ich will nichts hören!" Er beugte sich zu ihr nieder und zog der sich heftig Sträubenden die Finger gewaltsam heraus, sie warf sich herum, versuchte sich das Kissen über den Kopf zu stülpen, indem sie wimmerte und schrie: „Ach! Ari! Hilfe! Hilfe, Stasla!", gleich als ob er sie würge. „Nimm doch Rücksicht auf mich!" klagte sie, „ich bin doch krank."

„Krank biste? Eigensinnig biste! Eine dumme Pute biste!"

Ihr Gesicht glühte wie Feuer. Erschöpft und hustend fiel sie zurück. „Hinaus!" flüsterte sie rauh mit letzter Kraftanstrengung. „Gleich hinaus!"

Ari verstummte und sah zu Boden. Die Vorfrühlingsstürme, die einige Zeit geschwiegen, fingen draußen wieder an zu heulen. Es pfiff, polterte, donnerte gegen die Scheiben in langezogenen Tönen gleich Indianerhorden. Irgendwo draußen klirrten zerbrochene Fenster, Hunde kläfften, Menschen schrieen. Mit geschlossenen Augen starr, die Hand am Herzen lag Ottilie röchelnd da. In bittenden Tönen sagte er leise: „Sei doch vernünftig, Tielemann! … Tielemänndel! … Ich bin ja sonst fertig. Bin ihm ja so viel schuldig! …"

Sie schlug die Augen langsam auf. „Spiel?" sagte sie hauchend. Er nickte nur ein wenig. Sie richtete sich mühsam ein paar Zoll empor, um reden zu können. „Also weil Du ein Lüderbold bist, soll ich für meinen Lebensrest noch unglücklicher werden, als ich schon bin? Mach' was Du willst! Ich kann nicht einem Menschen alle Rechte über mich geben, dessen bloßer Anblick mich frieselt, dessen Berührung mir den Magen umkehrt … der Mensch mit seinen Pusteln im Gesicht! Aah! …"

„Tiele, is ja Unsinn. Man gewöhnt sich an Alles. Liebe is ooch blos Gewohnheit!"

„Nein! Werde ich wieder gesund, dann bin ich lebenslängliche Sklavin. Und sterbe ich, so will ich wenigstens ruhig sterben."

„Aber wenn Du doch glaubst, daß Alles aus is —"

„Was? Du willst also den Tod Deiner Schwester?" schrie sie mit schriller, zerbrochener Stimme, die zornsprühenden Augen auf ihn heftend, und richtete sich hoch auf. „Pfui!"

„Aber Tiele —! Du verstehst mich ganz falsch"

„Hinaus! Auf der Stelle!"

„Aber Tiele —!"

„Gehste? gehste? gehste?" Weit vornübergebeugt nahm sie in ohnmächtiger Wuth weinend das Kissen und warfs nach ihm. Sie fehlte und verlor das Gleichgewicht, sodaß der Oberkörper nach vornüberfiel. Sie keuchte und heulte, indeß der Sturm draußen antwortete. An lachte frech: „Aetsch!" sagte er, „Siehste — das ist Recht. Nu jappste! Was nimmste nich Vernunft an? Was bist De so'n Bosnickel?"

Sie richtete sich zähneknirschend blitzschnell empor, ergriff die Medizinflasche und schleuderte sie nach ihm. Diesmal traf sie, und während die Stücke klirrend niederfielen, rannen ihm die klebrigen braunen Zeilen über Gesicht und Hände. Er trocknete sie mit dem Taschentuch auf, brüllend: „Du bist ja eine Wahnsinnige! Ins Irrenhaus gehörst Du! Die Zwangsjacke hol' ich für Dich!" stürmte hinaus, warf die Thür mit Gepolter zu und schrie über die Treppen und Flure: „Vater! die Tiele ist verrückt geworden! … Staslaah„ eine Zwangsjacke für meine Schwester!"

XVII.

Der Bericht von den Tumulten bei der Fabrik hatte sich am selben Abend noch durch das langgezogene Dorf verbreitet, und als am nächsten Morgen die Arbeitssääle sich wieder bevölkerten, die Spindeln wieder zu kreisen, die Schiffchen zu schießen begannen, lag ein banger, beklemmender Ton über jedem Raum, aus dem Klappern jeder Maschine klang es wie die dumpfe Ahnung eines Unheils, unter den Arbeitern war ein fortwährendes Räuspern, ein Umblicken, ein Winken, ein Flüstern, welches den verzögerten Eintritt eines bestimmt erwarteten Ereignisses malt. Im ganzen Dorfe, bei den Bauern, den Hausarbeitern, war die feste Meinung verbreitet, daß heut in der Fabrik etwas passire, die Knechte und Mägde hatten es den Arbeitern zugerufen, die sie im Morgendämmern nach der Fabrik schleichen sahen, beim Bäcker, beim Fleischer war es erzählt worden, und die Leute vor den Kratzen, den Flyern, den Webstühlen schienen sich bereits mit der Verpflichtung abgefunden zu haben, die ihnen die allgemeine Erwartung auferlegte. Aus dem störrischen, langsamen Gehaben der Männer, dem gewohnten Plaudern der Mädchen sprach die Neugier, wie es denn nun eigentlich werden würde? — daß es werden würde, stand gar nicht mehr in Frage. Sie trieben Ausstand und Aufstand so gedankenlos, so maschinenmäßig wie Spinnen und Weben, sie hatten die selbstständige Prüfung der Verpflichtung ihres Handels schon längst verlernt, sie beugten sich ohne zu murren, ohne sich zu wundern, vor der Macht, die stark und übergewaltig auf sie wirkte, ohne nach ihrer Herkunft, ihrem Recht zu fragen.

An der kreisenden Haspelmaschine standen zwei wachsblasse, halbwüchsige Burschen. „Was miß' wer da eeg'ntlich machen wenn's und's tutt losgahn?" fragte Lutze Buttmann und und sah Johann Schirweg mit seinen rothen Triefaugen zweifelnd an. „Tummes Oast!" antwortete dieser hustend, „doas wirste ja schont seha, was die Annern macha!"

Die stärkste Stütze aber, die Karl, die Seele des ganzen Anschlags, finden konnte, war, daß sich jetzt auch die Alten für ihn erklärten. Die Tumultuanten waren bisher nur Burschen gewesen; die Alten haßten und mieden sie und vor Allen den Anstifter. Nur der alte Lange, der in ihm etwas wie die Wiedererscheinung seiner eignen, verfehlten Jugend ahnte, barg geheime Zuneigung für ihn. Spät am Abend noch hatten Gabitz, Schurig und andere Greise und Männer sich beim alten Lange zusammengefunden und über die Aufrührer schimpfend berathen, wie sie zu Zucht und Ordnung zurückgeführt werden könnten. Man war übereingekommen, den Geistern die Entscheidung zu überlassen, und kaum hatte man Platz genommen, kaum war die Kette gebildet, als es auch schon beim alten Lange zu klopfen begann, schüchtern und zittrig, und der unbekannte Gast in raschen Lauten seine volle Beistimmung zu den Ereignissen des Tages ausdrückte, zur Freude seines Vermittlers, bei dem sich hier wieder bestätigte, daß die Geister immer nur das bejahen, was im Sinn dessen liegt, dem sie antworten. Der aus höheren Kreisen stammenden Führung, die Gott um so viel näher stand, hatten die Alten immer vertraut, und so war auch diesmal ihr Widerstand gebrochen. Unter der zahlreichen Schaar, die am nächsten Morgen das Fabrikthor umstand, ohne einzutreten, den Durchpassirenden mahnende Worte zurufend, den Pförtner verhöhnend, befanden sich auch neben Lange viele der älteren und ausgedienten Spinner und Weber.

Henning bemerkte bei seiner amtsgemäßen Runde sehr wohl den gespannten Ton, die gährenden Dämpfe. Aber er begnügte sich von den Werkmeistern der einzelnen Säle die Fehlenden aufschreiben zu lassen, um die Liste Segonda zu übergeben. Das war die äußerste Grenze seiner Pflicht. Er wollte sich bei dem beginnenden Konflikt ganz neutral verhalten. Für Segonda empfand er gewiß Nichts, seine Zeit lief sehr bald ab, und den Leuten hatte er für eine freilich vielleicht noch sehr weite Ferne bessernde Hilfe zugesagt; wenn sie nicht ihm vertrauend warten, ihr Schicksal in seine Hände legen wollten, so mochten sie es auf eignes Risiko tragen.

Um so ungeberdiger zeigte sich ein paar Stunden später Aribert, in dem noch der Groll ob seiner gestrigen Mißgeschicke brodelte. Er glaubte nur durch Unwirschheit abschrecken zu können. Er herrschte die Kinder in den Haspelsälen, in der Weiferei an, weil sie nicht militärisch genug Honneur machten, er mäkelte und tadelte überall. Der stummen Jule, einer vorzüglichen Arbeiterin, warf er den ganzen Flachs vom Zuführtuch zur Erde und schrie: „Heißt das anlegen? Ist das eine Arbeit? Hier knüppeldick und da zum durchblasen! Wie soll denn da 'n gescheidtes Band rauskommen?" An einem Flyer riß er die Fäden einer ganzen Spindelbank durch und schrie: „Das ist Quarg aber kein Garn!" so daß das Mädchen unendliche Mühe mit dem Wiederanknüpfen hatte.

Mitten in seinem besten Toben, da Alles rechts und links scheu nach ihm blickte, erschien plötzlich Karl Schurig im Saal. Er sah den Fortgang seiner Sache, er fühlte, daß jetzt die Entscheidung nahte, daß er den Feind in seinem Mittelpunkte aufsuchen mußte, um da seine Autorität zu vernichten. Ihm war jetzt Alles gleich, er hatte Nichts mehr, kein Heim, kein Brot, keine Braut, nun spielte er, so hoch man den Einsatz annahm.

Ihn kaum erblicken und roth wie ein Puter auf ihn losstürzen, war für Aribert eins. „Lausejunge!" stotterte er. „Hundelerge! ...Erfrechst Dich noch die Fabrik zu betreten? Willst woll hier noch stänkern? 'Raus! Pascholl! Entlassen bist Du! entlassen!"

Karls Herz flog gegen die Rippen, er zitterte bis in die innersten Eingeweide, aber er beherrschte sich, stemmte die Arme in die Hüften und sagte, mit bebender Stimme, so ruhig es ihm gelang: „Sie ha'n mir gar nischte nich zu sagen. Eener, der sich von sei'm Vater jeden Sonntig 's Taschengeldle bettla muhß, hat Leuten gar nischt zu sagen, die sich ihr Brot selber verdiena!"

„Was?" krähte Aribert in den höchsten Fisteltönen und sprang jetzt kreidebleich, dicht vor ihn mit geballten Fäusten. „Was ist das? Maul halten! Ohren abschneiden!"

„Osch!" sagte Karl nunmehr ganz ruhig, „schneid'n Sie sich lieber a Stückla von Ihre eegna Ohra ab — lang genug sein se derfür!"

Aribert stand einen Moment wie versteinert — in derselben Sekunde schrillte draußen die Pausenglocke. Den Männern und Frauen war es unheimlich geworden, sie drängten sich Hals über Kopf hinaus, Karl spazierte ganz gemüthlich zurück, wo er eben herein gekommen, während Aribert aus seiner Verstummung erwachend, mit einem lauten: „Na, Dir werd' ich's anstreichen!" hinunter zu seinem Vater ins Contor lief.

Nach der großen Mittagspause blieben die Säle fast leer. Die wenigen Eintretenden fanden an der Hauptthür einen Anschlag Segondas, nach dem zur Sicherung des Schadenersatzes bei ungehorsamem Verhalten dein gesammten Personal vier Wochen lang ein Viertel des fälligen Lohnes zurückbehalten würde, abgesehen von den Strafen, welche die Einzelnen verwirkt haben sollten. Unter dem großen, beständig anwachsenden Haufen, der sich draußen, außerhalb des Thores angesammelt hatte, und zu dem die vom Mittagsessen Zurückkehrenden hinzutraten, hatte sich die Nachricht dieser Verordnung rasch verbreitet. Ein Murren und Rauschen ging durch die Menge, ein Rascheln wie Herbstlaubfall. „Was?" schrieen einige, „ganz verhungern will er uns lass'n? Haal sein ber'sch schonn!"

Die Glocke schrillte, die große Esse stieß ihre kurzen Rauchwolken in schnellen Athemzügen aus ...paff, paff ...sie lockten umsonst. Wer draußen stand, blieb draußen. Die Eintretenden wurden mit Spott überschüttet. „Gieht ock 'nei und spinnt Euch selber die Schwere zum Uffhänga!" — „Ihr wullt wull 'm Segonda no' was zuzahl'n, daß er Euch bluß oarbeeta läßt?" — Wie Verbrecher, scheu, mit niedergeschlagenen Augen drückten und schoben die paar Dutzend sich hinein, nur die große Lina mit ihrem festen, strammen Männertritt, ihrer Degenklingenhaltung ging trotzig hindurch, eine tiefe Falte zwischen den Brauen.

„Die hat's am neethigsten!" schrie ein Weib, und die Spottreden seitens der Mädchen und Frauen fielen hageldicht, bis die alte Griebschen rief: „Laßt se ock, se weeß schonn ganz gutt, warum daß se's thutt!" Sie aber ging weiter, ohne sich um den Spott und die Wuth zu kümmern.

Dicht vor dem Fabrikthor hatte der Sturm der letzten Nacht einen tüchtigen großen Baum umgerissen. Auf den stürzten sich Jürgel und Lutz, schleiften ihn durch die Luuschen und Pfützen um die Fabrikmauer herum nach der Rückseite des Wohnhauses, und heulend und johlend unter fortwahrendem Springen, sich gegenseitig anstoßend, folgte der ganze Haufe. Die Fensterläden im Erdgeschoß waren geschlossen. Sechs, acht Leute, Männer und Frauen faßten den Baum und rannten damit gegen die grünen Läden, die krachend in Stücke fielen. Die Scheiben zerbrachen klirrend und durch die freie Oeffnung flogen Schmutz, Sand und Erde auf die Plüschmöbel, die Teppiche. Es war ein fortwährendes Hin- und Herrennen wie in einem Ameisenhaufen, ein Murmeln und Schreien und Krachen. Der alte Lange sagte endlich zu Karl: „Doas hat ja keenen Zweck ni, die Meebel zu verrunnira, suste geht's genau so wie vierunvierzig ei Biele."

Karl zog die Stirn kraus. „Joa — was meenste denn, Onkel Lange —?"

„Wenn wir und wir woll'n schonn was macha, missa mer ei's Maschinenhaus geh'n und de Maschine kaput macha, von der alles Unheil kimmt!"

Karl und Alle waren begeistert, und Zimpel und Lehmann machten sich anheischig, mit noch vier oder fünf Burschen die ganze Maschine kreuz und klein zu schlagen. Drei Dutzend meldeten sich, ein halbes wurde von Karl ausgewählt.

Das ungeheure Schwungrad sauste wie toll herum, die Kurbeln drehten und wandten sich kokett, die Kolben stießen mit brutaler Energie vorwärts und zurück, der Boden, das ganze Haus zitterte und schlitterte in leiszagenden Schwankungen. Ein Maschinist saß ruhig auf der fliesenschmucken Fensterbank und flickte eine alte ölfleckreiche Hose, als der Haufe, die beiden Anführer voran, leise hereinschlich, die Köpfe in behutsamer Neugier vorstreckend. „Fort! fort!" rief der Maschinist, „hier hat Niemand was zu suchen!"

„Kimm ock mitte!" sagte Zimpel, „'s werd ni meh geoarb't! 's hat geschellt! Fer sex Behm 'n Tag woll'n wer'm Segonda was feifen."

Der Maschinist legte die Hose beiseite und sagte ruhig: „Na, das is vernünftig, daß ihr endlich zur Einsicht kommt und euch zusammenthut. Haltet nur aus!"

„Und die Maschinen schloa'n wer'm kaput!" schrie Lehmann und stürmte mit dem Haufen ganz hinein.

Der Maschinist erhob sich. „Schlagt ihm kaput, was ihr wollt; aber meine Maschine laßt mir in Ruhe!"

„Alles wird runnirt!" schrie Lehmann. Der Maschinist wurde wüthend und entgegnete: „Macht Strike so viel ihr wollt. Aber hier habt ihr nichts zu suchen. Hier bin ich Herr! 'Raus!"

Schon hatten die Burschen aber einen großen Baumstamm herbeigeschleppt, mit dem sie einen wirkungslosen Schlag gegen den Dampfkessel führten. Der Maschinist wollte sich auf sie stürzen, seine Fäuste ballten sich — da besann er sich eines Bessern und sagte im ruhigsten Ton: „Da richtet Ihr nischt aus, das is Alles zu feste. Hierher müßt ihr kommen." Neugierig folgten sie seinem Rufe nach einer Stelle, an der sich ein Gewirr von Schrauben, Räderchen und Klappen fand. Zimpel und Lehmann beugten sich eifrig vor, in dem Augenblicke drückte er einen Hebel, und polternd und rasend, mit donnerähnlichem Gebrause stürzte durch das geöffnete Ventil eine heiße, weiße Wolke den Beiden entgegen, glühender Wasserdampf, ihnen Wangen und Hände verbrühend, und immer höher steigend, sich ausbreitend und das ganze Haus mit undurchdringlicher Gischt erfüllend. Die Verbrannten schrieen auf wie Wahnsinnige, die Andern bildeten sich ein verbrüht zu werden: es war ein wildes Schreien, Jammern, Heulen; Alles drängte in der dampfenden Verwirrung zum Ausgang, den man, keinen Zoll breit entfernt, zunächst nicht fand — Alles glaubte sein Leben, seine Haut in Gefahr, zeternd kämpfte man um die Thür, und nur der Maschinist lachte, als der Haufen hinaus war. Er hatte seine Maschine geschützt, seine Liese, die ihm gehörte, die er liebte, an die er sich gewöhnt hatte, und setzte sich, als der Dampf verflogen, wieder ruhig ans Fenster, seine Hose fertig zu flicken.

Aribert erlahmte indessen nicht in seinen erneuten Bemühungen, Fabrik und Heim zu schützen und sich seinem Vater gegenüber als Mann von Bedeutung aufzuspielen. Er war auf die Idee gekommen, eine Schutztruppe zu bilden und mit ihr die Aufrührer auseinander zu sprengen. Er ließ aus der Bleicherei und der Appretur die irgend entbehrlichen Arbeiter heranholen, meist stämmige Gesellen und gleich den Maschinisten im Lohn zur Zufriedenheit gestellt, ordnete sie in Reih' und Glied und hielt eine Ansprache vor der Front, in der er die Niedertracht der Spinner gebührend kennzeichnete, sich für ihre Unruhen gerade die Zeit der Hauptbestellungen auszusuchen. Zudem wisse Niemand, was sie eigentlich wollten, bestimmte Forderungen hätten sie nicht: es sei klar, sie wollten sich nur einen Jux machen, weil es ihnen zu gut ginge, weil sie der Haber steche. Wenn der Betrieb in der Spinnerei und Weberei eingestellt werden müsse, dann könnten natürlich auch die Bleicher, die Appreteure, die Maschinisten, die Expedienten nichts verdienen — er frage sie also, ob sie ihm ihren Beistand zur Wiederherstellung der Ordnung leihen wollten? Ein einstimmiges, lautes: „Woll, Herr Leutnant!" war die Antwort: sie waren bei ihren chemischen, mechanischen, kaufmännischen Kenntnissen gewöhnt, auf das ungebildete Volk der Spinner und Weber tief herabzusehen. Der Lieutenant kommandirte also: „Thor öffnen! … Mit Gott für König und Vaterland, zur Attacke vorwärts! Marsch, marsch!" … Die Schaar stürmte vor — aber am Thor machten sie Alle plötzlich Halt, denn sie konnten bei ihrer breiten Aufstellung nicht gleichzeitig durch, und sämmtlich gediente Soldaten, hätten sie sich eher todtschießen lassen als daß sie aus dem Gliede traten. Arl führte sie also zurück, ließ sie rechts schwenken, links schwenken, aber umsonst: drei- viermal war der Versuch vergeblich, die Front war immer zu breit für das Thor, es gelang ihm nicht, die Leute hinauszubringen, die ihr Lachen nur noch mit Mühe unterdrückten. Der intelligenteste der Männer endlich, der Unteroffizier gewesen, unternahm es, dem Lieutenant beizuspringen, und seinem Manövern gelang das Kunststück.

Eine Salve von Schimpfworten empfing sie draußen seitens des murrenden, brandenden Haufens, der auf viele Hunderte angewachsen war. „Schinderknechte!" … „Stinkfritzen!" — „Achtung, die Borschdorfer Aeppelgarde kimmt!" … Wenn die hübschen Spinnermädel, mit denen die kräftigen Burschen gern poussirten, sich über ihren Chlorduft aufhielten, behaupteten sie immer, das sei nicht wahr, Chlor rieche wie Borsdorfer Aepfel…

Unbeirrt durch die Zurufe forderte Aribert zum Auseinandergehen auf, und als Niemand sich rührte, griffen die Seinen an. Pfiffe ertönten von allen Seiten, Geschrei: „Haut die Aester nieder!" — „Hier geht's um die Wurscht!" — „Nur nich zimperlich!" — Ein wildes Durcheinander entstand, man rang, warf, schlug mit den Fäusten, Stuhlbeine flogen auf, Gruppen, knäuelgleich in einander verstrickt, wälzten sich wie Schlangennester in den Pfützen, daß das Schmutzwasser hoch aufspritzte. Mit Stöcken, Schlüsseln, Flaschen, Holzkloben schlug man auf einander los. Jedes Instrument, jedes Handwerkszeug, jeder Gegenstand der Haushaltung ward zur Waffe. Die Bleicher hieben ein Dutzend nieder, aber es half ihnen nichts — immer waren Neue da, umklammerten ihre Füße, ihre Arme, und wenn sie vorn Einen bändigten, so sprangen ihnen hinten ein halbes Dutzend wie Katzen an den Hals, gaben ihnen Fußtritte in den Rücken, die Weichen, bissen sie in den Nacken, kratzten sie in Wangen und Augen.

Erschöpft und übermüdet mußten sie der Ueberzahl endlich weichen, sich hinter das Thor zurückziehen, und sich begnügen, es zu bewachen, so daß keiner der Aufrührer den Fabrikraum betreten konnte, während Aribert innen seine Wuth in den ordinärsten Schimpfworten gegen die Bande ausließ.

Segonda kochte in seinem Contor vor Zorn über die unerschütterliche Gleichgiltigkeit, die Henning dem Tumult gegenüber bewahrte, als ginge die ganze Fabrik ihren friedlichsten Tag. Die Hände in den Hosentaschen stelzte er gemach umher und brummte sein luxemburger Heimatslied vor sich hin, den ‚Feierwohn': „Mer welle bliewe was mer sin." Segonda ließ ihn durch den alten Petrick auffordern, die Lärmenden zur Arbeit zurückzuführen, indeß der Direktor dem vor Aufregung an jeder Faser bebenden Greise wiederholte, draußen könnten die Fichtenbrücker treiben was sie wollten, ihm wäre es höchst gleichgiltig, ob sie sich auf die Köpfe stellten oder todt schlügen, er sei weder Reporter noch Gensdarm. Segonda stürmte auf diesen Bescheid in seinem Trippelschritt zu ihm: „Herr — wollen Sie sich über mich lustig machen?"

„Das sollte mir schwer fallen."

„Zum letzten Male fordere ich Sie auf, Ihre Pflicht zu thun."

„Zum letzten Male fordere ich Sie auf, mich ungeschoren zu lassen."

„Gut!" Segonda rieb sich in Erregung die Hände. „Sie glauben, ich werde mir von Ihnen auf dem Kopf herumtanzen lassen?" sagte er, die Worte kurz und scharf hervorstoßend. „Weil ich auf Ihre egoistischen Pläne nicht eingegangen bin, hoffen Sie mich jetzt in vermeintlicher Nothlage aufsitzen zu lassen?" … Sein Ton wurde breiter, vibrirender, näselnder. „Lieber Freund — ich brauche Sie nicht — Sie nicht — und Niemanden! Mit den paar schoflen Radaumachern werde ich noch fertig! Und wenn's hundertmal so viel sind." Er schlug sich an die Brust. „Sie denken, ich werde vor Ihnen kriechen? Ich werde Ihnen zeigen, wie Sie mir imponiren: Sie sind wegen wiederholter Pflichtverweigerung entlassen! Ent-las-sen!"

„Gottlob!" dachte Henning. Er hatte den Augenblick eines Bruches noch vor seinem Abgange ja herbeigesehnt. Die umgestalteten Modelle hatte er nach vielen, vielen Schwierigkeiten gestern von Kiel zurückerhalten — zweimal hatte der Wackre den auf Material empfangenen Vorschuß vergeudet — wozu also noch des Bleibens in Fichtenbrück? Diesmal gingen seine Modelle. Für ihn gab es nur ein Ziel: Maschinenfabrikanten, Geldleute finden, die an seine Erfindung glaubten. Woher die in dem stillen, weltentlegenen Gebirgsthal auftreiben? Nur im Sammelbecken der Gewerbe und des Kapitals konnte jetzt sein Schiff vom Stapel laufen, anderwärts fand er kein tiefes Wasser. Um Segonda zu zeigen, daß Kapital ohne Geist der Abzehrung verfallen sei, mußte er zur Entfaltung seines schattengleich in der Luft schwebenden Geistes erst selbst noch die blutwarme Hülle des Kapitals finden — und jeder Tag Verweilens in dem elenden Neste war ihm Verlust. Was kümmerten ihn die Sorgen und Schwierigkeiten Segondas, des Mannes der ihn stets gehaßt, wie der behaglich Herrschende den kämpfend Strebenden nur hassen kann? Was die Augenblickszuckungen der dumpf brütenden Massen? Der Sieg seiner Ideen — und die genossenschaftliche war ihm untrennbar verknüpft mit der technischen — und ihr Wohl war entschieden. Bis dahin mochten sie harren: wie er ausharren mußte!

Und so sagte er ruhig: „Sie haben zwar nicht das geringste Recht mich zu entlassen, aber damit Sie nicht glauben, mir liegt was an dieser Stellung, so erkläre ich mich einverstanden, und werde Nachmittags meine Abrechnung in Empfang nehmen." Damit drehte er sich um und schritt dem Thor zu. Die draußen hatten alle möglichen Versuche gemacht, in den Fabrikhof zu dringen. Karl hatte Zimpel auf den Prellstein steigen lassen, war dann über ihn emporgeklettert und sprach nun von der Thorhöhe auf die Wache Haltenden ein: „Das nennt 'r Briederlichkeit? Das nennt 'r Gemeensamkeit? Schämt Euch! ...Erscht da sull'n mer durchaus an die Arb't, und wenn mer 'nei woll'n — haal't r' uns de Thüre vor der Nase zu?"

Die Männer ließen sich aber dadurch nicht irren. Die langen Umrührstangen wurden von den Bottichen der Bleicherei weggeholt, „Päärsch Dich ock ni so, puckliches Luder!" schrie der Werkführer Karln zu. „Footen weg! Fleesch verstecken!" und schlug nach ihm. Karl spie hinunter und schrie: „Feige Hunde! Kimmt do' naus, da wärt'r schonn Schnicke krieg'n." Er streckte den Körper vor und duckte sich wieder — aber zuletzt sprang er doch hinab. Vergeblich waren die Versuche mit Baumstämmen das festverrammelte Thor einzurennen, vergeblich die Bemühung bei Hennings Heraustreten einzudringen, und das ohnmächtige, von Schreien, Schimpfen, Heulen begleitete, ununterbrochene Donnern und Poltern an das Thor, an dem sie sich nur die Fäuste blutig schlugen und aller Zorn, alle Wunden nur die Machtlosigkeit der empörten, geistarmen Kraft bewiesen, die sich schon an den äußersten Vorwällen brach, welche das Kapital zum Schutze seiner täglichen Betriebe aufgeworfen hatte.

Zu Hause angekommen, rief Henning gleich: „Mutter Liebig — sofort den Reisekoffer, zwei Anzüge, Wäsche und so weiter! Nicht zu viel!" Er selbst machte sich schleunigst daran, die Modelle sicher und fest in zwei starken, ledergefütterten, nägelbeschlagnen Kisten so unterzubringen daß kein Rütteln ihre Lage verändern konnte. „Herr Du meine Güte!" rief die Alte, die Hände zusammenschlagend, „Sie wollen fort? Und uns ganz alleene lassen — bei der Revelutzjon?" Henning lachte, schlug sie auf die Schulter und sagte: „Ja, Mutter, es wird endlich Zeit, an uns selbst zu denken! Uebrigens — muß ich einmal ja doch noch zurückkommen, wegen der Bücher und der Sachen; also darum heut noch keine Thränen, Mutter Liebichen. Legen Sie sie auf Stroh, sie machen sich auch später noch gut ...Und wegen der Revolution lassen sich sich kein graues Haar ausfallen! Wenn die Aufrührer Abends vor Ihrem Hause stehen und berathen, an welcher Ecke sie's anzünden wollen — dann legen Sie sich ruhig zu Bett!"

Er hieß sie packen und schickte sie dann den Wagen bestellen, der Nachmittags zuerst das Gepäck aufnehmen und dann ihn selbst von der Fabrik direkt zum Bahnhof abholen sollte.

Spornstreichs kam Kiel angesetzt. „Is wahr, Sie machen fort, Herr Direkter? ...Recht haben Se, 's wird ungemiethlich in Fichtenbrück!"

„Ich komme wieder, Kiel!"

„Na ... Herr Direkter ... ich wollte man blos fragen ... Wenn Se nu in Berlin die große Fabrik gründen — und überhaupt 'n hohes Thier sind — werden Sie denn ooch Ihr Wort halten und an Kiel'n denken ... und ihn für die Jemeinheiten entschädigen, mit denen Welt und Gesellschaft ihn Unschuldigerweise verfolgen?"

„Sie haben mein Wort, Kiel, ich stelle Sie an."

Der Mechaniker schlug die Arme unter, trat zurück und sagte lachend: „Und det spricht er nu mit so'n treuherziges Gesicht, als könnte man Häuser druff bauen! ... Sie an mir denken! Ihnen kenn' ick doch! Wat pusten thun Sie mir, sowie Sie wat Großes sind! Ach Menschen, Menschen!" Er starrte wie geistesabwesend mit seinen wasserigen Augen vor sich hin und schüttelte den Kopf. „Faules Gesindel!" rief er dann plötzlich mit langgezogenem Ton und lief ohne Gruß zum Zimmer hinaus.

XVIII.

Trotz der vorhergegangenen Aufregungen fühlte Ottilie sich heute ein wenig wohler, so daß sie mit Anastasias Hilfe sogar das Bett verließ und im weichen Morgenrock das Zimmer durchwandelte, sich von Möbel zu Möbel schleppend, den Saum nachschleifend. Sie ließ sich den langen, bequemen Polsterstuhl ans Fenster schieben, reckte sich aus und wandte die müden Augen, die sich jeden Moment zu schließen neigten, dem Gebirge zu, über dessen schwarzgrüne, unheimliche Mauer die schwammigen Wolken herankrochen, schleichenden Raubthieren gleich, dunkel, ungestalt, tückisch: hart über die Kante weg, oft durch einen verborgenen Felsenhaken angehalten und dann sich duckend, zerrend, zappelnd, um loszukommen, in langen Schleierfetzen über die Waldwellen hinfegend oder sich in wuthsprühenden Nebelgeifer auflösend.

Ottilie sah über die breiten Schneeflecke hin, die an den kahlen Steinlehnen der hoch über den Waldgürtel hinausragenden Gebirgsbuckel klebten, und die zeitweise hinter dem Reigen verschwanden, den die Wolkenschaar um die höchsten Gipfelzinnen tanzte. So hatte er über alle Menschen ihrer Umgebung hinausgeragt, wie die Fichtenkuppe drüben über alle Kuppen und Buckel des Gebirges — und so verhüllten ihn die Wolken der Niedrigkeit und entzogen ihn jeder Hingebung, jeder Bewunderung.

Die Mimosen, ihre gelben, feingefiederten Lieblingsblumen, züchtig und zierlich, sandten ihre schwermüthigen sehnsuchtskranken Düfte durch das Zimmer. Begierig sog sie den nervösen Hauch ein, der ihr wohl that...

Warum nur liebte Henning sie nicht? Sie! ... War sie nicht gescheidt, gut, jung, hübsch? — er wenigstens kannte sie nicht anders: jetzt freilich war sie krank und zerfallen — aber nur der Schmerz der Enttäuschung hatte sie für einige Wochen niedergeworfen, seine Schuld! ... Warum wurden so viele Andere geliebt, heiß, innig, bis zur Tollheit, zum Verbrechen, hundert Andere, die hundertmal häßlicher, dümmer, verworfener, plumper waren? Nur sie gerade nicht? Was fesselte geistvolle, unabhängige, starke Männer oft an unbedeutende, übertragene, unschöne, sittenlose Frauen, trieb sie dazu, sich mit den Ihren, mit aller Welt um einer solchen Frau willen zu entzweien, ihnen Gut, Stellung, Ansehen, Gesundheit, Leben zu opfern? ... Ihr wurde glühend heiß, mit beiden Händen griff sie sich an die Schläfen. Sie stand vor dem Geheimnißvollen, Unbegreiflichen. Eine fremde Macht war hier im Spiel, ein Zauber, den sie erfassen wollte ... War es nicht Unsinn, an solche Dinge zu glauben? Aber um Himmels Willen — was war sonst? ... Sie, gewohnt, jedem Dinge bis in seine Wurzeln nachzuforschen, sah sich hier, in dem Wichtigsten des Lebens, verlassen, verirrt, wie in einem pfadlosen, lichtarmen Urwalde ... daß ein persönlicher alle Weisheit vereinender Wille diese Erdenwirrsal lenke, glaubte sie schon längst nicht mehr — denn woher dann der Sieg der Thorheit, des Unrechts, der Rohheit allerorten? Und selbst wenn dieser Sieg allenthalben ohne Dauer war — konnte es die Urquelle aller Vernunft und aller Macht erfreuen, erst zu rasen und dann die eigene Raserei auszulöschen? ... Wäre aber die Welt nur ein kunstvolles Uhrwerk, das, einmal aufgezogen, weiter und weiter lief, bis in die Unendlichkeit hinein — setzte ein Rad immer das andere in Bewegung, woher dann diese Fülle des Unbegreiflichen, dieser klaffende Widerspruch, dieses Räthsel der wichtigsten Erscheinungen, diese Widernatur im Natürlichsten? Sie besaß Alles, was einen wirklichen Mann von Kraft, Herz, Verstand fesseln mußte — kein göttlicher Wille, kein äußerer Grund war Schuld, daß er sie nicht liebte. Also gab es geheime Kräfte, die das Herz, die Sinne des Menschen bannten, seine Gedanken, seine Empfindungen in bestimmte, von Anderen, von unheimlichen Mächten gewollte Bahnen schlugen und sie zwangen, diese nicht zu verlassen! ... O diese Kräfte kennen, an denen Glück und Unglück hing, diese Mächte sich dienstbar wissen um die Andern, den Einen zwingen zu können, wie sie wollte! ... Sie las, was sie von Büchern aus Breslau erhalten konnte, in denen sie Aufklärung erhoffte, indem sie sie in das Dunkelste einführten. Hellenbach, Kiesewetter, Aksakow, die Theosophieen der Frau Blavatzki. Stundenlang vergrub sie sich hinein, um mit einem plötzlichen „Ach!“, einem Stirnrunzeln Alles beiseite zu werfen. Nein, das war alles zu abgeschmackt, zu ausschweifend. Wahnvorstellungen kranker Gehirne! ... Aber hatte sie nicht Henning deutlich und körperlich neben ihrem Bette sitzen gesehen? War auch das Nichts gewesen als eine Halluzination? ...Seufzend ließ sie oft Kopf und Arme sinken. Sie wußte nichts ...sie glaubte an Nichts mehr, sie zweifelte an Allem, am Sonnenlichte, an sich selbst ...Warum nicht? Hatten ihre Philosophen sie nicht gelehrt, daß die Wirklichkeiten für den Menschen nicht da waren, daß er nur die Schlagschatten, die Hirnbilder der Dinge sah? ... Wer sagte ihr, daß nicht auch das Bewußtsein ihrer selbst sie trog? Und wenn sie die Welt nur sah, wie sie ihr durch die Brillen ihrer fünf Sinne erschien — warum sollte es nicht Menschen geben, die mehr Brillen hatten, feinere, reinere, achromatische? Gab es nicht Kurzsichtige und Weitsichtige? Man kannte Farbenblinde, Niemand bezweifelte die Existenz von Taubstummen, es gab ohne Widerrede Idioten — warum sollte man nur Medien läugnen? Was war das für eine Logik, die das Weniger zugab und das Mehr bestritt? ....In den entsetzlichen, öden Stunden des Alleinseins, in den grauen Zwischenzeiten der Abenddämmerung, wenn die Einzeldinge in die ungeheure farblose, formlose Masse der Weltsubstanz zusammenzuschmelzen begannen und in der zitternden, leise erklingenden Krankenstubenluft Gestalten herangeschwommen kamen, sich loslösten von Wänden, Decke, Möbeln, Kissen, florartig und durchsichtig — dann, um die brustschnürenden Beklemmungen los zu werden, klingelte sie Anastasia herauf, die Schleichende, Kriechende, die sie nicht mochte, aber die einzige Seele im Hause, die jetzt für sie Zeit hatte. Sie fragte sie auf ihr Gewissen nach erlebten Wundern, und Anastasia, die Möglichkeit schnuppernd, ihrer Kirche eine Seele zuzutreiben, beschwor das Selbsterlebniß der seltsamsten Heilungen, Gewinne, Rettungen, Zusammentreffen, Ahnungen, Prophezeihungen nach angerufenem Beistand der Jungfrau und zahlreicher Heiliger. Sie wußte genau anzugeben, wofür der Patron oder jene Patronin gut sei, denn die Welt der Wunderwerke schien im himmlischen Reiche streng nach irdischen Gebieten getheilt, und sogar einzelne Jungfrauenbilder hatten ihre bestimmten Gewerbe. Die meisten ihrer „wahr und wahrhaftig selbst erlebten“ Geschichten, die sie bei ihrer ewigen Seligkeit beschwor, hatte sie wohl nur vom Hörensagen, aber sie wußte die fromme Lüge sicher der Vergebung. Ottilie kümmerte sich wenig um die Veranlassung, die Urheber, wie sie die „bigotte“, ungebildete alte Jungfer sich erklärte — ihr lag nur an den beglaubigten Thatsachen. Es gab also Wunder, Eingreifen höherer, unerforschlicher Mächte — Personen, die auf Andere fernwirkende Macht gehabt und künftige Dinge vorher gesehen hatten! Und je öfter sie die Wahrscheinlichkeit maß, desto größer wuchs sie vor ihr auf. Denn beleuchtete nicht jeder Tag tausendmal größere, beständigere Fragwürdigkeiten? Schwebte seit Millionen Jahren die Riesenlast der Erde nicht frei durch den unendlichen, fast leeren Raum und fiel der aufgeworfene Stein nicht jählings herab? Fluthete nicht das schlummerlose Meer athemholend an den zackigen Küsten der Riviera auf und ebbte traurig nieder? ...Ein Schlag — und das eben noch lachende, weinende, in selbstfreudiger Lebenslust aufschäumende Geschöpf lag unbeweglich am Boden, von jeder Empfindung, jedem Gedanken verlassen, zu Nichts gut als zur Wurmfütterung ...Und wenn sie dann bisweilen des Abends allein so dasaß, in ihren Lehnstuhl geschmiegt und beim flackernden Halblicht der Kerze trüb und stumm auf ihr bleiches Gegenbild im hohen Spiegel starrte, viertelstundenlang, dann war's ihr manchmal, als hörte sie etwas über sich leise rauschen und als fühlte sie, wie mit feierlichem Flügelschlage ein Etwas sich von ihr ausschwang, ein formüberwindendes, unbegreifbares, vor dem sich die Mauern theilten, das dann davonkreiste, in ferne warme Länder, über brausende blaue Meere und wogende Palmenkronen, und sie sah sich selbst zugleich an buntschimmernden Küsten segnend wandeln, wie ein Hauch, ein Kuß, und in dem Lehnstuhl sitzen, vor dem großen, flackernden Spiegel — eine arme, abgestreifte, graublasse Hülle, an das Polster geschmiedet, unfähig sich aus eigner Kraft zu erheben, da die Kraft so nah und doch, ach, so weit war — — —

Auch heut wichen jene Gedanken nicht von ihr, worauf immer sie ihren Sinn richtete — unwillkürlich standen sie plötzlich wieder auf diesem Punkte; gleich dem dicken, plumpen Brummer, der vor Wärme aus irgend einer Ecke aufgewacht, sie laut schnurrend umkreiste, sich dann auf ihren Nacken setzte und elfmal fortgescheucht zum zwölften Mal den unerwünschten Platz einnahm. Im grauen Lichte des Märznachmittags saß sie da, schwach und gebeugt, zweifelnd und leidend, und wenige Schritte von ihr Anastasia, das Haupt demüthig geneigt, die Hände gefalten und Gebete murmelnd, so leise, daß Ottilie sie eben noch hören mußte. — Da schrak die Kranke auf; eben hatte es an ihre Thür gepocht. „Wer da?"

„Ich ... Doktor Fahner."

Ottilie schickte Anastasia ins Nebenzimmer, hieß sie die Thür schließen und sagte dann, ohne sich vom Sessel zu rühren: „Sie haben noch dazu Muth?"

„Seien Sie nicht so thöricht, Fräulein Ottilie!" entgegnete der Arzt draußen. „Meine Pflicht ruft mich, nach der Gesundheit meiner Patienten zu sehen. Und zumal einer Patientin, die mir so theuer ist!"

Eine Blutwelle des Zorns stieg in ihr auf. Der Elende! dachte sie, jetzt will er mich mit Schmeicheleien fangen. „Seien Sie beruhigt!" sagte sie ihm hinaus ohne aufzustehen, „ich befinde mich stets wohl, wenn ich allein bin. Ich danke für Ihren Besuch." Es ekelte sie vor seiner Zudringlichkeit, die an jener einen deutlichen Zurückweisung nicht genug gehabt hatte. Er klopfte nach einer Pause noch einmal, dann hörte sie, wie er sich nach einer Weile scharrend entfernte. Diese Männer! Und die Zungen erstarrten ihnen nicht vor Scham! So zu einer Frau zu sprechen, die sie so deutlich abgewiesen! So niedrig — um elenden Vortheils willen, sie, die Herren der Schöpfung, denen Alles unterthan war, Alles offen stand — wie sollte man denn von einer gehemmten, unfreien Frau Stolz und Offenheit verlangen? ...

„Heilige Mutter Gottes!" kreischte Anastasia im Nebenzimmer auf, und zugleich drang von draußen dumpfes Toben verworrener Menschenstimmen, Poltern und Peitschenknall herein. Kreidebleich, knieschlotternd, ein Kreuz übers andere schlagend stürzte die Wirthschafterin herüber: ein Wagen war eben in den Hof gefahren, mit Reisegepäck beladen, und durch das geöffnete Thor die tobende Menge nachgekollert, wild, fluchend, drohend.

Ottiliens Kniee wankten plötzlich, sie drohte zusammenzubrechen: eine grenzenlose, unbestimmte Furcht durchfror sie ... sie hieß Anastasien noch einmal ins Nebenzimmer zurückgehen, die Thür schließen, damit kein Zug eindringe, und dann durchs offene Fenster von unten zu erkunden, wer reise? Sie drängte sie „Schnell! schnell!" und als die Wirthschafterin mit der Meldung zurück kam — nachdem sie vergeblich zu lauschen versucht — der Direktor Henning gehe fort — für immer, da wankte sie todtenbleich und hielt sich vor der hinzuspringenden Person mit höchster Willensanspannung am Sessel fest.

Stasa war wieder zum Fenster geeilt, das auf den Hof ging. Ein Kreuz über's andere schlagend, mit gebrochner Stimme jammerte sie: „Barmherzige Jungfrau! Immer neue dringen nach, immer neue. Der ganze Hof is wie 'n Ameisenhaufen so schwarz." Sie hörte durch die Doppelscheiben den aufwirbelnden Lärm, sie rief Ottilien zu, daß die Empörer alle Fenster einschlügen — das Klirren tönte bis hinauf. Warum kamen nur die Gesellen aus der Bleicherei und die Maschinisten nicht? Sie wußte nicht, daß diese sich inzwischen zusammengethan hatten, um die Lage auszunutzen und höheren Lohn von Segonda zu erpressen. Obgleich es ihnen ganz wohl ging, weigerten sie sich „für die elenden paar Kröten ihre Knochen aufs Spiel zu setzen" — „davon stünde nischt Kontrakt, Herr Baron!" ...

In immer höheren Tönen kreischte sich Anastasias Entsetzen aus, immer mehr stotternd beschwor sie die Jungfrau und die Heiligen; denn ein Haufe nur mittlerweile in den nächsten Fabrikblock eingedrungen und schleppte nun Alles mögliche heraus: abgebrochene Maschinentheile, Haspeleisen, Stangen, Räder, Walzen — Buttmann und Schirweg knallten kindisch mit Lederriemen in der Luft, den losgeschnittenen Stücken zerstörter Transmissionen: es war die Wuth der sich unsinnig aufbäumenden Menschlichkeit gegen den gemeinsamen Räuber, Schädiger, Despoten: die Maschine.

Durch Stasas Schilderungen zum Fiebern erregt, glühend und frierend wollte Ottilie zum Fenster hinstürzen ... sie versuchte, ein paar Schritte — sie konnte nicht weiter, der Athem versagte, sie keuchte, schnappte, röchelte nach Luft.

„Jetzt kommt der Direktor!" rief Anastasia, „zur Thüre tritt er 'raus."

Ein feuchter Nebel schwamm ihr vor den Augen — mit einem Male ward's wieder hell — er war da! die Gefahr war vorüber, mit gewaltiger Faust würde er eingreifen, er würde in dieser Stunde der Gefahr dem Vater die schwere Schuld abtragen, die er der Tochter zu verantworten hatte. Zum Fenster, zum Fenster! …Sie kam nicht vom Fleck …Es war ja nicht möglich, es war ja Verblendung, wenn Stasa ihr zurief, daß er unbekümmert um Gefahr und Lärm auf den Wagen zuschritt und mit dem Kutscher verhandelte …Da, ein furchtbarer, donnerähnlicher Krach …„Um Gotteswillen — was? —" Kaum ihrer Stimme mächtig flüsterte sie…

Die Tobenden hatten sich auf die Kantine gestürzt! Auf ihre Kantine! ihre Schöpfung, über der sie als oberste Fee gewaltet, von der sie sich so viel Heil versprochen, so viel Segen für die Armen, und die ihr so viel klägliche Enttäuschungen eingetragen. „Nieder mit der Giftbude!" schrien sie — Ottilie hörte es bis hierher, in ihr Krankenzimmer …das, wenigstens würde er ihr doch retten! Er würde nicht zugeben, daß man die letzte Spur ihres Schaffens von der Erde fegte! …Sie hatten so oft darüber zusammen gesprochen. Daran mußte er doch denken! …Nichts! nichts. Er schickte sich an ruhig die Kalesche zu besteigen. Sie rissen die glänzenden kupfernen Kessel aus den Heerdmauern, sie paukten darauf los, wie Indianerhorden …bum, bum…

Ein Feuerstrom schien in diesem Augenblick durch Ottiliens Glieder zu fließen, ein rasender Taumel erfaßte sie …Anastasien, die wie eine chinesische Gebetmaschine ihre Avemaria stotternd herunterkugelte, schickte sie fort, sie trieb sie zum Zimmer hinaus — dann wie eine Rasende wühlte sie in dem Kleiderschrank …sie wußte kaum, was sie that — ein paar Röcke über — Jacken, ein Tuch um, einen Mantel, eine Kapotte — Lederschuhe an — ihre Kantine retten …wenn er sie sah, dann mußte er ja bleiben, dem Vater beistehen …er mußte ja an Alles denken, was sie einander einst gewesen — an diese unvergeßlichen Stunden gemeinsamen Gedankenaustausches — er mußte seine Schuld ja bereuen — ihn nur sehen, nur sehen! — ihn nur nicht fortlassen! — wie ein Wüstensturm wirbelte das Alles in ihrem Hirn, haltlos durcheinander, tanzend und fegend, wie die Bilder im Auge eines Berauschten …sie fühlte keine Schmerzen, sie war stark, behend, gesund. — In das entfernteste seiner Zimmer hatte sich Ari zurückgezogen. Nicht aus Feigheit, sondern aus Zorn gegen den Vater, der, seinen Rath verschmähend sich geweigert nach Militär telegraphiren, um die „Bande" niederzuschießen. Jetzt hatte er die Bescheerung! Ihm geschah Recht! Jetzt sollte er sich seine Suppe selbst ausbrocken! Ari freute sich und lachte. Da öffnete sich die Thür. Schon glaubte er, der Vater schicke nach ihm als dem letzten Retter, wie er es erwartete — als Fahner herein trat, der allenthalben suchend ihn schließlich in seinem Schlupfwinkel aufgestöbert hatte. Ohne Einleitung begann er ihn gleich mit Schmähungen zu bewerfen. „Herrjeises", unterbrach ihn Ari, „sei doch blos vernünftig, Menschenkind. Jetzt is doch, weeß Gott, nicht der Augenblick für solche Geschichten! Jetzt wo so viel im Kopf habe. Kann meine Schwester doch nicht zwingen, wenn Du ihr unausstehlich bist. Kann sie doch nicht bei den Haaren aufs Standesamt schleifen. —"

„Dann gieb mir mein Geld!" schrie der Arzt kurz.

„Biste blödsinnig? Soll ich's vielleicht aus'm Hühnerstall holen? Konntest Dir gar keinen geeigneteren Augenblick wählen als den?"

„Also Du willst mich behumßen? Du glaubst, ich werde so'n Ochse sein, mein ganzes Leben auf eurem schmutzigen Neste zu versauern? Du erbärmlicher Lump —!"

„Sag' das nicht noch einmal!" zischte Ari auf.

„Erbärmlicher Lump!"

„Was?" schrie Aribert puterroth, „Du willst schimpfen? Was bist Du denn, Du Glücksritter, Du Schwindler, Du Erpresser?"

„Meineid'ger Schuft! Ehrenwortbrecher! Als ob Du anders handeln möchtest, wenn Du gewonnen hättest! Glaubst Du, man spielt zum Vergnügen mit Dir langweiligem Ekel, mit dem man nicht drei vernünftige Worte reden kann?"

„Du Schwindler! durchgefuttert hab' ich Dich Hungerleider in Jena! Durch Bestechung bist Du blos durchs Examen gekommen! Durch'n Pedell hast Du die Arbeit verrathen gekriegt —!"

„Du verlogener Hund!" schrie Fahner mit heiser überschlagender Stimme und schlug ihm bleich und außer sich vor Wuth mit der Faust ins Gesicht. Ari erwiderte den Schlag; in wildem Rasen, ohne ein Wort zu sprechen, rangen sie mit einander, prügelten sich, warfen in ihrem blinden Toben Stühle um und polterten zuletzt in den Spiegel, der klirrend zusammenbrach.

Von draußen hallte der abgeschwächte Klang des wilden Gährens der Masse herein: „Zerschlagt die Maschinen! zerschlagt die Maschinen!"

Die Beiden hielten erschöpft inne. Fahner nahm seinen vom Kopf gefallenen, zertretenen, verbeulten Cylinder auf, betrachtete ihn und sagte: „Lebt noch ein Funken Ehre in Dir, dann weißt Du, daß das heut nur mit Blut abgewaschen werden kann!"

Ari, an allen Gliedern fiebernd, zuckte verächtlich mit den Lippen. „Ich kenne den Komment. Werde Dir schon mit der Pistole meine Ehre in die Eingeweide schreiben!" — — —

„Zerschlagt die Maschinen! zerschlagt die Maschinen!" Karl hatte den Ruf ausgestoßen. Wie eine Eingebung war's über ihn gekommen. Er sah, wie sein Gefolge sich in nutzlosem Wüthen gegen die Nebengebäude verbröckelte, der Aufstand, der Sieg — Alles war vergebens, wenn nicht die Maschinen kaput geschlagen wurden, die ihnen die Haut vom Körper fraßen! Die Maschine war der Feind. Wie ein grellhelles Licht war es vor ihm aufgeflammt ...„Zerschlagt die Maschinen!" rief er, Schaum vor dem Munde, und zehn, zwanzig riefen's nach.

Der Herrscher der Fabrik saß ruhig in seinem Contor. Kein Muskelzucken verrieth die furchtbare Bewegung, die sein Inneres durchstürmte. Einen Revolver neben sich, saß er am Schreibtisch und arbeitete wie in den Tagen der Ruhe, schrieb nach Berlin eines neuen Direktors wegen. Der alte Petrick war wankend und weinend von seinem Platz ans Fenster getreten, um nach der entfesselten Bestie drüben zu sehen.

Da erschien Segonda in der Thür, einen Auftrag zu geben, und bemerkte sogleich den Greis. „Was haben Sie Ihren Platz zu verlassen?" herrschte er ihn an, daß jener vor Schreck fast in die Kniee sank.

„Ich dachte — ich meinte — der Aufstand — ich wollte —" stammelte er.

„Was geht Sie das bissel Skandal an? Und wenn die Welt untergeht, haben Sie Ihre Pflicht zu erfüllen! Sind Sie bei mir als Buchhalter angestellt oder als Fenstergucker?"

Mit brechenden Knieen ging Petrick ans Pult zurück, indeß Segonda in eisiger Ruhe geschäftliche Verfügungen traf. Er mußte — er hörte aus den hereintönenden Schreien: „Zerschlagt die Maschinen!" — die Masse begann gegen sein Kapital zu wüthen, sein Vermögen, sie konnte ihn in einer Stunde zum Bettler machen — sein Inneres schüttelten Raserei und Verzweiflung — aber keine Miene in seinem Antlitz zuckte, mit dem ruhigsten Tone diktirte er Bescheide auf eingegangene Briefe, hieß dann ohne jede Aufregung sammeln was sich an verfügbaren Männer fand, ließ Aribert sagen alle seine Waffen herzuschaffen, um wenigstens das Herz des ausgedehnten Körpers: das Contor, die Kasse aufs äußerste zu vertheidigen.

„Zerschlagt die Maschinen! zerschlagt die Maschinen!" wirbelten draußen die Rufe umher, wie Schneeflocken im Sturm.

Horden hatten sich in die nächsten Fabrikräume gestürzt, die Maschinen beschädigt, so daß die wenigen Leute, die durch die öden Säle zerstreut ihrer Pflicht treu geblieben waren, den Eifer einstellen mußten. Wüthend, und sich insgeheim zur Theilnahme für Segonda verpflichtet glaubend, stürzte Lina heraus: „Ös Schlankels!" rief sie, „woann ös schon selbst so an Bahöll aufschlagen müßt's, laßt's wenigstens die Andern in Frieden, die ihren Pflichten nachkimma und nix mit eng Raubersknaben z' thun haben woll'n!"

„Halt die Gusche, falsche östreich'sche Katze!" brüllte der eine Bursche, „Päärsch Dich ock ni su!" ein anderer, indeß eines der Weiber zeternd und prustend wie eine Besessene gegen sie losfuhr: „Du hast gutt räden! Freilich, du brauchst ni frühmorgens Mehlpappe fressen und Abends hungrig schlafen gieh'n! Du läßt der vom Herrn Paron hipsch de Kur schneiden!" das große, starke Mädchen wankte, als wandele sie eine Ohnmacht an. Gerechter Himmel — so verborgen wähnte sie ihre Beziehungen, so sicher glaubte sie sich ...und alle Welt bis aufs letzte Spulweib wußte ihr Geheimniß, hielt sie womöglich für eine Verworfene.

„Dirne! Saumensch!" keifte die Alte weiter. „Dirne!" brüllte der ganze Haufe sie an. Ihr ward Angst, umtobt von der wüthend brodelnden Masse ...sie kehrte sich um ...sie wollte fort ... „Reißt ihr die Röcke vom Schandleibe!" krähte die Alte, „mit 'm Schweeßa der armen Leute hat sie der aale Buhler bezahlt!" Wie eine Irre rannte Lina davon, der Weiberhaufe hinter ihr her, an ihren Kleidern zerrend und reißend, die etwas besser, etwas sauberer waren, als die

Lumpen ihrer Verfolgerinnen. Mitten in all dem Hexenkesseltreiben spazirte mit lächerlicher Würde der schillernde Hahn des Hühnerhofes umher, wie ein Triumphator krähend, bis die halbwüchsigen Haspeljungen jagend hinter ihm herliefen mitten in all dem Wirrsal bestieg Henning ruhig die offene Kalesche und befahl dem Kutscher loszufahren: es sei höchste Zeit.

„Dar hatt's gutt!" schrie Karl. „Dar kann eis Bad reesa — und wir missa weiter hungern."

Ein Wuthgeheul ging durch die Masse. „Nich fortfahr'n! Ei Fichtenbrück bleeba!"

Henning sah, hier war jedes Wort überflüssig. Mit kurzem Zuruf befahl er „Los! Johann!" — Der zog an, aber vor der johlenden, klappernden, pfeifenden Masse, die den Wagen einschnürte, scheuten die Pferde und bäumten sich hoch auf, weißen Schaum und Erde verspritzend.

Da erschien Ottilie drüben in der Thür. Ein Blick — und sie sah, daß Sein und Nichtsein an einer Sekunde hingen. Wenn er wegging, war Alles verloren — sie fühlte es, sie glaubte es — aber wenn er sie erkannte, mußte er ja bleiben, es war ja unmöglich, daß die alte Empfindung nicht wieder erwachte, stärker, unwiderstehlich! ... „Frieden! Um Gottes willen — Frieden!" schrie sie grell, mit den heißen Tönen der Angst, so laut sie konnte und stürzte heran, durch Koth und Pfützen.

Welche Stimme! Mit einer Viertelwendung des Kopfes hatte Henning sie bemerkt. Er biß die Lippen zusammen und schrie den Kutscher an: „Fort! Fort!" ... Diese Episode sollte hinter ihm liegen, er hatte die Enttäuschung überwunden: Thorheit, den alten Schmerz wieder zu erwecken! Wiedersehen sollte sie ihn, aber nur als Sieger, als ganzen, strahlenden Triumphator! Wie ein Henkersschwert hieb Johanns' Peitsche in den aufheulenden Haufen — als gelte es Tod und Leben raste Ottilie hinzu ... die Tobenden, die Zerstörer, die Feinde ihres Vaters: Alles war in diesem Augenblick vergessen; nur er sollte nicht gehen, er nicht, ihr Licht, ihre Sonne, ohne den sie nicht leben konnte, der ihr Herz, ihre Kraft mit sich nahm ... „Bleib! bleib!" keuchte sie ... ihr wurde schwarz vor den Augen, sie fürchtete, nicht die paar Schritte bis zum Wagen zu kommen — da zogen die Pferde an, wie ein Pfeil sauste das Gespann von dannen, die Kalesche selbst nach rechts und links schleudernd.

„Schlagt den Hund todt, wenn er nicht bleiben will!" brüllte Karl in rasender Aufwallung und warf das schwere Eisenrad in seiner Hand auf Henning zu, seiner Sinne nicht mächtig. Hoch über den Wagen flog es weg ... und mit einem jammernden Aufkreischen: „Mein Kopf!" brach Ottilie auf den Boden nieder, indeß der Wagen mit Henning, der von Alledem nichts mehr bemerkte, zum Thor hinaus donnerte. — — —

Wie eine starre, steife Masse lag Ottilie am Boden, ohne einen Laut, ohne zu zucken — nur das Blut rieselte in gleichmäßigem Strom aus ihr und bildete einen Kranz um ihr Haupt gleich einem Heiligenschein. Ein dumpfes „Nanu?" war Karls Mund entfahren, als er das unerwünschte Opfer seines Angriffs sinken gesehen, er war auf sie zugeeilt, Zimpel und der alte Lange mit ihm. Die Anderen wurden aufmerksam, ein großer Kreis, Alles sammelte sich um den blutenden Körper. Ein starres, stummes Entsetzen bleichte alle Gesichter ... wie gebannt stierten sie auf das Opfer, Niemand wagte einen Laut, bis Karl ärgerlich sie anschrie: „Na, was is denn? Was kuckt 'r denn? Hebt se doch uf, das tumme Frau'nzimmer! Was mengelt se sich denn drein? Hipsch oben bleiben soll se!"

Da riß den alten Gabitz die Empörung fort. Nur unwillig, zähneknirschend war er dem Drängen der Masse gefolgt, hatte er dem Verhaßten gehorcht, durch den er seine Tochter ins Grab gekommen glaubte. Den dürren Fauststumpf streckte er aus und gellte: „Mörder! Fagebund! Galgenstrick! Ieber dich soll ihr Blutt kimma! Ieber uns nich — ieber dich!"

Karl konnte den Blick noch immer nicht von dem Opfer abwenden. „Was ... is denn?" stammelte er, wie geistesabwesend.

Sein alter Vater trat vor, streckte die Hand aus und sagte mit feierlicher, zitternder Stimme: „Wer Blutt vergißt, deß Blutt soll wieder vergossa wern! Deine Schwester hast Du gemordet, Kain! Dein Blutt wird gefordert wern! Hebe Dich weg; denn in Dir ist der Satan!"

Und plötzlich, wie befreit von einem fürchterlichen Banne, der auf ihnen gelastet, stürzte die ganze Masse von allen Seiten auf Karl ein, mit den Armen fuchtelnd und Besessenen gleich schreiend: „Merderkarle! Merderkarle!"

Mit wilden Augen, die aus den Höhlen hervorzutreten schienen, stierte Karl sie an, die Haare sträubten sich ihm, und als begriffe er noch immer nicht, stotterte er weinerlich, mit widerspenstiger Zunge: „Na, was wollt 'er denn von mer?"

In diesem Augenblick erschien heraneilend Segonda mit Aribert. Einer der Contoristen hatte wider das Verbot neugierig durchs Fenster geblickt, die Szene gesehen, und war mit dem Ruf: „Herr Baron — das Fräulein!" ins Contor gestürzt.

Da lag sie vor ihm, ein halbtodter Klumpen Fleisch, blutend, nur schwach noch athmend, seine Tiele, sein Liebling, für die er arbeitete und wachte, die sich für ihn geopfert hatte! Das war das Ende? Dazu die jahrzehntelangen Sorgen und Qualen, dazu dieser entsetzliche Kampf? … Er schwankte, die Thränen stürzten ihm über die Wangen. Das das Leben? War solch ein Haufen Unglück all die Widerstände, die Wirrsale, die Plagen werth? … Seine Kraft war gebrochen, es ging zu Ende. Nur Ruhe, nur Frieden! Er war zu jedem Nachgeben bereit. Er blickte den ihm zunächst Stehenden ins Antlitz, Jedem im vorderen Kreise. „Mein Gott, Leute", fragte er, „sagt mir nur klar, was wollt ihr denn eigentlich?"

Aus der Masse, die dumpf geschwiegen, trat der alte Schurig heiß flennend: „Sei'n Se ock ni biese, Herr Paron!" Gabitz fiel ein: „Wer sein halt verfiehrt worden. Wer seh'n ja unser Unrecht ein. Der Gottseibeiuns hat die Hand eim Spiel gehatt! … Führe uns nicht in Versuchung —" begann er plärrend zu beten. „Da siehste, Du Hornvieh, was de angericht hast," sagte Schurig zu Lange, der keines Wortes mächtig, völlig vernichtet, zitternd niederknieete und Segondas Rockzipfel küßte.

Wie? Er war also Sieger? Er hatte die Schlacht gewonnen? … Mit einem Schlage richtete er sich auf, wischte die Thränen ab und nahm die alte, überstolze Haltung ein. „Schaff' Tiele sofort hinauf in ihr Zimmer!" befahl er Ari. „Und dann den Arzt geholt — und zugleich den Gensdarm — und wenn er nicht auf der Stelle kommt, ist er morgen Gensdarm gewesen!"

Ein halbes Dutzend der Kräftigsten war sogleich Aribert zu Hilfe. Schweigend, ohne einen Laut verbanden sie Ottiliens Haupt, stumm und vorsichtig trugen sie sie über den Hof hinauf nach ihrem Zimmer, indeß der alte Schurig sich Segonda näherte und sagte: „Sein Se unbesorgt, Herr Paron — a entgeht der ird'schen Gerechtigkeit etwa nich! Ich, sei Vater, sorg' derfür, und mißt ich das Räudel mit eignen Händen ei Landshutt im Gefängnis abliefern. Dadervor karantir' ich Ihnen. Wer Blutt vergißt, deß Blutt soll wieder vergossa wer'n, spricht der Herr Zebaoth!"

Mit verwehrender Bewegung und unwilliger Miene wandte Segonda sich ab, indeß Karl noch immer dastand, wie zur Salzsäule erstarrt, die eine Hand in der Hosentasche, die andere im wirren Haar, wie verhext auf den dampfenden Blutflecken am Boden starrend und nur immer die Worte wiederholend: „Nee, so was tummes! nee, so was tummes!" — gleich einer Maschine.

XIX

Nebelsonne lag über Feld und Berg. Hinter grauen, wehenden Hängen lugte und blinzte es, die Luft flimmerte und zitterte in kurzen Wellenbewegungen, man konnte nicht in die Höhe sehen ohne Augenschmerz, aber die Sonne, die strahlende goldene Kugel selbst war nicht zu erblicken. Um den Kamm und die Kuppen spann und webte es — bald traten Wände und Spitzen in schwerem, saftigem Schwarzgrün deutlich hervor, zum Greifen nah, bald zogen sie sich wieder scheu hinter die blauweißen Schleier zurück. Es war ein Zagen, eine Unsicherheit überall, ein Wollen und Sichnichttrauen. Der Bach stürzte aufgeregt über die rundgeschliffnen Steinbrocken und schwatzte unsinnige Dinge, in seiner Eile verhaspelte er sich und drehte sich in lächerlichen Wirbeln um sich selber. An den Spitzen der Bäume schwoll es klebrig — noch keine Sprossen, aber des Vorgefühl neuer, großer Fruchtbarkeit, aus der Entfernung wie ein leiser, kaum bemerkbarer weißgrüner Anhauch über dem schwarzen Skelett. Es war als warte Einer immer auf den Andern um seine Kräfte zu entfalten; aber keiner traute sich noch … flüsternd raunte der Nachbar dem Nachbar zu: „Ist's denn schon Frühling — oder noch Winter?" … und Jeder zuckte die Achseln; denn der vertriebne Tyrann konnte noch einmal zurückkehren, zu kurzer, aber fürchterlicher Racheherrschaft, zu gräulicher Wuth gegen die Voreiligen … Und sie warteten lieber noch, die vorsichtigen deutschen Bäume und Sträucher, auf die amtliche Erlaubniß, sich grün zu begeistern…

Umso reifere Sonne strahlte über dem Contor und den Räumen, in denen Segonda den Tag über herrschte. Die Leute des gebeugten Rückens, die im Schreibärmel grau geworden waren, fühlten sich glücklich, eine Luft mit dem großen Manne athmen zu dürfen, der mit unwiderstehlicher Energie der empörten Masse so schnell Herr geworden war, er ganz allein. Welches Gefühl der Sicherheit, welche Ehre, einem solchen Manne zu dienen! Der Beiton des Mitleids, den der Unglücksfall seiner Tochter erweckte, verstärkte diese Anbetung nur noch — sie wurde ihnen dadurch menschlich näher gebracht, er verwandelte die Furcht in Ehrfurcht … die Halbgötter stehen den Menschen immer näher als die Götter.

Mit unbeugsamer Folgerichtigkeit hatte Segonda seinen Sieg ausgenutzt, an dem er so wenig Antheil trug. Karl Schurig, Zimpel, Lehmann waren nach Landeshut zur gerichtlichen Untersuchung eingeliefert worden, Segonda ließ durch Ukas verkünden, er wolle nur die Rädelsführer bestraft sehen, obgleich Alle Gefängniß verdient hätten: aber er wolle glauben, die meisten seien verführt worden und seien mitgelaufen, ohne zu wissen, um was es sich handle. Aus Mitleid wolle er vergeben, wenn auch noch nicht vergessen — sie sollten alle durch verdoppelten Fleiß, verdoppelte Bescheidenheit ihre Vergehen gut machen. Dann folgten die Abzüge für Störung des Betriebs, Materialschaden ec. In Wahrheit wollte er nur den Betrieb so rasch als möglich wieder fortsetzen, da gerade gute Bestellungen vorlagen: seine Absicht hatte er erreicht, die Zeitungen in Breslau und Berlin brachten erst Berichte, als die Empörung bereits beendet war. Die Beschädigungen der Maschinen waren für ihn kaum der Rede werth, in der Blindheit der Erregung hatten die Aufrührer zumeist an falscher Stelle zerstört. Die Bleicher und Maschinisten kamen von selbst zu Kreuz gekrochen. Vom Vorstand der Berufsgenossenschaft erhielt er huldigende Telegramme, die Regierung, obgleich ärgerlich, daß er so ohne Beistand durchgedrungen war, mußte ihn mit sauersüßer Miene beglückwünschen, die liberalen Zeitungen feierten ihn, das Contorpersonal stiftete einen silbernen Lorbeerkranz. Wenn er in den Fabriksaal trat, so floß ein Athem tiefer Feierlichkeit von Maschine zu Maschine, und voll Scham senkten Männer und Weiber die Augen — sie wären erröthet, hätten sie noch Blut genug besessen.

Nur die eine Gefahr, die schlimmste wollte von seinem Dache nicht weichen, einer jener Wolken gleich, wie sie oft an der Fichtenkuppe klebten und im Bestreben sich loszureißen sich nur immer fester saugten, bis sie in Stücke rissen. Siech und hülfelos lag Ottilie oben in ihren Daunenkissen. Ein paar Tage lang war sie ohne jedes Bewußtsein gewesen, starr und steif hatte sie dagelegen, wie eine zerbrochene Geige, die nicht mehr tönt. Kaum daß ihr Athem raunende Wellen der Luft erregte, kaum daß ihr eintöniges Wimmern den festen Schluß der Lippen durchsickerte. Dann hatte sie die Augen geöffnet, groß, weit, Augen mit mattglühenden, starren Aepfeln, ohne von denen die ihr Lager umstanden einen zu erkennen; ihr Puls klopfte schneller als ein Telegraphentaster, sie wälzte sich her und hin, richtete sich auf, warf die Decken zurück, stieß zuckende und gellende Schreie aus, die hilflose Selbstbefreiung von quälenden Schreckensbildern des zaumlosen Hirns. Es war nicht so sehr die oberflächliche Streifwunde, die für sie fürchten ließ, als der häßliche Schreck, der die schädliche Aufregung jenes Tages zu unvermuthet abgeschnitten und ihre schwache Verfassung vollends durcheinander gerüttelt hatte. Allmählich schien die zersprengte Natur sich zu sammeln, von der Zähigkeit des festen Willens Zeugniß gebend, der diesem schwachen Körper eingepflanzt war. Als Fahner jetzt an ihr Bett trat, erkannte sie ihn wieder nicht. „Wissen Sie nicht, wer ich bin?" fragte er. Sie rührte sich nicht, ihre Augen glommen geradeaus. „Doktor Fahner!" fuhr er fort und faßte ihre Hand. Da zog sie mit fieberndem Gesicht die Hand an sich, verzog die Miene, warf sich seitlings und winselte langgedehnt: „Niiiicht! niiiicht! niiiicht!" Bis zum letzten Augenblick betrat Fahner das Haus, auf irgend einen günstigen Angriffspunkt hoffend, und sich vor sich selbst mit seiner ärztlichen Pflicht rechtfertigend, die unvermindert im Feindeshause galt.

Jede freie Minute brachte Segonda jetzt bei seiner Tochter zu, obgleich er bis zur Ankunft des neuen, schon verpflichteten Direktors sich vor Arbeit kaum zu retten wußte. Die halben Nächte lag er schlaflos an Ottiliens Zukunft denkend, für sie betend, Pläne ersinnend, sie nach der erhofften Besserung bald wieder südwärts zu schicken. Er hatte gar nicht gewußt, daß sie beide einander so liebten. Sie — sie hatte sich für ihn opfern, hatte die Arbeiter zur Pflicht zurückführen wollen! Um ihres Vaters Willen war sie vom Krankenbett aufgestanden! (Denn an Henning dachte er nicht einmal.)

Eben war er wieder bei ihr oben und freute sich wehmüthig, ihres heut ruhigeren, nur durch leise Murrlaute gestörten Schlafs. Im flüsternden Ton machte er Anastasien Vorwürfe, weil Ottiliens Portemonnaie, das ihr bei dem hastigen Ankleiden damals entglitten sein mochte, sich noch immer nicht gefunden hatte, gerade so wie die Ringe, die damals abgezogen neben ihrem Bett gelegen. Gerade während die Wirthschafterin bei allen Heiligen schwor, Nichts gesehen zu haben, erschien Fahner plötzlich, ganz schwarz, sehr ernst — und bat Segonda ins Nebenzimmer.

„Herrgott, Sie sehen ja aus wie ein Leichenbitter", sagte Segonda; Fahner aber entgegnete: „Erschrecken Sie nicht, Herr von Segonda — Ihr Sohn hatte mich schwer beleidigt — wir mußten die Sache regeln ... er ist verwundet ... aber seien Sie versichert ... ich habe bereits die Anzeige gegen mich erstattet — so lange ich auf freiem Fuße bleibe, werde ich Alles thun, um ihn zu retten. Ich werde meine Pflicht thun — wie ich sie gethan habe."

Segonda bestürzt, entsetzt, verwirrt, wollte deutlicher hören: „Was ist vorgefallen? Wo ist er verwundet?" ... da brachten schon vier Bauern auf einer Stegreifbahre von Aesten den Leutenant an, der mit geschlossenen Augen, nothdürftig verbunden, gurgelnd und röchelnd unbeweglich lag.

Anastasia schrie, weinte, rief die Gottesmutter an, Segonda stand stumm da, ohne einen Blutstropfen im Gesicht, indeß Schweißperlen die Stirn kränzten. Fahner ließ Ari in sein Bett schaffen und traf alle Anordnungen — Segonda wußte noch immer kaum, wie ihm geschehen. Seine einzige Hilfe, sein Trost, trotz der vielen Aergernisse, sein Kind, der Erbe seines Namens! Das war ein Schlag, der ging tiefer als jener Plunderaufstand. Und der Freund seines Hauses, der tägliche Gast hatte ihn geführt! Was war denn geschehn —? Nein, er wollte es in diesem Augenblick nicht wissen, es war ihm so gleichgiltig, wenn nur sein Ari gerettet wurde! Angst preßte ihm das Herz: wo war die Wunde? — „An der Lunge!" — „In welcher Gegend?" — „Bei der Lunge!" — „Die Lunge selbst?" — „Ich glaube nicht."

Es war klar, der Arzt wich ihm aus. Er mußte Gewißheit haben! Er schickte nach dem zweiten Arzte, dem alten Bechelt im Unterdorfe, einem kurzsichtigen, schon etwas taprigen Greise, den er sonst nie konsultirte, der aber bei den Bauern sehr beliebt war, die er alle seit Jahrzehnten kannte. Der Alte kam später, tastete mit etwas zitternden Fingern, guckte lange her und hin, die Nase immer am Patienten, und erklärte schließlich die Lunge für verletzt. Wie zur Bestätigung begann Ari, der bei der Untersuchung geschrieen, Blut auszuwerfen. Im übrigen bestätigte Bechelt alle Anordungen des Kollegen. Segonda drückte ihm schweigend die Hand, setzte sich aufs Sopha und stützte den Kopf in beide Hände. Eine Stunde saß er so, nur ab und zu das Haupt schüttelnd. Welcher Wechsel! Wer hätte gestern das ahnen können, da Alles so gut stand! Kam er nie aus diesen Kämpfen heraus — sollte er denn nie Ruhe haben? War es nicht schon genug Sorge, Fabriken zu besitzen, für tausend Menschen verantwortlich zu sein — mußte es auch noch zur Qual werden, Vater zu sein?

Als Fahner wiederkam, trat er ihm wuthentbrannt entgegen. „Nichts als Gutes haben Sie von uns genossen, aus reiner Gutmüthigkeit hat Ari Sie auf der Universität mit durchgefüttert — so danken Sie uns!"

„Sie wissen nicht was vorgefallen — Sie wissen nicht, was für akademisch gebildete Männer Ehre bedeutet —"

Segonda untersagte ihm das Haus, Fahner bat, ihn nicht in der Erfüllung seiner Ehrenpflicht zu hindern; laut aufschreiend: „Meine Kinder! meine beiden Kinder!" und die Hände vors Gesicht schlagend stürzte Segonda aus dem Zimmer.

In einem Stockwerk lagen nun beide Kranke, nur eine kurze Flucht auseinander, die Gerüche der Arzeneien trafen sich noch in dem mittelsten Zimmer. Ruhelos ging Segonda von einer Krankenstube in die andere — „Segondasches Familienspittel" sagte er, um sich mit einem trüben Witz über die Lage zu täuschen — bald hier auf die Zahl der Athemzüge in der Minute achtend, bald dort die Mienen des Schlafenden prüfend, nirgends sich lange aufhaltend, von innerer Unruhe stets ans andere Lager getrieben, oft unterwegs zum Niedersitzen gezwungen, da die Kniee den Dienst weigerten, und dabei unablässig von Boten und Burschen gesucht, die Anfragen brachten, Verfügungen wollten. Die Last des ungeheuren Unternehmens ruhte in diesen Tagen ganz auf seinen zwei alten Schultern. Jede Veränderung der Kranken erschreckte ihn, jedes Sichherumwerfen, jedes Schneller oder Langsamer des Pulses, in ruheloser Nervosität schickte er dann zum Arzt, ließ den Greis oft des Nachts holen — er hatte zwanzig Minuten zu fahren — um zu hören, daß gar Nichts zu bemerken sei. Er entschuldigte sich: „Kommen Sie nur jedes Mal — es beruhigt mich — ich zahle das Doppelte —" Manchmal freilich fehlte nicht der Grund zu erschrecken: wenn Ottilie sich plötzlich, glühend, schweißtriefend, zähneknirschend aufrichtete, mit Händen und Füßen um sich schlug, und sich vor einem Alp entsetzte, der auf ihr kniete, sie knebeln und schlagen wollte — ein Unthier, das ihren Ausrufen nach, Fahnerische Züge tragen mußte. „Ach, es frißt mich — es drückt mich todt — das scheußliche Thier … die grünen Augen! … sieh' mich nicht so an … fletsch deine gelben Zähne nicht so!" … Und kaum daß sie sich ein wenig beruhigt hatte, daß er zu seinem Sohn hinüberging, so begann dieser in der Fiebergluth mit scharfer Stimme zu schimpfen: „Elendes Kropzeug — unter Walzen laß ich euch stellen, zu Brei laß ich euch quetschen — in den heißen Chlor schmeiß ich euch —"

Er setzte sich an seinem Bett nieder. „Herrgott!" wimmerte er leise vor sich hin. „Was hab ich denn so schwer gesündigt, daß Du mir den Sohn gegeben hast?" Er faßte sich an die Stirn und zum Bett gewandt, sprach er mit leisem Vorwurf, gleich als könne es der Kranke hören: „Du Unglückskind! Mußt Du mir immer nur Kummer machen?" Düster schaute er auf den röchelnden Kranken, der bei der matten Nachtlampe im Halbschatten für todt dalag. Er dachte an alle die Sorgen, die Ari ihm von Kindesbeinen an gemacht: seine Trägheit auf dem Gymnasium, wo er stets Letzter war. Welche Schmach, wenn er trotz der besten Nachhilfen sitzen blieb, und Knaben ganz armer Leute, die nur mit Mühe das Schulgeld aufbrachten, glänzende Zeugnisse erhielten! Er dachte an alle seine schlimmen Streiche: wie er schon als ganz junger Bursch kein Dienstmädchen in Frieden gelassen, Mitschülern Augen und Nasen zerschlagen, Zeugnisse gefälscht — wie er später auf der Hochschule Wechsel auf seines Vaters Namen ausgestellt … Wieder begann Ari im Fiebertraum zu fluchen. Segonda konnte Nichts mehr hören, Alles schwamm ihm vor den Augen durcheinander, er lief fort, aus Furcht wahnsinnig zu werden, riegelte sich in seinem Zimmer ein und weinte wie ein kleines Kind. Stromweise flossen ihm die Thränen. „Großer Gott!" jammerte er, „Alles war doch auf dem besten Wege — warum hast Du mir das wieder gethan? Ich hab' doch mein Lebtag Nichts Unrechtes begangen!

Ich habe doch Keinen betrogen und geschädigt! Wie viele Fabrikanten machen die größten Schwindeleien und es geht ihnen gut dabei!"...

Indeß er so jammerte, öffnete sich plötzlich die Tapetenthür und Lina schob sich herein.

Segonda blickte auf — etwas wie Entsetzen überflog seine Züge, ein Grauen vor seiner eignen Vergangenheit überfiel ihn, vor der possenhafttraurigen Rolle, die dieses rohe, ungebildete Weib einst in seinem Leben gespielt. „Um Himmels Willen!" sagte er, „ich habe heute gar keinen Sinn auf irgend welche Unterhaltung."

Lina stand still da, die Hände verschränkt. Zu Boden blickend, mit leiser Stimme, als ob sie sich nicht recht traute, sagte sie sich gleichsam entschuldigend: „Naa, Herr Baron, versteh'n 's mi net falsch! I will net stör'n! Aber i maanet nur ... das gnä' Fräul'n und der junge Herr lieg'n droben und ha'n so recht kaa'n Menschen zur Pfleg' net, der sich um sie kümmern thät' ... denn die Anastasia hat doch ihr G'werb no' in der Wirthschaft ... wonn's mi ribaschicken thät'n, Herr Baron ... i bin zwar net g'übt drin ... aber versuchen kennten mir's halt do ... das heißt, Herr Baron, dirfen's net für ungnä'g nehmen —"

Segonda zuckte vor Ueberraschung zusammen. Lina bot sich als Krankenpflegerin an! Die Einzige, die in diesen Schmerzenstagen ihm mit einer wirklichen, thatkräftigen Hilfe kam! ... Er hatte schon zwei barmherzige Schwestern kommen lassen wollen.

Aber er haßte trotz seines guten Christenthums diese wandelnden Kaffeekannen — mit ihren Leidensmienen, ihren schrecklichen Hauben!

Jenes freiwillige Angebot rührte ihn. Also war Lina doch nicht blos die schwerfällige kräftige Körpermasse, für die er sie genommen, die ihm als solche sogar imponirt hatte? ... Er hatte gehört, daß sie am Tage des Aufruhrs sich den „Verrückten" entgegengestellt hatte. Brav! brav! ... Und jetzt ... ah, sie entwickelte sich! — Er blickte sie lächelnd an: „Wie alt bist Du, Lina?" fragte er plötzlich. „Siebzehn, Herr Baron!" Sollte wirklich etwas ungewöhnliches in diesem körperlich so früh reifen Mädchen stecken? ... Er sagte nur: „Gut! versuche es — und wenn es nicht geht, so kehre wieder an Deine Maschine zurück!" Er gab ihr seine Hand, die sie küßte ... Als sie ging, erschien ihm ihre steife Haltung etwas geschmeidiger, die winkligen Linien hatten einige Rundung ... ihre Sprache war sicherlich leiser und sanfter geworden...

Sie schritt hinauf und nahm an Ottiliens Bett ihren Platz. Es mußte gehen! An die Maschine zurück — das war's ja gerade, dem sie entfliehen wollte! Der Duft der Arzeneien, die Gerüche der Krankenstube, das Alleinsein mit der Fiebernden, Phantasirenden — es war graulich, und doch noch immer angenehmer, als unten im Spinnsaal, im Donner der Maschinen, unter dem Spott der Andern, die sie für viel, viel schlechter hielten, als sie in Wirklichkeit war.

Zum ersten Mal in ihrem Leben machte sie sich wirkliche Gedanken. Sie war bisher eine rechte Gans gewesen, das fühlte sie so dunkel. Wie eine Lumpenpuppe hatte sie jene läppischen Maskeraden mit sich vornehmen lassen, stumm den Anordnungen des Alten gehorchend, wie eine Maschine, zu dumm selbst um darüber zu lachen. Maschinenmäßig hatte sie auf seine Fragen geantwortet, wie's ihr so herausplatzte, ohne Ueberlegung, ohne sich ihrer Lage bewußt zu werden, immer nur auf winzige, lächerliche Vortheile bedacht, nach kurzsichtiger Bauernart, gleich den anderen Mädchen hier und daheim eine Ehe mit einem Bauernschatz als das selbstverständliche und zugleich höchste Ziel der Wünsche betrachtend ... Und die Alte in Trautenau hatte ihr doch gesagt —! Zweimal! aber sie hatte nie etwas dafür gethan. Sie war nur ein ungebildetes Landmädel, aber so viel sah sie doch: wenn die Alte Recht behalten sollte, dann war jetzt ein Augenblick, wie er nie wiederkehrte. — Sie sagte es sich nicht mit deutlichen Worten, sie fühlte ihre Zeit, sie klammerte sich an die Stunde, die sie emportragen mußte, sie hatte nur den einen Wunsch: Segondas Achtung zu gewinnen, sich ihm unentbehrlich zu machen. Etwas Anderes durfte ihr nicht in den Sinn! ... Tagelang saß sie am Krankenbett, bald an diesem bald an jenem. Stumm saß sie und unbeweglich, ohne Regung — wenn die Kranken schliefen vor sich hinstierend, brütend, oder einen langen blauwollenen Strumpf strickend, mit der Pünktlichkeit einer Maschine in den vorgeschriebenen Zeiträumen die Eisbeutel wechselnd, die Arzeneien einflößend, auf jede Regung, jede Muskel der Patienten achtend. Wenn ein Gedanke ihr uhrgleich eingestelltes Hirn durchflog, so war er nur eine kontrollirende Erinnerung ihrer

Pflichten. Wenn sie mit ihrem strammen Stapfen durch die Zimmer schritt, zuckten trotz der Teppiche die Kranken wohl schmerzhaft zusammen: sie bemühte sich dann aus eignem Triebe leise aufzutreten und nach einiger Uebung gelang es ihr — zuerst bei gekrümmter Haltung, später bei frei aufrechtem Gange …Ihre Finger schienen die Kranken zu drücken — sie bestrebte sich, jede Berührung fast unmerklich zu machen, sich nur der Spitzen zu bedienen. Häufig kam Segonda herauf und that einige Fragen, die sie anfangs laut beantwortete, später immer besser das Flüstern lernend. Er blickte mit Genugthuung auf ihre Sorgfalt, ihren Ernst, ihre Ergebenheit: sie machte sich. Er hätte ihr das nie zugetraut. „Für so was, für Pflegerei haben die Weiber doch Alle Talent!" dachte er bei sich. „Selbstständigkeit im engen Kreise — das ist ihr Fall." Er blieb oft länger, um zu sehen, wie sie hantirte, winkte ihr gütig lächelnd zu und ging dann wieder ins Geschäft.

Ottilie kam jetzt schon öfter und auf längere Zeit zum vollen Bewußtsein, und ihre erste Regung war, sich mit Abscheu von ihrer Pflegerin wegzuwenden. Die Erinnerung an jenen Tag des Unheils hatte Ottilie fast vollkommen verloren. Sie wurde sich auch kaum klar über den verschlechterten Zustand ihres Befindens, sie bemerkte den Unterschied vielleicht kaum selbst, dachte zum mindesten nicht darüber nach, aber ihre Energie, ihre Selbstzucht waren so zermorscht, während ihre Empfindlichkeit für ihr unangenehme Gerüche, Geräusche, Berührungen, Anblicke so gesteigert war, daß sie bei jedem ihr Widrigen sogleich in die größte Aufregung gerieth, die sich bis zu Krämpfen steigerte. Sie weinte, tobte, die Kehle war ihr oft zugeschnürt, daß der Athem fast wegblieb. Eine unbesiegliche Abneigung gegen Lina brach bei ihr aus, sie wandte sich ab, weigerte sich, aus ihren Händen Arzenei und Speise entgegen zunehmen und schrie unablässig: „Weg! weg! weg, Kröte! Bestie!"

Die Rollen von einst schienen vertauscht: Ottilie schlug die dargebotene Hand entrüstet ab und Lina dachte: „Die arme, arme Person!" Sie hatte in dieser Minute kein anderes Gefühl als Wünsche für Ottiliens Ruhe und Genesung und bat Segonda selbst um die Erlaubniß sich ausschließlich Aris Pflege widmen zu dürfen. Aber der Doktor erklärte bei dieser Empfindlichkeit gegen die geringsten Kleinigkeiten die beständige Anwesenheit einer Pflegerin für unerläßlich. Segonda entschloß sich Thiele selbst zu fragen, ob sie eine bestimmte Person um sich wünschte. „Ja!" wimmerte sie. „Die alte Griebschen."

Niemand hatte an diese Person gedacht. Wie kam sie nur auf den Gedanken? Aber um nutzlose Erregung zu sparen ließ man die Alte holen. Sie nahte mit ihrem schleppenden gebückten Gange, Lina unterrichtete sie über die Einzelpflichten. „Der Beitel wird alle Stund' gewechselt …von die Arz'nei an Leffel all' zwei Stund.…" dann verließ sie das Zimmer, indeß große Thränen in ihre Augen traten. Sie schien in diesen Tagen eine neue Natur bekommen zu haben, sie bewegte sich leichter und doch selbstbewußter, in ihrem Gesichte begann die Intelligenz der Erfahrung sich auszudrücken, sie nahm Antheil an ihrer Umgebung, ihrer Thätigkeit: sie war im Bade des Mitleids aus einer Maschine zum Weibe geworden.

Die alte Griebsch nahm den Platz am Fußende von Ottiliens Bett ein. „Ich hoa's lange scho gegewußt, daß wir zwee zusammakimma," sagte sie, „die Geister han's mer schonn lange verzählt!" …Tiele fragte nach den Geistern, sie verlangte Geschichten, in denen die Geister sich gezeigt und bewährt hatten, sie ließ sich deren Wahrheit beschwören, sie stellte immer neue Fragen sich lebhaft vorbeugend, mit glühenden Augen, unbekümmert um den peinlichen Husten, bis ihre Fragen sich verwirrten, bis sie erschöpft zurücksank und wieder für Stunden bewußtlos, im unerquicklichen Schlummer der Ermattung dalag, dem heiße Kopfschmerzen folgten. Dann hatte es wieder einmal geklopft — unter dem Bett — in der Wand — unregelmäßig, in Zwischenräumen, unentzifferbar. In fieberhaftem Keuchen saß Ottilie da, die Ohren gespitzt, um neue deutliche Zeichen flehend. Endlich buchstabirten sie sich gemeinsam Worte, dann Sätze zusammen …Ottilie konnte vor zitternder Erregung nicht folgen, sie bat die Griebsch um Erklärung — die sagte ihr die Geister meinten, Alles würde noch gut werden, sie würde bestimmt genesen, sie bekäme einen schönen Bräutigam, sie solle nur auf Gott vertrauen — und dergleichen unsichere Gemeinplätze mehr, um deretwillen kein Geist aus dem Jenseits zu kommen brauchte, die aber Ottilie rothglühend und schwitzend wie Offenbarungen aufnahm. Dann lag sie auf dem Rücken, nach Luft schnappend, mit brennenden Augen, die ihr voll Sand dünkten. Alles taumelte und wankte um sie, wie betrunken, vergeblich lechzte sie nach Schlaf, bis ihn ihr die Griebsch mit ein paar Handstrichen über Augen und Wangen verschaffte.

Der unerwartete Schlag, Aris Verwundung, hatte Segonda anfangs niedergeworfen, weil er so ganz aus heitrem Himmel kam. Aber mit seiner festen Schmiegsamkeit richtete der Alte sich wieder empor. Das schlimmste war überwunden: beiden Kranken ging es besser, sie hatten jetzt gute Pflege; der Frühling kam, der alle Schmerzen heilte, beide würden dann reisen, sich erholen — in einigen Tagen traf der neue Direktor ein, der ihn entlastete; Bestellungen lagen für die nächste Zeit genügend vor; die Leute waren wieder so ruhig, als wäre nie ein Stein ins Wasser gefallen — — — auf Segondas Antlitz rundeten sich von Neuem die Falten jenes überlegenen Lächelns, mit denen er seinen Angestellten die höchste Demuth und Verachtung ihrer selbst abnöthigte. Sein Grundsatz hatte sich wieder einmal bewährt: sich nur nicht ducken, nicht verblüffen lassen! Immer aushalten! Der Mensch war gleich einem Schiff auf hoher See: bald tief unten, vom Abgrund der Wellen scheinbar verschlungen, aber bei kaltblütiger Ruhe bald wieder auf den Spitzen der Wogen tanzend.

Eben kam er aus dem Flachsmagazin, vergnügt pfeifend bei dem Gedanken an die billig eingekauften riesigen Vorräthe, zumal die Konjunktur auf dem Markte gerade zu steigen begann; da fand er auf seinem Schreibtisch eine Depesche seines Berliner Vertreters. Er öffnete sie, zuckte zusammen, warf sie auf den Tisch, las wieder, schüttelte den Kopf ... Man meldete ihm, daß sich soeben eine große Commanditgesellschaft gebildet habe, aus drei der reichsten Berliner Banken und der größten Maschinenfabrik bestehend, die mit mehreren Millionen Kapital unter den Namen: „Gesellschaft für elektrische Flachsspinnerei und Leinwebern" die Ausnutzung des neuen, zur Patentirung angemeldeten Henning'schen Verfahrens im größten Stile betreiben und bedeutend billiger und rascher arbeiten wolle als die Konkurrenz. In allen Fachkreisen herrsche große Aufregung. Der Posten des obersten Direktors sei Henning durch Vertrag gesichert.

Aergerlich ballte Segonda die Depesche zusammen und warf sie unter den Tisch. Die Stirnadern schwollen ihm, sein erster Gedanke war: das ist der Ruin! — Er hatte neue Maschinen nach dem Cardon'schen System bestellt. Wenn jene Sache sich bewährte, kam er nicht mehr mit. Die alten Bestellungen mußte er inne halten — das ging in die Hunderttausende — Maschinen nach dem neuen System konnte er nicht anschaffen. Er hatte ja nie geglaubt, daß wirklich etwas an der Sache sein könnte, die sein Untergebner ausgeheckt! Was also thun? Liquidiren? ... Um Himmels Willen, nur ruhig! Nur nicht excentrisch! Die Schrecken der letzten Wochen hatte ihn wirklich nervös gemacht! ... Er trank zwei Glas Wasser ... Es war gar nicht möglich. Sie konnten ja nicht noch billiger arbeiten als er. Schon jetzt war ja der Nutzen im Einzelnen so gering, daß es nur die Masse brachte ... Aber die Bande würde Alles monopolisiren — er sah im Geiste schon ganz Deutschland mit einem eisernen Netz von Filialen umspannt. Sie würden gar keine Maschinen verkaufen, sondern das Patent nur selbst ausnutzen. Dann war die ganze Konkurrenz unterbunden! ... Er athmete schwer. — Lächerlich! Hirngespinnste! Die Konkurrenz würde sich dagegen sofort zusammen thun! Man mußte schleunigst eine Versammlung einberufen ... Aber wie sich schützen? Er war ein gefährlicher Mensch, dieser Henning. Phlegmatische Leute sind immer die schlimmsten. Er hatte es wirklich durchgesetzt, der durchtriebene Gauner! ... So sehr er ihn früher mißachtet, so unheimlich erschien er ihm jetzt ... Die Gedanken huschten ihm durch einander, nur ein Gefühl dumpfer Beklommenheit lassend. Er lief mit seinen kurzen Jambenschritten durch die Sääle. Was würden alle die armen Menschen machen, wenn der Betrieb eingeschränkt würde, ja ganz aufhörte? Würden nicht neue, schlimmere Aufstände erfolgen? ... Was sollte er seinen Kindern hinterlassen? Wo war die Existenz Aris, die Mitgift Tielens? Sein Baarvermögen war gering — Alles steckte im Geschäft. Was waren sie jetzt, diese noch so gleichmäßig, so ahnungslos klappernden Maschinen, die soviele Hunderttausende gekostet? Altes Eisen für den Lumpenmatz! Wie's ihm Henning vorausgesagt! ... Dieser undankbare Hallunke! Wie hatte er ihn kennen gelernt! Verschuldet, abgerissen war er zu ihm gekommen! Welch schöne Stellung hatte er bei ihm gehabt! Keinem Menschen konnte

es besser geboten werden ...Gottweiß, was er den Leuten in Berlin vorgesohlt! Die fielen auch
auf jeden Schwindel hinein, in der sogenannten Stadt der Intelligenz...

Er war in seinem Zimmer angekommen und und warf sich erschöpft aufs Kanapee. Bah —
wer sagte denn, daß die Sache wirklich praktisch war? Den Berliner Schwindel kannte man! ...Er
erinnerte sich all der großen Patententtäuschungen der letzten Jahre, bei denen in Berlin enor-
mes Geld verloren wurde; die Seel'schen versendbaren Akkumulatoren, die Popp'sche Druck-
luft in Paris, die der „Deutschen Bank" ein Vermögen gekostet ...So was würde diese Sache
auch sein. — Darum brauchte man den Muth noch lange nicht zu verlieren! Schlimmstenfalls
mußten eben die Preise herabgesetzt und die Löhne reduzirt werden. Mehr Arbeiter wollte er
so wie so anlegen ...Die Chancen waren schon auszugleichen. Noch gab er sich nicht gefangen.
Kampf bis aufs Messer! Und mit erleichterten Herzen klingelte er Anastasien und verlangte
sein Abendbrot, denn ihn hungerte sehr und rechtzeitiger Appetit war bei ihm stets das Anzeichen des Vollbesitzes seiner Kraft. Bei Kummer und Aergernissen aß er den ganzen Tag lang
keinen Bissen.

„Was giebt's, Stasla?"

„Schweinekarbonade, gnädiger Herr!"

„Ah — sehr gut. Meine Lieblingsgericht. Schnell! Mich hungert sehr. Das soll mir
schmecken." Sein ganzes Gesicht lachte.

Da stürzte im selben Augenblick Lina ins Zimmer, mit rothen, verquollenen Augen, die
Haare wirr, weinend und schreiend; „Kimmen's schnell, Herr Baron, kimmen's schnell — dem
jungen Herrn is sehr übel!"

Entsetzt sprang Segonda auf und eilte nach oben, Lina hinter ihm her. Unterwegs auf der
Treppe ließ sich Segonda erzählen, was vorgefallen. Aribert hatte zu phantasiren angefangen,
Lina hatte sich ihm genähert, um ihm Eis aufzulegen, da hatte er sie mit übermenschlich
großen Augen angestarrt, hatte sie zurückgeschleudert, sich aufgeworfen und „Sauzucht; Sau-
zucht!" schreiend, sich den Verband von den Wunden gerissen, daß das Blut sich in rasenden
Strömen über Hand und Bett ergoß.

„Um Gottes Willen!" rief Segonda und flog mit seinen alten Füßen die Stufen hinauf. Als er
die Thür öffnete, sah er Ari auf dem Fußboden neben dem Bett in einer Blutlache schwimmen,
die Augen nach oben gekehrt, die Züge verzerrt, die Zähne zusammengebissen, ohne einen
Hauch Athems.

XX.

Die Zurüstungen zum Begräbniß mußten in größter Heimlichkeit und Stille geschehen. Ottilie durfte nichts vom Tode ihres Bruders erfahren, denn jede starke Aufregung war bei ihr mit Lebensgefahr verbunden. Es war doppelt schwer, ihr etwas zu verbergen, da sie auf ihrem Krankenlager für alle Vorgänge in der Nachbarschaft überempfindlich geworden war. Sie hörte was drei Zimmer weiter geflüstert wurde. Wenn einer der Bleicher hinten auf dem letzten Hofe pfiff, fuhr sie auf wie mit Stecknadeln gestochen. Mochte Jemand noch so leise die Treppe heraufsteigen, auf den Fußspitzen: sie erkannte die Person doch sofort am Schritt. Es war nur möglich ihr Schlafpulver zu geben und während der Zeit ihrer Wirkung Leichenwäsche, Einbahrung und alle jene traurigen Vorrichtungen auszuführen. Ottilie wurde mit Morphium und Chloral beinahe gefüttert. Im wachen Zustande auf ihrem Schmerzenslager sah und hörte sie beinahe alles was im Hause vorging. Sie urtheilte darüber, verlangte manches anders und lauschte eifersüchtig, ob auch nach ihren Anordnungen geschehe. So zwang sie das ganze Haus zu unablässigem Komödienspiel.

Auf Segondas Schultern lag Alles. Anastasia hatte den Kopf verloren, sie betete und heulte nur immerzu. Segonda mußte wohl zwanzigmal des Tages Treppen auf und ab klettern, bei seinen Jahren, seiner Müdigkeit eine harte Aufgabe, und bald oben anordnen, bald im Contor disponiren, bald in der Fabrik kontroliren, unablässig aus einer Stimmung, einer Gedankenfolge in ganz andere gerissen. Der Kopf brannte ihm, die Augen fielen ihm Abends vor Müdigkeit zu, dabei wälzte er sich stundenlang herum, ohne einschlafen zu können, und erwachte am nächsten Morgen abgespannt, verstimmt und zerschlagen. Die unablässige, gleichmäßige, pausenlose Anspannung seines ganzen bisherigen Lebens, das unveränderte Ziehen in einer Richtung begann sich zu rächen … was war er sein Leben über gewesen als eine große, ausdauernde Arbeitsmaschine, die nun begann zu stocken und den Dienst zu versagen? Manchmal kam es ihm vor, daß er auf Fragen seiner Angestellten erwiderte: „Ja ja!" und sich gleich darauf vergeblich besann, was man ihn eigentlich gefragt hatte? Niemandem konnte er etwas überlassen, keinem sich anvertrauen: Alle um ihn herum waren todte, starre Hilfsmaschinen, die erst durch seine centralmotorische Kraft Leben und Drehung bekamen. So hatte er es gewollt, eingerichtet, gefordert.

Die Einzige, die sich ihm gegenüber Selbstständigkeit bewahrt hatte, wälzte sich krank und siech auf durchgelegenem Bett.

Nur Lina unterstützte ihn einigermaßen. Sie hatte keinen Eigentrieb, man mußte ihr Alles befehlen und genau vorschreiben, das aber führte sie dann mit vollkommener Ergebenheit und großer Zuverlässigkeit aus, und ruhte nicht eher als bis es genau der Vorschrift entsprach. Es fiel Segonda nicht leicht, ihr Alles klar zu machen, denn von Kindheit an nur die ärmlichsten Verhältnisse gewöhnt, waren ihr oft Dinge fremd, die Segonda für selbstverständlich galten — war es ihm aber einmal gelungen, so brauchte er sich um Nichts mehr zu bekümmern. Das war ihm eine große, große Erleichterung. Er dankte dem Himmel, daß er Lina hatte. Nie hätte er geglaubt, daß sie sich so zu ihrem Vortheil verändern könnte. Er war stolz auf sich, denn er betrachtete sie als sein Werk, er fühlte sich als ihren Lehrer, ihren Erzieher. Sie blieb in diesen Tagen beständig in Fichtenbrück, ging nicht nach Hause, sondern schlief in einem besondern Zimmer im obersten Stock. Segonda sprach mit ihr von ihrer Zukunft, sie hatte ihm auf sein Drängen ihre Beziehungen zu Rudi gestanden. Er rieth ihr entschieden von dieser Heirath ab, sie sei zu gut für einen Bauernburschen, er versprach, ihr einen tüchtigen und feinen Mann zu besorgen. Er freute sich ihrer täglich wachsenden Geschicklichkeit, sie trat sicher auf, aber weicher, lange nicht mehr so hart wie früher, sie gab fließende zusammenhängende Antworten, da sie bisher klotzig und abgehackt gesprochen, sie hing an seinen Worten, that Alles um ihm seine schwere Lage leichter zu machen, sie zerbrach wenig Gläser und Geschirr, indeß bei Anastasien jeden Augenblick ein Teller zur Erde klirrte.

Mit der Wirthschafterin konnte sie sich freilich gar nicht stellen. Bei allen möglichen Gelegenheiten zankte und keifte diese, nahm ihr Löffel oder Wäschestücke weg, die sie angeblich brauchte, schuppste und hinderte sie, wo sie konnte. Als Lina eines Tages auf Segondas Befehl einen Eimer aus der Küche in das Todtenzimmer holte, begann Stasa ein Mordsgezeter, lief schreiend zum „Herrn", beklagte sich über das „ausveschämte Frau'nzimmer" und ergoß sich in einer Fluth von Beschimpfungen gegen die „Drübsche", die „falsche öst'reichsche Karnallche." Lina vertheidigte sich ruhig und kurz, und Segonda gab Lina Recht, indem er die Wirthschafterin streng aufforderte, das Mädchen gut zu behandeln, ihr die schwierige freiwillige Aufgabe nicht noch zu erschweren, sondern sich mit ihr zu vertragen.

Stasa schäumte vor Wuth. Selbst Ottilien gegenüber hatte sie stets Recht behalten, und diese Bestie wollte sie aus ihrer altberechtigten Stellung verdrängen? Jene war jung und hübsch — Segonda hatte seine Augen auf sie geworfen. Er war ein gemeiner Wüstling — und die Katze hatte ihn mit teuflichen Künsten umgarnt. In diesem Hause nahm ihre Seele Schaden. Ihr Pfarrer hatte es ihr ja immer gesagt: nicht bei Ketzern dienen! Sie hatte immer gewähnt, durch das Beispiel ihres frommen Lebens ihn auf den Heilsweg zu führen. Aber in diesem Sündenhause waren sie Alle dem Teufel verfallen. Einen hatte er schon geholt, Ottiliens Seele faßte er jetzt beim Kragen, dann kam offenbar der Alte daran. Hier wohnte die Versuchung — darum fort! ... Aber vorher wollte sie ihre Rache haben, ihre Genugthuung, daß sie dem grauen Sünder die beste Kraft ihres Lebens, ihre Arbeit geopfert, und nun gar Nichts davon haben sollte, und einer Teufelsdirne weichen mußte, einer hergelaufenen Fremden, von der Niemand was Bestimmtes wußte.

Man hatte Ottilie wieder Schlafpulver gegeben, um über die Zeit hinwegzukommen, in der Ari begraben wurde. Aber war die Gabe diesmal zu schwach, oder die Erregung der Kranken zu groß — Ottilie erwachte bald wieder, indeß draußen noch die Kirchenglocke dumpf und traurig brummte. „Was ist denn das für ein Gebimmle?" fragte sie mit matter Stimme. Die Griebsch meinte, es sei wohl irgend ein Bauer gestorben. Da kam die Wirthschafterin ins Zimmer, fing an laut zu weinen und sagte, sie hielt es draußen allein in der Küche nicht aus, es wäre ihr so Angst. Ottilie fragte natürlich warum, und trotzdem die Griebsch dem Weibe abwinkte, beklagte Anastasia heulend das Schicksal des armen jungen Menschen und des alten Vaters. Natürlich wußte Ottilie nach wenigen Sekunden Alles, obwohl die Griebsch sich bemühte, die fortwährend Jammernde nicht zu Wort kommen zu lassen. Sie blickte besorgt auf die Kranke, von Stasas Verrath die schlimmsten Folgen fürchtend.

Ottilie blieb wieder das Erwarten beider Frauen ziemlich ruhig. Sie weinte, sie erging sich in Verwünschungen Fahners, sie bemitleidete ihren Vater, aber sie war zu sehr mit sich selbst beschäftigt, mit ihren Leiden, ihrer Genesung, ihren Empfindungen, um sich allzu tief durch das Unglück ihres Bruders angreifen zu lassen. Nichts macht so egoistisch wie das Krankenbett. Man verlangt, die Welt solle sich nur um Einen drehen, die Umgebung nur unsern Befehlen gewärtig sein. Höchste Erregung wechselte in dieser Zeit bei Ottilie mit tiefster Abspannung. Sie konnte stundenlang unbeweglich daliegen, stier in die Luft sehend, gänzlich theilnahmslos, wie wachträumend, mit verglasten Augen, sie hörte dann Alles um sich, aber es war nur wie ein Ohrenklingen. Man sprach zu ihr und sie antwortete nicht, man konnte sie berühren, herumdrehen, sie zuckte nicht. Dann war sie wieder von unheimlicher Erregbarkeit: Alles drückte sie, die Kissen, die Nachtjacke, die Haare, sie fuhr wie rasend auf, wenn nur das Kleid der alten Griebsch rauschte. Im Kopf fühlte sie beständiges Stechen, dazu war ihr, als säße ihr die ganze Kehle voll kratzenden Staubs. Sie hatte die sonderbarsten Wünsche und gerieth außer sich, wenn die Erfüllung sich verzögerte. Man mußte ihr aus dem Salon das Spinnrad bringen, das Henning ihr geschenkt hatte. Sie wollte sich aufrichten, um es in Bewegung zu setzen — aber das ging nicht: so mußte die Griebsch treten, indeß sie die Faden zog und überglücklich lachte, wenn sie ein paar Centimeter Garn gewonnen hatte — um dann erschöpft zurückzusinken. Grundlose Einbildungen stellten sich bei ihr ein. Sie schwor, daß man ihr einen engen Stahlgürtel um den Leib geschlossen habe, sie fühlte den Druck und war nicht zu überzeugen, daß er ein Wahn sei. Man bewies es ihr durch den Augenschein: da behauptete sie, das seien die Geister, die sie so plagten und aus Bosheit plötzlich wieder aufhörten.

Segonda hatte schon den Cylinder auf und die schwarzen Handschuhe an, um seinem Sohne das letzte Geleit zu geben, als ihm ein Brief aus Berlin mit wohlbekannten Zügen überreicht wurde. Es war die Handschrift Hennings. Er legte ihn zurück bis zu seiner Heimkunft, er war jetzt nicht in der Stimmung für zweifellos unangenehme Geschäfte. Wie erstaunte er, als er nachher den Brief öffnete und ein Kaufanerbieten fand! Henning wollte die Fichtenbrücker Fabrik für die Commanditgesellschaft erwerben, um sie als erste Versuchsstation einzurichten und seine Idee im großen Stil zu erproben: ein billiger Preis wäre natürlich unerläßliche Bedingung, da auch schon andere Angebote vorlägen.

Segonda warf das Schreiben ärgerlich auf den Tisch. Er war entschlossen, kurz abzulehnen. Er dachte nicht daran zu verkaufen. Er hatte seinen Plan fertig, er wollte den Kampf aufnehmen. Noch war er kein hinfälliger Greis, noch stand er in den besten Jahren. Er wollte zeigen, daß man ihn nicht so leicht beugte. Er kannte seinen Gegner: das war kein genialer Geist, den schlug er noch aus dem Felde!

Er nahm die Feder zu einer knappen, unzweideutigen Antwort. Aber an den ersten Worten würgend begann er zu stutzen. Für wen schindete und abmarachte er sich eigentlich? Für wen übernahm er die unendlichen Mühen und Gefahren? Nur um einen Undankbaren zu ärgern? Einen Sohn, ihm die Fabrik zu hinterlassen, hatte er nicht mehr! ... Thränen stürzten ihm ins Auge, er trocknete sie, sammelte sich und sann weiter ... Einen Schwiegersohn? Gott mochte wissen, wie es mit Tiele stand! Er begann an Besserung zu verzweifeln ... Und liquidiren? Die Fabrik freihändig verkaufen war immer noch besser. An eine Gründung war nicht zu denken, jetzt, wo das Henningsche Patent durch geschickte Reklame in allen Zeitungen spukte und die Kapitalisten kopfscheu machte. Er stöhnte, er schwitzte, wenn er an all die Arbeit, die Mühen dachte, die ihm nun bevorstanden, da er Aris Hilfe entbehren mußte. War seine Thätigkeit noch so gering — zwei Augen warens immer doch gewesen.

Ach, nur zwanzig Jahre jünger! nur zehn! Dann wollte er diesem Schuft Henning zeigen, daß er den Kampf mit ihm aufnahm, daß er doch noch andere Erfahrungen hatte. Todt war der dann, bankerott! ... Aber das kostete Nächte ... und zum ersten Mal fühlte er sich müde, arbeitsunlustig. O, nur erst wieder einmal schlafen können, nicht stundenlang im Zimmer umherrennen müssen! ...

Vielleicht wenn er sich nicht mehr zu quälen brauchte! Vielleicht war es ein Wink Gottes. Er hatte sich wahrhaftig Altersruhe verdient — sein ganzes Leben war Arbeit und Leiden gewesen! Einmal sich erholen, gemächlich essen, trinken, schlafen! ... Wäre es nur nicht gerade Henning gewesen! ... Aber was blieb ihm? Einen Compagnon nehmen? Jetzt, da Jeder stutzig sein würde? Das hatten die Berliner mindestens erreicht! ... O immer, immer dieser Verhaßte! Ueberall trat er ihm entgegen! Es blieb nichts Anderes — er mußte die Annäherung annehmen! ... Aber wie, wenn der Brief nur eine Falle, eine Sonde war? Dem perfiden Bauernjungen traute er Alles zu! ... Nein, nein, unmöglich! Segonda klammerte sich jetzt an das Angebot, ihm ward klar, daß es sein letztes Rettungsseil war, daß er verloren war, wenn er ausschlug, daß seine Kraft nicht mehr ausreichte, das Unternehmen zu leiten — er wollte Ruhe haben, er hätte nach Frieden schreien mögen. Er überlas den Brief noch einmal, wog jedes Wort — nein, das war ehrlich gemeint — ausnahmsweise ... Er fühlte ein Herzweh, als fehle ein Stück des Organs ... er faßte sich an den Kopf. Gleich wollte er antworten ... „Wenn die Sache doch nur zustande käme!" seufzte er. Bequem von seiner Rente leben — mit Tiele zusammen im Süden, an Nizzas blauen Gestanden — das erschien ihm plötzlich als das einzig Schöne und Wahre — das Ideal!

Beide für sich beide allein, eine hübsche Villa bewohnend, mit keinem Menschen verkehrend, zu zweien spazieren gehend, ausfahrend, speisend, sie des Abends ihm vorspielend, seinen geliebten Mozart: O Gott, es nur einmal so haben! ... Und er hielt die Hand vor die Augen und weinte.

Henning depeschirte auf Segondas Antwort sofort zurück, er käme zu persönlicher Besprechung nach Fichtenbrück.

Gerade als der Wagen in den Hof einfuhr, schreckte Ottilie oben von ihrem Lager auf, richtete sich empor, starrte mit weiten, feuchtglänzenden Augen nach dem Fenster und sagte: „Das ist Henning!" Die alte Griebsch suchte ihr die Idee auszureden, Ottilie schickte sie ins Nebenzimmer, zum Fenster, um nachzusehen — die Griebsch meinte, ihrem Auftrage gemäß, es sei der neue Direktor oder sonst ein fremder Herr: aber Ottilie blieb unruhig, warf sich umher, wie von inneren Schmerzen geplagt oder schaute starr lächelnd, wie verzückt nach der Thür, als erwarte sie den Eintritt einer wunderbaren, zauberhaften Erscheinung. Sie verlangte eine gestickte Nachtjacke, setzte sich ein frisches Häubchen auf und ordnete ihre Haare.

Die Verhandlung der beiden Männer währte lange. Nach einer sehr förmlichen kühlen Begrüßung traten sie sogleich in die Besprechung, die im ruhigsten Geschäftston geführt wurde und nur ganz allmählich sich zu lebhafter Erregung steigerte. Mit größter Nüchternheit suchte Henning Segondas Ansprüche Schritt für Schritt abzudämmen. Hundert Einzelheiten gaben Anlaß zu scharfen Meinungsverschiedenheiten. Da waren die neuen Maschinen, der neue Direktor, die Segonda Henning zu übernehmen zumuthete. Nach langem Worttausch wurde der Alte ärgerlich und rief: „Sie wollen mir die Fabrik, an der zwei Generationen geschaffen haben, für ein Butterbrod abluchsen? Sie denken: ich muß verkaufen, weil ich in der Familie Unglück gehabt habe? Aber deswegen nehm' ichs noch mit den Jüngsten auf — mit Allen, auch mit Ihnen. Halten Sie mich nicht für einen Mummelgreis — Sie könnten sich verrechnen!“

Henning, nichts von Aris Tod wissend, erwiderte sehr kühl: „Ich bin soweit entfernt, Sie nöthigen zu wollen, wie mich in Ihre Familienangelegenheiten zu mischen. Ich bin Geschäftsmann. So viel ist Ihr Etablissement mir werth. Rechnen Sie Ihre Erinnerungen mit zu den Aktiven: gut, dann brechen wir die Verhandlung ab; aber einen Zweifel an meiner Loyalität muß ich zurückweisen.“ Er war auch etwas schroff geworden und beide Stimmen hatten sich unwillkürlich gehoben.

Segonda horchte auf: aus dem oberen Stock ertönte lautes Schreien.

Die Arme weit ausgebreitet hatte Ottilie sich hoch aufgerichtet und mit lauter Stimme gerufen: „Henning! …Er ist da! Ich weiß es!“ Die Griebsch läugnete, Lina kam herein und versicherte: „Nein!“ — Aber Ottilie, auf den Wangen heißes Roth, zischte Lina an: „Du Schlange gehst überhaupt weg!“ und mit zurückgeworfenem Kopf, mit funkelnden Augen fuhr sie fort zu schreien: „Er ist da …ich sehe ihn ja…“ Sie beugte das Haupt weiter vor, die fiebernden Augen schienen sich durch die Mauerporen drängen zu wollen. „Da geht er auf und ab …er spricht … er streicht sich den Bart, er reibt sich die Hände, er kreuzt sie …ich will zu ihm, ich muß ihn sprechen —“ Außer sich, als brenne es unter ihr, wollte sie aus dem Bett springen, mit aller Kraft suchten Lina und die Griebsch sie festzuhalten, niederzudrücken, sie fauchte: „Weg — oder es gibt ein Unglück!“ und schlug, kratzte, biß, spie um sich gleich einer Wilden.

Da kam Segonda herauf. Ihr Toben, das ganze Haus durchtönend, hatte ihn erschreckt, so daß er sich für wenige Minuten entschuldigte. Dabei hatte Henning erfahren, daß Aribert todt und Ottilie schwer krank sei. Der Vater stand noch in der Thür, als das Mädchen ihn anfuhr: „Siehst Du, ich weiß, er ist da!“ — „Wer?“ — „Henning!“ — „Ach, Einbildungen!“ —

„Täusch' mich nicht!“ rief sie wieder mit jenem drohenden Ton, den düster glühenden, starren Augen, „da setzt er sich …da zündet er sich eine Cigarre an…“ Segonda wurde es unheimlich. Gerade als er ging, war Hennings Cigarre ausgeraucht und er hatte ihm die Kiste hingestellt — — Woher wußte sie Hennings Anwesenheit? War sie hellsehend? Oder hatte ihre leidende Ueberempfindlichkeit nur einen den normalen Ohren unhörbaren Laut aufgefangen, der ihre Einbildungskraft aufblühen ließ? …Er läugnete, aber mit schwankender Stimme, sie herrschte ihn an: „Du belügst mich! Du willst mich unglücklich machen! Du hast ein schlechtes Gewissen!“

„Was?“ rief er empört, „Dein Vater ist ein Lügner?“ Er wollte ihr noch immer die Thatsache verbergen, denn er fürchtete, daß die Aufregung eines Wiedersehens mörderisch wirken konnte …und er entsetzte sich bei dem Gedanken einer Aufklärung aller Vorfälle — — —

Sinnlos, mit verzerrten Zügen, im Bette aufrecht stehend, raste sie, daß die Wände bebten: „Ja, ja, ja! — — Ich muß ihn sehen!“ mit heiserer gellender Stimme und sprang im langen weißen, faltigen Krankengewande aus dem Bett heraus auf den Teppich. Der Vater faßte sie bei den Armen und suchte sie zurück zu drängen: „Du bist frech!“ rief er. „Du sündigst auf mein Mitleid, meine Liebe!“

Sie blickte eine Sekunde wie geistesabwesend stier auf den Boden, warf sich dem Vater dann plötzlich zu Füßen, küßte seine Hände, bettelte, wimmerte, winselte, seine Knie umfassend: „Einziges, bestes, süßestes Papachen! Nur eine Minute laß mich mit ihm reden! Nur zehn Worte! Gelt — süßes goldnes Zuckerpapachen?" Ihre Augen, ihre Wangen waren in Thränen gebadet. Die alte Griebsch heulte: „Den Jammer kann ja Keener nich mitansehn. Schicken Se'n doch scho' ruf!" — „Siehst Du, siehst Du!" rief Ottilie.

Sie geberdete sich so, daß Segonda bei fernerer Weigerung für ihren Verstand fürchtete. Er sagte also, er wolle Henning fragen und ging hinunter.

Dieser hatte sich eben überlegt, er könne den neuen Direktor ganz gut gebrauchen, und bezüglich der Maschinen, die er nach seinem Patent zu adaptieren gedachte, einen gewinnreichen Vermittlungsvorschlag ersonnen. Als ihm jetzt Segonda Ottiliens Bitte mittheilte, entschloß er sich sofort hinaufzugehen.

Ja, du sollst mich wiedersehen, du stolzes Patriziertöchterlein, sagte er sich, das nur um seiner Schönheit Willen geliebt sein wollte und dem armen Teufel nicht vergaß, weil er sich erinnerte, daß dein Vater anbei auch ein paar Millionen besaß! Du sollst ihn wiedersehen, den verachteten, verschmähten armen Teufel, wie er aus eigner Kraft ein Großer geworden ist, ein Gläubiger der Zukunft, zugleich Besieger und Retter deines Vaters, der die Quelle deines Hochmuths war! Du sollst ihn wiedersehen, als das Denkmal deiner Kurzsichtigkeit, als die Schande deiner protzenhaften Vertrauensarmuth, welche das roheste Nebending zum pathetischen Deckmantel der Entrüstung aufbauschte. Du sollst ihn wiedersehen, zu ihm emporblicken, dem Gesunden, Starken, Triumphirenden, und in deiner kalten reichen und kleinlichen Aermlichkeit vernichtet sein! —

Er kam! …Mit überstürzten Händen ordnete sie ihr Haar, ihre „Spittelkleidung" — ein Blick in den Spiegel lehrte sie, daß sie noch immer leidlich aussah; wenigstens glaubte sie es.

Er kam! …Würde er bei ihrem Anblick all der Worte gedenken, die er ihr einst gesagt? würde ihm einfallen, daß jedes Wort eine Lüge, ein Betrug gewesen? würde er nicht bis in sein bleiummanteltes Herz die Schmach fühlen, entlarvt vor ihr zu stehen, in seiner ganzen Eigensucht, die er mit flüchtig gewebten, leicht zerrissenen Vorhängen ungeschickt bedeckt hatte? …Sie dachte nicht daran, daß es vielleicht häßlich sei, sein Mitleid anzurufen, ihn an ihr Lager zu locken, um ihm dann eine Stunde der Beschämung zu schaffen. Sie dachte nur an ihren Triumph, an das Gefühl erlangter Genugthuung, ihn vor sich zu sehen und ohne ein lautes Wort aus seinen Augen das Gefühl seines inneren Erröthens zu lesen und endlich Entschädigungen einzuheimsen für die vielwöchigen Qualen ihrer Enttäuschung. Es war der letzte Aufruhr ihrer Lebenskraft, so übermächtig, daß er Alles in ihr fortriß. Hatte sie seine Liebe nicht entzünden können, so wollte sie wenigstens seine Zerknirschung! Dann mochte er hingehen und reich werden, sich mit einer angealterten Millionärswittwe verheirathen — vielleicht dabei glücklich sein …ihr war er dann gleichgiltig, todt! — — —

Und nun stand er auf der Schwelle, allein mit ihr, Aug' in Aug' mit ihr, zum ersten Mal wieder nach so bunten Schicksalsspielen! Wie diese Mischung von Palast und Spittel auf ihn wirkte! Dieser Luxus, in dem sich das unheilbare Elend wälzte! Diese Vorhänge, die dichte Wolken scharfen Karbols umschwebten — diese schwellenden Spitzenkissen, welche breite Ladungen fauligen Chlorstroms aushauchten — diese konkaven Wangen, vom flackernden Roth treibender Fieberhitze Übergossen! Das Gefühl durchzuckte ihn, als habe dieses Weib für seinen Verrath genug gelitten. Aber er wollte nicht weich werden — zum Trotz nicht! Doch was sagen — womit beginnen? Und in Verlegenheit — wie selten — fragte er zögernd, fast stotternd: „Sie … sind Sie wirklich so krank?"

Er glaubte an eine Komödie! Die alte Selbstüberschätzung! „Nein!" erwiderte sie achselzuckend. „Sie sehen, ich bin angekleidet um zum Ball zu gehen."

„Aber …Sie sehen ganz wohl aus…" Er mußte sie sich für gesund einreden, sollte er seinen Entschluß ausführen sie zu vernichten.

„Nun ja …seit drei Wochen geht es mir wieder besser." So lange war er fort. O, er fühlte wohl den Stich?

„Ich habe damals mit Bedauern gehört … ich hätte Ihnen gern meinen Krankenbesuch gemacht … aber …" (er ging gerade auf sein Ziel los, denn die Zeit war gemessen), „Sie begreifen
— nachdem Sie mir den Brief geschrieben —"

„Allerdings, das war eine Uebereilung. Ich hätte gar nicht schreiben sollen."

Ah — vortrefflich! Sie wollte ihn anklagen! Nein — sie sollte nicht glauben, daß sie ihn
gekränkt hatte … Sie stellte sich, seinen Brief ernsthaft zu nehmen? Sie sollte den Glauben
wirklich gewinnen! Das war die beste Antwort … „Wie fern liegen alle diese Selbsttäuschungen
jetzt hinter mir!" sagte er. „Jetzt — da ich der ersten Hauptstation meiner Lebenswanderung
mich Gottseidank mit Niesenschritten nähern darf."

„Ich wünsche Ihnen Glück dazu," entgegnete sie, jedes Wort wie einen Pfeil abschleudernd.
„Ich freue mich, daß Sie es doch noch so ganz aus eigner Kraft erreicht haben. Daß Sie es
konnten, war mir nie zweifelhaft. Und jetzt darf ichs Ihnen ja auch sagen: ich hätte Ihnen von
Herzen gern den schweren Weg erleichtert, denn ich nahm den wärmsten Antheil an Ihnen …
wenn es nicht eben die Lieblingsträume meines Vaters gekostet hätte. Diese befahlen mir den
Verzicht auf meine eignen Wünsche. Sie begreifen: die Sehnsucht eines Vaters …"

Wie? spielte sie nur so geschickt die Märtyrerin, oder wußte sie wirklich nicht —? „Das ist
mir allerdings ein Räthsel", erwiderte er im Ton sicherster Ruhe, „denn ich mußte doch wohl
annehmen, daß Ihr Herr Papa Sie davon unterrichtet hat, wie vollständig der Wortlaut meines
Briefes nur seinen höchst eingehenden Vorschriften entsprach. Er wünschte ihn gerade so —
als Belag, als Basis für die Verhandlungen mit seinem neuen Compagnon."

Sie fuhr auf, wie Jemand, der barfuß auf eine Nadel getreten. „Das ist nicht wahr!" zischte sie.

„Mein Fräulein", entgegnete er kühl, „mißtrauen Sie einmal meinem Wort, aber halten Sie
meinen Verstand für zu geschult, um das gleiche Manöver *da capo* zu versuchen!"

Und mit einem Sturme war ihre erkünstelte Ruhe, ihr Hohn wie weggeblasen. Betrogen,
getäuscht, von dem eignen Vater! Seinen selbstsüchtigen Handelszwecken aufgeopfert, um das
Glück ihres Lebens bewuchert, geflissentlich von dem Verkehr mit dem Einzigen ausgeschaltet,
der es ehrlich und wahr mit ihr gemeint. Ah — pfui, pfui! Welch ein Abgrund von Herzlosigkeit
ringsum! Und Ari, der Verstorbene, dem Gott verzeihen mochte, wohl gar der Helfer dabei?
Und sie hatte den Einzigen, der ihr die Bahn öffnen, ihr Glück, Selbstständigkeit, Heim, Wirken bieten wollte, wie einen Roßtäuscher behandelt! Noch jetzt, vor zwei Minuten! Das war ja
Himmel und Erde vertauscht, Gold für Kupfer gewechselt! Keine Reue, keine Buße konnte so
thöricht verübtes Leid auslöschen! … Sie breitete die Arme aus, sie richtete sich hoch auf, sie
rief seinen Namen … Er eilte an ihr Lager — er kniete vor ihr nieder — ganz wie sie es längst
gesehen, ganz so wie sie es geschaut! …

Eine spröde Stolze hatte er vernichten wollen, ein hochmüthiges Nabobstöchterlein hatte er
zu demüthigen gemeint — noch jetzt, vor zwei Minuten — und eine arme, sieche Getäuschte
hatte er verhöhnt und geschunden, hatte das einzige Weib gefoltert, das ihn wirklich geliebt,
und dessen Empörung so natürlich, so schuldrein war, weil die Liebe einer zarten und feinner-
vigen Natur gegen die kleinste Enttäuschung von Seiten des Geliebten unendlich empfindlicher
ist als die vernünftige Hochachtung. Je feiner die Liebe, desto einbildungsreicher verrosigt sie,
desto enttäuschender schon der unmeßbar geringste Abfall der Wirklichkeit! Er, der kernige
Bauer, Mathematiker, Praktiker fühlte in den Armen seiner sterbenden, enttäuschten verzwei-
felnden Geliebten zum ersten Mal den rieselnden Schauerschmerz einer zart gebauten weltfrem-
den Frauennatur, der die kleinste Falte auf der Stirn ihres Lieblings Leid bereitete. Ihre Seele
erschien ihm wie eine jener kunstvollen Wagen, bei denen der Druck des kleinen Gewichts den
hundert- oder tausendfach stärkeren Ausschlag anzeigt als bei den alltäglichen, und es entrang
sich ihm das stumme Geständniß, daß die Entschlüsse eines Menschenherzens aus prüfender
Beobachtung und rechnendem Verstande nicht abzuschätzen seien wie der Gang eines Flyers.
Und diesen Irrthum büßte er nun mit der geschwundenen Verklärung seiner Zukunft …

Es war ein gegenseitiges Bitten, Verzeihen, Enthüllen, Verstehen … man erschöpfte sich in
der Mittheilung aufklärender Einzelheiten, man nahm sich die Worte von den Lippen, man
sagte sich mit fünf Silben den Inhalt dreier Dutzend Sätze: eine Kurzsprache der Beruhigung

und des Trostes, bei der Jeder den Andern reinzuwaschen und sich selbst der Unüberlegtheit zu verurtheilen bemüht war.

Ottilie schränkte die Arme unter den Kopf und mit tief aus dem Innern kommendem Seufzer stöhnte sie: „Ach jetzt nur noch ein Jahr leben!" Und sie dehnte und streckte sich. „Sei ruhig, Ottilie, Du wirst noch lange, lange leben. Du wirst gesund werden wie ein Fisch —" sagte er lächelnd — er sagte es, ohne es selbst zu glauben: eine beruhigende Lüge — ach, warum gab es im Leben nicht nur solche?

Sie schüttelte den Kopf und meinte ruhig: „Nein, nein, ich weiß, mit mir geht's zu Ende. Ich fühl's. Die Maschine schafft nicht mehr. Sie stockt schon, weißt Du? Höre wie's rasselt!" Sie legte sein Ohr sanft an ihre Brust. Ach, er kannte diesen pfeifenden und rohrenden Ton von seinen Maschinen her, diese plötzlichen Rucke, dieses sekundenlange Aussetzen, dieses unheimliche Knistern, das immer als eine Warnung gilt, für schleunigen Ersatz zu sorgen...

Der Vater klopfte draußen an der Thür. Die Zeit, die der Arzt für Besuche gestattete, war schon überschritten. „Gleich? gleich!" klagte sie. „Es regt Dich zu sehr auf, Tiele!" rief der Vater draußen. Henning erhob sich und strich mit seiner festen Hand über ihre welke Stirn. „Ich komme wieder," sagte er „ — in wenigen Wochen — wahrscheinlich schon in vierzehn Tagen —". Sie schüttelte traurig den Kopf: „Dann findest Du mich kaum mehr," sagte sie. „Wie kannst Du so was reden?" erwiderte er, ihre feuchte, warme Hand festhaltend. Sie sahen sich stumm in die Augen. Nochmals klopfte der Alte leise, zagend. „Gleich, Papa — gleich!" ... Er wollte ‚Ade' sagen, da hob sie langsam den Oberkörper, die Augen wie im verklärten Glanze, die schmalen, blutarmen Lippen ein wenig gespitzt ... er neigte sich und küßte sie, und sie schlug die Arme um seinen Hals und hing schauernd daran — ein fröstelnder Strom durchrieselte ihn, als hätte er den Tod geküßt ... Sie gab ihn frei und eilig taumelte er hinaus. Wie er die Schwelle überschritt durchzuckte ihn der Gedanke: „Eigentlich ist's besser so ... es muß fürchterlich sein, eine Frau, die , man liebt, sterben zu sehen."

Schluß.

Zwei Wochen später führte Henning die Aufnahme des Inventars und die Einleitung der großen Umwandlung wieder nach Fichtenbrück. Im Wagenschlag war es immer kälter geworden, je höher die Kurven der Schienen stiegen, so daß der unablässig kalauernde Berliner Handlungsgehülfe, der Fichtenbrück für die Kultur der meterbreiten Gigerlkravatten gewinnen wollte, unter beständigem Händereiben meinte, das sei „Zug mit Zug.“ Wie erstaunte Henning, als er den Bord des Bahnhofs betrat und den Blick in die wohlbekannte Runde kreisen lassend hier oben neuen Winter fand, wo vor vierzehn Tagen schon ungeduldiger Vorfrühling gedämmert hatte. Wie war damals Alles treibende Hoffnung, tragendes Schwellen, keusches Keimen gewesen! Aus der weichklebrigen Erde bohrten sich dreiste Sprossen auf, blasse Saatspitzen schienen über die verwunderten Felder gehaucht und von den Bergen, den erlösten Baumgipfelwellen schien ein feuchtwarmer bläulicher Dunst sich ächzend loszuringen. Und heut — die Wege verschneit, die Berge wie in einen kalten Kalknebel gehüllt, die Felder verschlossen und verbittert, die Luft schneidend und grämlich, die Baumspitzen versengt, das ganze Land wie ein Gesicht voll getäuschter Hoffnungen, gebüßter Voreiligkeit, gezüchtigter Empörung. Ein feuchtes Frösteln wühlte sich ihm in die Knochen, er schauderte zusammen, nur durch den leichten Ueberzieher geschützt, der ihm in Berlin genügt hatte, und schnell hüllte er sich in seinen Plaid. Das nördlichere Berlin, das er im Grunde genommen haßte, diese Mischung von Lärm, Hasten, Unhöflichkeit, Rücksichtslosigkeit, Gewinngier, Ungemüthlichkeit — erschien ihm in diesem Augenblick behaglich und einladend gegen diese unerwartete, rückfällige Tücke seines sonst so freundlichen schlesischen Hochlands.

Er fuhr gleich nach der Fabrik, und eine seiner ersten Fragen galt Ottilien. Er wollte sie sprechen, Segonda zuckte langsam die Achseln. Es wäre unmöglich. Der Arzt hätte jeden Besuch verboten … Eine Verschlimmerung? … Segonda seufzte. Bald nach Hennings Abreise hatte sie ein schwerer Blutsturz völlig niedergeworfen. Tagelang hatte sie zwei Schritte vom Grabe gehangen. Seine Briefe, die er an sie gerichtet, konnten ihr nicht übergeben werden, Segonda reichte sie ihm alle uneröffnet zurück. „Menschenkunst ist hier zu Ende“, hatte der Arzt gesagt: „nur der Alte da oben kann noch helfen.“

Ueber dem ganzen Hause lag ein starres widerwilliges Schweigen. Die meisten Fenster der Wohnräume waren mit Läden versetzt, in den Contorräumen schien Alles furchtsam auf Socken zu schleichen, die geschäftlichen Mittheilungen flossen noch leiser, noch kürzer und eintöniger als früher. Aus freien Stücken klagte Segonda, es sei entsetzlich, so ganz allein zu sein. Er war erkältet, kränklich, mißmuthig. Nichts von seiten seiner Leute geschah ihm zu dank, unablässig nörgelte und tadelte er. Sein Haar war schneeweiß geworden, seine Haltung gebückt, sein Schritt langsamer, unsicherer. Es schien ihm eine Erleichterung zu sein, sich einmal aussprechen zu dürfen. Er erzählte Henning, er wolle sich eine Villa in der Umgegend von Dresden kaufen. „Und da wollen Sie so ganz allein hausen?“ fragte der Ingenieur. „Da graulen Sie sich ja erst recht!“ Segonda druckste und schien mit der Sprache nicht recht heraus zu wollen, endlich sagte er: „Ich habe da ein junges Mädchen … Sie entsinnen sich ihrer wohl noch … die große Lina hieß sie immer in der Fabrik … ich habe sie beobachtet und so halb und halb zu mir genommen, weil sie sehr anstellig zu sein scheint … sie soll mir die Wirtschaft führen … ich will es ein Jahr lang probieren — macht sie weiter solch gute Fortschritte wie bisher —“ Er hielt plötzlich inne, Henning fragte: „Aber was wird Anastasia dazu sagen? …“ Segonda rümpfte die Nase: „Die geht ab. Sie hat sich bei mir genug gespart. Ich kann nicht immer dasselbe gelblederne sauertöpfische Alte-Jungferngesicht um mich sehn!“ … Er hielt einen Augenblick inne, sah in die Luft, die Lippen geöffnet und fragte dann plötzlich: „Und Sie … Sie werden bald heirathen?“ Henning schüttelte den Kopf und sagte ruhig aber bestimmt: „Ich werde nie heirathen.“

Er wohnte im Gasthofe zur Fichtenkuppe. Nach Hause gekommen ließ er sich auf sein wohlgeheiztes Zimmer zwei Flaschen guten Rothwein bringen und zündete sich seine lange Pfeife an. Und mit der Wärme, die sich vom Herzen aus in langsamen Ringen durch alle Glieder breitete, aus den blauen Wolken, die sich immer weiter und weiter bis in die innersten Ecken des Zimmers ballten und brauten seltsam durchleuchtet von den gelbrothen Strahlenbündeln der alten Lampe, baute er sich gleich einer schönen Weihnachtskrippe, dergleichen er daheim als Knabe oft genug gerichtet, sein ganzes Leben von den frühesten Entbehrungen an, mit den ernstesten Studien, den seltsamsten Erfahrungen in bunten, gestaltenreichen Bildern und Gruppen vor sich auf.

Eben war er zu Ende mit der ersten Flasche und dem ersten Jahrzehnt, als ihm gemeldet wurde, daß ein Mann ihn zu sprechen wünsche. Er sehe nicht sehr appetitlich aus, hieß es, und scheine nicht ganz sicher zu stehen. Henning fragte den Hausknecht noch mehr, als plötzlich eine rauhe Baßstimme brummte: „Blos nich sonne Kaleika!" Es war Kiel, der frech hereintrat. Er deutete auf die Flaschen und meinte: „Na, Sie lassen sich nischt abgehen, Herr Drekter ... Recht haben Sie!"

Henning war nicht sonderlich erfreut über diesen Besuch — aber er war zu erwarten gewesen. „Na, Sie auch nicht, Kiel!" antwortete er auf seinen Zustand deutend.

„Ick? Ach! ... Hab' mir blos 'n bisken Muth gekooft. Hätte ja sonst jar nich jewagt, zu Ihn' zu kommen, seit Sie so'n großet Thier geworden sind," gab er breit und gedehnt zurück. „Wollte mir ooch blos die ergebene Anfrage erlauben, ob Sie sich in Ihrer neuen Herrlichkeit des alten Kiel noch 'n bisken erinnern?"

„Ich ... habe mich Ihrer sehr wohl erinnert, Kiel", entgegnete der Andere etwas zögernd, „ich habe auch bereits mit meinen Herren da in Berlin über Sie gesprochen ... aber ich weiß nicht ... Sie müssen da einen Feind haben ... Einen, der Sie kennt ... ich bin auf so starken Widerstand gestoßen ... daß ich fast verzweifle —"

Er schlug eine grelle Lache auf. „Hehe! Als ob ick's nich gewußt hätte!"

„Na — noch ist Polen nicht verloren, Kiel ... ich werde natürlich Alles thun ... und wenn Sie inzwischen Geld brauchen..." Er langte in seine Tasche und reichte ihm einen blauen Zettel. Kiel ergriff ihn, knüllte ihn zusammen und sagte: „Ja woll! Sie werden sich gerade Eenen int Nest setzen, der weeß wie die Kiste geschoben worden is." Er warf ihm die Kugel vor die Füße. „Kiel is keen Bettler!" schrie er. „Kiel kann sich seine Existenz selber verdienen!" und schlug sich an die Brust. „Schuft!" krächzte er dann, spie aus und taumelte zur Thür hinaus.

Gleichmüthig ließ Henning ihn ziehen. „Ein Betrunkener!" dachte er. Dann stach er die zweite Flasche aus und fuhr fort zu rauchen. Immer reicher wurden die Bilder, die vorüberzogen, immer bewegter, jede Figur rund, sprechend, voll eignen Lebens ... bis der Schlaf ihm seine ersten Sandhampfeln in die Augen warf und er zu fester unbeirrter Ruh' sich niederlegte.

Am nächsten Morgen hörte er beim Frühstück, Kiel sei erfroren in einem Graben aufgefunden worden, in dem er sich während der bitterkalten Nacht niedergelegt hatte. Er stand einen Moment starr, zuckte die Achseln und murmelte vor sich hin: „Es ging nicht ... es ging nicht..."

Als er in die Fabrik kam, merkte er im Laufe einer längeren Unterredung mit Segonda, wie der Alte, ihn gelegentlich seither lauernd ansehend, an einer Frage druckste und würgte. „Was will er nur?" dachte er bei sich. Endlich traute jener sich heraus! „Sagen Sie mir Eines, lieber Freund! — Es geht mich zwar eigentlich Nichts an — aber zuletzt interessirt Einen doch Nichts so als das Nach-Einem ... ich bin ein alter Mann — Sie müssen meiner Neugier schon verzeihen —"

‚Himmel! nur heraus mit der Sprache!' dachte der „junge."

„— — werden Sie nun auch die Genossenschaftsideen ... ich meine die Gewinnbetheiligungspläne in Fichtenbrück durchführen?"

Nicht ganz ohne Verlegenheit erwiderte Henning längsam: „N — ein! Meine Leute da in Berlin ... die wollen nicht recht. Gar nicht. Ich bin mit aller Wärme dafür eingetreten, aber das sind strenge Manchestermänner ... wir haben uns mächtig gekampelt — schließlich ist die Kabinetsfrage drausgeworden und ich bin in der Minorität geblieben. Aber deswegen" (fuhr er lebhafter fort) „gebe ich den Plan, den ich für vollkommen richtig, vernünftig und durchführbar halte, etwa nicht auf. Keineswegs. Ich lege ihn mir nur für spätere Gelegenheit zurück, wenn ich die volle Macht in der Hand halte. Vorläufig ist mir das Technische das Hemd und das Wirtschaftliche der Rock und Alles auf einmal läßt sich nicht erreichen."

Eine feine Ironie spielte um Segondas eingekniffene Lippen. Er klopfte ihm auf die Schulter und sagte ruhig: „Sehen Sie, lieber Henning, das habe ich gewußt. Das hätte ich Ihnen vorher sagen können. Ich seh' die Welt doch auch nicht von heut und gestern an, und für mich bedeutet jene Genossenschaft von Herr und Diener das Ende jeder ersprießlichen Kapitalsverwerthung. Das Geschäft hört auf, sowie Sie vor jeder Combination Ihrem Laufburschen Rechenschaft geben sollen — denn soweit kommt's doch zuletzt! Wenn Sie sich irren, sagt Ihnen der Lehrjunge nachher: ‚wie kommen Sie dazu, mein Geld zu verspielen‘ ...Nein, das sind Träume, lieber Herr ...Aber, da wir doch schon 'mal offen mit einander reden ...sagen Sie mir hier unter vier Männeraugen nur noch Eines: Sie haben Ihren Willen durchgesetzt — gut! Alle Hochachtung! Aber glauben Sie da drinnen ...in Ihrem innersten Innern wirklich so fest an die Zukunft, an den absoluten Sieg Ihrer Erfindung?" Er sprach schnell, mit unsicherer Stimme, sein Gesicht glühte, er war in starke Erregung gekommen.

„Ganz offen, Herr von Segonda: für den Augenblick — ja! Aus voller Seele: ja! ...Ich schließe keineswegs aus, daß die Praxis mich eines Andern belehrt. Ich bin gar nicht halsstarrig. Sowie ich sehe, es ist Nichts — sofort weg!" Er stieß mit beiden Händen die Luft von sich. „Ist's nicht diese Erfindung, die mich macht — wird's eine neue sein. Mir werden mit Gottes Hilfe noch viele gelingen. Die Hauptsache bleibt doch sich durchzusetzen. Finde Gläubige und Du bist Prophet. Das Experiment im großen Styl — das muß man leisten können, das entscheidet! Ich bin durch: man kennt mich, man rechnet mit mir, man glaubt an mich. Das ist schließlich das Wesentliche: im Einzelnen kann man irren — das schadet nicht. Der Erfolg ist Glückssache — mehr als seine Pflicht kann Niemand thun. Zuletzt sind wir Menschen alle nur Maschinen, getrieben von der Kraft unseres Schicksals!" — — —

Ende!